MEMORY HOUSE
记忆坊文化

小
乐米
LEXIAOMI
WORKS 著

我们可不可以
不忧伤

YOU HAVE LOVED ENOUGH

凉生

5

明月归

江苏凤凰文艺出版社
JIANGSU PHOENIX LITERATURE AND
ART PUBLISHING LTD

图书在版编目（ＣＩＰ）数据

凉生，我们可不可以不忧伤. 5，明月归 / 乐小米著
. -- 南京 ：江苏凤凰文艺出版社，2018.5
　ISBN 978-7-5594-0720-7

　Ⅰ．①凉… Ⅱ．①乐… Ⅲ．①长篇小说－中国－当代
Ⅳ．①I247.5

中国版本图书馆CIP数据核字 (2017) 第309879号

书　　　名 凉生，我们可不可以不忧伤. 5，明月归
作　　　者 乐小米
出 版 统 筹 黄小初　沈浛颖
选 题 策 划 北京记忆坊文化
责 任 编 辑 姚　丽
特 约 策 划 王　珺
特 约 编 辑 曹若飞
责 任 监 制 刘　巍　江伟明
封 面 绘 图 三　乖
封 面 设 计 80零·小贾
版 式 设 计 80零·小贾
出 版 发 行 江苏凤凰文艺出版社
出版社地址 南京市中央路165号，邮编：210009
出版社网址 http://www.jswenyi.com
印　　　刷 北京中科印刷有限公司
开　　　本 670毫米×970毫米　1/16
字　　　数 385千字
印　　　张 21
版　　　次 2018年5月第1版，2018年5月第1次印刷
标 准 书 号 ISBN 978-7-5594-0720-7
定　　　价 39.80元

江苏凤凰文艺版图书凡印刷、装订错误可随时向承印厂调换

001 **楔子 遇到过你**

005 **CHAPTER 01**
我们俩用最好的演技，扮演着彼此最熟悉的陌生人。

038 **CHAPTER 02**
这世界上，只有你不好，用他的错误，惩罚了自己一生。

063 **CHAPTER 03**
少年时情之所起，此生便不敢再忘。

098 **CHAPTER 04**
姜生，这就是我们的爱情，它蛮横霸道，从无公平。

177 **CHAPTER 05**
爱情，有多温柔，就有多残忍。

227 **CHAPTER 06**
所以，姜生，我们要好好的。

303 **CHAPTER 07**
我明白你会来，所以，我等。

324 **尾声 很多年后……**

326 **后记 请收下，这一卷纸短情长**

CONTENTS

目录

遇到过你

樱子

01

这是一处安静的小院。

男主人到来之前，只有一个年老的花匠居住于此。花匠每日收拾着小院，照顾着院里的花花草草，还有他的小孙女。

此处位于距杭州西溪不远的湿地水岛之上，山水灵秀，旧时曾是富贵风雅之士的别业所在。几经岁月，昔日的亭台楼榭已成烟尘。后来，便有十余户渔家居于此，舟为马，桥做路，水为田，岛做家。再后来，此地被一港商购去，原住民被迁出，港商将旧屋修葺翻新，这些修葺一新的别具水乡情致的宅院就成了极少数人的私宅。

老花匠姓卢，为人本分却也极会看眼色行事，他虽没见过这屋子的主人，却也知道能在此处有私宅的人，不是平常人。

老卢家的主人是岛上最为神秘的人物，因为这么多年，从没有人见到过他。

岛上本就不足十户人家，多是度假小居。三月杨花起，八月桂花香，十月芦花飞，西溪最美的季节，也是此处最热闹的时候。

主人间未必相互招呼，但主人离开后，在此看护房屋的佣人们，就有大把大把的时间凑到一起闲谈：谁谁家里是做什么了不得的大生意，谁谁谁家主人吃饭用的碗都是清官窑里的，或是谁谁谁谁家的主人有什么不足与外人道的癖好……

但唯独老卢这里，从没有人见过老卢的主人，只知道他姓程。后来，佣人们就纷纷猜测，老卢的主人如此隐秘，十有八九是贩毒的。

而且是，大毒枭。

02

这是五年来，老卢第一次见到他，这处私宅的主人。

沉默。

这是老卢对他的第一印象。

天已尽寒，老卢如常收拾着院落，看着坐在藤椅上面容清俊的男子。

他已在此坐了一下午，傍晚的寒意已经浸染了他的身体，他却丝毫不知，只是出神地看着隔壁小院，似是要将谁望穿一般。

兀地，他隐隐咳嗽了几声，却又生生压了回去。

老卢连忙进屋，倒来小孙女早已热好的米酒，递上去，说，程先生啊，天儿冷了，您喝点儿米酒，驱驱寒吧。

他接过，冲老卢笑笑，刚饮下一口，却咳嗽得更加厉害，让人揪心。

他的咳嗽声，让老卢想起隔壁不远处小院里曾住过的那对小夫妻——此处唯一长住的一户业主。

每及天寒，那个眉眼俊挺的男人不小心着凉打喷嚏时，女人总会缓缓走出来，给他披件外套，一面给他整理衣领，一面轻声埋怨。

手指纤长，眼波婉转。

一颦一嗔，皆是心疼。

想起那对神仙眷侣一般的小夫妻，老卢突然觉得自家男主人身上是掩不住的孤单，无边的孤单。

孤单。

是老卢对他的第二印象。

03

老卢忘记自己是如何脱口问出这句话的——程先生，您没带程太太一起来啊？

话刚出口，老卢自觉多言，随即，讪讪而笑，说，哦哦，我多嘴了，多嘴了……呃，程先生……还是单身？

他愣住了，似乎从未想过老卢会如此问。半晌，他才回过神，低头，看了看无名指上的戒指，笑了笑，说，我，有妻子了。

他微微停顿了一下，抬头，望着远方，隐约有极做平淡的叹息，他说，只是，我的妻子，她去了很远很远的地方……

他的语调平稳，却那么执拗而认真。

老卢似懂非懂地点点头，自言自语一样说，哦哦，那年底时，程太太就回来了吧。春节了，该团圆了啊。

他没回答，只是笑笑，将戒指握在胸前，如同抵死拥抱一般。他知道，这句话，此生此世，他永远没有机会告诉她——

这一生，遇到过你，便已经是我们最好的团圆。

我们俩用最好的演技，
扮演着彼此最熟悉的陌生人。

CHAPTER 01

01

我等你。

戴高乐机场，我告别凉生时，天空万里无云。

他将一个信封放入我手里，看着我，眼眸深深，说，我等你。

我噙着笑。

当我拖着行李，和老陈一起走到安检处时，他突然跑了上来，从身后一把揽住了我，紧紧地抱着。

老陈在一旁装作若无其事地仰着脖子看着四周，最后，他说，先生，你这么舍不得太太，就和我们一起回国，反正太太她也就是参加个婚礼。正好，您也回去跟程老爷子交代一下……

凉生似乎没听到一样，只是紧紧地从身后抱着我，温柔的气息，在我的颈项间，是不舍，是挽留。

我没回头，谁都怕别离，我忍着泪，笑了笑，说，怎么像个小孩。

他最终松开了手。

他说，我等你。

02

佛祖说，人生有八苦。

就这样，六月底，我回到了国内。

最初的三天，都用来与时差做斗争了，我不想出席柯小柔的婚礼时，顶着两只硕大的黑眼圈，像一只刚捕回来的熊猫。

梳妆台前，我盯着自己的脸，仔细地看。

低头，手指所触，是凉生在机场放入我手中的信封，拿起，反复而仔细地看。抬头，这偌大的房。

佛祖说，人生有八苦。生老病死、怨憎会、爱别离、求不得、五阴炽盛。

这些，我都一一体味过；但是，我觉得佛祖少说了一样苦——那就是被老陈这样一个像奶妈一样的管家聒噪之苦。

回国这三天，老陈对我说的最多的一句话，就是——太太，您还是劝劝先生也回来吧！

他说，你看啊，你们俩既已成婚总得拜见一下程家老爷子吧！本来这婚事就没提前征得……他说到这里语气弱下去，忙改口说，先生回到国内也能多陪陪太太您……

这个时候，我就看着老陈，皮笑肉不笑，转身上楼。

这三天，我除了睡觉的时候，无一不遭老陈荼毒。他语言之苦口婆心，眼神之幽怨已登峰造极。

我开始烦躁，眼神之怨毒已经达到瞪谁谁怀孕的地步；在我彻底变成神经病之前，我决定将老陈赶回法国。

凉生没有料到我会这么快给他电话。

电话里，他迟疑了很久很久，最终，同意。

他说，那么大的一个房子你一个人不害怕吗？

我说，你忘了！我有一堆狐朋狗友！

他叹气，让步，说，好吧。

老陈下午走的时候，我将他送出门，说，你要是有本事呢，就亲自将凉生押解回程宅！不过，陈叔，有一句话，我一直想说，人不是神，做不到谁都喜欢！你不能让他既讨程老爷子开心，又讨周家喜欢，左右逢源，最后自己还本领通天！

老陈愣了愣，说，是，太太。

我说，无论是不是，这都与我无关，以后不要让我去掺和这些我不想掺和、也没能力掺和的事。还有……

老陈看着我。

我补充道，以后对我好一点儿！别总话里有话！别再做不该做的事儿！更别大晚上喂我喝浓茶！我可能比你想象的还笨！但我也比你想象的记仇！

老陈直接傻掉了。

我知道，在老陈眼里，我这属于"翻身小妾"把歌唱，他只等着将来看我哭。但将来那么远，我只想今朝的快活舒坦。

送走蜜蜂陈，我走到客厅大大的玻璃幕墙边，想象着，曾经那些孤单的日子，凉生，就是这样站在这里，握一杯红酒，孤单地望，一城孤独繁华。

红尘再热闹，那也是别人的，寂寞孤独，才永远是自己的。

但我知道，这一生，即使有再多的孤独，这座城，总还是有那么几个人，如果知道我回来，便会纷纷开车、打车、搭地铁……蔚为壮观地向着我而来，身上有种东西突然在复活。

仿佛有了依靠，有了安稳。大约友情最好的状态就是：相见亦无事，不来常思君。

我窝在沙发上，想象着这座城市中，我的她们和他们，正以怎样的姿态工作生活着。我的金陵正一面淘宝一面八卦吧；北小武正热情地做着卖绿茶的小男孩吧；八宝忙着转型做文艺女青年吧，柯小柔正在为婚礼明媚而忧伤吧……那我的小九呢？

不！她是小九，只是，已不再是我的。

该醒醒了！我的二十三岁，它就要来了。

我叹了口气。

这时，门铃突然响了，我心下一绝望，脸跟被蜇肿了似的，不会是蜜蜂陈，又回来了吧！

我一开门，傻了。

钱伯？！

我呆在那里。

他冲着我微微一笑，很恭敬谦卑的姿态，说，太太。

然后，他转身对钱至，说，还不见过三少奶奶。

我微微一愣。

瞬间，又觉得——

这称呼！太受用了！太爽了！

不久之前还逼着你给他家大少爷做妾，现如今尊你"太太"喊你"少奶奶", 我只觉得气儿顺了太多太多。

舒坦!

原本想关门的手, 在那一刻, 也就停住了。

见过了这类人太多, 便也学会了拿捏, 仰着脸, 冷着表情, 端着姿势, 唇角轻轻一扯, 点点头。

全十分!

只是, 钱至在一旁, 一直看着我, 眸子里盛满了说不出的伤感, 良久, 他低头, 吃力地喊了我一声, 太太。

既已受用, 就不想再多做解释。

钱伯躬了一下身, 很恭谨, 全不似以往的用和蔼包裹的倨傲, 他说, 老爷子要我来请您回老宅。

我不去。我说。

钱伯一愣, 笑, 说, 老爷子身体不好, 想来太太也是知道。

我心下想, 当然知道! 他养病可是多日, 当年凉生差点被陆文隽害死的时候他还在养病呢。

他说, 老爷子啊, 得知了您和三少爷新婚, 心下高兴。

我不自觉笑了一下, 心想, 高兴个毛线! 恨不得往巴黎发一颗原子弹吧!

钱伯看着我脸上五颜六色的表情, 笑着说, 当然, 三少爷人年轻, 先斩后奏的, 可到底有自家父亲证婚, 老爷子也是开心的! 毕竟咱们程宅多久了, 也没桩喜事。

我笑, 心下想, 这抱怨倒是真委婉。

钱伯说, 老爷子也是思念孙儿孙媳的心, 听闻您回来了, 要我请您回老宅一坐。到底是人老了。

他又说, 本来您下飞机那天, 就该去接机的! 只是怕您旅途劳顿, 回了老宅去见各位亲戚会累, 我就想着让您多休息这几日, 再回老宅, 亲人相见。

我脸色一变, 说, 你们监视着我? !

钱伯立刻解释, 笑道, 太太您误会了。所有人在进出关口都有报备的, 这也是为了保护咱们程家人安全。

我冷笑, 说, 保护? 受不起!

说完, 我抬手, 准备关门谢客。

一直在旁边沉默的钱至, 突然抵住了门, 他望着我, 开口, 说, 您就真的一点都不想知道他怎样了吗?

我定定地站在那里, 低头, 手缓缓地从门上移开。

半晌，我转脸，问钱伯，说，他，好吗？

钱伯瞪了钱至一眼，狠狠地；回头，对我笑，说，让您和三少爷牵挂了，新婚燕尔的。大少爷一切都好，手术很成功。

他的话那么得体而又有距离。

我又怎么不知避嫌二字呢？

冷漠，疏离，不在意。

03
我们俩用最好的演技，扮演着彼此最熟悉的陌生人。

最终，我还是去了程家老宅。

钱伯说，三少爷在綦天动力一事上，到底对程家是有所欠，您今天去了，也算帮三少爷缓和了这矛盾。

他悄悄观察着我的脸色，说，太太，您是知道的，三少爷有了今天这番天地，也不容易啊……

每个人都有软肋。而凉生是我的软肋。

见我有所动，他便笑着又说，老爷子啊，身体日渐不好，日子也是有今天没明天的，人老了，就想亲近人。算是了却老人的心愿，也请太太去一趟吧。

这是一栋森严的老院落，靠在半山之上，一栋主楼，两栋附楼，雨花石筑成，三面环山，一面迎海，独自静谧，一旦穿过一片密密的竹林，不出两公里，便是灯火通明的城市喧嚣。

曾经在雨夜里，我为凉生求救，怎么拍打都拍不开的门，如今，却对着我，毫无保留地，敞开。

那个只生活在传说里的老人，这一天，我终于见到了，在程宅的水烟楼里。他果真如钱伯所说，已经垂垂老矣，只是，那种骨子里的威势，还是会不自觉地流露，尽管，他一直和颜悦色，与我聊着琐事。

他问我巴黎的天气还是像以往那么多雨吗，我说是；他说他年轻时，也在那里住过。就这样，巴黎的旧街道，古老的建筑，还有那条流淌在都心的塞纳河。

龚言在一旁，极力地观察着老人的一举一动，我亦处处留心。

钱伯给他递了茶，我忙起身接过，端到老人眼前，老人笑吟吟地接过。龚言在一旁，说，到底是三少爷不在身旁，三少奶奶一个人紧张的，也不会说句爷爷，吃茶。

钱伯看了龚言一眼，为我圆场，笑道，三少奶奶本就是内秀之人，不是那些围在少爷们身边的莺莺燕燕，谄媚聒噪。

龚言立刻堆笑，说，想来三少奶奶这也是颠簸乏了。

他们一来一往，我却难掩尴尬，"爷爷"两字，卡在嗓子里真的是辛苦极了。

罢了。既然来都来了。

我脸微微一红，喊了一声，爷爷。

我说，您吃茶。

老爷子笑着，说，这人老了啊，就喜欢人多热闹，儿孙绕膝……他的话还没说完，就听门外来人，说，二少爷来了。

我的心一揪。

来之前，钱伯承诺过，只陪陪老爷子说说话就离开的，不会见任何人。

程天恩进来的时候，汪四平跟在他身旁，我下意识地往椅子背上靠了靠。

他没看我，上前喊了声，爷爷。

老爷子笑，说，来了。

他说，是。

老爷子说，你弟妹刚回国，你们都是年轻人，想必之前就熟识。不比我这老头子，到现在才见到。

程天恩看看我，转头对老爷子说，是。

极恭敬。

这时，有女佣端了一杯茶到我眼前，笑意盈盈，说，太太。

我硬着头皮端起杯茶，捧到程天恩眼前，竟不知如何开口。

他看了看我，唇角荡着笑意，眼神却是可以杀死人的冰冷，说，弟妹近来可好？

我低头，说，一切都好……二哥……最近可好？

程天恩俯身，接过茶去，说，好得很！然后，他在我耳边狠狠地，说，至少比大哥好！

这句话，声音极小，只有我听得到。

老爷子问，你大哥呢？怎么这半天都不见人。

程天恩正在端量着手中的茶，抬眼看着老爷子，愣了愣。

我也愣了。

然后，一瞬间，程天恩，钱伯，龚言，汪四平，四个人的眼神刷刷刷——地交汇着，无声地传递着"怎么办""我怎么知道""滚""呵呵"之类的讯息。

我的脸上青一阵白一阵。

老爷子问龚言，我不是让你去通知天佑的吗？

龚言张张嘴巴，不知怎么回答，只好望向钱伯。

钱伯忙笑，说，我怕大少爷在休息，就自作主张，没让龚言去打扰，只喊了二少爷。

老爷子摆手，说，去！喊他来！他转脸对程天恩说，我身体抱恙，你父母也远在香港，但是你们年轻人今晚也该举行个家宴啊。

我忙起身，强掩尴尬，说，真不用了。

老爷子没看我，他抬头，看看龚言，说，你也糊涂！

龚言忙不迭地说，我这就去！

他话音刚落，就听门外有人说，不必了，我来了。

程天佑走进来的时候，钱至在他身旁，他把着钱至手臂，许是手术后身体刚刚恢复，他的气色并不多好，人清瘦了许多。

他一出现，我只觉得呼吸都变得艰难起来。

他上前，说，爷爷。

老爷子笑，说，你弟妹回来了。

他说，是。

然后，所有人的眼神都落在我和他身上，钱至扶着他转身，他微微冲我一点头，唇角沉默地抿着。

我看着他，一时之间，眼眶红了，那么努力地克制，声音却还是抖得一塌糊涂，说，你……

他打断了我的话语，似乎这一刻，这人前，我们之间连问好与寒暄都是逾礼，所以，他的声音那么清晰，说，弟妹！一路辛苦了！

我看着他的眼睛，似乎想要看到一种温度，却什么也没有，这本该是我们最好的姿态的。所有的问候都该死！所有的过去都应该抹去！就像两个从来都不认识的人那样！无笑，无泪，无动容！

家里的女佣再次将一杯茶端到我眼前，龚言在一旁，笑，太太新婚，也给大伯哥敬杯喜茶吃吧。

钱至在他身旁，竟将脸别向一旁，不去看。

我努力地镇定，不带丝毫感情地将那杯茶端起，手指素白，茶水微温，齐眉，恭敬，递给他，努力地控制着，声音却还是抖着，强笑，说，大哥。

我怎么能不敬他！

他救过我性命。

他接过，一饮而尽。

所有人都不再作声。

只有老爷子在开心地笑，在一旁的龚言看着，忙上前对他，说，老爷子啊，您啊就好好保重身体康健，等着抱重孙吧。

我低头。

程天佑面色平静。

程天恩不动声色地看着我和他。

龚言笑，说，太太，咱们三少爷什么时候回国啊？

我一时不知如何回答。

老爷子开了口，说，让他早些回来吧，事业再要紧，也是新婚。什么也抵不上一家人团团圆圆。

我点点头，说，是。末了，挤出两个字，爷爷。

钱伯不忍，说，老爷子啊，您也该去休息了。

老爷子也笑笑，龚言扶起他，临走时，他说，好。那这孩子的住处，你给安排吧。我看天策原来住处就好。

程天佑的脸色微微一变，瞬间平静。

程天恩几乎是抱着那杯茶要蹦起来。

钱伯张张嘴巴，最后，说，是。

老爷子一走，程天恩就对钱伯说，爷爷是疯了吗？！怎么这么安排？！他、他难道不知道我大哥为了这个女人连命都不要过吗！

程天佑回了他一个"你闭嘴"的表情。他从我身边走过，擦肩时，他说，我会搬出去的。

04

从此，她就是程家的三少奶奶。

他在钱至搀扶下，走出那扇大门，回廊处，停了步子，只觉得喉头间一股腥咸——"哇"一口鲜血涌了出来。

以前，讥笑过多少电视剧里弱不禁风闹吐血的公子哥儿，如今，却真知道了，这人间情爱，本就是鸩酒砒霜，夺人命，断人肠。

钱至骇然，说，大少爷——

他面容冷静坚硬，制止了钱至，说，别喊。

他不想惊动其他人，看得他这一身狼狈；那么严丝合缝的克制，不动声色的表演，却最终，输的是，自己那颗还爱着她的心啊。

她奉给他的一杯茶，手指素白，茶水微温，她眼眸带笑，温柔恭顺，是初为人妻的幸福光影，她喊自己，大哥。

他接过，一饮而尽。平静如海。

那一方的天与地，他陪着她，用最好的演技，最好的默契，扮演着彼此最熟悉的陌生人。只是，握着杯子的手青筋暴绽，暴露了他的心……

钱至望着他，他的肺部在三亚那场落水中遭受了重创，康复之后，也偶有痰中带着血的情况，但从未像今天这么严重。

钱至想喊人，被他制止了，只能干着急，眼圈都红了，说，老爷子怎么能这样对大少爷！他不知道大少爷对姜小姐的心吗？！

他擦了擦嘴角的鲜血，冷冷地，纠正道，说，她不是姜小姐，是程家的三少奶奶。

风里，他站得笔直，孤独而遗世。

他怎么能不知道，他的祖父这么做，是为了惩罚他，自以为奋不顾身的爱情，从头到尾就是一个笑话。

他还记得，三亚那场海难让他失明，也让他苦守了许多年的爱情曝光于祖父眼前——是的，该让您勃然大怒的不仅仅是凉生爱上了她！损了您的体面！我也爱上了她！寸心若狂！

那天，他在病榻之上，对着这个为他操碎了心的老人，满心悲凉，只不过刚刚开口，他说，祖父，对不起，我……

程方正制止了他。

他不想听自己最骄傲的孙儿的脆弱，更不想听他的忏悔，这是他从来都没有在他眼前出现过的悲伤。

他不想看到！

他宁愿从来都不知道，他最引以为傲的孙儿为了一个女人，跳下了海！

祖父，对不起？！对不起什么？！对不起，让你失望了，我爱上了这个女人吗？！

……

程天佑一直记得，那天，祖父制止了他，沉默着拍了拍他的肩膀。那沉默如同死寂的海面，酝酿着不可预知的狂风巨浪。

他一直知道，祖父不可能让他去爱这样的女子；但他没想到的是，连他去倾诉爱上她的权利都没有。

如今，当凉生冒天下之大不韪娶了她，自己的祖父，还都不忘用她来羞辱自己——看看！这就是你为了她连命都不要的女人！你为她抛却性命，她却嫁了别人！醒醒吧！

可笑的爱情！

冷风袭来，他渐渐从回忆中清醒，那么克制的脸，对钱至说，更像是对自己说，以前的事不许再提。

他说，从此，她是程家的三少奶奶。

05

大少爷想见一下三少奶奶。

我看着天佑离开的背影，转脸对钱伯说，我不能住在这里的！你是知道的！你说过我只是来坐坐……

程天恩抬手，将那杯茶泼到我脸上，说，这是我替我哥敬你的！你这个心里养着一窝毒蛇的女人！

我愣在那里，一身狼狈。

瞬间，我从桌子上也拿起一杯茶，回泼了过去。

所有人都愣在那里，包括程天恩，待他清醒过来的时候，钱伯和汪四平已经将我们两人给隔开。

程天恩俊美的小脸是异常暴怒，几乎牙齿咬碎，说，你！

汪四平按着他，生怕这美少年跟我拼命。

我看着他，说，这杯茶，你泼我，可以！但是你泼在三少爷的太太身上，那就是我活该还你！

程天恩先一愣，随即冷笑，说，三少爷的太太？！三少奶奶！呵呵！你真是好大的官威啊！

我也笑，说，不敢当！是你们程家请我来的！

钱伯在一旁，都有一种不忍直视的表情了，末了，他还是得两下安抚，可遗憾的是，没等他开口，程天恩已经像只发威的小老虎一样，冲我扔杯子，扔碟子，这一些，全都碎在我脚边，他说，姜生你个贱人！你个扫把星！你滚回巴黎跟你姘头在一起，别回来祸害人！

姘头？！

此生最恨的就是别人侮辱凉生，这是我从小具有的品质——

童年乃至少年，家庭贫寒导致的强烈自卑又自尊，我为了凉生可是"东征西战"——战北小武！战何满厚！战河边洗衣村妇大妈！上战街头地痞流氓，下站小破孩长舌妇，街头巷尾，整个魏家坪，战果奇差，但是百战不挠！

别人虐我千百遍，我可以待他如初恋；但是一涉及凉生，那就是遇鬼杀鬼，遇神杀神！

所以，程天恩！决斗吧！

就在我准备索性搬起桌子跟他拼个你死我活算完的情况下，他实在扔无可扔，一把将壮硕如牛的汪四平给扔过来了。

汪四平不知是有意还是无意，一脚踩到我的脚——我倒吸一口冷气，觉得自己登了极乐世界。我疼得眼泪鼻涕一起流啊。

汪四平几乎跪下来，说，太太，你没事吧？

我心想，你大爷。

但是，人家给了这么一优雅称呼，你怎么能粗鲁地对待他啊，我咬着牙说，我！没！事！

汪四平立刻扑回去对程天恩说，怎么办！二少爷！太太说她没事！我需要再踩她一次吗？！

我！

我听后立刻蹦着脚举着椅子就冲程天恩和汪四平那里劈过去！钱伯阻拦不住，一下子跌在地上。

原先在一旁守着的佣人们，不得不前来帮忙。

一时之间，整个程家会客厅，乌烟瘴气、乱成一团；妈的，刚刚建立一下午不到的优雅小贵妇路线，就这么被拆台了。

我被几个女佣拖到一旁，她们说，太太，您消消气。

程天恩就被几个男保镖按着，他气不忿地号，姜生！你这个贱货！你那妍头他姓周不姓程！跟着你那妍头滚出程家门！

我看着他，说，我是个贱货，程天恩就是个受！长得像个受！骂起人来也像个受！你就该活埋在菊花台！

程天恩直接被气疯了，跟踩到尾巴似的，简直想和轮椅一起蹦起来呼我熊脸，他说，姓姜的，我不弄死你我就……

他的话还没说完，钱至就走了进来，说，三少奶奶，二少爷，大少爷他想见一下三少奶奶。

06

我们所有人的生活，也都该翻篇了。

他在落地窗前，转身，问坐在轮椅上那眉眼精致如狐的年轻男子，你到底有多想家里的下人看热闹？！

轮椅上的男子依旧愤愤，说，我就知道！大哥心里有她！

他皱眉，义正词严，说，你知道你在胡说些什么吗！

轮椅上的男子说，大哥如果不在意她，刚刚何必让钱至过来解围！

他看着自己的弟弟，很久，说，你是不是觉得吵架是小事？你觉得是在那群下人面前辱没她！天恩！你错了！你辱没的就是我们程家！别在下人面前，自己丢了脸面还不自知！

程天恩张了张嘴巴，说，可是她害你……

他说，没有可是！

末了，他叹了口气，声音也缓和了很多，像是安抚一样，却无比寂寥，说，过去的事情，已经过去了。

他说，天恩，我们所有人的生活，也都该翻篇儿了！

程天恩突然悲怆一笑，说，翻篇儿？大哥！怎么翻！整个程家都知道，爷爷现在已有心将程家交给凉生这个外人了！所以，他如此毫无底线地对凉生示好！现在，全程家都在忙着站队！就是钱伯！你都不能保证他的心还站在你这里！

程天佑冷静地说，只要他的心在爷爷那里，就足够了。

程天恩说，哥！你还不明白吗？！爷爷以前中意的继承人是你！所以，钱伯的心在爷爷那里自然就是在你那里！可现在，爷爷的心，都到了凉生那里了！钱伯如果还忠于爷爷，那就是忠于凉生了！如果连钱伯的心都去了凉生那里，这个程家，还有什么！是你我兄弟的！

程天佑不说话。

跃动的心，是夜色豢养在每个人胸腔里的兽，蠢蠢欲动。

程天恩离开的时候，他突然喊住了他，冷眼，有些倨傲的小表情，说，莺莺燕燕那么多，我不在乎她。

程天恩摊摊手，随你。

07

生在怎样的家庭里，都不全是福气。

钱伯找了一个管事的女佣刘妈，带我去换下被弄湿的衣服。

我从衣帽间走出，看着这装修装饰都颇男性化的居所，疑惑更多了，衣帽间里，有男款衣服，也有女款衣服，数量很多，有一些甚至都没摘下吊牌。

刘妈含笑，说，太太，您自己选一件吧。

我怕麻烦，更不愿意去别人的衣柜里选衣服，索性就让她帮我选。

这个房间……我转身，问刘妈，这是谁的房间？

刘妈笑，说，三少爷的。前儿听说太太回来了，刚重新收拾了，原先三少爷偶尔来住。钱伯特意让我们新换了偏合女性化的软装饰，希望太太喜欢。

我皱了皱眉头，说，钱伯呢？！

刘妈笑，说，在卧室外小客厅候着。以后，太太要是住进来了，他也只能去楼下客厅里候着。太太住的是三楼，二楼是大少爷的住所，二少爷在隔壁楼……

我没听完，早已疾步走出去，钱伯在客厅里。

他刚送走钱至，一见我，忙笑，说，晚餐已经准备好了……

我说，我得走！我不能住在这里的！你说过的。

钱伯有些微微的尴尬，他说，老爷子说了，程家的女眷，这样住在外面也不好看啊！太太还是住在这里吧！

我开始急了，说，我不是程家女眷！

钱伯笑，太太住在这里，三少爷在国外也能安心，这里一切都有，司机，保镖，佣人，您就当是在外面，想做什么干什么，都不会妨碍您的。

我的头无比大起来，内心急得却不知道怎么去说，我看了看守在一旁的刘妈，说，你先下去吧。

刘妈看看钱伯，钱伯点点头，她对我笑笑，说，是，太太。

我见刘妈下去，对钱伯说，我原本不想来这里，你说要我帮他缓和一下同程家的关系，哪怕是演戏……

钱伯笑，说，太太，您说的都是什么话，一家人，怎么能是演戏。

我急了，说，我们不是一家人！

他愣了一下，说，你说什么？！随即又笑，说，太太您……什么意思？

我无奈，心一横，说，现在，您一个人，我也就说了——我，不是，你们三少爷的，太太。

钱伯的笑容渐渐地凝结，无比尴尬地试探着，说，太太您是在说气话吗？就为我们留您在程家？！

我摇摇头。

闭上双眸，巴黎的那一个雨夜，渐渐浮上心头，那个讳莫如深的雨夜，就像一条天堑，横在我和凉生之间。

从那天清晨醒来起，我始终都不肯再看凉生一眼，哪怕是别离的戴高乐机场……

回忆涌起，我叹了口气，对钱伯说，我不是什么三少奶奶，我和凉生也没有结婚！这一切，都是我们为了躲避周慕……

他摆手！制止了我说下去！

几乎是半晌，他才缓缓开口，看着我，说，太太，这件事情，您不会告诉大少爷的，对吧？

我愣愣地看着他。

他说，大少爷收到喜帖的这些日子，好不容易对太太您死了心。您若不能爱他，不能陪他，就别再去招惹他了。

我看着钱伯。

他说，我可能说得还不够直接！太太！您是程家三少奶奶的事情，在程家人脉圈里，已尽人皆知！但凡大少爷和你再有任何瓜葛……怕都会是一个足以跟随他一生的丑闻，您能理解吗？

他说，您若真记挂他，就不能让他因您如此蒙羞对吧？

我没说话。

这死亡一般的静默不知持续了多久，我转脸，问钱伯，现在，你知道真相了。我不是什么三少奶奶。你是不是会告诉老爷子，然后将我悄无声息地干掉？

钱伯看着我。

我吸了吸鼻子，说，没事。我就是问问。死之前，我想想还有什么想吃的，想做的。不想挣扎到最后，历尽千辛万苦，还是这么枉死了。唉，我死之前，还想去参加一个朋友的婚礼，我……

钱伯说，太太您是在说笑吗？

我不看他，苦笑，我这等小人物，是生是死，还不是你们随意构思一下的事情？比如，让我在楼下水池喂鱼时失足落个水，驱车落入山崖，马桶上接电门升仙……电视剧里都是这么演的……不行，最后一个死得太难堪……我吸了吸鼻子，抬手，轻轻揉了揉，说，钱伯，能不能让我死之前，把你们能给我提供的死法跟我说一下，让我选选？

钱伯看着我，良久，他说，太太，从现在起，这件事，就是秘密！天知地知，你知我知。

我愣了，说，你怎么会……这么好心？

钱伯看着我，说，我斗胆说句不怕您生气的话，无论您是真三少奶奶，还是假三少奶奶，只要您这个身份能让大少爷断了心思、断了念想，它是真是假有什么关系？！所以，没必要捅到老爷子那里去，更没必要尽人皆知，到我这里打住！只要您恪守好您作为三少奶奶的本分！我保证您的安全！

我不敢相信地看着他，不过瞬间也了然。

他说得很对，只是言语太露骨太不留情面而已。本来就是，无论我是不是三少奶奶，我都是他们想借用的一个棋子而已，了断他们大少爷相思的棋子，惩罚他纵情爱恨的棋子；顺道对三少爷示好的棋子。

而且，我若真是三少奶奶，他们还得赔上一个玉树临风的三少爷；现在我不是，岂不是更不痛不痒不费一兵一卒？

我笑，心里却真的有些苦，抬手，扶额，看着钱伯，反问道，恪守本分？不逾礼！不招惹！

我不由凄然一笑，你就这么相信我能恪守这本分？！

钱伯说，是的。太太。因为，一个女人的心再狠，也舍不得让一个男人为她一而再、再而三地遭受灭顶之灾！另外，您进出随意，没人限制您的自由。

我如一截木桩，戳在那里。

钱伯走后，刘妈一直在外面候着。

我抱着手，站在露台上，夕阳的光辉落满山坡，也落满了小院；院落里，花匠在修剪树木，穿着统一衣服的佣人们进出忙碌着。

他本有我曾经羡慕的一切光鲜。

如今却知，无论生在怎样的家庭里，都不全是福气。

我有悲伤的魏家坪，他有满是被设计的程家大院。

人生真是一个茶几啊，上面摆满了杯具。

我低头，望下去，却见，他正站在二楼的落地窗前，面容冷寂，手里，捧一杯热茶，袅袅热气，游走在他的唇边手间，眸光所及，仿佛是触手可及的温暖，他抬头的那一瞬间，我闪回了屋子里。

咫尺之间，假装看不见。

08

我只是想忘了她。

他站在窗边，手里握住一杯茶，热气袅袅，游走在鼻间唇边，闭上眼睛，似乎仍在巴黎那座旧宅里，那杯茶，是那个叫"阿多"的她，亲手为自己端来。

她是他的心上红颜，是他一生牵念。

如今，这森森大宅，她却成了他的弟媳！

曾经，红口白牙、正襟危坐地嘲笑过凉生的几千几万次的逾礼与不伦！如今，却被自己遭遇！

那个令他九死其犹未悔的人，那个让他从二十四岁便沉沦不能逃离的人，如今，却连动一下想她的念头，都是非分，都是禁忌。

曾经他耻笑过凉生，禁忌若毒，却有人如饮甘醴；现如今，自己却成了自己最恶心的那种人。

玻璃杯在他手中，生生捏碎！

鲜血淋漓。

钱至慌忙上前，说，大少爷，你没事吧？

他低着头，望着扎满玻璃碴子的掌心，竟不觉得疼。他望着钱至焦急的模样，摇摇头，说，没事。

窗纱被吹动，心底有个声音在低低地叹，我只是想忘了她。

声息那么轻，悲喜听不见。

09

我会爬墙。

我从露台上回到卧室，心下悲凉。

钱伯说没人限制我的自由……我不禁想尝试着回到凉生的公寓，可刚一推开门，刘妈站在门外，一脸喜气盈盈，笑着，说，太太。

叫得人心肌梗死！

刘妈在我身后紧紧跟着到了房门口，笑，说，太太这是要出门呐？

我看了她一眼，说，需要跟你报备吗？

她做惊讶状，说，太太说笑了，我这就让司机送您。

我没管刘妈，一面懊悔着，一面飞快地下楼，没想到刚出门，身后就呼啦啦地跟着五六个人，一身黑西服，留着一样寸头。

我走，他们也走。我跑，他们也跑。

我停住步子，他们也停住步子。

我回头，看着他们，他们就齐刷刷地望着天空。

我快崩溃了，吼，你们为什么要跟着我？

为首的男子，不卑不亢，说，太太，您有什么吩咐？

我说，我要出门！

我的话音刚落，两辆车已经到了我眼前，停住；为首的男子上前，打开车门，说，太太，您请！

其余的人已经迅速地进入另一辆车。

我快抓狂了，冲他喊，我想自己出门！行不行！我一个人行不行！

刘妈走上前来，一脸为难，说，太太，别为难我们这些下人了。您去哪里。是逛街。是聚会。我们得陪着，但不会影响到您。

我说，这还叫不影响？！

为首的男子说，太太，保护您的安全是我们的职责。

我看着他，说，你叫什么名字？

他刚要开口，我说算了，在我精神崩溃的边缘，我也记不住名字，你就叫首儿吧！我说，首儿，逼疯我是不是也是你们的职责？

首儿直接呆了，首先，他没想到自己会得到一个这么矬的名字，飞来横祸有没有？所以，首儿不说话。

结局依然是——

我走，他们也走。我跑，他们也跑。

我停住步子，他们也停住步子。

我回头，看着他们，他们就齐刷刷地望着天空。

……

折腾了一下午，最后，我妥协了。

我不出门了总行吧？！我重新躺回了床上，挺尸，等天黑。

我会爬墙。

10 | 软禁。

书房里，他似是很随意地问，说，三楼……折腾的动静好像挺大？

钱至正在帮他收拾行李，头都没抬，说，哦，是三少奶奶。吵着闹着说是要离开这里。

他点点头，说，她不习惯这里。

他叹气，说，她一直就这性子。话一出口，他觉得自己这太过熟稔的口气不合适，不免尴尬。

钱至却并没觉察，依旧在埋头收拾东西，说，刚才她在您门前徘徊了很久呢。

他微微一愣，装作不在意，说，哦？

钱至说，是想找您帮她离开吧。

他眉头微微皱了一下，说，那你去跟他们说说，让她离开就是。

钱至起身，说，大少爷说得轻巧，到底是程家的女眷。其实，也不是不让她离开，她出入自由，只不过保镖会跟着而已。

他点点头，既然嫁给了他，也得习惯这样的生活。

突然，他的脸色一变，说，别收拾了！

钱至一愣，说，怎么了？不是说，要躲清净吗？老爷子这样待您，也太狠心了！就算程家现在风雨飘摇，他要拉拢三少爷，也不能让您朝朝暮暮地对着她啊，这不是成心地折磨您吗！不就是对沈小姐不够殷勤吗？身体都这样了谁还有心谈情说爱啊！

话一出口，钱至就觉得失言，连忙道歉，大少爷，对不起……

他没说话，原来打算离开这里，为的是彼此之间不尴尬。刚刚他的脑海里却突然闪过一个可怕的词——软禁。

怕的是祖父接她到此，顾惜是假，软禁是真。更何况，二弟天恩，又是个寻事儿的主儿……唉……

突然，院落里响起一阵猛烈的犬吠。

他的手落在抽屉的枪上，对钱至说，去看看！

11 | 她说要死，你们也这么看着不成？！

我爬墙出逃的时候，内心是既悲壮又豪迈——悲壮的是自己的行为，豪迈的是自己的内心——

老子可是会爬墙的人！高中时代逃课必备之技能！但凡上过高中的人，凡是对美好生活有所憧憬过的高中男女青年，长腿的，短腿的，就没有不会爬墙的！

可一群狼犬扑上来的时候，我就觉得人生不甚美妙了。

我飞快地一跃，可是裤脚还是被一只昆明犬给撕裂了，跃下墙去，惊魂未定，我看着那条被撕裂的裤脚，冷汗直流，心想幸亏不是腿，否则，我现在就是一瘸子了！

唯一值得庆幸的是，我还是逃出来了。

就在我不知激动还是后怕的眼泪要流出来的那一刻，首儿出现了！！

一同出现的，还有四束雪白的车灯灯光！

他飞快地奔过来，说，太太！

我看着他，眼泪就吧嗒吧嗒地落下来——止不住啊！世界坍塌了啊！爬墙都拯救不了的世界啊！

我说，我就是想出个门儿啊！

他说，是，太太。车早就给您备好了。您请上车！

我一听，几乎快疯了，说，滚开！我想自己走！

他说，是。太太。然后开始在地上滚……

我一看这阵势，精神差点崩溃，直接撒腿就跑起来，沿着大马路，迅速地跑——然后我的身后，就是两辆晃晃悠悠的车，首儿已经"滚"上了车，他们一路跟着。

这个夜晚，我体验了前所未有的绝望。

我一面跑一面哭，他们的车子就晃晃悠悠地跟在我的身后，不紧不慢，不疾不徐，既不喧宾，又不夺主。

让你出门！

让你一个人走！

让你做所有事！

但是，你却毫无自由！

那一夜，划破这深深的绝望的，是一道车灯。

一辆黑色越野车迅速奔驰上来，在我眼前，刹车！

我抬头，泪眼蒙眬，却见钱至从车上下来，他一下车，看到我，眼神里是又疼又恨的表情，一把将我塞进车里！

首儿从后面的车上下来，忙上前。

钱至转头，看着首儿，说，这算什么？！

首儿说，是太太要自己走！我们也不敢不听！

钱至冷笑，说，她说要死，你们也这么看着不成？！

首儿不再说话。

钱至说，你们听好了！无论你们现在的主子是谁！这程家的未来，只能是三个人的，那就是三位少爷。自然也是三位少夫人的！

首儿他们不说话。

钱至上车，一脚油门，结束了我的逃亡之路。

那一夜，我第一次从这个文质彬彬的钱助理身上，看到了传说中的"王霸之气"，我才明白，为什么，金陵会喜欢上他。

有的时候，迷茫了，无助了，脆弱了，确实需要这么一双手！

坚定，而不移。

12

就是寄人篱下，也得有自己的姿态。

钱至将我送回住处，走到二楼时，他喊住我，太太。

我回头，看着他，一身狼狈未脱。

他眼神切切，说，刚才的事，是大少爷让我出面的。大少爷他现在就在房里，您是不是……

我迟疑了一下，说，不了。

他似是不甘，刚要开口，刘妈却从三楼迎了下来，一见我，吃惊地说，太太，您这是怎么了？！

钱至说，被狗咬了！

刘妈的脸一阵青一阵白的。

钱至说，刘妈！你可好好照顾三少奶奶，这院子里动静大的，大少爷都不能好好休息！

刘妈说，是。

然后，她冲我笑，颇有讨好之意，说，太太，我这就进屋给您放洗澡水。

说完，她就转身上楼。

只不过，半天时间，这些佣人保镖，已然让我体会到人间百态。所以，这些年里，凉生在程家，过得该多么辛苦——

我曾以为，这个世界上，体面和尊严永远是自己挣的；这也是为什么今天程天恩泼我一杯茶时，我要奉还的原因，我不为我自己，我为那个将生活在程家的凉生，为了他将来的程太太！

这里却告诉你，寄人篱下，谁在意你的姿态？我不仅为自己刚刚的幼稚自嘲一笑，爬墙？你还真当自己是高中生么？

我转身上楼的时候，钱至再次喊住我，似乎是不甘心极了，说，太太，您就真的……

我闭上双眼，不敢去看，也不想去听。

半晌，我收拾好情绪，转身，看着他，说，想来令尊没有告诉你，何谓本分？你也知道喊我三少奶奶！

钱至似乎是豁出去了，他说，三少奶奶，我知道什么是本分。您的本分是维护您的丈夫的体面。可我的本分是让我的主子遭的罪受的苦不冤枉。

钱至！钱至！

你拉得这一手好皮条你爹知道吗？！

我看着他，竭力自持，说，替我谢谢大哥。今晚的事情，让他费心了。我也再不会这么唐突了。

钱至看着我，笑，说，他就在楼下！三少奶奶心若坦荡，心若本分，怎么就不敢下楼亲自道谢！

我看着他，真有一种想问问他"你和你爹是不是都是神经病"的冲动，老子要人恪守本分，儿子却俳句之神一般要人知恩图报！

我睁着眼睛，看着他，说，夜色太深，再坦荡的心也要蒙上黑暗。

俳句我也会。

他说，三少奶奶，您是不是不知道大少爷他的眼睛手术……

我突然紧张，却又生生地克制住，缓缓开口，努力地让口吻听起来像问一个关系平常的人，说，怎么？

钱至看着我，那个明明脆弱却伪装坚强的我，那个甚至有些陌生的我，那个戴上了面具便以为天下无敌的我。

他开口，轻轻地，三个字，是回敬——

失败了。

13 | **太太，这就是您的心吗？**

我的心里有一个女子，她已泪流满面，不顾一切冲下楼，赤着的脚，散乱的发，拍打着房门，在他打开门的那一瞬间，抱着他号啕大哭。

他是她一生的负疚，一生的所欠。

她汹涌的眼泪，濡湿了他的胸前衣衫；他隐忍的眼泪，也落入了她的发间。

可现实之中，那个女子，却愣在了楼梯上，寸步未移。

钱至看着我，不敢相信地看着我，说，这就是您的心吗？太太！

他说，我每喊一次太太，多么希望喊的不是三少奶奶，而是我家大少爷的太太，他的程太太……我知道我这么说，是陷您和大少爷于不义，可是，这就是我的心。但纵然我有这样的心，也知道现在一切已无力回天，您嫁了三少爷这样的如意郎君。所以，我并无他求，只求您作为一个故人，给他哪怕一句安慰。连这个，您都不肯给吗？太太，这就是您的心吗？！

他说，您的心，它是铁石吗？！

这个年轻人痛心疾首地看着我，却并不知道，让我寸步难行的，并不只是"三少奶奶"的本分，更重要的是他的老父亲，正垂手站在他的身后。

悄无声息地，看着这一切。

然后，悄无声息地，离开。

14 | **冷静就是泪往心里流。**

露台上，夜风已凉。

刘妈特意给我披上一件开司米的披肩，她看了看刚被我喊来的钱伯，悄无声息地退回房内。

我回头，直直盯着钱伯，一字一顿，手术成功了？！

钱伯不卑不亢，回道，是的，成功了。

我麻木地笑，手术成功了，他失明了？

钱伯无比坦然，说，是的。

那一刻我真想拎起钱伯的领子问他，这特么怎么能叫手术成功了，你脑袋是被羊驼踩过吗！

但是我不能，我只能拎着披肩，浑身发抖。

钱伯说，太太，你比我想象的冷静。

我转头，看着他，突然笑了，那么凄凉，什么是冷静，冷静就是泪往心里流！我说，就因为我没有连滚带爬地扑进他的房间吗？

钱伯说，太太是个明白人，有些感情，就如同豢养在铁笼里的猛虎，一旦出笼，便会伤人。

我看着他。

钱伯说，太太，现在，您若真心关心大少爷，真心为了他好，就别再像今晚这样乱跑！安安心心地在程宅，做好您的三少奶奶，让他一世安生吧。

他说，太太若没其他吩咐，我就告退了。

走到一半，他突然转身，说，哦。太太以后见到大少爷，不若劝说一下大少爷，有时间多约一下沈小姐。

他说，他们迟早是要结婚的。

我一怔。

六月天，孩儿的脸。

天空突然有雨落下。

15 | 梦游。

一叶叶。

一声声。

空阶滴到明。

二楼的灯，彻夜未熄，是谁，在数三更雨，离情正苦。

雨落夜半，三楼上，她突然惊起，眼前，仿佛是他那双凝望着自己的眼，于是，整个人如同着了魔，失了魂，起身，从楼梯走下。

二楼，钱至开门的一瞬间，吃了一惊，他说，太太？！

她就像没看到他一样，清秀的脸上，毫无表情，只是看着落地窗前，那个垂手背立的男子，梧桐雨下，夜不能眠。

就这样，走过去。

她举起手，在他的眼前，晃啊晃的。

他却丝毫看不见。

转头，"目光"漫过她的脸，轻声，淡淡倦倦，问钱至，这么晚了，谁？

她的手停在半空中，顷刻间，泪流满面。

16
梦到。

那一夜，我蜷缩在这冰冷的雨夜里，低声哭泣。

巴黎临别时凉生给的信封被我紧紧地抱在怀里，看了又看，抵在心口，刺痛如匕首；直到沉沉睡去。

我梦到了凉生，梦到了戴高乐机场，梦到了他送我离开的那一天的天空，它万里无云；信封掉到地上，里面，是一张返程的机票。

上海回巴黎。

17
她说，我们再也回不去了。

巴黎。清晨。

他从惊梦里醒来。

他竟然梦见，自己走入了她的午夜梦里——

那是戴高乐机场，天空，万里无云，像极了他送她离开的那一天的天气。

她向着自己奔跑过来，可是跑啊跑，无论多么努力，都无法靠近。

于是，她只能对着他哭泣，她说，凉生，怎么办？他的眼睛手术失败了！

她哭着说，我以为他会好起来！我以为他的手术会成功！而我自己，就不必如此内疚，如此痛苦……可是凉生，他手术失败了，他一辈子失明了！

她说，凉生，我欠了他的，这辈子都还不起了。

她从信封里拿出那张机票，仔细地看，凄伤地笑，哭着撕碎，眼泪长流，她说，凉生，我回不去了。

她说，我们再也回不去了。

……

漫天纷飞的机票碎片下，他只能看到她痛苦的表情，却怎么也听不清她的话语。

他心急若焚，却无能为力。

突然，一切画面陡成碎片——她从梦里醒来，而他，也仿佛被从她的梦境中重重抛出，重重地落在某个地方——一个明明那么熟悉，却又怎么也想不起的地方。

正当他在努力辨认这个地方，却见她从床上惊起，如同着了魔，失了魂，起身，沿着黝黑的楼梯走了下去。

如坠黑渊。

他着急地想去拉住她，却什么也捉不住，握不住。

依稀间，是一扇打开的门，迎面窗边是一个男子身影，孤单无边，伫立在一个梧桐雨夜；开门瞬间，有个模糊而惊诧的声音喊她，太太。

太太？他一惊。

他刚要走过去看清窗边那个男子的面容，却只见她已经走到男子身边，抬手，晃啊晃的；男子淡淡倦倦，不知道说了一句什么，她原本晃动在他眼前的手，突然停在半空，泪水流满了脸。

他焦急无比，想去为她拭去眼泪，可手指触过她的脸却如同空气一样消失在她的面颊边。

她似乎是哭累了。

然后，梦游一般绕着男子的房间走了一圈，最终走到卧室的那张大床前，拉起被子，躺下，沉沉睡去。

还是那个模糊而惊诧的尖叫声——三少奶奶上你的床了！大少爷！

大少爷？！

程天佑！？

是他！！

那一刻，他快疯掉了！你怎么可以睡在他的床上！可是之于她，他却如同一个空气般无力的存在。

程天佑似乎还愣了愣，最终，缓缓地向床边走去。

贱人！得了便宜还卖乖，愣你妹啊。

他又惊又怒，回头，却见她睡得那么安然，他暴怒着，不顾一切想要拦住他，他却像穿越空气一样，从他身体里穿过……

惊惧中，梦醒了。

他一身冷汗地走下客厅，倒一杯冷水，缓缓入喉。

转眼望去。

巴黎窗外，天正蓝，云尚好。

18

我从不会用死去威胁一个人爱自己，却会用死去爱一个人。

天蓝。云好。

全不似国内的雾霾天气。

陈叔刚从机场回来，一进门就见他端着一杯冷水、一身冷汗的苍白模样，行李没放，忙上前，焦急地问道，先生，是不是肩上的伤……

他摇摇头。

他说，你去休息吧。

老陈点点头。

肩上的烧伤，宛如蝴蝶。

他一直都没有告诉她，这烧伤的存在。

半年前，他要带她去巴黎的时候，未央将一桶汽油拎到他的眼前，威胁他，如果他带她走，她就一把火将自己烧死在他的眼前。

他让她跟老陈先走，他说，等我。

他一直不是性烈的人，不知决绝。

那一天，她永远不会知道，相持的僵持中，他夺过那桶汽油浇到了自己的身上，在未央失声痛哭尖叫声中，他点起了打火机……

第一次，思念如毒药，让他决绝至此，他曾经嘲笑的决绝，曾以为的幼稚、不冷静，如今自己却变成了这样的人。

病房中，他看着恸哭不止的未央，说，你一直都说，你若不能爱我，便恨不能将自己付之一炬；我从不这么说，但我一定会这么做。这世界，不止你在爱情里。我从不会用死去要挟一个人来爱自己，却可以用死去爱一个人。

他说，我爱她，即使成灰成尘，也是一把只能爱她的灰或尘。

……

于是，伤口渐愈，半年时间。

纵然知道，她因自己久滞国内而有心结，却仍不愿她知道真相。

这么多年，她如同失伴的小鹿，惶恐在这世间，他不忍心她再担惊受怕。怕她心疼，怕她落泪——他曾想成为一名珠宝设计师，而她的眼泪，就是这世界最昂贵的宝石。

爱情于这世间，有千百种姿态，有贪婪，有刚烈，有包容，有占有，有人铁腕为得到，有人沉默甘付出。

他还记得那个雨夜，周慕将他和她困在一个屋子里，说，别傻了！自己的女人不碰，留给别人！

当他明白了周慕的意图时，转身回头，飞速推门，又气又急，说，开门！你这么做会害死她的！

回应他的却只有周慕的冷笑和渐行远远的脚步声。

他想争辩，却不屑争辩。

女人的身体，从来都是爱情的奴隶。一个男人，既被一个女人爱着，得到她的身体，向来就不是能与不能，而是想与不想。

毫无疑问的是，他是这个世界上最能轻易得到她的人，在她懵懂无知的少女时，在她深爱着他的每一刻，无论是骗的，诱的，抑或是强的，不过是勾勾手的事情。

只是，他爱她，已超越了平常红尘的男欢女爱。

……

那一夜，他闭着眼睛，手颤抖着，将衣服重新穿回她的身上，他虽然讨厌这身衣服，可她的皮肤的温度像要将一切燃烧掉。

她的脸红红的，蹭着他的颈项，他心浮气躁，将她的脑袋挪向一旁；他起身，她的手却紧紧地握住他的胸前衣襟。

长发散乱，红唇欲染，她抗拒着，说，凉生，不要——可整个身体，却如柔若无骨的猫咪一般蹭上来。

他看着她，强忍着渐渐粗重的呼吸，将她按回床上；她却紧紧地握住他的衣服不肯撒手，如此反复，终于，他苦笑，心疼却又无力。

她像一朵盛开的芙蓉花，在这深夜里，雨声敲打，撩拨心笙，年轻的男与女，正常的情与欲，又怎么能不渴望亲近？

他不是神，亦不是佛，他是爱着她的一个正常男人，仅此而已。

他肩膀上的烧伤淋了雨，疼到白汗直流，期冀着她安静下来，可以注射下那只吗啡缓解疼痛；可是，她的身体却越来越烫，汗水濡湿了被子，眼底又是痛苦又是媚，她细细碎碎的声息如同小猫，让他的心脏快崩掉——

他的手指按住了她的唇，希望她赶紧停止这瓦解人神志的声音；可她的丁香小舌突然轻滑过他的指端，他整个人都绷紧了。

床上的她，深爱的她，此生渴望的她，温软的身体，温软的呢喃，这意乱情迷的夜晚，比吗啡更具诱惑……可是……

挣扎间，那支针，最终，缓缓地注入她的肌肤。

只期盼，她能冷静下来，能让这一夜，不至万劫不复地沉沦——

……

幸运的是，最终，她在他的怀里昏睡过去，那般的安然恬静，仿佛拥有了世界上最好的守护。

他就这么静静地守在床边，看着她。他隐忍着疼痛，唇色开始发白，给她掖了掖被角。

他端望着她，许久，如同骑着竹马的小小男孩，端望着自己心上的小小姑娘，青梅一枝，爱而无邪。

他缓缓地开口，说，前天夜里，也是在这里。他说，你说了好多好多的疯话。一点儿都不像你。

他的唇角微微一勾，说，可是……那却是我一生之中听过的最美的情话。

他的声音那么轻，那么缓，就如同他给她的爱情。

那一刻，他仿佛隔着时空，完成了那一夜的与她的对话。亦算是对她在那个疯狂夜晚里，激烈如魔的每一句的回答。

她说，我爱上了自己的哥哥！

她迎着他的眸光，毫无退缩之意，她说，这十多年来，这种羞耻的爱慕逼得我窒息逼得我发疯！我觉得我是这个世界上最肮脏的女孩子，可我却挡不住我的心我的爱情，它们在暗无天日里滋长，独自痛苦又独自幸福！

他说，只是，姜生，这些年，我宁愿你觉得我对感情软弱辜负，也不能不隐忍克制。我是你的哥哥，是你身边至亲而你又不会防备的男子，如果我去做下那种事情，你的一生，就真毁了！你不必敬我，这只是我爱你的原则和方式。你可以恨我，这也只是我爱你的原则和方式。

她看着他，说，可是，凉生，这么多年来，你除了逃避，你做了什么？！不！不！你不要解释，不要说，你作为一个哥哥，不能去让这种耻辱的事情发生，不要用你的高大上那一套来为自己解释！我敬你！我怎能不敬你？！我敬你为人兄长的隐忍克制！才没让这有悖人伦的情感发生！所以，你以为我会感激你？不！不！不！我更恨你！恨你身为一个男人对感情的软弱辜负！

他说，我从不后悔，我给你的爱情迟到了。因为当我真的确定我们没有血缘关系后，才确定"我爱你"这件事情不会毁掉你。

　　隐忍的眼泪滴落唇角，她抚着他的脸，绝望地说，我宁肯毁掉这一切的是你，而不是其他什么别的男人！

　　他说，一生那么长，不是你一句不后悔就能翻过。你会是一个妻子，一个母亲，为了无邪稚子，你也不能背负这样的骂名。所幸，上天厚待你我。

　　她说，哪怕你是我亲哥哥！哪怕它是羞耻的违背伦理的！哪怕我此生背负着一生的骂名和罪恶感！但我的心却是幸福的是不后悔的！你知道不知道！

　　他说，荒唐逆天的话，不顾天谴的行为，听起来看起来真的够震撼……可是，如果结局是毁灭，我宁愿能拥有你的是别的男人。我爱你，爱到甘心永远失去你。

　　那一刻，她突然想起了程天佑，想起了那个夜晚，他冷冷的眸子，冷冷的话——"若我是他，若是我爱你，就是天王老子拉着你的手，我也会带你走！"

　　此后，她也曾无数次地想过，如果我的凉生，我的凉生，他能这么不管不顾……

　　他的下巴轻轻蹭着她的头发，说，人生是有很多的第一次，或许我们已经不能拥有；可是未来，我们还可以拥有更多第一次，我们一起第一次去看电影，第一次去游乐场骑旋转木马第一次去滑雪，第一次装修我们两人的家第一次筹办我们的婚礼，第一次度蜜月，第一次拥有一个孩子……或者，没有孩子，只有我们两个，也很好……我们两个，第一次完完整整地过完一辈子，第一次失去对方，第一次埋葬对方，第一次在黄泉路上等待，第一次被人在黄泉路上等待，第一次在黄泉路上相聚，第一次一起喝下孟婆汤，第一次一起轮回……然后，我们不再被捆绑到一起做兄妹，我们再一起好好做好我们来生的每一个第一次。

　　她喃喃，我的第一个吻，我的第一个拥抱，我的第一个夜晚，我的第一个孩子……在那些恶心透顶的事情接二连三地发生后，我的一辈子被毁掉了！凉生你知道不知道！

　　他说，姜生，我一直在这里，永远陪着你。

　　她说，可凉生，那些时候，你又都在哪里？

　　他的眼泪落了下来。

　　她终于泪如雨下。

光影拼接着，一幕幕，仿佛电影里的闪回，隔了时空的男女。

他没有骗她，他是一直都在，纵使千山万水远在法国，那些从十九岁起的寂寞日子里，富贵的新生，无论在加尼叶歌剧院看芭蕾，还是在拉塞尔餐厅享用晚餐，抑或是独自漫步在圣杰曼大道，他的爱，他的心一直都在她那里。

从未改变。

她的发丝萦在他的唇边，是这世界最温柔的卷曲。

肩上的伤口，疼痛越来越清晰，汗水已濡湿了被子，他咬着牙齿，等待着黎明。

我爱你，做不到天王老子拉着你的手，我也带你走。我爱你，只能在我痛到濒死，却肯将唯一的止疼剂让给你。

19 | 这次，换我等你。

他一直记得，第二天清晨，她醒来，望着自己的眼神，是崩溃，是绝望，是不敢相信。

他的人近乎虚脱，苍白着脸，解释道，姜生，听我说！

她抱着脑袋，失控地尖叫，别碰我！

避之若瘟疫。

房间的门被打开那一刻，周慕远远地站着，一个中年女佣走进来又跑出去，润湿而散乱的床单，苍白似纵欲过度的男子，失魂落魄的女子。

他下床，强作镇静，整理了衣衫，走过周慕身边，没有任何言语，亦不需任何言语，仿佛如你所愿。

她恍惚着，走出来，从他身边经过，突然笑了，我一直以为，你是这个世界上最不会伤害我的人。

陆文隽也在，站在那里，看着她，唇角是若有若无的笑，像一把巨斧，她就这么走过去，痛苦到麻木后，是身体生生地劈成两半的声音。

周慕似乎很满意自己的卓绝政绩。

他也似乎想周慕满意，因为他知道，如果这一次让他感觉到自己并没有依从了他，那么将来，他和她还要面对无数次这样的折磨。

周慕走后，他不顾一切跑过去找她，跟她解释，他说，昨夜什么都没发生！

他说，姜生。

她却不肯看他。

她仿佛失聪了一般。

从那天起，她就再也没有看过他的眼睛。

她将自己紧紧锁在屋子里，她脆弱至此，他更不敢再过多触碰，唯恐触动她某根脆弱到断裂的神经。

直到有一天，她突然出现在窗前，背对着他，那么平静，甚至冷静，说，柯小柔要结婚了，我想回去。参加他的婚礼。

她正常得让他害怕。

他说，我陪你。

她摇摇头，哭了，仍不肯看他，哪怕一眼，她说，其实，你知道，我已经不知道怎么去面对你……

他说，姜生，那天夜里我们之间……

她捂住耳朵，努力地克制着自己即将失控的情绪，求你！别提！

不知过了多久，她回复了平静，在窗户上一个一个字地写出——我只是不知道怎么去面对你。给我点时间。

她闭上眼睛，那一夜，或许有，或许什么也没有；可是，未央，陆文隽……太多太多的牵绊……他们是真真实实的有！

而且，在凉生的爱情里，她曾叛离。哪怕这叛离是因为她曾以为有血缘关系，哪怕这些叛离有陆文隽的威胁。

可它发生了。

她曾经一直以为，自己可以给他的爱情，是笃定，是独一无二；而不是选择，非此即彼。

却偏偏那个叫程天佑的男人，如午夜的罂粟，悄无声息地瓦解了这童话——她对一个人宛若传奇的爱。

她接受不了这样的自己——在她狭窄的认知里，那个叫姜生的女孩心里有了凉生之外的男人，哪怕一分一毫，都是污点。

愈纠结，愈逃避。

这两个男人，一个如她的心中仙，一个是她的尘世恋；她辜负不了尘世恋，也亵渎不得心中仙。

她复杂的内心，他并不知道，他又怎么能知道？！只以为她还沉浸在那一夜无法释怀。

戴高乐机场，他送她离开，天空万里无云。

这是他们两人早就达成的默契，为躲避周慕后面无尽的事端，为了她此后安心地生活，他们对周围的人就默认了那一夜造成的关系——他是她的先生，而她是他的太太。

程家接到喜帖第一时间来了电话，他回应，轻描淡写，哦。我们注册结婚了。

他将一个信封放入她的口袋里，看着她，眼眸深深，藏着泪光，他说，我等你。

他的眼睛低低的，睫毛那么清晰，如同坠翼的天鹅一样，努力轻松地一笑，说，这信封里，是一张回法国的机票……

她愣了愣。

他声音竭力地平静，心里有无数个声音，在说，不要走！可是这三个字到唇边，却变成了另外的话语。他说，以前……是我不好，去了法国，让你等了我六年。这次，换我等你。

他抬头，望了望天空，仿佛是在克制某种情绪后，说，多久都没关系，我等你。等你想起我，等你愿意回来爱我。

他不知，那一刻，她的脸上虽然凝着笑，心里已泪落成海——

凉生，如果你说一句，只说一句，不要走。

我一定不会走！

虽然天下之大，虽然无以为逃。

却愿意以此刻背叛全世界的勇气，与你赴一场早已注定结局的爱情。

CHAPTER 02

这世界上，只有你不好，
用他的错误，惩罚了自己一生。

20

我是铁石心肠的女人。

清晨的程家大院，淡淡山海之雾间。

我起床后，整个人蒙蒙的，转脸，信封就在枕头边，安安静静的；机票不曾撕碎，完完整整地躺在里面；仿佛昨夜，没有眼泪，没有凉生，更没有戴高乐机场的梦回。

我看着机票，呆了很久，一想到程天佑手术失败……这个残酷的现实，眼泪就不知不觉地滑下来。

怕人发现，迅速擦去。

我问刘妈，可不可以不下去吃早餐。

刘妈有些为难，说，太太，因为从老爷子那时起，工作一直忙碌，聚少离多，所以，很看重餐桌上的团聚，一家人吃早餐，这几乎是程家约定俗成的规矩。

我无奈，吃早餐都能是规矩……我也没啥好说的了。

刘妈笑，太太可以再睡会儿，早餐时间还早，大少爷身体抱恙后，再也不例行工作时间了，所以，早餐时间就推后了。

我说，我下去走走吧。

我下楼，却碰见程天佑从电梯里走出，钱至在他身边。

刘妈跟我说过，三栋楼里都有电梯，是为了方便老爷子和二少爷……她说，没想到，大少爷也……

说起来都是伤心事。

所以，这一早，看到他从电梯里下来，我格外心酸。

钱至一见我，立刻问好，说，太太。

他依旧一脸平静。

我点点头，看着他的脸，心酸得一塌糊涂——那是一双曾经能看见这天、这地的眼睛啊；那曾是一双深情地、温柔地、戏谑地、冷漠地、痛苦地凝视过我的眼睛啊。

刘妈在一旁，忙笑，说，大少爷。太太说，想出来透透气。然后，她忙喊我，说，太太……

她是怕我失态吧？

可我又怎么会失态呢？

我是个铁石心肠的女人。我的心里装满了毒蛇。我……

我努力地忍着，可是眼眶还是红了，却也只能喊一声，大哥……

他礼节性地点点头，说，早。然后，从我们身边走过。

钱至一愣，喊他，大少爷。然后，转头，说，我们也是早餐前散步的，太太，要不一起？

他猛停住步子，不必回头，都能猜到，是一脸想活埋掉钱至的表情。

我摇摇头，说，不了。

刘妈笑，说，我们一会儿去老爷子那里呢……

钱至说，哈哈哈哈！太巧了！我们一会儿也去。

他说，钱至！

我转脸对刘妈说，我突然想起，自己好像忘记带东西了。

上楼后，我紧紧将门关上，背靠着，忍着声息，站了很久，努力望着天花板，不让眼泪掉下来。

21

昨夜。

晨曦之中，他坐在花园里，抚着自己的爱犬，黑着脸，对钱至说，你不觉得自己像个拉皮条的吗？

钱至嘟哝了一句，说，那也得有嫖客和妓女啊。

他说，你……

钱至嘟哝，昨晚都那样了……

他脸一黑，说，别提昨晚！

钱至撇嘴。

半晌，他对钱至说，你也是个头脑冷静的人，处事一贯谨慎，怎么现在这么不靠谱？他说，你以前不这样啊。

钱至说，你以前也不会为了女人去死啊。

他说，你！……

钱至说，大少爷，其实，我不敢唐突您和三少奶奶，只是，我觉得两个人，即使分手了，怎么就非得弄得跟不认识似的？

程天佑看着他，说，我真是太纵容你了。

钱至说，啊呀，纵容？你还当我是以前那个小屁孩啊，我好歹也是我爹为你量身定制、精心铸就的人才好吧。海外背景，哈佛归来！

他说，作吧！你！

他摸摸自己的脸，暗忖，一定是我最近脾气太好了。

突然，他想起什么，似乎是不放心的样子，转脸，问钱至，昨夜的事没人……

钱至脸一别，说，别提昨夜！

他一愣。

钱至说，您刚说的！

程天佑也只能无奈。

钱至看着他，其实，此刻他的心情无比复杂的。昨夜，他没忍住，跑去问了自己的父亲，老爷子不会真的要把程家的家业交给三少爷吧？

钱伯正在擦拭银器，抬头，看着他，仿佛这一切似乎不该是钱至应该关心的一般。

见父亲沉默，他着急起来，说，爸，大少爷可是您亲眼看着他长大的，您不会真的想三少爷……

钱伯低头擦拭着银器，说，你来程家，我就告诉你，少说话，多做事。

钱至说，如果这个程家不是大少爷的，我还做什么事！

钱伯饶有兴致地看着他，不说话。

钱至见他不表态，有些气恼，说，小时候我一直以为你疼大少爷比疼我还多，现在看来，不过如此！

钱伯依然一副评说由人无所谓的表情，良久，叹了口气，说，现在程家，老爷子年事已高，老爷呢，专事玩乐，逍遥神仙；二少爷腿疾，原本一切仰仗大少爷，现在倒好，手术失败了。股市大跌，旗下房地产也不乐观，外戚虎视眈眈，董事会各有私心，现在你让老爷子不想靠三少爷……除非大少爷能恢复。

说完，他睨着眼睛看了钱至一眼，叹气，这手术明明成功了……怎么就……唉！命啊！

钱至看着程天佑，想着昨夜父亲的话，心陡然一酸。他的一切，存在及求学，可以说几乎都是为这个程家大少爷量身而来，他原本负责帮助打理公司诸事，自从程天佑眼疾后，生活诸事便也落到了他身上，情谊自不同寻常。如今……

这时，汪四平推着程天恩走了过来。

程天恩一出现，钱至突然有些拘谨起来，说，二少爷。

程天恩看都不看他，对着程天佑脚边的爱犬热情洋溢地呼唤了一声，汉克——

狼犬兴奋地吐着舌头，跑到程天恩身边，程天恩随手从桌上拿起一块糕点扔过去，狼犬兴奋地衔起来，瞬间吞掉。

程天恩笑，说，这主人不吃的东西，才能轮到狗！

钱至不说话。

程天佑皱了皱眉头，近日里，不知为何，天恩对钱至总有莫名敌意，于是阻止道，天恩！

程天恩转脸对他一笑，说，大哥，昨夜睡得怎么样？

这时，钱至的手机铃声响起，他低头看了看，迟疑了一下，对程天佑说，大少爷我先离开一下。

22

人生几回伤往事，岁月几度偷良人。

我到餐厅的时候，他们都已落座。

餐桌上的早餐丰盛而又精致，用餐的人不过我们几个，在一旁侍候的佣人却比我们还多。

钱至曾经略有提及过，老爷子至今仍然保守着大家族的旧式做派，这类让现代人看起来声势浩大的烦琐，却是他的固有的生活方式和习惯；其实，这些让程天佑和程天恩这样的年轻人也感觉约束。

　　但不管怎样，我始终和他们不一样的。我小心翼翼唯恐唐突，他们淡淡然然早已习惯。如钱伯所说，我们是不同的。

　　他的小时候，跟着祖母喝个橙汁，都有六个人在一旁服侍；我的小时候，呼朋引伴在草场上捉蚂蚱，能捉六个就算丰收。

　　然而，就是这样一个人，爱上了我。

　　然而，就是这样一个我，辜负了他。

　　餐桌之上，百感交集。

　　这时，钱伯过来说，老爷子说你们吃吧，他就不下来了。

　　原本端着的我，整个人都放松了。

　　程天恩抬头，问，爷爷没事吧？

　　钱伯说，没事，许是昨天三少奶奶回来，聊得太开心，时间有些过，所以身体不适。不过，龚言说，医生建议他回香港养一段时间，这些日子啊，家事诸多，老爷子啊，辛劳了。

　　程天恩突然笑，爷爷要回香港？

　　他看了看我，又看了看程天佑，笑到不行，这倒好了！我要也跟回去的话，这里岂不是只有大哥和小弟妹了……今天早晨真美好啊，怎么突然想吟诗了呢？人生几回伤往事，岁月几度偷良人……这偷字用得好，用得妙啊！

　　程天佑脸一黑。

　　程天恩也不冲撞他，连忙笑着认错，大哥，我错了。不该一大清早就诗兴大发。

　　程天恩突然看看我，笑了笑，眼睛里有种狐狸的媚，男狐狸，他说，弟妹，昨夜睡得可好？

　　黄鼠狼给鸡拜年！我胡乱点了点头，说，很好。

　　他双手合十，一副我是天使、天使是我的表情，说，看样子，昨夜真是愉快的一夜啊。大哥和弟妹睡得很好！

　　我的脸直接肿了，程天佑的脸也黑了。

　　他歪头，纯真又愕然，怎么？昨夜大哥和弟妹睡得不好？

　　汪四平在身后憋着笑，钱伯看了他一眼。

　　程天佑似乎真生气了，把叉子往桌子上一拍。

　　未等他发话，程天恩忙说，大哥我错了！我不该关心大家的睡眠，你知道我最近主管的那个度假酒店，正在选合适的有助于客人睡眠的床垫。说起来，那个项目还是你……

程天佑说，我饱了。你们慢用。

程天恩上一秒点点头，说，大哥，再见。下一秒已转脸对着我手上的珊瑚戒指说，呀，三弟不愧学珠宝设计的，这婚戒就是不一样，血一样红！

血一样红……呵呵……我摸了摸手上的戒指，庆幸，它不是黄宝石或者黄玉髓等黄不拉几的东西。

程天佑说，你！也饱了吧？

我？我抬头看看他，老子一口还没动呢！但心知他在帮我解围，转头小贵妇状对刘妈说，我也饱了。回去吧。

我丝毫没有发现钱伯的眼睛落在我手上的红珊瑚戒指上，如同生了根。

23

你现任跟她前任叙旧了你开心不开心？

他在喷水池边。

我迟疑了一下，最终还是决定走上去，说声谢谢。这时，却听身后，钱伯的声音，他喊我，太太！

我心下一惊，止住步子，回头，故作轻松地笑笑，我只是，随意走走。

钱伯笑笑，说，我过来，也只是替老爷子问问，太太您有没有什么需要。

我摇头，说，没。

钱伯点点头，说，那就好。

我一时不知该说些什么，只能问程老爷子的身体以示关心。

钱伯说，劳烦太太挂心，老爷子的身体并无大碍。只是，需要静养。

说到这里，他的目光突然落在我手指的戒指上，话锋一转，笑道，三少爷也到底是有心之人，太太手上的戒指很别致。

我微微一愕，低头看了看手上的戒指，不解他怎么会对这戒指感兴趣，笑笑，说，这个，不是他设计的。旧货市场淘到的。

他说，噢？

我见他兴致满满的样子，确实没有为难我的意思，于是松了口气，索性简单说了戒指由来以及它的故事——一个华裔女子在巴黎等她的情人直到死去的故事。大约就是所谓我爱你，不能从我出生为始，却可以以我的死亡为止。

我看了看戒指，说，这里还有两字，予墨。大概是她的闺名。

钱伯很镇静地看着我，那种镇定有些怪异，你能感觉到他的努力，努力地让你感觉他很镇静。

他说，太太，我可以，看一下这枚戒指吗？

我愣了一下，从手上脱下了戒指，给他。

他苍老的手接过了那枚带着岁月印记的戒指，注视了良久，良久。

他离开的时候，将戒指还给了我，突然想起了什么，说，太太，您不是要去找大少爷吗？

我微愕，这突来的暗许！

钱伯走后，我迟疑了一下，还是走到喷水池。

程天佑在那里喂鱼，一池锦鲤，欢动贪恋着他手指间温柔的赐予。

清风吹过，他的白衬衫。

我清了清嗓子，为餐桌上的解围，说，谢谢。

他一怔，似乎未料到我会过来，眉梢微微一低，点头，算是回应。

晨光，清水，他。

无一不是美好到令人动容。

我想说，对不起。

是的，有太多太多的对不起。

可是，却一句也说不出。

相顾最终无言，沉默间，他终点头礼貌示意了一下，手中的鱼食一把散尽，然后，转身离开。

我看着他的背影，寂寞而华丽，曾共我一段青春，同我一段盟约，然后，奉我以性命，最终，因我失去望这片天空的资格，我难过极了。

这时，身后突然传来一阵脚步声。

我忙回头，却见金陵！不由得吃了一惊。钱至在她身后，焦急地，试图拦住她，她却不管不顾地将他推开，说，别拦我！

她看到我的时候，却似乎愣住了，说，你真的在这里？！

我愣住了，说，金陵？你，怎么来了？

她一把拉住我的手，看了看也停住了步子的程天佑，将我拖回到她的身后，是愠怒，却也克制着，说，你怎么还跟他纠缠！你疯了？！你忘记三亚了吗？你忘记他怎么对你吗？

钱至说，金陵！

程天佑在一旁，面色无比平静，并不作声。似乎那时那日为我而费尽苦心，今日更无须辩解一般。

我看着金陵，看了看一直双唇紧闭的程天佑，心下那么难过，替他委屈和不值，我说，金陵，其实不是那样子的……

钱至也点点头，附和着，却又不能说得太多，所以，他只能说，金陵，大少爷他是有苦衷的……

金陵看了他一眼，冷笑，好大的苦衷啊，还让你送芒果啊！要我喊你一声芒果小王子吗？说完，她拉起我的手就要走。

那一刻，我才知道，钱至这种人，对于这种家庭的重要性，他们知道这个家庭里所有的秘密，却也保护着这些秘密，哪怕是对自己生命里最亲密的恋人，也绝不会透露半句，这是他们的工作。平凡而伟大。

这时，程天恩跟鬼魅似的出现了，汪四平在他身后，寸步不离。我能感觉到金陵的手在瞬间有些凉，但她的表情却那么镇定。

程天恩看了看金陵，又看了看我，最后，看了看钱至，说，哎哟，可真热闹，钱助理！怎么，一大清早带女朋友来逛程家，免费公园啊？

钱至说，二少爷……

程天佑的脸色微微有些变，循声望过来，似乎，钱至和金陵的恋情，他之前并不知晓；而这一刻，聪明如他，立刻惊觉，便也明白了程天恩对钱至的针对。

金陵并没放开我的手，她护在钱至身前，看着程天恩，说，给你打工，又不是卖身给你！有必要这么冷嘲热讽！

程天恩也笑，说，记得自己是打工的就好，主人的东西最好不要碰！就是扔掉了不要的，也不能碰！说完，他看着钱至，说，是不是啊，钱助理？

钱至难堪极了。

敢说老娘是被扔掉不要的？！金陵一副我跟你拼了的表情。

这一刻，气氛微妙到一触即发。

程天恩一副"你打我，有本事你为了你的新欢打死我这旧爱"的表情；而金陵一副"大意了，年轻时爱上了人渣，无奈，爱渣容易灭渣难啊，灭他显得我汉子，不灭显得我余情未了，到底怎么办"；钱至更是"我苦逼，我真苦逼，还击对不起爹地妈咪大少爷，不还击对不起女人对不起自己"；程天佑一声叹息，小钱你能耐了挖墙脚挖到我弟弟门口了，兔子专吃窝边草啊！今早儿要我跟前任多叙旧，现在金陵跟她前任叙旧了你开心不开心；我心想，怎么这么混乱，要下一秒真打起来我该躲哪儿呢；汪四平则是：哈哈哈，自从进入了程宅，韩剧、日剧、美剧都不需要追了，现场直播各种狗血虐恋加长版，无广告全槽点啊。

我屏息凝神、心惊肉跳地等待着顷刻间即将爆发的战争——

现实却是，没等战争爆发，程天佑只是一句话，就让一切戛然而止——

他头脑清晰，飞速吩咐钱至，说，三少奶奶刚回国，今天，你就陪她和金小姐出门逛逛吧。

24 | 她到底是谁？

金陵之所以会出现，是因为凉生给她打了电话，告诉她我回国了，让她帮忙照顾。

可是，昨夜金陵去公寓找我，却找不到；我的电话也一直无法接通；她心急如焚，又不能跟凉生说，怕他远在法国担心，更不能跟北小武说，那是个爆竹，一点就着。

一直到今天清晨。

无奈之下，她只能来找钱至商量。当钱至告诉她，我就在程宅的时候，她就冲了进来！她无法相信我怎么还会到程天佑这里自取其辱——

要知道，一年前，三亚受辱，我一蹶不振。

半年强作平静的沉寂，半年放任自我的逃离；并且，逃去巴黎前夜，我在她和八宝面前终于忍不住撕开伪装，哭成狗的样子，实在是让她们记忆深刻……

钱至在路上，将程天佑的事情真相从头到尾告诉了金陵，从三亚的赴死相随，到医院醒来之后发现自己失明，以及为了将我狠狠逼走而不得已的做法……

他最后笑了笑，很轻松的表情对金陵说，不过，程总的眼睛现在已经好了。

我当时愣了愣，却也很快地明白，钱至之所以这么说，就是不希望程天佑失明的消息传出去。

金陵沉默极了，而我在一旁眼泪不住地流。

钱至从后视镜里看着泪流满面的我，他说，姜小姐。不！太太。曾经在三亚，临别时，我送了您一颗芒果。

他说，芒果又叫作望果，是希望之果。

他说，虽然，那时候，我并不知道大少爷失明了，更不知道他那么伤害你是为了保护你。

他说，我只是本能地觉得，一个人肯那么爱一个人，都肯为她去死了，怎么会突然变了呢，他一定是有苦衷的……所以，我私心里想用它告诉您，别对一个肯那么爱你的人放弃希望……

他叹气，遗憾的是，这一切，都晚了，太太。

公寓里，金陵望着玻璃窗前，那些汹涌的人群，突然笑，有些微微寂寥的模样，她说，要是这世界上，所有的伤害，都是有不得已的苦衷，该多好？

我一愣。

她将了将头发，晨风中，碎发细细，沐着晨光，她笑，说，好了！放心！我不会犯傻，生活不是小说，男人们个个都有那么多迫不得已。现实就是，他不爱我！一切都是我一厢情愿的少女梦、少女病！

她笑笑，转脸，问我，你和凉生吵架了？

我愣了愣，说，他跟你说什么了？

她摇头，说，他说你们一切都好。可我看不像……

我看着她，笑笑，说，本来就是，一切都好。

金陵看着我，颇有审视的意味，大约她也不想戳穿，末了，她说，姜生，以后，你打算怎么办？这两个男人……还有，钱至称呼你"太太"是几个意思？

我低头，为难地说，不谈这个了好吗。我们难得见面了。

其实，我如何打算都没有用，这两个程家的男人，就是一百个……也由不得我，我不过是他们剧本里设定好的棋，悲与喜，皆由不得自己。

金陵将咖啡杯放在栏杆上，她抬手，将头发捋顺，扎起，说，好！那就不聊男人！男人又不能当饭吃！也不能当房贷还！就连张新闻稿他们都不能充当！

她说得那么轻松，许是担心我心情沉重。

我笑笑。

她说，姜生，你先自己玩，我去把这个新闻稿弄好！本来今天就请了假，要是稿子再搞不好，我们主任一定会薅光自己为数不多的几根头发然后用小皮鞭弄死我！

说着，她就飞到电脑那里，一副职业女性的模样。

我看着她，抿了口咖啡，说，他要敢弄死你我就……

金陵看着我，说，怎么？

我说，敢埋！

金陵说，我还以为你要弄死他为我报仇呢。

我说，好！我弄死他跟你合葬！

金陵说，那你还是别给我报仇了！我宁肯跟柯小柔合葬！说到柯小柔这里，她说，凉生说你回来是为了参加柯小柔的婚礼？

　　我点点头，一面喝着咖啡一面绕到她身后，说，你赶紧写稿吧，我就在一旁看看杂志，一会儿中午饭，我们去吃，嗯……

　　当我的眼睛不经意瞟到了她电脑的文档时，沉默了，愣愣地盯着屏幕，回不了神——清冷美丽的女大学生，被不负责的初恋抛弃。后来，她有了新男友，是初恋男友的舍友；初恋因嫉妒挑唆，一次酒后，在他们的寝室里……

　　从此！便是永远得不到幸福的人生！如同被魔鬼诅咒的糜烂的青春！荒芜不堪回头痛不可测的过去！

　　女孩毕业后躲开了城市，去了山区，一晃七年支教时光。纯白的深山之雪，孩童无邪的眼睛，一草一木一如来，灵魂在此得到解禁，上帝之吻重新垂获……

　　金陵转头看着我，看着我脸上微微痛楚的表情，表示很能理解的样子，她说，哦，这是我们报社徐图从论坛上看到的，然后我们就去采访了发帖的人，不过，他始终不肯透露她的真实姓名，只说自己是她的高中同学。

　　她看了看文档，叹了口气，说，经历这样的事情，死亡可能也是一种解脱。唉。她只是被上帝带回去了。

　　我突然抓住她的手，说，这个新闻稿不能发！

　　金陵看着我，有些奇怪，说，怎么？你认识她？！

　　我沉默了一会儿，最终，摇头，我说，我不认识。但是这个稿子不能发！

　　金陵看着我，她似乎并不想戳穿我的谎言，她很为难地告诉我，姜生，这个稿子没法撤的，为了它，徐图费尽了心思，更何况又是王主任拍板的，会有争议性，也有话题性……

　　我很直接地问，需要多少钱才能撤下来？

　　金陵看了看我，有些惊讶。很久，她才缓缓地冲我竖起两根手指，说，你是想去跟程大公子要？还是跟你那新贵的哥哥要？

　　我说，我有！

　　金陵吃惊地看着我。

　　那是一个我一直都不肯动的小金库，在大学四年里，程天佑曾经往这张卡里一次又一次地转入在当时的我看来是天文数字的人民币；少女时代的倔强与清高，我只用很少的钱来维持着生活，后来，开始勤工俭学，也就慢慢地又还回到卡里，此后，我一分不肯动，我以为这就是我青春的尊严和体面。

　　一个尚不成熟的女孩，用这样的自尊来维持着她对男人的不依靠。

　　可现在看来，又怎样呢？

　　你没钱，你就是有过爱情，都会被人怀疑动机；你有钱，不必恋爱，都可以直奔婚姻，还会被万人祝福羡慕。

这就是我和那个沈小姐的不同。我是小家碧玉，她是玉叶金枝。

金陵也愣了愣，她看了看电脑上的文档，良久，她转脸，问我，她到底是谁？

25

这世界上，只有你不好，用他的错误，惩罚了自己一生。

那一天，我没有回答金陵。

宋栀说过，每个人都有过去。

我想妥善地保护好她的过去，和每一个过去的秘密。

我知道那本日记上所有秘密，她的秘密，那些痛苦淋漓的伤口，那些擦不去的回忆，让她将自己捆绑在一个自以为宁静的山乡追求着灵魂的洗礼。

我们每个人都倔强地生活着，独自痛苦，独自折磨，却又坚强着不放弃。

那个冬天，我们离开支教的地方，并不是因为王林要我们走，而是一直那么爱着宋栀的王林，看到了宋栀的日记本后，想将她的故事登上报纸，希望感动更多愿意无私地走向支教事业的人。

我和贾冉最终离开，就是不愿意看到一个那么爱着她的人，突然要贩卖她的过去，在她尸骨未寒的日子。

而我，后来，也找到了宋栀日记本里的那个男子——那个让她忘不掉，却将她推向痛苦深渊的初恋。

算是替她偿还掉生前的心愿。

那还是半年前，一月的三亚，阳光充足而温暖，全不是宋栀葬身的山区的雪地冰天。

他的手里牵着自己的孩子和妻子，一副慈父与好丈夫的模样，阳光那么好，洒在他的脸上，无人知道他在过去，曾经糜烂的青春，那么卑劣地伤害过一个女孩。

他看到我的时候，愣了愣，似乎是在努力地辨认什么。

他每天要见的病人太多太多，大约已经忘记了，去年五月的三亚，他曾救治过的那个溺水的女子。

我说，秦医生。

在他沉思之际，我提起了钱助理，他才恍然大悟，说，原来是你……

我说，我姓姜。

他就笑，说，对对，姜小姐。

他说，怎么这么巧。身体都康复了吧。

我说，身体康复了，不过，不是巧，是我专程来找你的。

他一愣。

我说，秦医生，您还记得以前有一位故人吧，她叫宋栀，就在不久前，她去世了。

秦医生的脸微微一变，但是变化之轻，让人觉得是在一堆旧衣服里仔细地翻捡寻找一般，就在这时，他的手机响起了。

他看着我，接起，应承着，说，妈，嗯，我一会儿就和小容带浩浩回去了。嗯嗯。记得浩浩的红烧肉里要放话梅啊，对，不要放太多，五颗正好，太多了容易话梅味太浓，就没有肉香了，对对！啊，是的妈，还有一定要给小容煮个青菜，对对，用水煮，不要放油，她减肥，哎，我怎么会嫌她胖呢？她就乱任性，想一出是一出。您又不是不知道！好的！好的！妈……

当他抬头的时候，我已经远远走开了。

我宁愿，我从没来找过他。我宁愿，他留给我的记忆停留在那年五月，他望到我病榻边的那束粉色蔷薇时的一时失神，微微动容。

对不起，宋栀。

我想为你做一件你此生都想做的事，就如你日记本里写的那样——

虽然已不爱，可有时候我仍然会想去找到他，问问他，这些年来，会不会在每一个睡不着的暗夜里，想起那些曾经对我的伤害，独自折磨，辗转难眠？

我多么想找到他，听他亲口说一句，对不起。

这三个字，可以让我的一生都得以解脱，至少，他曾在意过，爱过，遗憾的是，我只有能力让他爱上我，却没有能力让他一直爱着我。

这样，是不是很傻？

秦明，如果我死了，那时候白发苍苍的你，会不会捧一束粉红蔷薇，送到我墓前，忏悔那些对我的伤害呢？

我一直记得粉红蔷薇，它们是你送我的第一束花。

它的花语是，我要与你过一辈子。

如果不是为了一辈子，谁会那么轻易将自己交付？

秦明，有时候，我相信，上苍会有报应！报应到你头上，让我看着你痛苦，哀求，落魄……就如曾经的我，哀求你不要再伤害我。

宋栀。你心里那个高冷成神的彼时少年，正在油腻腻地絮语着妻与子的所有，没有白衬衫，没有眉眼清冽，一点儿都不美好！

当然，他很幸福，并未得到报应，妻子漂亮，儿子健康。这世界，只有你不好，用他的错误，惩罚了自己一生。

你拿一生惩罚了自己，而他，却在知道你死讯的那一刻，心里装的只是儿子喜欢的红烧肉和妻子减肥的水煮青菜。

你以为你穷尽一生去爱去恨的一个人！而在他心里，你却什么都不是！

你以为当陈年旧事成尘，提及你的名字，他会天崩地裂一般伤感，就如电视剧里的那些负心或者错过的男子那般问一句——她还好吗？

不！天崩地裂的只有你的人生，除此之外，别无其他。

那一天，三亚的艳阳里，我的世界寒冷到雪地冰天。

我永远都记得那一天，我在三亚见到秦明的那一天，那个伤害过宋栀的男人，那个毁了她一生的男人，他幸福而美满地活在这个世界上。

所以，这也是在巴黎时，无论陆文隽的出现让我多么痛苦，我都倔强着不放弃自己——因为我知道，这个世界上，那个伤害过我的人，我以死作祭，他也会活得坦然自在。

上帝，你是瞎了吗？为什么恶人作恶，善良的人却受惩罚？

是了！这世界，本无上帝。一切救赎，只能靠自己。

人生，就是一场修行。一场内心不断被摧毁、却又自我重建的旅程。

有人浴火焚毁，有人浴火涅槃。

我不知我的未来会是哪一种，却依然要倔强地走下去。哪怕是故作坚强。

26

我害得他一辈子失明了啊！

那一天，我一直在金陵的家里。

夜里，我们喝了很多很多的酒，说是庆相聚；可我知道，我是为宋栀，也为自己，为这世界无上帝；而金陵，也似乎伴着心事。

我和她，是最亲密的朋友，分享着这个世界上最私密的事情，却也彼此保护着自己内心独有的秘密。

金陵醉意朦胧，说，你有时间多给凉生打电话，免得他担心。

我笑，比哭都难看。

那天，我给凉生打电话要他将老陈收回去，他之所以会那般惊讶，是因为我离开的那天，我们已约定，不再联系。

唯一的关联，就是那张他给我的机票，它是我们之间的赌注，赌我回去，或者，再也回不去。

离开时，我曾有无数次幻想，这一次，我历尽风霜，最终还是回到他的身旁，就像一个远行的旅人，最终回到了故乡；就像之前的每一次决绝离去。

可是现在……

我抱着酒杯，拍着她的肩膀，说，金陵，钱至人不错。挺有担当。

金陵用力地点点头，说，我知道。

我看着她，突然抱着她号啕大哭，我说，金陵，钱至骗你的！程天佑的眼睛并没康复！他失明了！我害得他一辈子失明了啊！

27

我要得到你！占有你！

夜里，钱至和五大金刚将喝得人事不省的我，拖回程宅。

离开的时候，金陵挂在房门口傻笑，午夜灯光下，那么媚，她一面打着酒嗝一面说，钱至，早点回来哦。我在锅里等你。

钱至无奈，将我托付给"首儿"他们，自己进门先把金陵给扔到床上，盖好，折腾，反折腾，一直到她睡着，一切才算稳妥。

他曾经对她说过的，最好的幸福，就是下班回家，心爱的女人在床上，而饭在锅里。

他看着昏黄灯光下她秀美的脸，抬手，轻刮了一下她的鼻子，苦笑，说，你要是在锅里，那就不是幸福，是恐怖了。

他离开的时候，金陵在半睡半醒间，突然拉住他的手。

在这世界上，每个人，都渴望，稳稳的幸福。

回到程宅，钱至扶我上楼，刚到二楼，我就要推门冲进去，被钱至一把给拉住了，他说，太太，这不是您的房间。

我睁开眼，看了看他，我说，咦，刘妈你怎么长个儿了？

他说，太太，您真的醉了。

我一脸嫌弃地看着他，摇头，说，我没醉！

我突然笑，说，刘妈，你连声都变了。

他尝试着拉着我上楼，却被我一把推开，我上前去开二楼的那扇门，他直接扑了上来，他说，太太，这是大……

钱至话音未落，那扇原本紧闭的房门突然从里面被打开了，我整个人原就倚靠在房门上，几乎是顺势被拽进了房间，一下子扑倒在里面的人身上。

里面的人一怔，顺势扶住了我。

我醉眼惺忪地看着那个人，抬手，摸了摸他的脸，傻傻地笑，我说，咦！凉生？你怎么在这儿？

然后，我打了一个酒嗝，冲他吐气，笑，我真傻，这本来就是你的房间。

我从他怀里挣脱，起身，跌跌跄跄，往房间里走，一面走一面悲伤，我笑着说，凉生啊，你十九岁那年，第一次住进这里的时候，就决定要放弃我了吧？这么大的房子，仆人成群，富贵无边……

程天佑皱眉，问钱至，怎么回事儿？！

钱至无奈，说，哎，俩女人一起疯，喝大发了。

我一面自言自语地走着，一面脱衣裳，程天佑上前，一把握住了我的手，转脸看着钱至，说，你是故意的？！

钱至捶胸顿足，说，天地良心啊！大少爷！他上前对我说，姑奶奶，咱回三楼吧，他不是三少爷，他是大少爷。

我笑，翻了翻白眼，看着钱至，又回头看了看程天佑，又伸手去摸了摸他的脸，说，天佑？

我那么近地看着他的容颜，轻轻地摩挲着，这一切，如梦境，似幻觉，我喃喃，笑，这一定是在梦里。

梦境外的他，对我避之不及，简直是十米之内寸草不生之势。

我攥住他的衣衫，笑，我看着他那么生动的眉眼，有气有恼有在意，不再是那么冷静的漠然，我拍拍他的脸，说，告诉我，我是在做梦对不对？

他有些生气，女孩子没事少碰酒！

和凉生一模一样的话语！

那一刻，我的心突然无比的悲伤，我突然恨透了命运，无论他是谁，凉生，或者程天佑，他都不是我的！

　　我也恨透了上帝，他明明！他明明将这两个男人送到了我的生命里，到最后，我却谁都得不到！

　　一道眉间月光，抹不去；一粒心上朱砂，已成伤。

　　我看着他，轻轻地摸着他的脸，他的唇，他的眼睛，我笑，摇头，喃喃，不管你是谁，我都得不到！

　　他愣了愣，有些吃惊地看着我，明显地后退，仿佛我的手是万劫不复的蛊惑。

　　为什么我都得不到？！为什么？！凭什么？！就凭你是高高在上的上帝吗？！翻手为云，覆手为雨？！

　　我笑，那么悲凉，悲凉中透着突生的邪恶。

　　身体里仿佛陡然盛开出一朵恶之花，我扳过他的脸，仔细地看着他的嘴唇，我的手指是午夜的妖娆的花，缓缓地攀上他的唇。

　　赌气也罢，不甘也罢，仿佛豁出去了一般，我一字一顿，说，不管你是谁，我一定要得到你！

　　对面的人直接呆了。

　　没等他反应过来，我不知哪里来的力气，一把将他推倒在床上，他毫无预备，整个人被我压在身下。

　　哎呀，不只是萝莉身轻腰软易推倒。

　　他身体一僵，紧紧握住我的手，抵抗之势，说，你疯了？！

　　我冲他笑，眉眼中透着邪媚，我说，是啊，我疯了。

　　我一面撕扯他的衣服，一面念念有词，我说，上帝，你不让我得到的！我一定要得到！我现在就得到给你看！

　　钱至整个人都看呆了，程天佑转脸瞪了他一眼，出去！

　　我摇头，以为他是对我说话，就扳过他的脸来，说，我不出去！！我要得到你！！占有你！！哈哈哈哈！！

　　说着，我做疯狂女流氓状亲吻他的脸他的唇他的颈项——

　　他制止住了我，双手紧紧握着我的肩膀，紧紧盯着我，说，你冷静一些，我是程天佑！不是他！

　　我一把拍开他那张严肃的脸，很闹心的。

　　我说，你怎么能是程天佑？我害得你看不见了，你怎么还会对我这么好？你该骂我的！你该恨我的！

　　我喷着酒气，眼泪几乎流出来，媚笑着，说，不过，你放心，不管你是谁，我会负责的。我也会很温柔的哟！哈哈哈哈。

说着，我就一粒一粒地去解开他衬衫的扣子，他的胸膛猛烈起伏着；我的手将扣子解到第三颗的时候，他突然起身，一把将我压在身下，攻城略地之姿。

我倒在床上，这姿势，嗯，我这老腰，有了支撑，顿时，整个人觉得无比舒服啊，嗯，好舒服，我头一歪，就昏睡了过去。

他直接傻了。

28

天佑，我们结婚吧。

那个夜里，我梦见了程天佑。

梦见了我们睡在一张大大的床上，他穿着一件白衬衫，几枚扣子是解开的，微微露着颈项和结实的胸膛。

而我，安心地蜷缩在他的身边，睡着了。

窗外的天空上，繁星密布，他却什么也看不见；是我一生所欠。

我梦到了巴黎，梦到了那个等不到位的花神咖啡馆，梦到自己问他，这辈子最大的愿望是什么？

他说，娶她，做我的妻子。

这句话，刺得我的心揪揪地疼，梦不成梦。

突然，我翻身，头埋在他的怀里，手无意识地搁在他的胸口，大着舌头，呓语了一句，天佑，我们结婚吧。

他一愣，跟被雷劈了一样，脸上表情分明是：你不是结婚了吗？！

我口齿不清地嘟哝了句，不要在意那些细节。然后，抬手，一把拍开他的脸，好烦躁的大头苍蝇啊。

即使醉着，我都知道自己这梦话说错了。

怎么能是"结婚"呢？

我该说的是，程天佑，让我做你的情妇吧，暗无天日也好，永生不见光也好，让我偿还掉这良心债吧。

我快被我的良心给逼疯了！

我似乎听到他起身下床的声音，我不知道哪里来的力气，似乎是想解释一样，又嘟哝一句，程天佑，让我做你的情妇吧！

这一刀似乎补得更狠。

然后，我就听到有人一脚踩空——直接摔到地上的声音，算了，不要在意那些细节了，好好地睡觉吧——

只是，天佑啊，谢谢你还肯入我的梦里来坐坐，或者，躺躺，算了，不要在意这些细节了。

此后的日子，或许，我们只能在梦里，才能说这么多的话了。这宅院，这所在，连为曾经说一句"对不起"都是错；最好的姿态是沉默。

我们终究是这世界上，最熟悉的陌生人。

天佑，晚安。

天佑，对不起。

29

这世界，最大的悲哀，大约就是有那么一个人，想爱，爱不得，想忘，又忘不了。

他从卧室里走出的那一刻，脸色尚未恢复正常。

她那两句话，差点吓出他的心脏病。

——天佑，我们结婚吧。

——程天佑，让我做你的情妇吧！

书房里，钱至见他走过来，连忙撇清，说，我什么都没听到！

他冷着脸，不说话。

这世界，有这么一种悲哀，大约就是，对于一个人，想爱，爱不得，想忘，却又忘不了。

他转头，不再去听，卧室里，床上的她，呼吸渐渐均匀。

只是，她那句话依旧萦绕在耳边——

凉生啊，你十九岁那年，第一次住进这里的时候，就决定要放弃我了吧？这么大的房子，仆人成群，富贵无边……

听这话，是两个人吵架了，怪不得蜜月期里，她会独自一人从法国回来。

他低头，心底有个声音低低叹息——

我愿意放弃富贵无边，只为换粗茶淡饭与你共一生枕席。可是现在，这一切都是痴人说梦而已。

他抬头。窗外，月朗星已稀。

钱至突然想起了什么一般，说，大少爷，我父亲他今天去了上海，听说是转机去法国了。

他说的小心翼翼，看着程天佑的表情，说，怕是……去找三少爷了。

程天佑没说话。

钱至的意思，钱伯若去法国，八成是去游说凉生归国；若是游说凉生归国，八成又是爷爷要为程家未来另做打算……

他的唇角抿起一丝坚毅。

钱至小心翼翼地说，看来，三少爷就要回来了。

他回头，望了一眼卧室，她在熟睡，低头，对钱至说，收拾行李。

他话说得平静，毫无温度。可钱至却听得万般心伤——他知道，程天佑怕是程家大院里最想逃离的那一个，昔日挚爱成了弟媳，这样的身份，日夜相对，时刻相守，分分秒秒，皆是折磨。

因担心她在这宅院里的安危，不得不守在此处。

如今，凉生要回来了，他终于可以安心地离开了。

那些凛冽在外的冷漠疏离，却不过是掩饰一颗心，一颗明明爱着她、却不能再去爱她的心。

30

人家原主人，怕是就要回来了。

夜深下去。

他说，钱至，去三楼，把刘妈引开。

钱至一愣，说，啊？怎么又是我？

上一次就是这样——

她梦游般地闯入，睡下。

程天佑将她横抱在怀里，说，钱至，去三楼，将刘妈引开。

他说，怎么引？

程天佑面无表情，色诱！

他说，啊！牺牲色相！大少爷！这得加工资的！

遗憾的是，这一次，却没有上次的好运气，他们刚推开门，抬头，却见程天恩正在门前，汪四平在他身后一脸"我勒个去"的表情。

程天恩抬头一看，也呆了。

瞬间，程天恩脸上表情如狐魅，眼中的光宛如一汪水，似是讥讽的语调冷笑，大哥这是……

程天佑身体一僵。

钱至忙开口解围，说，二少爷。三少奶奶今天朋友聚会喝了酒，又对咱程宅路又不熟……

程天恩嘲弄般一笑，说，路不熟？呵呵。我看是路太熟了！说着他望向程天佑，说，是不是啊，大哥。

他丝毫不掩饰自己的表情——你不是说你不在意这女人吗？喏，你手里抱着的是什么！大半夜的！

程天佑的脸一冷，手一松，怀里的人，眼见就"呱唧"一下，摔倒在地上。

钱至一惊，上前扶住。

程天佑面无表情地折回房中。

一副"我根本不知道我刚才抱的是个啥"的表情，外带"瞧吧，老子根本对她不在乎"的姿态。

程天恩嘴角扯出一丝笑。

他深夜过来，肯定不是为了来逞这口舌之快，他是来同程天佑商量对策——他得知了钱伯去了法国的消息。

只是，大哥这此地无银三百两的讨嫌姿态，让他越加想"施虐"。

他转动轮椅，追着程天佑的脚步进了房门，一面说，哟。大哥，你可轻拿轻放！省着点儿力气，别玩坏了！

然后，他顿了一下，颔首说，虽然莺莺燕燕那么多，虽然不在乎，但毕竟人家夫君，就要回来了。

31

迷路。

第二天早晨，她从床上挣扎着爬起来，就觉得自己是被一群暴徒群殴暴打了一般，又像是被一整个象群踩过，身体的骨头都疼痛得要命。

她揉着额头，努力地去回忆，昨夜到底发生了什么——嗯，自己好像是醉了，还梦到自己凶猛无比地要去把谁给强暴掉……

她苦笑了一下。真难为自己，寄人篱下还有这等雄心壮志！要让母亲知道自己闺女有这等残念，非荣耀到从下面爬上来弄死她不可。

她知道，自己想念母亲了。

无论母亲在世时多柔弱，却永远都是小女儿心中最贪恋的慰藉，也是她漂泊疲倦时最想依靠的港湾。

遗憾的是，她将自己独自留给了这世界，她就是想听到旧时光里母亲因没了主意时柔肠百结的叹息，都是奢求。

她是倦鸟，却无了旧林；她是池鱼，却无了故渊。她是这世上茕茕孑立的孤单。

今年，她再一次错过了母亲忌日。

她叹了口气。

这时，门外的刘妈似乎听到了动静，从外面走了过来，她步子很细，笑意都有些诡异，她说，太太，您醒了。

她从对母亲的思念中被惊起，看着刘妈，又看了看自己微微淤青的手腕，似乎是想求证什么似的说，昨天晚上……

刘妈看了她一眼，笑吟吟为她端来漱口水，特得体地说，太太昨个儿宿醉了。这程家院落，确实有些大，容易迷路，太太若不嫌弃，以后呀，我带着您慢慢熟悉。

她一愣，这意味深长的话。

低头，抿下一口漱口水。

洗漱后，她准备下楼，刘妈特体恤地说，太太，您若身体不适，就在房中用早餐吧。

刘妈话音刚落，就见一女佣已麻利地布置好小会客室的餐桌了。

她一呆。

随即谢绝了。

这已被安排的命数里，她不希望，自己还被一个下人左右着。

刘妈没料到，这个外表看起来柔柔弱弱的女子如此主意笃定地下楼，很为难地追了下来，她说，太太！您还是在楼上用餐吧！

她钉在那里，心下顿生了淡淡的悲哀，先是不准她出这宅子，现在倒好，直接不准她出这屋子。

她转脸问刘妈，钱伯的意思？

刘妈为难地看着她，迟疑了一下，说，大少爷特意嘱咐的。

程天佑？

她蒙了。

就在这时，程天佑从门外走了进来，钱至在一旁。

刘妈忙上前，为自己的办事不力跟他解释道，大少爷，太太她一定要下来。

程天佑似乎没想到会在这里碰见她们，他对刘妈说，当然，更像是说给她听，以后，还是让太太在楼上用餐吧。

她一时不解，更多的是委屈，钱伯将她囚禁在这宅子里了，如今，他又要将她囚禁在这屋子里。

她原想质问，但一想到他那双因自己而失明的眼睛，心下内疚翻涌，只能幽幽地说，是不是最后将我囚禁到床上，你们才满足？

他一愣。

其实她表达的是将自己囚禁在只有一张床的空间里。

语速一快，歧义了。

她微微一囧，欲解释。

这时，一个男狐狸般的声音媚媚地从身后传来，说，大清早的，讨论床事！大哥和弟妹好雅兴啊！

然后，他又转脸对姜生轻笑，说，弟妹言重了，他做大哥的怎么能将你囚禁在床上，这不合适的。我们兄弟三人再手足情深，有些事，也不能越俎代庖。

程天佑的脸色微变，说，你来干吗？！

程天恩忙笑着解释，说，噢。弟妹身体不适，大哥你体恤，让刘妈将早餐移到房中，我这个做二哥的，也不能落后是不是？

说着，他冲汪四平使了一个眼色，汪四平连忙走上前，说，这是上好的跌打损伤药，太太可用。

她并不知道，眼前这一出的背后，是程天佑担心她因昨夜之事，今天被程天恩在早餐桌上借题发挥，于是特意嘱咐了刘妈让她在屋内用早餐。

可程天恩怎么会是个轻易肯善罢甘休的主儿呢，他早餐桌上不见她，立刻知道程天佑在背后费心了。

原本是奚落几句的小事儿，如此一来，他更被激起了兴致，程家大院里向来蛮无聊，有了她之后，似乎变得事事可聊。

然后，他就搁下餐巾，美滋滋地招呼了汪四平，走！去看看我弟妹去！不能让大哥一个人这么费苦心！

刘妈看了看程天恩，又看了看程天佑，从汪四平手里接过锦盒，走回她身边。

她看了看自己手腕处的点点淤青，更疑惑了，为什么自己被象群踩过的事情，似乎大家都知道，而唯独自己却不知道。

程天恩笑，说，我本该再送弟妹一个指南针的，听说……弟妹来了程家后爱迷路；或者说，爱上了迷路。

迷路？她一愣。

程天佑的脸色却更难看了。

程天恩嘴角扯起一丝笑，说，怎么？弟妹不记得昨夜了？！

他有些嫌弃地看着她，说，哎，瞧瞧这一脸让人心疼的无辜！看来昨天晚上真是摔得不轻啊！摔到脑子了吧？昨天晚上啊……

他故意卖关子拖长了尾音。

她不想理他，转脸，问刘妈，昨天晚上？

——昨天晚上，因为喝了酒，你经过二楼的时候，没站稳，摔了下去。

程天佑突然开口接过了话去，他的声音清冷克制，不怒自威。

程天恩虽不情愿，嘴角一扯，却也收住了声。

他虽然憎恨她对自己兄长的伤害，但自己的兄长却偏偏护她至此，自己难不成还因此跟大哥反目？

也罢，以她为由头，找点儿能挑衅程天佑权威的乐子而已，但真的去老虎嘴里拔牙，他还是不会那么傻。

那天，程天恩离开的时候，对她笑笑，憎恨犹在，意味深长地说，弟妹，你可真迷得那一手好路！

程天恩走后，程天佑往电梯走去，仿佛片刻都不愿意在她身边逗留。

她的心重重沉下去。

她知道他对自己避之不及，却没想到他是如此避之不及。电梯合上那一瞬间，她鼓足勇气，想说点什么，可张张嘴巴，那句话却始终没能问出口——

您就这么不愿意见到我？

少年时情之所起，
此生便不敢再忘。

CHAPTER 03

32

我是不是做错了什么事？

七月艳阳，几渐盛夏。

不觉间，我在程宅竟已待过了一周有余。

感谢程家天恩二少爷不杀之恩，我居然还活着，身心上那点儿小摧残我基本可以忽略；感谢程老爷子，基本卧病不见客，免却了我"一日三问安"的忧愁；感谢程大公子，升级了十米之内寸草不生直至百米，对我冷若冰霜，避之若瘟疫；最后，感谢我的小伙伴，偶有的小聚，让这原本煎熬的日子，竟也还算过得。

总之是，身心俱残志犹坚！

今天，是个特别的日子，它之所以会特别，是因为明天，就是柯小柔的婚礼。

八宝说既然做不成彼此的天使了，她要为柯小柔举办个单身派对。

就在今天，她火烧眉毛地给我打来电话，征用了凉生的公寓，因为够大，八宝说，她请了"脱衣舞娘"，争取在新婚前夜将柯小柔的性取向给扳过来，就算给尹静送的新婚贺礼了。

我拖着总觉得全身有那么一些骨折的身体，奔赴凉生的公寓——毫无疑问，五大金刚护体，我已经习惯了。

这种全身诡异的疼痛，就是从那场宿醉后的早晨开始的——

也就是从那个早晨开始，程天佑对我的防御指数明显升级！噌噌噌地升！

基本上，只要我一出现，钱至报备一声"太太"，他就必然留给我一个背影，冰冷得如同他的容颜。

那种冷漠和肃杀之气，完全不再是最初的点头相安陌路相对，更像是仇人。

世仇！格杀勿论！

今天，花园里碰面，我刚说了一句"你也在"，期望有所缓和近日来的冰冷气氛，他已起身离去不带走一片云彩。

我被晾在一旁，望着钱至，不知所措。

说起钱至来，这些日子里，他真是个不错的存在，在我离开程宅，"走亲访友"的时刻里，他的存在，减轻了五大金刚给我带来的压迫感。

车上，我没忍住，试探着问钱至，我最近是不是做了什么错事了？

钱至一愣，脸上的表情有些微微的怪异，但他随即回我一个很标准化的职业笑容，说，太太，您多心了。

好吧。

33

珍惜生命，远离渣男。

我怀着心事来到凉生公寓的时候，八宝和金陵已经在了。

八宝一看到我，立刻围着小围裙就从厨房里跑了过来，手里还拎着菜刀。

她娇滴滴地挥舞着，说，姜生，快表扬我！真难为我，有这等美貌，还有这等的贤惠！说完，她又伸着脖子瞥了下门外，说，哟。护翼们又跟着呢，可真够贴身的。

这时，钱至恰好跟着踏进门来，一下子傻掉了。

八宝大大咧咧地摆摆刀，说，不是说你。

他礼貌地点点头，转脸，对金陵温柔一笑，说，有没有我可以帮忙的？

金陵在帮柯小柔整理宾客名单，抬头，说，有！去把她的嘴缝上。

她指着八宝。

钱至笑笑。他虽然是金陵的男朋友，但是和我们这个小圈子的人并不熟络——对于他来说，八宝呢，是个不着调的；北小武呢，略微着调，但是着调到去火烧他主人的小鱼山；至于柯小柔，那更不是他的世界所能涉猎……

至于我们俩，那关系就更拧巴了，做不成朋友，亦不是主仆。

我看着桌子上精美可人的小饼干，问金陵，你做的？

金陵指了指厨房。

我吃惊，八宝？

金陵耸耸肩，说，贤良淑德到令人发指了对不对？然后，她抬头看着我笑，你说她今天费尽心思贤惠给谁看呀？

我默不作声咬了一口饼干。爱情真神奇，它能让胆小的姑娘鼓足勇气去表白我爱你，也能让一个混不吝的姑娘为你温柔地洗手做羹汤。

金陵抬头看了我一眼，说，你怎么了？心事满满的样子。

我笑笑，没有。

金陵说，你就口是心非吧。算了，我不管你。

她埋头，将名单修正好后，叹气，姜生，我怎么觉得咱们都好像帮凶，把尹静好端端一姑娘往火坑里推呢。

这时，八宝从厨房伸出头，撇嘴，说，别人家的姑娘都是好姑娘，就我不是好姑娘，所以你可劲儿地糟践。

八宝再次提刀走过来对我说，哎，姜生，你知道不？金陵她弄了一张我的照片去，说为一特稿配图。

金陵撇嘴，都说了会注明"图文无关"，再说，不是也没刊登吗！

八宝说，你甭管刊没刊登，有这么咒自己朋友的吗！用我照片去配那么悲催女主！你不是记者吗！你怎么不刊登！你不主持正义吗！让口水淹死她那渣男前任！

我的脸色一白。

金陵飞快看了我一眼。

八宝还在怨怨，你看她干吗？又不是用她的照片！不过，说起来，那姑娘的现任也是个渣！要不怎么能被渣前任挑唆！他们全宿舍也都是渣……哎！你就该好好登报告诉女孩子们，都走点儿心！珍惜生命，远离渣男！自珍自爱，自强不息！

八宝边说边舞刀，义愤填膺。

金陵连忙岔开话题，说，你不是请的脱衣舞娘吗？

八宝一笑，说，急什么！一会儿呢，我哥负责脱衣，我负责舞，柯小柔负责娘。

她这一声"我哥"叫得，比亲生的还亲。

金陵和我面面相觑。

八宝看着我们，表情无比诚恳，说，其实，你们都多心了。我现在，真的只是当北小武是我哥。

柯小柔走进来的时候，八宝几乎是飞奔过去的，一脸深情，说，柔哥，说好了要做彼此的天使呢！你咋就结婚了呢！

柯小柔用力地甩开她，说，滚。

他的声音有些疲惫。他转脸对八宝说，北小武说他不过来了。

八宝一愣，随即很无所谓的表情，说，没事。姐今天这可是为你洗手做羹汤。

她的话音未落，就听北小武在身后焦急地喊我们，快过来！搭把手！

我们一惊，回头，却见北小武怀里抱着一个女人，那女人脸色苍白得如同白纸，浑身痉挛着，头发被汗水打湿，一身湿漉漉的，在他怀里，几近昏厥。

我蒙了，小九。她！怎么了？！

北小武显然没时间回答我们，他将她放在桌子上，一把将上面的东西扫到地上，有金陵写好的卡片，还有八宝新烘焙的小饼干……

他将小九扶着，躺平在桌子上，焦急地掐她的人中。

金陵总是比我们冷静，她连忙去拿来湿毛巾，然后，对柯小柔说，别愣着！赶紧拨打120！

柯小柔刚拿起电话，北小武就一把夺过来扔到地上，他的脸色苍白，又是急又歉意，说，她可能……吸毒！

34

少年时情之所起，此生便不敢再忘。

那个夜晚，房间气氛降至冰点。

北小武一直守在小九身旁，我走进卧室的时候，她一直沉睡着，身体被牢牢地捆绑着，就连嘴巴也被搁着筷子，以防止她醒来之后，毒瘾发作伤害到自己。

这是钱至嘱咐我们的。从小九被抱进房内那一刻，他的眼睛就没离开过我，看着我的每一个举动。

卧室内，北小武双手抱着头，很痛苦的样子。

自从知道了她的行踪开始，他就一直没有放弃过。

她不接纳他，对他冷言冷语地羞辱他，各种方式刺激他，折磨他，却仍然没有让他放弃。

一直以来，他默默地跟着她。

今天的这一切，对于北小武来说，来得太突然——大街之上，原本正常的她，突然癫狂，纠缠着行人，就如同溺水之人……

他紧紧地抱住了她，用他的双臂锁住了她，就像锁住了全世界。

即使毒瘾发作，她都不忘记折磨他，哆嗦着牙齿、艰难喘息着，说，你这个白痴！我都结婚了！孩子生了一堆！你死心吧！

她试图用各种恶毒的语言打消掉他对自己的执念。

而他不说话，只是紧紧抱着她。

他的体温，他的怀抱。

她挣扎不出他的固执他的坚持，疯狂地咬在他的手臂上，狠狠地，他吃疼着，额头上是疼痛下的汗，可是那双环抱着她的手，却死死地不肯放开。

毒瘾之下，她的眼泪鼻涕都流下来了。

突然，她如同迷幻一般笑，谄媚地哀求，说，给我！把它给我！我就跟你走！陪你睡！当你老婆！给你生孩子！给我！求求你！给我！把它给我！

这些服软的话，接纳他的话，却比之前她所有的辱骂都让他痛苦，如同一场无从救赎的凌迟。

他说不出话，只能紧紧地抱住他，眼泪从他倔强的眼里狠狠地崩落，涕泪横流，他亲吻着她的头发，喉咙间只能简单地喘息着她的名字——小九。小九。我的小九

这个名字，是他最痛苦的爱情。

她狰狞着，身体抽搐着，仿似搁浅的鱼，终于，渐渐地瘫软在他的怀里；她昏厥前，仅有一丝清醒，涌动入喉咙间，是模糊声息：忘了我吧……

他将她抱起。

街道上，车水马龙，人人都是看客。

而她，是他的唯一。

少年时情之所起，便此生不敢再忘。

35

| 但是，你得知道，你强，强在我爱你！我弱，弱在你不爱我！

我走进卧室。

北小武抬头，看看我，说，吓到你们了。

我摇摇头，拍拍他的肩膀，不知道自己能为他做些什么。

他低头，抓了抓自己的头发，说，我也没想到会这样。

沉默了很久，他抬头，说，我是不是把大家的聚会搞砸了？我一会儿出去跟柯小柔道个歉。他的大喜日子。

我说，算了。大喜日子，他会以为你在骂他。

我看了看门外，其实，如果一定非要道歉，或者说，他应该多在乎一些八宝的感受。

他将小九抱进来的时候，八宝还若无其事地走回厨房哼着小曲儿切着菜，云淡风轻的；即使他为了小九，将她摆在桌子上那些用心烘焙的饼干全部推到地上，她依然无动于衷。

直到刚才北小武将小九抱进卧室里，一条条撕自己的衬衫绑住小九的时候——

声声裂帛之音下，八宝在厨房里终于忍不住，停下了强作镇定切菜的刀，她脖子硬挺着，没有回头，说，姜生，抱着我！

我一愣。

她说，快抱住我！我怕我忍不住冲进去剁了他们！

说好的兄妹呢！

八宝扔下菜刀蹲在地上哭的时候，我突然很心疼。

她说，我就是长得跟嫦娥似的能养兔子能奔月忠贞不渝跟薛宝川苦守寒窑十八年外加田螺姑娘附身贤淑德能做饭能暖床你不开心了还可以把我拍根黄瓜加点儿蒜泥凉拌着吃掉我绝对没怨言……就是这样了，我都比不上那个瘾君子一样的小九。

她说，可是姜生，我到底哪里不如她？

我看着床上的小九苍白的脸，想起刚刚哭成狗的养兔小能手奔月小健将八宝，就对北小武，说，八宝她在外面……

北小武说，我对不起她。

他说，我只能对不起她了。

我问他，那你打算怎么办？

北小武没抬头，说，送她去戒毒所，帮她戒掉，然后这辈子，再也不让她离开我哪怕半步了。

他说，姜生，我都不敢去想，这些年她一个人怎么过的……我知道不好，但是我不敢去知道，是怎么个不好……

——她堕落至此，你就一点儿都不生她的气吗？

他看着床上的女子，没抬头，只是说，她是小九，我的小九啊。

是的，因为她是小九，是我从少年时就有的梦，所以，她就是错下天来，我也只会憎恨自己，没有照顾好她，让她如此颠沛流离在这茫茫红尘。

我一愣，回头，八宝在我的身后，倚在门边，笑了，比哭都难看。

他只顾沉溺在自己的心疼之中，丝毫没有发现刚刚问那句话的是八宝，当他发现是八宝的时候，愣了。

八宝望着他，眼眶红了又红，最终，她笑了，那么的倔强。

她望着北小武，说，我们两个，我永远都赢不了你。但是，你得知道，你强！强在我爱你！我弱！弱在你不爱我！

说完，她就转身离开了。

36

时光，真残忍！

窗外的月亮又大又圆，却很孤单。

八宝本要离开，却被半醉的柯小柔拉住，要她留下来跟自己拼酒。八宝说，别这样，我真的很难过啊。让我先去死一死。

柯小柔就笑，醉眼惺忪，你穿的那是肚兜吗？

八宝看了看自己的身上，说，滚！围裙！

她长手长脚的，围裙在她身上难免显小。

柯小柔说，你走吧！我不跟把围裙穿得跟肚兜似的女流氓说话！

八宝立刻生气了，将围裙扯了下来，扔在柯小柔脸上，说，不就是个喝！老娘今天喝死你！

她说，柯小柔，我这都为爱情壮烈牺牲了你还不肯放过我！老子明天一定一头撞死在你的婚礼上！

柯小柔说，你撞啊！你要不撞死你就是我孙子！

八宝说，你会有孙子？哈哈！你天生一副断子绝孙的样！

柯小柔：……

然后，他们俩就开始海喝，一面喝一面比谁的人生更惨，红酒当红糖水一样吹的节奏，吓得我连忙去劝阻他们。

他们两个齐心合力将我推开，说，我们不和有情人终成兄妹的苦逼说话。

我劝不动他们，只好坐到金陵的身边。

露台上，她递给我一杯红酒，我们俩坐在窗台边，光着小腿，晃荡着，就像回到了很久之前的高中时代，我们是高中女生。只是，那时候，我们手里握的是娃哈哈纯净水。

那个纯净的年代，就这么一去不返了。

金陵问我卧室里北小武和小九的情况，我告诉了她。

她没说话，只是看着月亮。

半晌，她说，姜生，你有没有想过，其实凉生当初那么做，是对的。

她叹气，说，我现在，越来越害怕小九会把北小武给祸害了。

我看着她，难过得不知道该说一些什么。

这个恍若高中时代的夜晚，却始终不是那个高中时代了，我们更多担心的不再是她；而是她会不会伤害我们身边的那个最重要的人。

可是，曾经的她，也是我们身边很重要的人。

时光，真的很残忍。

37 | **我只是爱上了一个人。他恰好是同性，仅此而已。**

那天，金陵将脑袋靠在我的肩膀上，说，姜生，过了今晚，尹静的一辈子可真就毁了。

不知道什么时候，柯小柔已经跟跟跄跄地走过来，拍了拍我们的肩膀，说，好姐妹！我这辈子才毁了呢！

八宝也走出来，说我他妈才毁了呢！全都毁了！渣儿都不剩喽！哦哈哈哈哈！

柯小柔拍拍她的肩膀说，别让我笑话你！你以前不是特看不起爱情吗？爱情能毁了你吗？你是谁呀！你是视财如命的钱常来！爱情毁不了你！毁不了！

八宝说，对！毁不了！

然后，两个人就愉快地击掌。然后，像两摊软泥似的往我和金陵身上拱。

八宝靠在我的肩膀上，说，姜生，我真的好难过。我不是无坚不摧的钱常来。我是爱上了一个男人不知道怎么办了的八宝姑娘。

我不知道怎么安慰，只能静静地给她一个肩膀。

钱至走到露台上时，看见柯小柔往金陵身上拱，立刻将他拉起来，扶在自己身上，扶住了后，又想起了柯小柔的特殊性，顿时有些扛不住的表情。

金陵笑笑，把柯小柔一把拉过来，让他靠在自己身上。

钱至冲她会意一笑，为她的体恤。

两个相爱的人，眉目流转间的情生意动，就这样，浑然天成。

人就是这样的奇特。坚强的时候，无比的坚强，像打不死的小强，咬着牙和血吞的倔强；而脆弱的时候，又是真的脆弱，需要有个依靠，借个肩膀。

柯小柔靠在金陵身上，金陵说，要是真不想结婚，咱就不结了！自己都这么痛苦，还害了人家尹静，何苦？

柯小柔看着金陵，突然坐了起来，仿佛下了极大的决心似的，开始对着月亮大吼，好吧！我是一个GAY！

城市之中，万家灯火。

他的声音突然低了下来，很痛苦，他说，妈！我不是怪物！

金陵说，我知道。

柯小柔抬头，发蒙地看了她一眼，龟毛如他，竟也不计较了。

此刻，他只沉浸在自己的世界里，他自顾自地说着，我不是因为同性恋而爱他，也不是因我爱他而同性恋。妈！我只是爱上了一个人，而我们恰好同性。仅此而已。

这是那段他奉为至理名言的"话"，不知是谁曾经说过的。

金陵拍拍他的肩膀，说，就这么去跟你妈说吧！她应该是这个世界上最能体谅你的人，也是最想你幸福的人。

柯小柔恍若从长梦中惊醒，苦笑，说，那我妈明天就从楼上跳下去了。

他看着我和金陵，看着八宝和钱至，说，孝子和好丈夫，这辈子，我已经做不了好丈夫了，就让我做好这一次孝子吧。

他说，只是，以后的人生，跟一个没感情的女人度过，想想都觉得可怕，怕自己崩溃，都不知道会不会精神分裂……

柯小柔突然抬头看了我一眼，说，姜生啊，这辈子我看到的最美的定情物，就是凉生送你的那柄骨梳了———梳梳到尾，二梳白发齐眉。

他说，我多么希望，我自己也能有能力，去爱上一个小小的女子，有一场这样的长长的幸福。

他捂住了脸，说，我多么想。

38

她可以让他看到她的粗鲁她的无礼她的张狂，
却真的不想他看到她的狼狈模样。

那天晚上，他们在露台上交杯换盏，我却意外的滴酒未沾，默默地走去卧室，打开梳妆台抽屉，一个人望着那柄骨梳，呆了很久。

酸枣树。风雪夜。河灯。骨梳。

光影之下，仿佛看得到，年与岁之中，他细细的琢与磨——

一梳梳到尾，二梳白发齐眉。

一肩长发及腰，一柄骨梳含情。

这世间，有很多幸福人，温柔事；可为什么不包括，我和他？

那一刻，我仿佛看到，他在彼处，端站着，望着我，嘴角是笑，一如既往，温暖又冷静。

眼眶红起，我将抽屉关上，转身。

抬头忍泪，皓月当空。

我离开的时候，将公寓钥匙留给北小武。

金陵阻止了我，说，我给他吧。

北小武接过了钥匙。

他说他打算明天就把小九送到戒毒所去。

八宝在一旁抱着酒瓶挂在柯小柔脖子上哈哈哈地大笑，她不无讽刺地说，戒毒所？小心你家九恨死你！

然后，她突然冲过去，一把抓过北小武的领子，说，北小武你是个王八蛋吗！我到底哪里不如她啊！我都跑到水底去见你妈了！你为什么就不肯喜欢我！喜欢我啊！就一点点一点点行不行啊！行不行啊！

然后，她突然收住自己抓狂的表情，仿佛一下子又清醒了一般，理了理自己的头发，又理了理北小武的衣裳，说，SORRY！SORRY！

柯小柔在身后突然笑，说，八宝你文盲还说英语了！你会拼写吗？可别拼成了SNOOPY！

八宝抬手，一耳光甩过去。

柯小柔虽然醉了，但人一晃荡，躲了过去，八宝却直接摔倒在地上，四平八稳的一地收不起的狼狈至极，在她爱的男人面前，一览无余。

北小武站在那里，扶也不是；不扶也不是。

柯小柔喝得太过，竟也没了分寸，还在愉快地拍手，说，哟！八宝！狗吃屎了！

我忙把他推向一旁，俯身去扶八宝。

八宝闭上眼，眼泪偷偷忍在眼角——他是她爱的人，她可以让他看到她的粗鲁她的无礼她的张狂，却真的不想他看到她的狼狈模样。

她憋着气，趴在地上不肯起来，大吼说，柯小柔！我这就告诉尹静你是个什么东西！我让你们的婚礼明天举行不了！

柯小柔依旧醉着，还很欢乐地拍着掌，说，好啊好啊！

北小武忙将他推进屋子里。

金陵连忙去扶八宝，回头看了北小武一眼，说，你也进去啊！！然后，她对我和钱至说，我送她回家。

钱至说，太晚了。我送你们俩吧。

我们送金陵回去的时候，发现一辆车停在她的公寓门口，车窗紧闭，在我们的车停下那一刻，它也驱驰离开。

钱至注视着它离开，他知是谁，却并没说话，下车为金陵开门。

39

每个人的命运似乎都在这个夏季，再次绕到了结点。

送完金陵和八宝，回去的路上，我突然不放心，就给北小武打电话，问了他小九现在怎样了，是否需要我回去帮忙。他说，没关系。我自己能行。他说，妹子，你虽然不说，我也知道，你自己的事儿……也不多如意。哥能行。你也能行。

他说，我们都能行。

我挂掉电话，沉默不言。

钱至突然开口，说，太太，我知道您是个好人。

后视镜中，他看了我一眼。

我一愣，不知道他怎么会突然冒出这么一句话。

钱至说，但好人不一定办好事。

他说，我知道我不该多嘴，身份都不配。但是，我还是得说，您离那个女孩远一些吧。我和金陵都这么想的。

我懂了。

他说的是小九。

就这样，一路无话。

我转头，望着车窗外，这个盛夏的夜晚，灯火通明。

每个人的命运似乎都在这个夏季，再次绕到了结点；就如同很多年前的巷子湾的那个夏季，它改变了我们一群人的命运。

它呼啸而来，宿命一般。你无可抵御。

回到程宅时，天空突然下起了雨。

钱至下车，为我开车门，撑伞。

我说，我自己来吧。

其实，我还是不习惯处处被照顾。

我独自撑伞走着，抬头，二楼书房的灯正亮着，他的侧影，映在窗上，伴着长夜凌乱的雨声，不知今夜，会走入谁的梦里头。

我刚到楼上，就听刘妈和一女佣在说，大少爷今儿摔伤了。女佣说，真是可惜了，原本多好的一个人啊。

我怔在那里。

40 | **我怀孕了，孩子是你的。**

柯小柔的婚礼如期举行了。

洁白的婚纱，温柔的新娘。

鲜花，绿地，红毯，还有亲友们的祝福，就连天空之上绵绵不绝的雨丝，都是情意。

柯小柔的母亲握着尹静母亲的手，笑得如同一朵硕大的盛世牡丹花，仿佛，这一刻，这辈子都值了。

仪式结束后，尹静的新娘捧花落在我的手里。

一群人中，钱至的眼睛瞟向我。

我心一虚，连忙要将捧花转给金陵，尹静却已经走到我的身边，柯小柔就在她身边，她对我笑，说，姜生，我们都等你的好消息。

我含混着应声。

尹静拥抱我的时候，我无助地看了金陵一眼，那一刻，我觉得自己像一个凶手，屠尽的是，眼前这个拥抱了我的女孩子此后漫长的一生。

金陵看得懂我眼睛里的那种难过，大约怕我不靠谱地做出什么错事，立刻挪上前来，笑着同尹静拥抱，说恭喜。

尹静和柯小柔被一群人拥着到了别处。

我说，金陵……

她说，我知道。

她一面鼓掌，一面头都不转地对我说，柯小柔他妈过来了！她可是刚从医院里出来，我们要是添乱，那今天婚礼就变葬礼了。

我捧着花束，柯小柔他妈被这捧花给招引了过来，我和金陵双双冲她鞠躬，觉得不对劲，又改成冲她鼓掌，对她说，阿姨，恭喜。

她笑着，一团喜气，但再多的脂粉也抵不住病容隐约，她打量了我半天，说，瞧瞧这姑娘，鼻山眼水的，皮肤跟团雪似的白，真好看。

她指了指我身边的钱至，问我，你男朋友可真是一表人才。借着这束花啊，阿姨祝你们也早日修成正果！百年好合！早生贵子！

钱至立刻躲到金陵身边，我也立刻将花球扔到金陵手里。

柯小柔的母亲是个聪明人，立刻就拉住金陵的手，特歉意，说，阿姨糊涂了，错点了鸳鸯。哈哈。

然后，她笑着离开，就去招呼其他客人了。

我跟金陵说，我还以为八宝真就将柯小柔的婚礼给拆了呢。

金陵说，别看八宝总一副不在乎的模样，这次被感情伤得不轻，估计下不了床了。不会来参加婚礼了。

她的话音刚落，只见八宝从远处走过来，湖蓝蕾丝连衣裙，楚楚动人，天女下凡一般，就差脑门上刻上：我美吗？我很美吧！哈哈哈！她身旁还跟着那个摄影师小Q在"咔咔咔"地跟拍着。

当然，你不能否认，她一出现，就是焦点；开始有人骚动，猜测她是不是某个不当红的小明星。

她走过来跟我们打招呼——她不开口真的是仪态万方，弱风扶柳；一开口的感觉就是"大王派我来巡山"。

旁边刻薄些的女孩开始窃窃私语，好在八宝今天不愿意自己耳朵太灵光，否则方圆十米之内必然血流成河。

那些姑娘一定不知道，这一刻她们是被上帝亲吻过了的宠儿，神明庇佑。

金陵说，我以为你伤心得下不了床了！

八宝打了个哈欠，抱着胳膊说，开什么玩笑！伤心能让我下不了床？能让我下不了床的只有男人。

我和金陵立刻站得笔直，肃然起敬之余，却又想着同她划清界限，所以不跟她说话。

周围的人循声望过来，一胖叔悄声跟身边人私下嘀咕，这人谁啊？我和金陵一副"啊这女人谁啊哈哈呵呵我们也跟她不熟呵呵"的表情，说，我们不认识呢。

八宝看了看我和金陵一脸正气的表情，笑了一下，说，这俩小妹妹！瞧这单纯的小模样，阿姨好想给你们俩穿上尿不湿啊！

我和金陵依然不说话，端的是"我们跟这女人不熟呵呵"的表情。

八宝突然问我，哎，姜生，程天佑怎么样？

我一愣，不知道她怎么突然问起他。

八宝说，我说床上。

我立刻觉得自己整个人都不好了。

八宝特鄙视地看了我一眼，声音特大，说，哎哟！别装得跟你没睡过似的！

我整个人没风中也凌乱在了那里，一群人望着我。钱至低头，很自觉地走开了一下；小Q拍摄之余，冲着我嘿嘿一笑。

八宝抽了他脑袋一下，说，漂亮吧？！漂亮你也睡不起！

睡不起……一群人意味深长地看着我时，她突然转脸，望着金陵，哎，金陵，程天恩……她刚开口，金陵立刻飞扑了上去，抱住了她，几乎是热泪盈眶，说，我不装！但我真的！没睡过！

八宝笑，那你认识我不？

金陵立刻点头，一副誓死效忠女王八宝的表情，说，开什么玩笑，我们是最好的朋友！哈哈！

八宝很满意金陵的表现，她说，作为最好的朋友我有义务告诉你，你没睡真的是太对了！听一姐妹说，他……

她话还没说完，金陵同事徐囡就急匆匆走过来，低声问金陵，说，那伴郎谁呀？

八宝的话被打断，金陵站直身，说，哦。八成是柯小柔的朋友。怎么？

徐囡笑了一下。

金陵立刻会意，笑，噢——这是好事儿呀。

八宝抱着手，也附和着，嗯！好事儿！男未婚，女未嫁的。记得打听一下他有没有男朋友。

徐囡似乎没听出什么来，说，对啊对啊。

我和金陵的脸绿绿的。

八宝却已经注意力转向了别的地方，她望柯小柔一眼，转脸，对着我们叹气，这雨下的！我怎么觉得今天就跟嫁闺女似的，又是开心又是想哭泣的。

金陵凑过去，刚想问八宝刚才要对她说什么，柯小柔已不知什么时候冒了出来，冲着八宝的小细胳膊掐了一下，说，我怎么觉得你看起来更像死了爹呢！

八宝被"哎哟"一声，转头冲他挥拳头，说，你是不是想死啊！没让你婚礼变葬礼你是不是活不过今天了啊！……

谁知，柯小柔他妈不知何时也游弋了过来，有些不知所措地看着那个冲着她宝贝儿子挥拳头的秀美女孩，姑娘，你这是干什么？

八宝一恼，说，干什么关你屁事！你谁啊！

柯小柔说，这是我妈！

八宝直接傻了，说，妈！啊不！阿姨！对不起对不起……

柯小柔他妈脸青一阵白一阵的——顿时觉得自己的儿子一定是平日里交友不慎，才"误入歧途"，幸亏自己铁腕十足才挽救了儿子的余生。

就在她不停地往坏里构想着八宝的身份背景时，小Q脑子转得快，一把抓过解释不清急得抓狂的八宝，说，阿姨，您别见怪，她是小柔的前女友。小柔结婚了。新娘不是她，心里憋得慌。

最合适的理由了。

这关系，在此刻，甭说给她儿子一拳头，就是打成马蜂窝，也是应该的。

我和金陵面面相觑，目光对视中交流着对小Q智慧的赞叹之情。

柯小柔的母亲顿时表示能理解了，但是又更糊涂了——前女友？但无论是理解还是迷糊，当务之急都不重要，重要的是——她将柯小柔扯到一旁，说，快让她走吧！

柯小柔看了八宝一眼，很无奈，说，姑奶奶，走吧！

小Q也忙拉八宝离开。

八宝显然不甘心，她看了柯小柔一眼，用那双勾魂摄魄的眸子在对话——不是吧！有你这么对朋友的吗！我情伤不下火线坚持出席！你就这么对我啊！你昨夜让我在我心爱的男人面前跌了个狗吃屎我都不拆你婚礼，这不是真爱是什么！而且，我为了参加你的婚礼可是花了血本钱买了这件华伦天奴啊！

柯小柔直冲她眼色，姑奶奶，我改天给你做牛做马。

八宝可不领情，做牛做马怎么能行，我让你做爹。她突然恶作剧似的来了一句，涕泪俱下，柔啊，我怀孕了，是你的。男孩！

柯小柔的脸立刻绿了。

柯小柔他妈正转身离开，一脚踩空，直接靠到金陵和我身上，我们俩没反应过来，就同她一起摔倒在地上。

41

可有些事儿吧，你躲得了初一，躲不过十五！

我只是完好无损，可金陵，被柯小柔他妈给压得尾椎骨断裂。

金陵趴在病床上，她说，姜生……我……到底……做错了什么……为什么……我要这么狼——狼——狈——

她说，其实我想优雅一点的，把我脚踝压断也好啊，为什么是这里，为什么是这个姿势，为什么……

我看着她苦中作乐，心里挺疼的，我说，你省点儿力气吧。

这时，钱至走了进来，金陵立刻恢复了楚楚动人之态，眉心蹙的，眉梢颦的，刚才的抽风状态全然不见了。

钱至看着她，说，医生说好好休息。你别太担心。

金陵敛着眉点点头，说，嗯。

八宝在一旁直撇嘴。

钱至说，我去给你倒点儿热水。

他刚走出门，八宝就站起来，说，都说我作，其实，哪个女人不作！男人眼前都恨不得刻脸上一贞节牌坊，背地里还不跟个大马猴似的。

金陵皱了皱眉头，说，你说谁呢！还不都是你害的！

八宝说，要怪怪小Q！说什么前女友的。

金陵说，那你也不能扯什么怀孕啊。

八宝摆摆手，说，大姐，灵感一下子上来了，我也控制不住我自己啊！

金陵直接无奈，趴在床上不住地叹气。

八宝看着她，也叹气，哎哟，怎么偏偏弄伤了尾椎骨，这个姿势趴上几天，C杯都压成了A！你本来就是个A的可怎么办啊？

金陵脸一黑。然后，她有气无力对我说，姜生！我同意你把我和王主任埋在一起了！只要你把她弄走！

但最终，走的人是我。

八宝留下来照顾金陵，虽然金陵几乎是认命了的悲壮眼神，但也别无选择。

八宝抱着钱至倒给金陵的热水笑得跟个狼外婆似的，她端到金陵面前，文绉绉地叹了一句，万般皆是命，半点不由人啊。

钱至对金陵说，我送她回去，很快就回来。

八宝说，去吧去吧！我照顾得了。

其实，我本想留下来照顾金陵，但看得出钱至眼神中的为难——我要不回程宅，他没法交代。

我和钱至刚要离开，柯小柔就风一样冲了进来，尹静紧跟其后。

柯小柔一进门就冲过去，死命地抱着床，表示自己的母亲把金陵弄成这样，他于心难过，一定要在这里照顾金陵。

我和钱至面面相觑，碍于尹静又不能太"相觑"

金陵就笑，说，多大点儿事儿，还有八宝呢。

柯小柔当时看了八宝一眼，恨不能把八宝从窗户扔出去，或者有点儿什么化骨水把八宝给化掉，他看着金陵说，还是我和尹静照顾你吧，毕竟是我妈把你弄成这样。

尹静点点头，说，小柔说得对。大家都是朋友，就不要这么见外。

柯小柔的眼神里充满了恳求，金陵一时不知道该说什么。

八宝在一旁恶作剧般地笑了笑，说，这怎么能行呢。新婚之夜，洞房花烛都来不及……是不是姜生？

我装作没听到，我可不想被柯小柔泼化骨水。

柯小柔的眼睛狠狠地剜了八宝一眼，他恨不能将自己镶进这张床里，但嘴上却说得义正词严，说，我的朋友都这样了！谁还有心思洞房花烛！那是禽兽！

八宝拉过尹静来，说，架不住我们女人就喜欢禽兽！对不对啊，静啊？

柯小柔当时就有一种"八宝！我们同归于尽吧！"的念头。

好在尹静很体恤他，温柔地看了他一眼，对八宝说，我们还是一起照顾金陵吧！要不，我们俩都不安的。

后来，据八宝说，那天夜里，柯小柔的洞房花烛之夜，就是在病房里，四个人大眼瞪小眼度过的；最后三个人在趴着的金陵背上玩牌，斗地主，一直到天明。

42

感情的事，盲人瞎马，愿赌服输。

那天，我和钱至从医院回到程家，夜色已深。下车，钱至为我撑伞。

刚走到楼前，我一抬头，愣了一下，只见程天恩正坐在轮椅上，等在楼前。

潇潇雨下，他望向我的眼神，阴鸷到可怕。

一丝一毫都不隐藏。

我的心"咯噔"一下，顿时觉得之前感谢"二少爷的不杀之恩"太早。

他刚要开口，二楼上窗帘突然被拉开，程天佑的声音传来，似乎是在对身边的人说，这雨！下了两天了！

然后，有人应声说，是啊，大少爷。

程天恩抬头，看了楼上一眼，转脸看着我，握在轮椅上的手慢慢地缩起，握紧，最终，松开；他冷笑了一下。

钱至连忙上前，说，二少爷。

程天恩看都不看他一眼，汪四平抬头看了看二楼，也忙不迭上前，对我笑了笑，说，太太。

说完，他就连忙推着程天恩离开。

程天恩离开的时候，对钱至冷哼了一声，说，别整天围着这个女人转！你的任务可是照顾我哥！他昨天可摔伤了！！

他的声音中充满了冷漠和厌恶，头都没回。

钱至只能俯身点头。

我抬头，二楼窗帘已经合上，寂然无声；仿佛刚刚并不是有心解围，只是寂寥雨天，程大公子突然少年情怀地感喟。

走进楼里，我问钱至，说，他……摔得很严重吗？

钱至说，他昨天非要骑马……还是一匹眼睛坏了的马……

我一惊，他疯了吗？！

钱至看着我，说，他早就疯了！

我一怔。

钱至忙道歉，说，对不起，太太。我失态了。

我摇摇头，心中酸甜苦辣五味齐聚。

这时，汪四平又从外面走了进来，他看了看我，还是躬了身，说，太太。然后，他对钱至说，钱助理，二少爷有请。

钱至一怔。他转头对我说，烦劳太太转告大少爷一声，我先去二少爷那里了。很快就回。

钱至跟着汪四平走后，我上楼，步履沉重。

——他疯了吗？

——他早就疯了！

负疚生出的痛楚，锥心刺骨。

我想起刚刚程天恩望向我的阴鸷到可怕的眼神，也是为了程天佑的受伤吧——他眼盲之后的每一种不幸，都会令程天恩对我的恨多一些。

我深深吸了口气，让自己有力量走下去。走到他门前，我迟疑着，不知如何敲开这扇门；纠结之际，门突然开了，有人出来，似乎一怔，喊道：太太？

我一看，也是程天佑的贴身保镖，负责日常安保的，叫颜泽，我到程宅后，钱至多陪在我身边，于是，颜泽在负责安保之外，便更多地负责程天佑起来；他正推门要匆匆下楼的样子。

他一见我，很恭敬，说，大少爷他在。太太，您请。

他转身离开，将门很有分寸地开着。

我都不知道自己是怎样走到他眼前的。

他似乎是循着脚步声，脸微微侧过来，冷漠的容颜，微微蹙起的眉，似乎在分辨着什么。

我声音微微颤抖着，说，是我。

他说，我知道。

原打算只是转告一句话的，可当我看着他脸颊上的擦伤，心一酸，说，他们说，你的腿给摔伤了……

我说，你怎么这样折腾自己啊……

我的话音未落，他的声音突然响起，正气十足，如利剑一般，将我的话斩断，他说，程太太！

我愣了一下。

他说，你觉得你这埋怨而心疼的话说给我，合适吗？我不是你的谁。我是，也是你的大伯哥。

我看着他，一时不知说什么。半晌，我解释，我、我没有别的意思，我只是……

他低头，唇角弯出一丝悲伤的弧，冷然一笑，说，只是什么？只是怜悯我，同情我？是吗？

我忙摇头，不是……

他唇角轻轻，笑，一丝悲凉，骗子。

他说，就说现在！你的眼睛，它一定是充满了怜悯、同情！在望着我，对不对？

他说，程太太！既然这样，我们就把事情说开了，求您不要时时刻刻用这种怜悯的表情看着我！

他说，您更不必这么内疚！感情的事，盲人瞎马，愿赌服输！我失明了也是为了我爱的女人！我不后悔，更不遗憾！重来一次我依然会这么做！

他说，如果她懂得我，就离我远远的！好好地过她自己的生活！别用她泛滥的同情心来施舍我！折磨我！羞辱我！

我如鲠在喉，却百口莫辩。

他说，你走吧！

我看着他，难过极了，说，我们一定要像仇人这样吗？

他冷笑，不然呢？难道像情人吗！

他一把推开手杖，起身，指着门，冷冷地，一字一顿，警告一般，说，从现在起，不准靠近我！不准招惹我！不准踏进这间房半步！否则——

他说，后果自负！

我看着他，良久，原来这些天里的冷漠，本来已经是再好不过的表示，婉转说来是：离我远点儿！难听一点儿就是：滚！

是我太笨，没有猜明白。

我吸了一口气，说，好的，大哥。

他冷冷回敬，谢谢，弟妹！

43

那就一起下地狱吧！

我推门而出，却想起，钱至的话还未捎给他；又是难堪，又是伤心，但还是折回他门前。我敲门，赌着气，说，我不是来招惹你！更不是来接近你！我也没踏进这房间半步！我过来只是想告诉你钱至他……

我的话没说完，门已被重重扯开，他立在门前，如同塌下来的天。他眼里燃着一团冰冷的火，他说，你招惹我！

我一惊，忙后退，我没有！

他说，我说过！后果自负！

我未及再辩解，已被他一把拽了进房间。

身后，恰逢刘妈路过，惊到端着的茶杯砸在了地上，她惊呼：大少爷……

没等我反应过来，已被他拽进屋子扔到了床上；未及我惊呼，他的吻已经落在了我的唇上，狠狠地，是掠夺，是报复，是隐忍，更是痛苦；我整个人如同虚浮在这个世界上一般，一切皆是空白。

他一只手将我的双手狠狠地压过头顶，另一只手却又克制着温柔地陷入我的细软的发间。长期以来，矛盾的痛苦，冲撞着他，挤压着他，不疯魔，不成活。

我挣脱不得，便狠狠地咬了他的唇，他吃疼地蹙着眉，却并不肯退缩分毫——那种腥甜的气息，是他寸土不让的决绝。

我惊恐失措，却渐渐沦陷。

我望着他，眼中的泪光点点。

他看着我，眸中的决心寸寸。

——你疯了吗？

——我疯了！

——你不知道我是……

——我知道！但我也说过，若是我爱你，就是天王老子拉着你的手！我也会带你走！不管你是未嫁云英，还是罗敷有夫！你这辈子只能是我的！别跟我说人伦！更别跟我提道德！我若要你！就注定要不了这些！

——你这个疯子！

——那也是被你逼疯的！

身上的衣服，在他的手上碎成寸缕。

那一刻，是惊恐，是犹疑，更多的是混沌，而这一切，在我望向他那双黝黯的再也见不了天光的眸子那一刻，便成了认命！

女人啊，总是傻的。

千百年来，做得最娴熟的事情，便是以身相许，情债肉偿。

如果，我的身体能弥补我曾给他的伤害，那么任他予取予求；我一无所有，唯一所能供奉于他的，偿还他的，也只有这副我憎恨的、被伤害过的身体……

我停止反抗的那一刻，他却愣住了——你……

我攀住他的颈项，凭着本能，笨拙地回吻着他的唇；这一刻，若是沉沦，便能同过去割别，我不想听任何言语。

我的眼泪滑落，他突然推开了我，将我重重按回床上，隔着距离，仔细地"端量"着；他的表情越冷静，我就越难堪。

他突然笑了，那么轻薄，你知道你在做什么吗？！程太太！

我看着他，绝望如同笼中囚鸟，说，这难道不是你想要的吗？

他摇头，手指轻轻地划过我的锁骨，说，程太太！你可是在偷人！是在和你丈夫的长兄通奸！搁古代，会被浸猪笼的！

他还是恨我的，所以，折磨我，羞辱我，便是他乐趣所在。

我心里长长一声叹息，笑，就义一般的表情，说，别说浸猪笼！就是下地狱？！又怎样？！

我凄然的笑，决然的话语，让他愣了，但是，他迅速地收回心神，笑，下地狱也不怕？！就为这片刻偷欢？

他摇头，不忘挖苦，程太太！您这样，会让我觉得舍弟满足不了你！

他提及凉生，我乍然惊醒。

我还没来得及推开他，他突然一把扯开了我胸前的丝被，整个人欺了下来，他说，好吧！那就一起下地狱吧！

44 | 浮生若梦。

就像一场梦。

碎裂，浮于空。

每一个碎片，都定格着一个瞬间；一帧帧，悲喜嗔痴，悬于时光悬崖。

历经风吹雨打，最初九死未悔的痴勇最终消弭，到最后，再也无人前来，万死不辞地吊唁。

这红尘，痴男怨女，履冰临渊的爱情。

终不抵，浮生若梦一场。

45 | 三弟以后可得常回来！
   | 免得大哥对你思念太过，爱屋及乌就不好了。

他从浴室里，缓缓走出。

走到我的身前，水珠从他的发梢滚落，贴着他冷峻沉默的脸颊，他将一件熨烫整齐的衬衫，放在我的眼前。

转身，拒人千里之外的姿态。

我低头，望着他的衣衫，突然恍如隔世。

我第一次穿他的衣衫，是十六岁。

十六岁。

时光竟然就这么呼啦啦地飞走了，只留下这百孔千疮的现在。

我抱着光光的胳膊，只觉得无边的孤寂，眼泪不知道为何落了下来，落在床上，他的衣衫，我的膝前。

一张柔软的纸巾搁在我眼前，抬头，是他沉默冷峻的容颜。

突然，我抬头，直直地盯着他——那一刻，一种很强烈的异样感，可又说不出是哪里不对，但总觉得似乎有什么地方不太对！

他转过身去，说，今天……你忘掉吧。

我一怔，看着他的背影，这云淡风轻的话语！这洁身自好的姿态！简直风霜高洁的楷模！不在脑门上刻下"贞洁烈夫"简直对不起他！

我冷笑，忘掉？难道今天有多么值得记得吗？

我像被坏女人附身了一样，走下床，绕到他眼前，倔强的将衬衫扔到他脚边，身无所寸，看着他。

他倒吸一口冷气，转身，背对着我。

我冷笑，你倒是看着我！告诉我，今天有什么值得记得？是记得您让我欲罢不能，还是记得您的无能呢？大哥！

永远不要说一个男人"无能"！

他被激怒，猛然转身，回敬于我，弟妹！你再口无遮拦，我会误会你欲求不满、欲壑难填！

我气急，说，你！

他挑了挑眉毛，说，还要我再说得难听一些吗？

不要与男人比底线，他们压根儿没底线一说。

我大概被气糊涂了，豁出去了，说，好啊！我就是不满！你倒是填啊！

他愣了一下，似乎不敢相信自己耳朵；而我，死撑着迎着他的目光，心里却有一种扯着舌头勒死自己算完的感觉。

他突然笑了，捡起脚边的衬衫，放我的手里，轻薄地打量了我一番，说，那也得你让我有填的兴致！可惜……啧啧！

我心里咆哮过千万只草泥马啊！

就在我打算抱着程天佑一起跳楼同归于尽算完的时刻，门外，响起脚步声，匆匆踏在楼梯阶上。

刘妈声音微微高起，她说，三少爷？！

她大着声音说，三少爷，您回来了。

我直接呆住了。

程天佑也愣了。

我们两人的眸光突然碰在一起，我迅速将他的衬衫穿在了身上，崩溃而狼狈——他回来了！

这是我们俩谁都没想到的！

脚步声未做停留便向了三楼。

我仍然手足无措。

他倒是突然冷静了下来。

他一冷静，我就产生一种想去暴打他一顿的念头——你这贱人！还妄想旁观，就是捉奸也是一灭一对的！

程天佑指指衣帽间，极无辜，我愣了愣；他看了看我，那表情就是：哟，不满意？好吧，我想想！然后，他又指了指床底，长眉轻轻挑了挑。

这哪里是帮出主意！这简直是挑衅！

房门外，再次传来刘妈的声音，她似乎是没见过如此阵仗一般，声音都有些抖起来，说，二少爷！钱管家！龚先生！

我两眼一黑，家庭聚会啊？也不是这么个聚法呀！

程天恩微微警惕而又疑惑的声音传来，他问原地不走的刘妈，你，怎么会在这里？！大哥呢？

他原本是在隔壁楼和钱至"聊天"，从窗前突然看到凉生匆匆进了楼，哟西——宿敌回国了！热闹来了！他就立刻扔下钱至小冤家，飞速地赶了过来；谁知，楼前又恰逢从巴黎归来的钱伯。

钱伯看到刘妈脚边一地碎瓷的时候，似乎已经嗅到了什么不好的气息。

刘妈还没来得及回答出个像样的答案来，就听见三楼又陡起一阵下楼的脚步声，然后，似是老陈的声音。

他一面跟着凉生，一面说，先生，您别这样！您一回来就这样，老人家得多伤心啊……话到这里，他声音微顿，似乎是看到了程天恩，忙喊了一声：二少爷。

只听程天恩的声音阴恻恻地传了进来——

他对凉生说，多难得！三弟回来了。您这么急匆匆的干吗呢？都到了大哥的房前，不进去探望一下吗？

钱伯突然上前，阻拦，笑道，你瞧，老龚都过来了，定是老爷子知道三少爷回来了。还是让三少爷先去老爷子那里请安吧。我这里，也正巧有事情要同大少爷交代。三位少爷，不如明日再叙。

程天恩素日尊重钱伯，但现在却以为他是在帮凉生开腔，笑，爷爷最愿意见到的，不就是我们兄弟情深吗！

说完，不等凉生反应过来，他就拉着他的衣袖往房里来——

——大哥，大哥！三弟回来了！

——大哥，你在哪里？

——大哥！你没事吧！

我魂飞魄散，只能往床下躲；程天佑脸色一凛，一改戏谑，飞快将我拽起，一把推进浴室里，迅速打开花洒。

水声哗哗——

他单手撑着墙，我被迫紧贴在墙壁上，不敢直视，这细微距离下，他的眉与眼；狭小的浴室中，雾气弥漫。

钱至在门外，见无人应声，飞快从程天恩和凉生身后绕过，奔了进来，声音透着吓坏了的味道，大喊，大少爷——

他迈进卧室，一听到了浴室的水声，松了口气，停住了步子，问，大少爷，你没事吧？

程天佑抓着我的手，隔着水声，很冷静，说，没事。

钱至松了口气，说，没事就好。

他说，二少爷和三少爷在客厅等您，您看……他的目光扫到卧室中，那碎成寸缕的熟悉衣衫时，整个人傻了。

他回头，原是想向父亲求救，却见身后，程天恩的目光也落在那碎裂的衣衫上。

突然，程天恩哈哈大笑。

他转动轮椅，回头，瞟了凉生一眼，又瞟了满面严肃的钱伯，笑得眼泪都快流了下来，他原是想拖凉生进来看看，因他妻子目盲的兄长，他想痛斥他们的幸福，令另一个人这般痛苦。现在看来……报应来得太快了！

他笑得眼泪乱流，跟汪四平说，平啊，给我点儿面纸。

汪四平上前，小声纠正，平叔，二少爷。

程天恩没理他，一面擦拭眼泪，一面笑着转动轮椅。

离去时，他不忘回头，对凉生说，三弟啊！以后可得常回来！免得大哥对你思念太过，爱屋及乌就不好了……

凉生怔了一下。

46

错肩离开的那一刻，我木然一笑，我还回得去吗？

水从花洒之中喷洒而出，落在我和他身上。

温热的水都温暖不了我周身的冰冷。

咫尺之外，凉生他在。

从惊惧到负疚，这一夜，千百滋味，人生比戏还像戏，让人欲哭无泪。

他说，你在发抖？

他冷笑，他若真撞进来，不是更好？他休了你，我就收了你。

他说，我记得，好像有人说，要嫁我，做情妇也可以。娶！我娶不了！情妇倒真可以。这有夫之妇做情妇，虽说新鲜刺激，但论起来还真不如你单身更方便我金屋藏娇……

他语调轻慢，眼眸冷魅。

水声，将这冰冷的暧昧的一切掩在了这小小的一室里。

我瞪着他。

这个时候了，天都捅下来了，你还有心思开小差逗乐！我突然有种所遇非人类的感觉。

我又恼又恨，既恼恨自己，也恼恨他；更有那心下一角悲哀，为自己，为凉生，为他这游戏人间的姿态。

程天恩离开后，老陈的眼睛瞟向卧室的那堆裂帛，只道是少爷们的平常风流艳事，和龚言相视了一下，转脸，笑了笑，对钱伯说，钱老有事要和大少爷商量，那我先陪三少爷去给老爷子请安了。

凉生似对这诡异香艳避之千里，冷着声，说，不打扰了。

钱伯松了口气，点点头，又看了龚言一眼。

龚言倒不动声色，只随着凉生和老陈而去。

一室之隔，花洒之下，程天佑在我耳边冷笑，听起来，我这弟弟是洁身自好的君子！想必他误会你也是同类了吧？

我咬牙切齿，下流！

他冷笑，窃玉偷香的下流，也比做君子绿云绕顶好！

门外，钱至识趣地将凉生和老陈送走，刚走回客厅，没等松口气，钱伯就狠狠甩了他一记耳光。

我的心顿时沉下去，再傻我也知晓这耳光是对我的愤恨。

程天佑伸手，关了淋漓的花洒，径直走出去。他对钱伯说，这是我做下的错事，与钱至半点关系都没有。

钱伯忙躬身，强掩情绪，说，大少爷！您怎么会有错！错也是犬子！是他的不周到致使这种的事情发生。

我浑身湿漉漉地走了出来，看着钱伯，说，钱至没错！错的是我！您要怎么惩罚，我绝没有半点怨言。

程天佑看了我一眼，说，这儿没你的事儿！

钱伯躬身，说，太太。

他客气，恭敬，没再说话，但是沉默之间，他周身的那份气势无一不在宣泄着他没说出来的话——我只是一个下人，怎么能去惩罚主人！想来太太的心现在也好受不到哪里去吧？一个男人为你不辞万里，你却在另一个男人身下荒唐。

钱伯的沉默，程天佑自是看得懂。

他将我挡在身后，对钱伯说，我不敢毁了她的清誉。今日之事罪责全然在我！是我少爷性起，任性妄为。旧欢负情，心有不甘，七情难灭，痴嗔难断……

他的声音克制而隐忍，端的是君子风度，就仿佛刚刚那个对我极尽轻薄言语的，游戏人间的，不是他。

他的话，明明是揽责，却无比悲辛。

钱伯顿足叹气。

程天佑转脸，对钱至说，让刘妈找套干净衣服，送太太回房。

钱至喊来刘妈，刘妈低眉顺眼将一条松软的干毛巾搭在我身上，絮叨着，说，听钱助理说太太落水了，幸亏大少爷。太太，您小心别感冒啊！

刘妈用她睁着眼睛说瞎话面不改色心不跳的大院儿仆妇的演技再一次证明，真正的影帝影后在民间。

我将毛巾从身上拽下，它落在脚边，如同萎地的洁白花朵。我从他身边走过，错肩离开那一刻，我木然一笑，我还回得去吗？！

他一怔，低头，将毛巾捡起。

我没看他，转身离去。

突然，钱至大喊了一句，大少爷！您的眼睛？！

那一刻，我仿佛被雷击中了全身——刚刚困扰着我的那些异样感，一串串画面，一幕幕闪现，他举手投足间的自如、连贯……终于，在钱至的惊呼中终于变得清晰！我终于明白是哪里不对了——他的眼睛。

我猛然转身，望着他！

钱至正呆呆地望着程天佑和他手里的毛巾。

钱伯也愣了。

程天佑不作声。

这时，屋外有人匆匆冒雨赶了过来，气喘吁吁地说，太太，不好了！三少爷他、他出事了！

程天佑一怔，怎么……

他的话音未落，我已不顾一切地奔了下去。

47 | 他说。

他说，我因她目盲又怎样？因她不顾性命又怎样？我的眼睛是她心里永远的伤疤又怎样？就是在这样的一刻里。

最终，全抵不过一句：他出事了。

48 | 他知道。

偌大的宅院，在这个雨夜前所未有的灯火通明。

我不顾一切地奔跑在雨地里，向着水烟楼奔去。这时，却见有人从水烟楼的大堂里缓缓走出，擎着伞，身影如墨。

是龚言。

他走下楼阶，说，太太！您留步！

水烟楼前，龚言截住了仓皇失措的我，冷静而从容，说，太太！您莫急！其实三少爷没事！

我一愣，一脸雨水的狼狈，没事？！

龚言叹了口气，说，刚刚，我从大少爷那里接三少爷，本不知太太也在……他干笑了一下，看了看我，说，刚才进老爷子屋里之前，三少爷突然吩咐了我，让我派人去帮太太……嗯……帮太太您脱身……

我看着他，只觉得五脏俱焚，脸上是火辣辣的疼与羞，我艰难地问，他……

知道……我在……

每一个字，都如滚烫的烙铁一般，烫过肺腑，烫过舌尖……

龚言看着我，点点头。

49

囚鸟。

水烟楼的落地窗前，他望着宅院里前所未有的灯火通明。明亮而刺目的光，像是特意为今夜照亮他的狼狈而存在一般。

外祖父的声音从躺椅上传来，现在，你看到了吧？

他沉默。

她身上宽宽大大的衣衫自然不是他的衣裳，就在刚刚，在他为她坚持、为她同祖父势同水火、天崩地裂那一刻；龚言不知在外祖父面前悄声耳语了什么，外祖父说，罢了！去吧！

龚言就悄悄地退下。

当这庭院里的灯火全都点亮的那一刻，她从那栋楼里飞速奔跑而出，身上是未及换下的衣裳，只是你为什么不换下，为什么让这一场义无反顾的归来，变成了讥讽，变成了笑话。

他突然觉得浑身冰冷。

老人叹息，说，妻贤夫祸少啊。

他沉默，外公意思他怎能不懂。

老人说，我老了。你大哥目盲，你二哥腿疾……程家正值多事之秋，所有一切都系在你一个人身上……少年夫妻情事真，我自不会拆散，只是，也希望你能为程家做一些担当……

他冷眼一笑，不会拆散？

老人点点头，语气那么冷静，冷静得如同在谈一笔生意，说，我保证，你不会因为同沈家的联姻而失去她。

他看着外公，好一个不失去！

老陈看着老爷子，试探道，老爷子，您的意思莫不是……

老人点点头。

他望着外公，说，她是云中雀，我怎么忍心让她做这笼中鸟！

老陈忙拦住他，焦急地说，先生！我知道，这么多年来，袒护她已成了您的习惯！只是，现在的她，不是您闯了祸的妹妹！而是您不忠的妻子！老爷子若不是爱护少爷您，太太如此行径，就是程家的笼中鸟，她都没资格！

他说，先生！不忠的囚鸟总好过不忠的云雀！不忠的妾好过不忠的妻！

老陈明白，有些话，老爷子是不方便说，那么，只能由他这个下人来说。

老人说，我也倦了。云雀还是囚鸟，不过一个称谓罢了。

离去前，老人望了一眼窗外，说，是要一个如此的她，还是要这锦绣程家，你自己决定吧。

50 | 灯未熄。

这个世界，你想羞辱一个男人，最好的方式，那就是占有他的女人。然后再将她热腾腾地送回到他的身边。

这话是程天恩说的，他端坐在程天佑的书房内，一副大仇得报无比满意的模样，感慨，大哥就是大哥！我还是嫩了点儿！

他转头对汪四平说，四啊！我这要是发到朋友圈里，一定很多人点赞！

汪四平依旧不忘纠正，说，四叔，二少爷。

汪四平突然问，说，二少爷，你怎么……不喊"汪"？

程天恩脸一黑，说，喊汪的是狗！程天佑端坐在那里，脸色越加难看。

程天恩笑，哟！大哥！楼上的灯居然不熄！这年轻人啊，就喜欢新鲜刺激！

人心真的很奇怪，刚刚他明明在为程天佑"大仇得报"而开心，这一刻，却因为程天佑的严肃，便故意撩拨他，竟觉得也是一桩乐趣。

程天佑脸色一凛，说，你该回去睡觉了！

程天恩笑，大哥那么严肃干吗？我只不过说楼上的灯，也没别的意思啊！哟！你看窗外那两只鸟儿睡得，多亲热……哎也不知这三楼床下可曾铺地毯？三弟他小别胜新婚！别扰到咱这二楼才好……

钱至在一旁，说，二少爷，您就少说两句吧！

程天恩的脸色一变，说，你一个下人！这里哪有你说话的份儿！

程天佑抬头，对汪四平说，让二少爷休息去吧！

汪四平点点头，忙扶着轮椅离开。

程天恩不甘心地回头，说，大哥怎么赶我走？这雨夜漫漫，我好心怕大哥无聊。你要是烦，就把窗外那两只鸟儿一齐赶走好了……哟，宅子里还有夜猫叫春了……

51 | **秘密。**

雨，一直未停。窗外，扑棱棱的，是树枝上飞来了的那两只鸟儿，许是躲雨；交颈而眠在他的书房窗下。

夜，深了。

三楼的灯，依旧亮着。

他走到后院里。

这里连着后山，平日里总听闻有野猪在后山出没，虽然依着树木的长势有围栏在，但到了深夜，鲜有人至。

抬头，却见钱伯，他坐在那里，并不躲避牛毛般的细雨，如同一颗日渐枯萎的老树，追忆着曾经短暂的盛世。

程天佑微微一怔。

钱伯说，她睡了。

他愣了一下，抬头，看了一眼三楼的灯。

钱伯突然又笑了，说，这是她最后一次睡着，我却没有为她送上一束花。

他这才明白，原来钱伯说的不是她。

钱伯回头，拍拍身边石凳，说，来！

他迟疑着，坐了过去。

钱伯望着他，说，都不知道从什么时候开始啊……咱爷俩，不再说心里话了……

程天佑看着这个老人，不知道他今天怎么会突然说这些话，但自己心底藏匿着的某处柔软还是被撩动了一下，那是一种来自于童年旧忆的特殊情愫——

曾经，钱伯对他来说，意味太多；他的心事，他的秘密——三岁时对黑夜的恐惧，五岁时为死去的小狗哭泣，六岁时放野火烧掉的后山……十七岁时最初爱上的女孩……

钱伯说，我啊！看着你长大！一直都觉得啊！你是个孩子！你三岁时，我觉得你是孩子！等你三十了！我依然……觉得你是孩子！大人啊，总不把孩子的事儿啊当真！尤其是什么情啊，爱啊的，觉得那就是孩子过家家……

钱伯叹了口气，转头，看着他，说，大少爷，今天啊，你就当我这个老人喝醉了。说了什么话，错的，对的，你都别往心里去。

钱伯说，大少爷，您一直推托眼睛不好，是为了躲避同沈家的联姻对吗？

他没回答。

钱伯说，为了她？

他沉默。

钱伯说，难道您不知道这样会导致你失去继承权吗？你会失去所有！失去一切！

他依然沉默。

良久，他说，我不是故意隐瞒你。

钱伯叹气，你顾忌我也是对的啊。我一直觉得你是个孩子，所以，太多事情啊，都是按着老爷子心思去做，虽然，想的是，为了你好。可是，如果真的是为了你，我就该像钱至那样，所有的准绳，都是一切为你。

程天佑说，我知道，这些年，您在我和祖父之间的那些斡旋，也知道您在我们祖孙两股力量间的为难；而且，您在三亚与巴黎，也没少为我和她担当。

钱伯笑，是宽慰。

他看了看程天佑的眼睛，说，我会继续保密的。不过……钱伯顿了一下，说，有件事情啊，我想有必要跟大少爷解释一下。我这次去巴黎，并不是去奉命去找三少爷，而是为了一点儿自己的私事。

程天佑愣了愣。

钱伯望着身边石凳旁的那棵笔直的水杉，语调寂寥而平静，说，我年少时，爱过一个人；几日前，惊闻她客死他乡……如今，我把她带回来了。

他说，你也为我在程家守住这个秘密吧。

程天佑看着他。

钱伯突然很漫不经心地说，噢！刚听龚言说，三少爷他在老爷子那里吃过茶后，就离开这里了，没留宿。也不知是不是老爷子给安排了什么重要的事儿……

程天佑愣住了。

52 | **画地为牢**。

他……没留宿？！他发现了？！

如此说来，自己真是害了她。

她的心是一座孤傲的城，他是叛乱的藩王，祸乱了她的心；她横下心迎他屠城的利刃，他却临阵竖了降旗。

那一句我还回得去吗？

他怎么能不知道，这不是问，而是愤怒——

你无礼！轻薄！孟浪！你来则来！去便去！过后呢？你报复了！你成功了！我再无颜面对他？！你怎么不直接一刀杀了我！

他的心如同被针扎了一般。

其实，今天。

他最终从她的身上仓皇撤离，长手一挥，白色的蚕丝被如同浮云落定，遮住了她雪般身体。

他转头，走进浴室。

不去看，那些生生诱惑，毒药般致命。

她愕然，如雾遮般的双眼望着他，青丝凌乱，红唇欲染；但他看得懂，她眼神之中，那微弱的庆幸，仿佛松了一口气。

她依旧还是十六岁的那个她，带着倔强，很少求饶；即使今天，她依旧倔强地承受着，甚至试图用"反扑"，掩饰恐惧。

印象之中，这些年来，她在他面前唯一的求饶，便是为了凉生。

他何其幸运，得到了她全部的爱。

因为爱，她才会吵架之后，赌气回国；因为爱，她才会失去理智，妄图一场乱性，惩罚凉生吧。

他终究是他们爱情的棋子！他们俩的博弈，输的却永远是他。

他憎恨自己是棋子！所以才会今天突然地爆发。而且，他也早已知道，凉生今天会归国。心中郁结，才会骑马发泄；那匹马原是赛马，他十八岁成人时，父亲赠他的，最终眼疾而盲。

浴室之中，冷水之下。

他渐渐冷静。

他曾经拥有过她，她的美好，她的身体，她的喘息……所有一切，足以令他对她的渴望一触即发；只是，最终，再多的憎恨，再多的渴望，还是生生克制住。

他苦笑了一下，难不成真的要成神了？

他曾经嘲笑凉生，嘲笑他的谨慎，在他看来那是懦弱的别称。

他也曾狂妄——如果我是他！如果我爱你！就是天王老子拉着你的手！我也会带着你离开！

可今天，铁一般的事实告诉了他。

他和凉生一般无二！

他以为自己可以不顾伦理！不顾天谴！不管她是谁的妻子！他也要得到她！她的人！她的心！她的一切！最终，以他之姓，冠她之名！

她是程太太！也只能是他的程太太！

这自以为是的雄心万丈，却最终瓦解——他可以不顾伦理，不顾天谴！她呢？

她终究是一个女子，要活在这茫茫红尘，他怎么忍心去毁了她的名声，让她去背负污点，此后一生，任人指点？！

若爱是羁绊，那么，她就是他在这世界上的，画地为牢。

凉生。

我嘲笑你，却最终，成了你……

53 | 兄弟。

车子缓缓地从水烟楼下，行驶出这座古老的程宅，这夏夜，雨不住地下，竟让人觉得凉意横生。

凉生在车里，回头，望了一眼，三楼的窗台。

灯亮着，是她在等。

他说，停下！

司机奉命刹住车的那一刻，老陈在副驾驶上，转头，看着他，唯恐波澜再起，说，先生……

他沉默，唇紧抿。

最终，他说，走吧。

他说，去看看北小武吧。

他本想说，我有许久都没去看看我这兄弟了，话到嘴边，又觉得江湖气浓，便只是说，我许久都没看到他了。

身后，灯光暖黄，暗夜成伤。

CHAPTER 04

姜生，这就是我们的爱情，

它蛮横霸道，从无公平。

54

程天佑，你这个浑蛋！你怎么值得她多少年都愿意？！

那一夜，我不知怎么睡去的，手机一直被我抱在怀里，不知是在等什么，微乎其微的希望。

卧室的灯，一直亮到明。

我睁开眼，又闭上眼，突然，又睁开，整个人像见鬼一样，起身——程天佑就站在我的床边！

他看着我，说，你醒了。

我胸口剧烈起伏着，指着门口，说，你走！

他说，我来，是为昨天的事情道歉的。

他看着我，晃了晃手中的手机，不知是该心疼还是心酸的表情，说，你等了他一夜？

他说，我进来的时候，它掉在地上。

我忙起身，抢回手机，抱在手中。

他看着我，说，你也不必给他打电话了。我刚拨了，无人接听。

我低头，一看，果然，手机上有几个拨给凉生的无回应的电话，不由急了，冲他喊，你凭什么？！

他说，凭我想帮你把他找回来。

他说，我昨晚各种联系他，一直联系不到。我以为你的手机，他会接电话……说起来，你怎么就一个电话也不给他去呢？你到底要有多骄傲啊？！

我看着他，起身，任由衣领滑下，下床，走到他眼前，说，我当然骄傲了！我当然不必给他去电话了！因为他昨晚就在这里！在这张床上！我们不知道有多好！

我盯着他的眼眸，紧紧地盯着，像一只好斗的公鸡一样，说，需要我告诉你吗？你满足不了我的，他都能满足！

他看着我，像看一个无理取闹的小孩，无奈地笑，眼底隐约着伤感，他说，要不要再把领子弄低一些，证明你们昨晚无比恩爱。或者干脆脱光？

他说，一定要装作自己是个坏女孩吗？你不是小九。学不像的。

我一愣，转而冷笑，多难得！您居然还记得小九？

他笑笑，我其实很想忘掉……

他说，他昨夜没回来？

我看着他，冷笑，他若回来，你觉得你还能站在这屋子里吗？

他说，昨天……让你们产生误会了。

他说，我会跟他解释的。

我回头，看了他一眼，说，谢谢大哥好心！只是不必了！

他看着我。我冷笑，说，大哥不是说了吗？他若休了我，你便收了我。现在不正合了你的心意了吗？

他看着我，说，你还在为昨天的事生气？

我看着他，再也抑制不住情绪的激动，我说，你明明眼睛好了，却不承认！你不就是希望我一辈子内疚！一辈子不安！希望我和他一辈子不幸福吗？现在你做到了，多好？！

他看着我，久久，苦笑，说，我希望你一辈子内疚？希望你一辈子不安？希望你和他一辈子不幸福？

他生气地说，好吧！就是你想的这样，又怎样？！

他看着我，说，我眼睛瞎了，你真有你说的那么内疚那么不安？你还不是一样嫁给了他？！夜夜春宵，日日快活？！

我气结，说，你！

他冷笑，说，程太太！您放一百二十个心！我会把您的情郎完完整整地找回来！绝不让您春宵空度，寂寞难耐！

说完，他拂袖而去。

我气得浑身发抖，狠狠地从脖子上扯下那枚巴黎时求来的护身符狠狠摔到门上！蹲在门旁哭得一塌糊涂。

不知哭了多久，我昏昏沉沉中，如同陷入一场幻境。

我看到了金陵。

冰冷的医院，白色的墙。

我对她说，好好珍惜钱至吧。他是个好男人！

她说，我知道啊。

然后她笑，冷静而又坚强。

笑容背后，我却看到另一个金陵在对着我哭，她说，可是姜生，怎么办？我忘不掉！偏偏是那个坏透了的人！

她抱着我哭，她说，姜生，我还是会梦到他，梦到他就守在我的病床边。所以我就闭着眼睛不敢让自己醒来，我怕梦醒了，他就不见了。

我也哭了。

然后，我又看到了凉生。

他将我从地板上抱到床上，然后就守在我的床边，望着我眼角的泪痕，久久不能言；他如清冷的白月光，浸了梦，梦都寒。

我不敢睁开眼，那一刻，我突然觉得自己变成了金陵，不，是变成了这世间所有怀揣着卑微爱情的女子——梦到了那个不敢梦的人，所以竟不敢让自己醒来，唯恐梦醒了，他就不见了。

他却还是从我眼前消失了，我发疯地奔跑着，拼命地寻找着，场景不停地转换，魏家坪，这座城，每一条路，每一条街，却怎么也找不到。

回头望去，却是巴黎街巷里，我为程天佑求取护身符的那一天——

我看到了那天的我自己，她穿着长长的裙子，站在那个女巫的面前。

那是源于古代埃及的一种古老法术——如果有人肯用十年的寿命，换取被庇佑人的所求，以血为封印，便能实现。

女巫神秘兮兮地望着她，却又严肃至极，她，姑娘，这不是玩笑。你会真的为此付出十年，被诅咒的十年，你想好了吗？

我不顾一切跑过去，试图制止她！

我说，他的眼睛根本就好了！姜生，姜生，你别犯傻啊！凉生！凉生他不见了！你快去找他啊！快去啊！否则，你这辈子都找不他了！

她却像是看不到我，更听不到我的话，那么坚决的表情，望着那个女巫说，只要他的眼睛能复明，付出多少年我都愿意！

这个傻瓜居然说我愿意！

我看着她那孤勇的小脸，倔强的表情，眼泪如同伤口上止不住的血，流了下来，我哭着喃喃，程天佑，你这个浑蛋！你怎么值得她多少年都愿意？！

55

别的原因？

三楼，她的哭泣声低低，在这个夜里。

书房里，他眉头紧锁。

抬头，望去，三楼的灯光亮着，那盏黄色的光亮，是她倔强的等。

她在等他。

钱至小心翼翼地说，大少爷，哦！不对！程总！咱不是说去道歉的吗？这楼上是被您道歉的诚意给感动的，都哭了一天了……

程天佑没说话。

颜泽走进来，看了钱至一眼，说，你还是喊大少爷好了。大少爷眼睛好了这件事情，还不想让你、我、钱伯之外的人知晓。所以，短时间不会回公司做程总的。

钱至愣了一下，说，刘妈她也知道……

颜泽一愣，随即说，刘妈七窍玲珑心，钱伯会照会，不必担心。

程天佑转脸，问颜泽，有他的消息吗？

颜泽摇了摇头，说，没有。各种方式用尽了。

程天佑沉默着，手攥起，握紧，说，一定得找到他！

颜泽说，是。

钱至说，要不登报寻人吧！

登报？程天佑和颜泽的眼睛双双望向钱至。

程天佑沉吟了一下说，实在找不到的话，这也算是个好方式了。

颜泽在一旁忍不住小声嘟哝，好什么！难不成您买下头版头条，刊登上，亲爱的三弟，我真没睡你老婆！你快回来吧！

程天佑的脸黑得乌七八糟，就差说，滚。

钱至直接乐了，自从知道了程天佑的眼睛手术成功完全恢复之后，他和颜泽的心情是极度轻松的，但两人又都不太敢在程天佑面前放肆。

半晌，他突然收住笑容，说，大少爷，你说，三少爷离开，会不会并不是因为他撞见了您和三少奶奶……而是别的什么原因呢？

别的原因？

程天佑愣了一下。

56

如果有一天，我像小九那样……你会原谅我吗？

我去医院探望金陵的时候，已是一周后。

八宝在电话里说，她明日就出院了。

我打车到医院门口，却见钱至从病房楼出来，刚要去停车场准备驱车离开，他一见我，连忙打招呼。

后座的车窗玻璃是一片玄色的黑，但那个身影，隔着那么远都让人发冷的气质，不必猜，是程天佑。

我怔了怔，不知他怎么会出现在这里。

我到病房的时候，几个小护士正在叽叽喳喳地讨论，说，哎呀，那个这几天深夜都来陪床的男人好神秘啊！帅死了！

我没在意，推门进去的时候，金陵睡得正香。

八宝走上来，说，姜生，你可真够朋友！这么多天你都不闻不问！柯小柔都比你仗义，人家不仅把病房作洞房！瞧见那张白床单了吗？人家当圣托里尼度蜜月了！

我笑笑。八宝就是这么一个人，每天都活得跟打了鸡血一样，只要一见面，你都会有一种被她鸡血喷一脸的错觉——这倒不是贬义，至少她能让你感觉这个世界还是很生机勃勃很美好的。

其实，每次见到她，我总会自觉不自觉地想小九，那个从十几岁就同我的命运纠结在一起的小九，那个义薄云天身世堪怜的小九，那个伤害我到喊不出痛的小九，那个所有人都让我不要再触碰的小九！

我在心里深深叹了口气。

八宝看了我一眼，说，怎么了？

我抬头看看她，说，看到你总会想起……一个人。

她说，小九？

我一怔，她居然也能猜得到。

她抱着手，笑，能让你对我说不出名字的，也就她吧。

她说，我说姜生啊，你有意思吗！怎么看到我就想起她？！我能和那个锡纸头一样！我多高端大气上档次、低调奢华有内涵啊！她一身衣服加鞋子也就五十块，我一杯咖啡就能买她全身！

我小声替小九辩解道，她现在不是锡纸头……

谁的十几岁没锡纸头过啊，就算没锡纸头，谁二逼青春里还没有那么一两个锡纸头的朋友啊。

就算是八宝，她把自己打扮得五颜六色的就在前两年。至于品位为什么得到了质的飞越，或许应该感谢小Q？她变成了网络红人安笙，经济突然好转，金钱的充裕，才让她如此有底气地嘲笑小九。

在我看来，她嘲笑小九，就是嘲笑自己草根过的青春。

刚刚踩上Christian Louboutin，手里的Louis Vuitton皮子尚未变色，大约已经开始学着遗忘了吧，三折时的艾格，二十九块钱的美宝莲唇膏。

八宝看着我，像在看一个奇葩一样，说，她害过你，你还帮她说话！姜生，你可真够、朋友！

我看了她一眼，说，你想说"够贱"吧？

八宝没想到我居然这么直白，伶牙俐齿如她，也语塞了。

我低头，说，确实挺贱！

但是，人这一辈子，好像就是这样，不停地犯贱！友情，爱情，亲情……不停地去爱去恨去原谅。就当有多大的遭逢，就曾有多大的幸福吧。也算值了！

我说，如果这是犯贱的话，我还挺感激的，在我的生命里，可以遇见你们这样几个，值得我去犯贱的人。

八宝愣了一下，说，遇到你们？她问我，包括我？

我点点头。八宝看着我，我被她瞧得有些不好意思了，一不小心感慨了一把，眼都有些微微的酸涩，却被八宝看得觉得自己像个女神经。

但是，我知道，有些遇到，终是生命里回避不了的遭逢。

草儿青，花儿笑，你我年纪都小小，肯为对方握拳头，肯为彼此去勇敢，小小的眼眶最易红，小小的心它最易软。

八宝沉默了一小下，她从口袋里掏出烟盒，刚点着，又熄灭，冲我笑了笑，说，哎，姜生，如果有一天，我像小九那样……你会原谅我吗？

我愣了，良久，笑，说，绝不！

57

老天给你的报应还少吗？！

金陵醒来的时候，天已经黑了。

她一看我，脸上特惊喜，就跟饱受摧残的革命战士终于碰到了自己的同志，就差扑我怀里哭亲人啊。

她伸了伸胳膊，问八宝，几点了？她说，我好久都没睡得这么香了。

那话，那表情，一听就是被柯小柔祸害得不轻。

她说，姜生，怎么一周不见你瘦了这么多！

八宝看了我一眼，那支细细的烟已在她手里被反复捏成了鬼，人却恢复了伶牙俐齿，说，三人行给累的。

我脸一黑，低头，说，减肥。

我给金陵端来半小时之前下楼买好的晚饭，她一面吃一面对我说，我以为住院终于摆脱了王主任的魔爪，没想到……柯小柔他……

她已经词穷，不知如何形容这七天的悲壮了；在旁人听起来，就跟被什么伤心事哽住了似的。

她说，姜生，你说，这算不算报应？

我说，啊？

她说，姜生，你怎么老走神？

我说，没。

她说，算了。还是说报应吧。我觉得这一定是老天给我的报应！报应我该挽救尹静的时候不挽救！是这场婚姻悲剧的同谋！

我倒水，给她凉着，说，别胡说八道了。要说不挽救就是同谋，那我岂不也是同谋！怎么不见老天报应我呢？

她猛抬头，没说话，八宝也跟看大熊猫似的看看我，两个人那不敢苟同的眼神翻译过来，分明就是：老天给你的报应还少吗？！

朋友之间的默契固然可贵，可有时候真的可憎！她们的一个表情一个眼神我都能给自带上翻译功能。

我立刻翻了个白眼。金陵低头，吃饭，说，我可什么都没说！

突然，她问我，听说凉生回来了……

八宝一听甚是兴奋，说，哎哟！这个事儿我一直都想问你呢！姜生！你看你们三个人终于在一起了啊，快给我说说！很愉快对吧？

我没看八宝，问金陵，钱至告诉你的吧？

金陵摇摇头，说，不是。钱至他从不在我面前说程家的事。是北小武。小武说凉生归国那夜里去了他那里，还问他想不想出国旅游……然后，他那天要去戒毒所看小九，所以也没有心思和凉生聊，凉生很快就被他"撵走"了，他说，凉生离开的时候，说他"重色轻友"……

在八宝面前，提及北小武和小九，金陵和我一样，都是有些小心翼翼，她连忙补充说，忘记跟你说了，咱们的八宝新交了男朋友。

八宝冲我笑笑，说，一模特儿，帅得让人想脱裤子！

八宝的遣词造句总是惊天地泣鬼神，我就从没想过帅可以和裤子扯上关系。

每个人都有自己的秘密，无法同人去讲，无论分担还是分享。

八宝有事提前离开了。

金陵吃过饭，见我情绪似乎又很低落，说，你也回去吧！我被柯小柔折腾得好多天都没捞着好好休息了，今天早些睡。

我说，那明天我接你出院。

她说，好。

我安置好她睡下，正要离开，钱至却推门走了进来。

我疑惑，你怎么……没走？

他说，哦。我是正好又回来，父亲过来帮三位少爷取体检报告。我也正好顺道上来看看她。

我点点头，她刚睡了。我先走，你在这里陪她好了。

钱至看了看她，说，我也得回去。一起吧。

我说，钱伯他……

他说，似乎是报告出了点儿问题。父亲得在这里待一会儿，他已经交代一会儿让司机过来接他。

我们俩刚一出门，就听到对面护士站里的几个护士在交谈，一个说，这姑娘真可怜！年纪轻轻，还没结婚呐，就尾椎骨裂纹，将来可怎么怀孕……

一个年轻的护士不解，怀孕跟尾椎什么关系？

年长一些的护士叹气，说，年轻了吧！将来怀孕月份大了会压迫尾椎，要是断裂，大人孩子都不保！

见我们出来，她们忙低头做工作状。

我一呆，忙上前想问个明白，却被钱至一把拉住。

回去的路上，我们彼此沉默，直到回到程宅。

车停下那一刻，钱至突然开口，他说，医生早就告诉我了。

他说，我不让医生告诉她。所以，你也别让她知道。

我愣了愣，点点头。

我怀着心事上楼，在门前，却听见楼上有收拾的两个女佣在说话。

隐约间，听到有人对刘妈说，也不知道这三少奶奶的脸皮子怎么这般厚，被三少爷捉奸在大少爷的床上，还有脸赖在我们程宅里！

另一个帮声，说，可不是！三少爷回国一个周！就是来程宅都不见到这屋里来！这还不够吗！要我，直接投了湖里死了干净！

刘妈说，你们都省省吧！好好做你们的事。

我愣在那里，进退都不是。刘妈走出来，看到我的时候，愣了，太太。

我看着她，这大院里，也就她肯与我亲厚了。

这算不算，心凉之后，难得的温暖与安慰？

房间里，有人在小声嘀咕，装正经！前天她跟家人打电话，还说什么这种攀龙附凤不知羞耻的女人！什么伺候这样的人，每天堆着笑，你们当我不恶心！没办法！大的也喜欢，小的也迷恋！看着吧！早晚有报应！

58
她说，姜生，这就是命啊！

金陵出院那天，我们一群人全都出席了她的"出院仪式"；旁边的护士们在悄声议论，怎么不见那个夜探病房的神秘帅哥啊？

一位年长的护士笑，你们啊，就是小女孩啊！帅有什么用！又不当饭吃！

一位年轻护士就嘟哝，他每次来的时候，身边可都跟着保镖呢！一看就是能当饭吃的男人！

年长的护士笑得更厉害了，一面儿收拾着查房报告一面儿准备转身离开。离去前，她只当是小女孩偶像剧看多了，说，哟！还是都有保镖的人啊！那他就是帅得掉渣儿，那渣儿也都不是你们能惦记的。快去打针去吧！

几个年轻的护士不甘心，嘟哝的无非是，麻雀也能变凤凰的不甘心。

我暗自听着，一面揣测她们说的到底是谁，另一方面却真想跟她们说说，莫不说麻雀变不成凤凰，就是变成了凤凰，也有一群人等着把你的羽毛给薅干净，只等着你变成风干鸡！

我刚一抬头，却见钱至手捧着玫瑰走了过来，突然，他单膝跪地，跪在了柯小柔面前，吓得我肝胆欲碎，刚要想，我擦！事儿大了！再定睛一看，却见是对着被柯小柔搀扶着的金陵面前。

钱至从口袋里掏出一枚戒指，说，嫁给我吧！

金陵愣在那里。

北小武拍拍胸口，看了柯小柔一眼，说，吓死我了！

柯小柔说，我也是呢。

北小武连忙离柯小柔远远地；柯小柔的脸色也正了起来，对尹静说，大家都是爱开玩笑的人。

八宝挂在我身上，一副命不我予的悲伤表情，感叹道，说，你看看！有的人一个大耳光扇过去，结果扇得对方死心塌地地要求婚！有的人啊！你把心肝脾肺肾都掏出来给他，结果他当你是空气。

不！她立刻纠正道，是雾霾！

她说，姜生，这就是命啊！

金陵看着钱至，又看了看我，那一刻，我从她眼眸里居然看到了那种求救般的讯号，整个人都愣住了。

北小武在一旁，笑得跟只大尾巴狼似的，他说，老金！快答应吧！免得我总惦记着你！耽误了我你可赔不起啊！

金陵连忙低头，对钱至笑，说，别开玩笑了！哪里有人在医院里求婚啊！钱至！别闹了！

钱至看了我一眼，又看着金陵，说，甜言蜜语，我不太会说，我在医院里求婚，只想让你知道，从此，无论生老病死，我必不离不弃。

你的过去，我无法参与。你的未来，我奉陪到底！

他说，金陵，嫁给我吧！

金陵愣了愣，良久，就在我们所有人都对这次求婚放弃希望的时候，她不知为何，突然接过了钱至手中的戒指。

钱至将金陵抱起的那一刻，她笑得那么灿烂，我的眼泪流了下来，周围的掌声淹没了一切。

59

因为我也知道，这是我的感情最妥帖的安放之处。

那天，我们一伙人聚在金陵的小窝里。八宝依旧自告奋勇地下厨。

柯小柔在一旁，不忘刻薄她，说，哟！又下厨呢！人家郎心似铁，你就是仙女下凡都没用！

八宝立刻挥舞着爪子，一副老子跟你拼了的表情。

尹静不太熟悉我们张牙舞爪的生活，不由得吓了一跳。

柯小柔将尹静拉到一旁，说，静儿啊！别怕！自动忽视她那副要吃人的表情吧，她最近已经不怎么吃人了。

尹静就吃吃地笑，特温柔地看着柯小柔；柯小柔的身体却微微向外倾，本能地逃避。

柯小柔转头看了八宝一眼，说，快收起你那骨节粗大的爪子吧！瞧瞧那青筋暴露的样儿，恨不得别人都知道你是操持庄稼地喂猪养牛的一把好手啊！

然后，他说，你瞧瞧人家姜生！那小手儿！一看就是贵妇的命！

我擦嘞——避都避不及，怎么又将战火烧到我身上，那一刻，我竟听到了尾椎骨碎裂的声音。

八宝恼了，真恼了，她收起漂亮细长的手，说，柔哥！圆房了没？！

打蛇打七寸！

八宝生怕自己太文言尹静听不懂，忙翻译道，静儿啊，你们同床了没？

一瞬间，柯小柔的脸立刻赤橙黄绿青蓝紫的颜色都备齐了，我一看战火又起，立刻觉得自己的尾椎骨更疼了。

尹静大约被八宝的豪放给吓坏了，满脸通红。

柯小柔刚要说"老娘我跟你拼了"的那一刻，就被北小武给拦住了，说，八宝的嘴，你生啥气啊。

八宝却直接冲着北小武去了，我们姐妹的事儿关你屁事儿！你算老几？！

北小武摊摊手，忍了。

柯小柔也知道八宝的怨气全来自北小武，所以，也就不再同她计较了。

那天夜里，八宝给我们做了薄荷特饮，还有一桌味道怪怪的菜，柯小柔说，这菜什么味儿？

北小武放下筷子，走进厨房，问八宝，你做了些什么！

八宝说，炒菜啊！

北小武说，我是说你菜里放了些什么！

八宝说，洗衣粉啊！

你……

他们的对话刚落，我们一群人都疯了。我不要我的尾椎骨了，我挣扎着吐着满口的洗衣粉泡泡，举着杯子靠近八宝，问，这饮料里也有洗衣粉吗？

八宝摇摇头，说，那没有！

我放了心，刚喝一口，准备漱掉口中洗衣粉的味道。八宝紧接着一句，只放了点儿风油精！而已！

她说，而已！她居然说，而已！

那一天，承蒙北小武皇恩浩荡，我们全军覆没在八宝因爱生恨的报复中，最后，菜没吃，饮料也没喝，只分享了金陵私藏的几瓶葡萄酒。

北小武接到一个电话，对我晃了晃，说，凉生。

我一愣，笑笑，点头。他就去接电话了。

我看着他离开的背影发呆，再低头，看了看自己的手机，它是那么的安静，安静得就像被这个世界遗忘掉一样。

我的手在屏幕上摩挲着，他的名字反复地抚过，却最终未能按下——那一天，程天佑曾用我的手机拨打过他的电话的，很多遍。所以，我的名字应该躺在他的手机的未接来电中，很多遍。

我心事重重地抿下一口酒。

那天，金陵扳着我的脖子，对我说，以前，我以为爱一个人，就一辈子了，可是现在却发现，我们居然有着超能力啊，一个一个地爱下去，哈哈哈！

她明明笑着，可是，话里却是一种艰涩。

她说，姜生，真奇怪，住院这些天里，我居然一直会做同一个梦，梦到他，还梦到夜那么深，他就守在我的病床边。是不是好笑？

她笑，云淡风轻。

我愣在那里，多么熟悉的一幕，我从在幻梦里看到！似乎也从那群小护士的嘴中听到。我如鲠在喉，却不能言说，只能握着她的手，说，金陵，好好珍惜钱至吧。他是个好男人！

金陵对着我用力地点点头，笑，我知道啊。所以，我接过了那枚戒指。因为我也知道，这是我的感情最妥帖的安放之处。

她笑，冷静而又坚强。

窗外，飘起了雨。

60

我就是扔了，你都想也别想！

夜里，我和钱至刚回到程宅，灯光将雨夜撕裂，只见程天恩等在楼前。漆黑的雨夜，他如同暗夜之中的狼，眼眸里是诱杀捕猎的光。

我人还在微醺中，心里却已"咯噔"一下，完蛋了！这太岁不知道又要唱哪一出祸害我了！

汪四平一脸无奈地劝说着，二少爷，下雨，我们回去吧。

程天恩坐在那里，醉醺醺的脸上是一副"平啊，你给我滚"的微表情，眼睛却直勾勾地盯着钱至。

钱至的脸色也微微有变，他收起伞，说，二少爷。

程天恩冷笑，说，你还知道我是你的二少爷啊！

钱至沉默。

程天恩突然暴怒，咬牙切齿地冲他吼道，我那天夜里不是没对你说过！离她远一些！你是忘了吧？！

钱至倒也不露怯，说，二少爷的吩咐，我不敢忘……

钱至话音未落，程天恩已将一叠照片摔到了他的脸上，说，你不敢忘都跟她求婚！你要是敢忘还想怎样？！

钱至努力克制着，说，但这件事情。却难从命！

程天恩一愣，星眸如魅，银牙咬碎，笑，好个却难从命！你区区一个下人，不过我们程家一只狗，怎么敢去爱我爱过的女人！我就是扔了，你都别想！

我看着地上那些偷拍的照片，一张张，都是今天下午钱至医院里求婚的镜头；而此刻，程天恩又咄咄逼人，我不禁皱了皱眉头，挡在钱至眼前，说，什么下人！他在程家工作又不是卖身给你！！你凭什么要这么出口伤人。人和人都是平等的！

程天恩看着我，突然笑了，说，人和人是平等的？哈哈哈哈哈！钱至唯恐他出言伤我，将我拉到一旁。

他对着程天恩说，我要娶她。这是我的爱情，也是我的人生，我想和她过一辈子。她是二少爷您弃若敝屣的前任，却是我的心头所爱。她是您人生的一个过客，却是我一生愿意承担的责任……

钱至字字深情，程天恩看着他，突然蹦高了，说，你啰啰唆唆说这么一大段，是说我眼瞎，丢了宝贝，而你慧眼识珠吗？！

一贯自矜自贵的傲娇男人突然像个无赖泼皮一样发起疯来，就差在地上打滚了，他喷着酒气，说，钱至我告诉你！这天底下你爱谁你娶谁我都不管！反正她，你这辈子就别想！说完，他胡乱拽起汪四平就往钱至身上扔。

汪四平和钱至都没留意，一下子碰倒在一起，程天恩一见钱至倒地，就跟打了鸡血似的从轮椅上扑了下来，与钱至撕扯成一团。

我连忙上前去拉架，程天恩却回头一口咬在我的胳膊上，我吃疼地一缩。

这里乱成一团的时候，钱伯和程天佑恰好从外面走了过来，一看这场面，钱伯立刻喝住钱至。

汪四平对程天佑道歉，说，二少爷今天喝多了！大少爷勿怪啊。

说着，他将骂骂咧咧的泼皮附身的程天恩搬走，只剩下胳膊被咬伤的我，还有脸上被程天恩乱拳弄伤的钱至。

钱伯对着他大发雷霆，说，你是疯了吗？！

钱至不说话。

我捂着胳膊，赶忙替他说道，这事是程天恩……

钱伯转身说，太太，小人教子不劳太太费心。

程天佑看了我一眼，说，他们父子有话说，我们先走吧。

我默不作声地跟在程天佑身后，他转头，看着我捂着胳膊，语气极淡，漫不经心地问，没事吧？

我看了他一眼，回以冷淡，说，没事！谢大哥关心！

他看着我，雨夜中，目光那么凉。

走到到了门前，他转身疏离客气地，说，弟妹先请。

我看了他一眼，冷冷地道，大哥眼疾，还是大哥先请吧！

他看看我，说，也好。

说完，他就向电梯走去，而我也径直往楼梯上走去。

咫尺间，天涯已远。

细雨夜，几人成伤。

61

流年下，再无归人。

雨声敲窗，我辗转反侧，怎么也睡不着。

一个人，撑着伞，走在细雨里。

程宅的夜，那么深。这座有些年岁的宅院，古木上的青苔，都仿佛湿润着一切我们不得知晓的秘密往事。

而我们的故事，似乎也将最终斑驳在这苔痕上，再痛苦淋漓，再爱恨纠缠，终成往事；而往事如烟。

突然，一束亮白到刺眼的车灯划破了雨夜，一辆黑色的私家车驶了进来，雨雾中微敞着的车窗，像是窒息中唯一喘息之处，映出的是一张极尽精美的侧颜。

是凉生。

隔着漫天的雨。

他转脸，看到了我，眼眸中微微一丝光，是痛不可言的沉默；最终，车子从我的身边缓缓地驶了过去，并未停留。

我以为自己眼花了！

一定是我眼花了！

我手中的伞落在了地上。

我就这么傻傻地立在雨地里，眼睛被雨水糊住，再也看不清。不知过了多久，直到另一把伞撑在了我的头顶上方。

我转脸，是钱至。

我慌忙收拾起自己失魂落魄的狼狈模样，捡起雨伞，镇定一笑，刚才不小心。

他说，我送您回去。

我望着那辆车驶去的方向，是水烟楼，心底有些侥幸不肯死心在微微地生长着，我说，我睡不着。

他说，我也睡不着。

连廊下，我们站了许久。

一个夜晚，两个各怀心事的人。

我看着他的脸，被程天恩弄的新伤，收起瞥向水烟楼的眸子，低头，说，你还要在程家继续待下去吗？

钱至沉默了一会儿，看着我，说，其实，太太，二少爷说得对，人生而不平等，众生唯一平等的只有生与死，谁都逃不过而已。

我一愣，看着他，不知道钱伯都对他说了什么，让他如此感慨。

我说，我不是什么太太，我是金陵的朋友！

他对我笑笑，我很感激太太为我不平。只是，我在程宅当值，对主人动手……这怎样都是不应该的。

我说，可是，你要和金陵在一起……

他叹了口气，所以，为了她，我得离开程家。只是大少爷……

他一提及程天佑，我不由得冷笑，说，他眼睛已经好了不是吗？又不需要你费心照顾了！哦！不对！他就是好了，我们也得围着他转，他是太阳！程家大少爷嘛！

钱至打断我的话，他说，太太。我知道您还在怨恨大少爷。但是，您一定得相信，他之所以推托眼睛手术没成功，一定有他的隐情，但一定不是为了让你内疚不安、让你和三少爷不能在一起！

他话音未落，一束刺眼的车灯再次划破这个雨夜，从程宅水烟楼下驶出，不久，便响起一阵尖锐的刹车声，远远地只听颜泽惊呼，大少爷！

钱至一愣，瞬间骇然，大少爷！

话音未落，他就冲出连廊，绕过假山，奔了过去。

我愣了一下，也随着钱至的脚步走了下去。

雨绵密地下，惨白的车灯如同利剑一样穿透整个雨幕，如同撕裂的天，程天佑黑色如墨的身影立在雨地中，手抵在车的引擎盖上，挡住了车，如同穷途末路的兽。

车内，反光镜中，映出的是凉生血红的眸子。

在这雨地，战火一触即发。

程天佑对着车内那双血红的眸子狠狠地吼，对！我假装手术失败！就是让她一辈子都背负着内疚！一辈子都不安！一辈子都不会和你在一起！

我直接愣在那里，整个人如同被水泥浇筑了一般。

他们俩四目相对，凉生在车里，眼眸如同着了火！

汽车的引擎声瞬间轰鸣而起，那是油门踩到底的愤怒，车轮激起地上的水花，将车外的程天佑甩了一个趔趄。

颜泽扶了他一把，他站稳身体，回头望到我的那一瞬间，他愣在了那里。钱至也愣了。

雨水花了脸，我望着他，突然笑了，转身，离开。

旧时光，终是陌路。

流年下，再无归人。

62

姜生，这就是我们的爱情，它蛮横霸道，从无公平。

书房里，他抬头望，三楼的灯光，在这雨夜，那么的凄凉，就如她转身离开时唇边的笑。

他知道，离去那一刻，她的心里，一定是怨毒了他。

颜泽告知他凉生来到程宅的那一刻，他冒雨赶到水烟楼，却正逢凉生离开，老陈就在凉生身旁，寸步不离。

车前，他挡住了凉生的去路。

颜泽试图将伞擎过去为他遮雨，却被他抬手挡开了，他望着凉生，说，这些天我都在找你。

凉生看着他，全部的注意力都集中在他的眼睛上，似乎是迟疑着，审视着，那是一种陌生的冰冷。

他说，那天……

开口容易，措辞艰难，他突然间不知道该怎么去解释，他说，那天是一场误会。她一直都在等你。

凉生看着他，说，大哥不辞冒雨到来，就是为了和我谈论，我的女人？合适吗！

他哑然。

凉生冷着俊颜，擦肩而过，拉开车门。

他飞速地挡住，说，你不能对她这么不闻不问！

凉生狠狠地将他的手推开，转头，说，这不正是你想看到的吗？！

他愣了愣，我想看到的？

凉生上车，发动引擎，车灯亮起，如同利剑一样，撕裂整个雨幕，程天佑黑色如墨的身影，立在雨地中，手抵在车的引擎盖上，挡住了他去路。

雨刮飞快地刮着挡风玻璃。

凉生狠狠，闪开！

程天佑说，你说清楚！

凉生懒得解释，只是盯着他的眼睛，冷笑，说，别装无辜！

程天佑也狠狠的不肯相让，说，不管怎样！你今晚必须留下！去见她！你想离开就从我身上碾过去！

凉生看着他。

后视镜中，姜生纤细的身影突然出现那一刻，凉生突然觉得悲愤无处宣泄，这算什么？在她面前装深情付出！不求回报？！不惜苦肉计，让她觉得为了她，他可以屈尊降贵去求另一个男人？！

他更加厌恶地看着程天佑，说，别假惺惺地演戏了！你真希望她同我在一起，你就不会装失明！让她内疚！让她不安！收起你那恶心透顶的表演吧！大哥！

他和她果然才是天生一对，连说辞都那么一致！

程天佑被激怒了，几乎是咆哮着，对！我假装手术失败！就是让她一辈子都背负着内疚！一辈子都不安！一辈子都不会和你在一起！

    书房里，程天佑双眉紧锁。

    刚刚的那一幕，反复在他脑海里闪过，凉生语焉不详、甚至说是敢怒不敢言的愤怒，他始终拼凑不清。

    他转脸，突然，问钱伯，说，老爷子在逼凉生离开她？！

    钱伯愣了愣，忙笑，说，不会吧？大少爷您多心了……

    程天佑望着钱伯，说，是吗？

    钱伯愣了愣，这一次，他倒也不是有意隐瞒，只是不愿意他再陷入其中。

    良久，程天佑突然抬头，对钱伯说，找个时间告诉爷爷，我的眼睛，能看到了。

    钱伯一惊，抬头。

    他知道，程天佑一直假装眼睛不好，也是韬光养晦。程天佑知道凉生有外心，但是凉生也不过是小小的外力，那个要掀翻程家这艘大船的，毕竟出在内部，到底是谁，他就是希望借着这机会等着那狐狸露出尾巴。

    钱伯说，大少爷，您可想好了！且不说您的棋会满盘皆落索。只说老爷子若是知道了，必然会想尽办法让您娶沈小姐的。

    程天佑说，不必爷爷想办法了，我会亲自求娶沈小姐！

    钱伯直接蒙了，不敢相信地看着他。他想说，就、就为了老爷子不再逼迫三少爷同姜小姐分开？你可知道，漫长的一生陪着一个不爱的女人……

    程天佑摆摆手，打断了他的话。

    他看着窗外，心底是深深的叹息，我不能让她再受苦了。

    钱伯看着他沉默的背影，叹了口气，说，她就这么重要？

    程天佑沉默，站在窗前，背影坚毅却孤单。那些话，他想说，却没有说出口——

    我三十岁了，不可能再有这样的心性去爱一个人了。

    这一生，我会遇见比她漂亮的，比她温柔的，比她一切都好的，但我却再也没有这样爱一个人的能力了。

    钱伯看着他沉默，久久地，说，我知道了。

    钱伯离开后，程天佑起身，望着窗外。

    三楼灯已熄，那个叫姜生的姑娘已睡着了吧。

    她到程宅的这段日子，常常会站在对面露台上，好看的影子落在他书房的玻璃窗上，披一身星光。

    他抬手，轻轻地触碰着玻璃，仿似触碰过她的眉与眼一样。

他缓缓地闭上了双眼。

你不在我的生命里了，我的一生便已经结束了，无论同谁赴一场婚约。

而我不在你的生命里了，你的一生却会很长，长到可以同你爱的那个男子白头偕老。姜生，这就是我们的爱情。它蛮横霸道，从无公平。

63 | 夫人。

那颗古老的水杉下，他站在那儿，苍颜白发。

他说，他长大了。

他说，时间真快！我这一辈子，所有的一切，都给了程家。包括你。

他说，你一定想问我，后悔不后悔？其实，我一直都没后悔。直到那一天，我看到了那枚戒指，再次听到你的名字，你的故事，那个和他告诉我的故事不一样的故事。

他说，我这一生，最后悔的事，就是选择了相信他告诉我的关于你的故事。他说你很好，在法国遇到了新的爱情。

他说，其实，我该知道，你一直都不好！你爱他那般决绝，湘西魔王手里九死一生，为爱奔天涯！怎么可能再有新的爱情！你等了他半个世纪，他还是选择了富贵荣华。

他突然像个少年一般，带着哭腔，说，夫人！你告诉我，当年我是不是不应该放他带你走啊！

他自知失态，收敛了一下感情，说，好了！夫人！我就不再絮絮叨叨地打扰你的清梦了！

他说，其实，今天啊，我来，就想告诉你一句话的——如今，我也老了，想为自己的心，去做一件事情了。

64 | 我要这无边富贵，也要她！

程家的每一天，都是从一场如坐针毡的早餐开始的。

今天早餐桌上，原本经历一个并不怎么愉快的昨夜的我们三个人，居然相安无事。我胃口恹恹，只吃下半片面包，嘴角扯起一丝冷笑，这倒真让人喜出望外。

钱至给程天佑倒咖啡的时候，程天恩在一旁，端起一杯红茶，幽幽地说道，这世界真不公平！有些人一生都在考虑是像狗一样活着还是像人一样死去。而最后他们发现，他们会像狗一样死去。

程天佑说，吃饭不说话会死？

程天恩就笑，说，大哥！火气不要这么大嘛！我在对我们家平说话！然后，他转头，看着汪四平说，平啊！你说我说的，对不对？

钱至没说话，克制着退到一旁。

我看不下去，黑着脸刚要起身离开，程天恩突然又开口，说，哎——我就说，怎么最近这些天，早餐桌上都没有报纸呢。

程天佑一怔。

程天恩笑笑，说，原来有三弟的消息！

他看了我一眼，说，弟妹！

我没理他，早觉得这诡异的平静不对，如今，还是来了——不为昨夜我呛声他报复一把，真不是程天恩的范儿。

他笑，转动轮椅挡在我身前，说，弟妹还是多应应声吧！这称呼啊，你现在是应一声少一声了！恐怕过不了几天，那沈小姐才是我弟妹呢！

我一怔。

程天恩很优雅地将那张报纸搁到我眼前的桌子上——

我低头，报纸上，赫然是凉生与一个陌生女子的照片，大标题写的是，时风集团继承人携新欢同游北海道。

照片上的他，唇角是噙着笑的，那是与我久违的笑。

我只觉得胃里一阵搅动。

程天佑给钱伯使了个眼色，钱伯忙过来看了一眼报纸，对程天佑说，是三少爷与沈小姐日本同游。

他忙转脸对我笑，说，太太！这不过是小报记者捕风捉影的事儿。本来咱们程家与沈家最近也有项目上的往来……

程天恩一把夺过报纸，对钱伯冷笑，说，谁人不知这是我们家公关将消息卖给报纸的！无非是借沈家的力量来赌我们程家目前的艰难境地！

他看了我一眼，说，我可听龚言说，爷爷将三弟从巴黎召回来，就是为了让他和沈家联姻。而且，昨夜三弟可是回来过！怎么？弟妹！他没告诉你他雨夜不辞奔波就是为了今天陪沈小姐去游山玩水啊……

程天佑的脸如黑铁一般，他转脸，看着钱伯说，今天！我要听真话！别再用昨夜的说辞搪塞我!

钱伯愣了一下,看着他,最终开口,说,不瞒大少爷,确实如二少爷所说,老爷子之所以召三少爷回来,是为了同沈家联姻!

程天恩得意至极,冲着我笑笑。

我突然干呕得一塌糊涂,刘妈忙上前轻轻拍打着我的背,她说,太太。

程天佑一听,直接疯了,他以为自己听错了,说,联姻?!他!一个有妇之夫!怎么联姻!

钱伯为难地说,大少爷。您……一直因眼盲推托不肯同沈小姐交往……所以,三少爷自然就是最好的人选。

程天佑回头,指着几乎昏倒的我,说,他的妻子还在这儿呢!太荒唐了!

程天恩看了程天佑一眼,不无轻佻地说,大哥,他的妻子不久之前可是在您那儿呢!

程天佑不理他,看了我一眼,像是安慰,说,爷爷这么做,凉生是绝对不会同意的!

程天恩冷笑,拍了拍报纸说,这!还叫不会同意?!

他咄咄逼人地看着我,说,弟妹!你昨夜教训我说,这人和人都是平等的!今儿我就告诉你,人和人是不平等的!至少,你和沈小姐不平等!

他说,她荣华加身,你一无所有!她若有心登你夫家门!你就是妥妥的下堂妻!他们不必需要有爱情,就会是公认的金童玉女!而你和他就是青梅竹马两小无猜同生共死患难无数,又怎样?

他说,你相信凉生爱你?可是如果爱你,他怎么会数日不登门?却还有闲情逸致陪这沈小姐游北海道!昨夜!你可就在雨里!就在他不足十步的距离!他依然可以为了沈小姐对你视若无物!扬长而去!

他说,你看看你瞧不起的荣华富贵!瞧不起的权势!它现在却对着你耀武扬威呢!它不过勾勾手指头!那个那么爱你的凉生都成为它的裙下臣!人和人怎么能平等?你倒给我说说看啊!

我干呕得一塌糊涂,只觉得胆汁都到了唇边。

程天佑指着程天恩,说,你够了!

他对刘妈说,你送太太上楼。

程天恩依然不依不饶,说,哎呀!我都忘记了!你这穷人家的女儿天生会做小伏低!龚言也说了,祖父跟凉生妥协了,就是凉生娶了沈小姐,也不反对他留你做个小!这倒更衬你!

程天佑说，你到底有完没完了？！

程天恩睚眦必报的人，怎么会就此罢手，他笑，说，大哥都在帮你说话！看样子，你这些日子把大哥服侍得不错！听说凉生回来那天，撞见了你在大哥的房中啊！所以，也不能怪凉生要这么选择！

他说，我可听龚言说，这凉生昨夜把离婚协议书都写好了！就等着这餐饭后送到你房中呢！

周围的佣人开始小声地议论纷纷，望着我的眼色都变得更加异常起来；她们眼神如同密密的网，让程家在这一刻如同樊笼；而她们的舌尖上的唾沫，就如同这樊笼上的毒。

——你看她这种事情都做下了，怎么还好意思留在程家？

——就是！三少爷表现得都够明显了！哪有男人新婚的日子七日不上门！这小门小户的女人，就是比不上沈小姐那样的大家闺秀，迎来送往惯了，连自己的大伯哥都勾引！

——你们听听，离婚协议书都写好了

——对啊，都不是程太太了！怎么还有脸留在程家！

……

天旋地转之间，我只觉得挖个坑将自己埋了才好。

程天佑突然一把拉住我的手，我回头，看着他，他的墨玉一般的眼眸，闪着凌厉的光，望着他们，一字一顿地说，我以我的姓氏发誓！她永远是程太太！永远是这程家的女主人！

餐厅里顿时鸦雀无声。

程天恩在身后忙笑着替程天佑解释道，弟妹，你瞧瞧！你就放一百二十个心吧！就是凉生不要你了，大哥也会收了你做小！

末了，他唯恐天下不乱地补充了一句，我可不是说你人尽可夫哟。

我无地自容，从程天佑的牵制下挣脱，不顾一切地冲了出去。

程天佑刚要起身，龚言的声音突然传了过来，他似乎在后面看了许久，他说，大少爷，老爷子要我告诉您：你若是离了这个门！便再也不要回来了！

程天佑愣了一下。

龚言躬身，说，大少爷，冒犯了！

然后，他转身，离开前，睨视众人，对所有的佣人说，你们都下去吧！那些人也不敢见她们家大少爷的狼狈，所以作鸟兽散；程天恩也仿佛默契一般，离开了那里。

偌大的餐厅里，只剩下他和钱伯。

程天佑沉默在那里，昨夜车前与凉生对峙的一幕幕，凉生语焉不详、甚至说是敢怒不敢言的愤怒，终于被他拼凑清晰。

果然，祖父在背后参与了！

而凉生一定是觉得自己也在背后参与了祖父的这场逼迫，却又在她面前扮演着无辜和深情。而且还心思恶毒地伪装手术失败……

所以，凉生会愤怒至此。

他突然笑了，对着钱伯，说，你猜，爷爷是不是也是这么对凉生说的？你若要了这程家富贵，便不得要她？你若要了她，便不得这程家富贵？！

钱伯不忍心看程天佑，叹气，大少爷……今天这一出，若不是老爷子授意！二少爷再任性妄为，也不能当着您和这么多下人的面，让她难堪啊……更何况，你看今天这些下人行径，若不是龚言授意了，她们怎么敢在主人面前放肆！

他起身，身姿傲然若目中无物，朝着门外走去。

他说，我不是凉生！不是寄人篱下的草！我是程家长子长孙！我从十七岁就为程家担了责任，程家有今天，祖上功德固然不可没，但也有我的心血付出！今天，我偏偏要出得这门！我要这无边富贵，也要她！

65 | 我会娶沈小姐的。

悬崖边是海，潮涨潮起。

程家老宅果然是个依山傍海的风水宝地，潮声涌动着繁华城市的喧嚣声，三千红尘，无限繁华。

红尘繁华，世人谁不贪爱？

我心下无比凄凉。

程天佑从车上跳下来，看到我，松了口气。

他慢慢地走上来，说，又想跳下去吗？

他说，这次你跳下去，我只能给你收尸了，在海水里再浸泡一次的勇气我还真没有。泡的时间久了，又肿又丑，我得从日本请专业的入殓师，否则真没办法修整你的遗容。

我没有回头，风扬起我的长发。

我看着喧嚣的海，熙攘的城，突然开口，我问，美人和富贵是不是诱惑很大？做一个有钱人的感觉是不是很好？

他愣了愣。

我深深地吸了口气，说，你不说，我也知道。

他沉默了一下，说，我会把他还给你的。

我转头，看着他。

他说，我已经让钱伯告诉祖父，我的眼睛好了。

我一愣。

他说，所以，我会娶沈小姐的。

我说，你娶沈小姐？

我突然控制不住地冷笑了一声，说，别说什么把他还给我！是你自己根本就想娶沈小姐吧？

他微微一愣，点头，对！美人和富贵诱惑那么大。你说的。

我愣了愣。

他望了望天，说，你们俩不是都知道了吗？我假装看不见，不过一场游戏，想给你们制造麻烦，还真没想将我的沈美人搭进去。

他低头，看着我，说，弟妹！你可看管好自己的表情……我怎么觉得……你现在像在吃醋？

我脸一绷，转脸，冷笑，我吃醋？开玩笑！

他一本正经地松了口气，说，那就好。

他说，跟自己的弟妹调情，感觉怪怪的。虽然我口味比较重，荤素不忌……哎，弟妹！你去哪儿？

……

我努力控制着情绪，对程天佑说，我想回家。我想回魏家坪。我想去看望我的母亲……大哥，咱们就此别过！你还得娶沈小姐，这等大事耽误不得！

程天佑说，我正想去看看天生苑，同路。听说那里最近成了旅游景点很赚钱……

我黑着脸说，大哥！请自重！

他说，同路又不是同床，哪里不自重？

我说，你到底想干什么？

他说，同路。

我说，我不要和你同路！

他看着我，说，为什么？难道你还对我有想法？

我冷笑，你想多了！大哥！

我说，大哥！你多忙你得留下来娶沈小姐！天生苑那破地方，不值得你一去！你难道不着急娶沈小姐吗？

他双手抱在胸前，看着我，说，我着急也没用。现在是你男人拐了我女人。

突然，他一副想通了的表情，说，既然他拐了我的女人，那么我拐他的女人，也算扯平了。

我还没来得及开口，就被他拉上了车去！

66

这是他们最后的时光。

副驾驶上，她已经睡着。

他转头，看了她一眼。

为什么一定要跟着她？害怕她再做傻事？还是害怕祖父会派人对她不利？他也讲不清楚。

他唯一清楚的是，自己得守着她，直到凉生回国。

等凉生回国了，自己就把她安安全全地交给凉生；而他自己，也会去赴那一场同沈氏集团的婚约。

有些事情，命里注定，逃不开的。

比如，她爱的始终是他。

比如，他和沈小姐的婚约。

追她而来的时候，他曾那么决绝，对钱伯说，今天，我偏偏要出得这门！我要这无边富贵，也要她！

可是，话出口的那一刻，他却知道，一个心里如此爱着凉生的她，他是要不到的；他唯一能为她做到的事情，就是娶沈佳彤。

所以，餐厅门前，他还是回了头，对钱伯说，你这就去告诉祖父！我的眼睛好了！我娶沈小姐！

他说，让祖父放过姜生和凉生吧！

钱伯沉默，最终，点头。

原来，爱一个人，真的可以爱到只要她幸福就好。

她突然开口，你要娶沈小姐？

他一怔，转头，她仍在沉睡着，原来，只是她梦里呓语。

她突然又轻轻说了一句，不要。

他一愣，一定是自己听错了。但是，他的心突然酸了一下，无边无际。

他明白，这一次旅程，将是他和她生命里最后的时光。从此之后，他是沈小姐的心头好，而她是凉生的枕边人。

此后的日子，纵然是咫尺相守于程宅，却如各安天命于天涯。

那一刻，他多么想像她一样，可以对她，对命运，撒娇般软软地说上一句，不要。

眼眶微微泛红的那一刻，手机铃声突然响起，蓝牙接听起，是颜泽；另一条线上，是钱至。

颜泽和钱至几乎同时开口。

一个问，老大，你在哪里？

一个问，大少爷，你在哪里？

他说，在……不知道。

他说，你们俩一起打电话，什么意思？

颜泽说，钱至你闭嘴！我先说！大少爷你这样不地道！我是你贴身保镖啊！你嗖一声不见了，我怎么贴身？

他脸一黑。

颜泽似乎感觉到了电话彼端他阴冷的气息，忙收敛，说，是这样，我查到三少爷归国的日子一直都在给一个叫北小武的人办理出国签证，但屡次受阻，不知道对我们有没有用。

他沉吟了一下，说，北小武是他的朋友，给朋友办签证……也不奇怪。

颜泽沉默了一会儿，说，大少爷，我想跟你说的是，老爷子听到你康复的消息，不知道有多开心！

他沉默。

颜泽说，你在陪三少奶奶吗？

他说，嗯。

颜泽说，其实你不必担心的！老爷子这么开心！根本就不会做什么对三少奶奶不利的事情！听说，就连龚言要去找你都被他老人家制止了。我猜，老人家这是给你们一个道别的机会吧！毕竟这是你们最后的时光了……

最后的时光……

他转脸，望着她。

触手可及的位置，天涯海角的距离。

祖父可真够慷慨。

颜泽说，大少爷。你没事吧？

他说，没事。

颜泽大约是对钱至在说，我就说大少爷没事吧！带着人妻私奔，有事的该是人夫啊！怎么会是大少爷呢？

——喂大少爷！

——大少爷……

——喂喂。

……

程天佑挂断电话的那一瞬间，钱至的短信飘了进来：大少爷！您一定多为三少奶奶注意点儿安全！赵霁见过龚言后，就不见了！

赵霁不见了？

程天佑的心沉了下去，自己守在她身边，果然还是对的。

67

他说，我可以给你去打只野兔。

我醒来的时候，车已经停在一个小镇上。

我再睁眼仔细一看，硕大的"招待所"仨字明晃晃地刺着我的眼，我立刻警惕地看着程天佑，黑着脸，冷冰冰地说，你想干吗？

程天佑看了我一眼，面无表情，说，你猜！

他并不理睬我的冷漠，自己也一路瘫着一张扑克脸，我们俩跟相互欠了彼此一大笔钱似的。他说，少女！别脑洞大开了！天晚了，我们不赶夜路。

我挑衅地看了他一眼，纠正道，人妻！

他看都不看我，说，好！人妻！

说着，他下车。

我看着他，指了指那个乌漆抹黑跟老妖洞似的什么红杏招待所，冷冷地问他，你确定要住在这儿？

他看了看我，说，我不想住在这儿！但我没带钱包。

他一提钱包，我直接夯毛了，惊呼，怎么办？我也没带！

他瘫着脸，说，我知道。

他说，我已经搜过了。末了，他瘫着脸从下往上又从上往下，打量了我一遍，说，全身。

我说，程天佑！

他一脸正气地看着我，仿佛朗朗乾坤他本真纯，我的怒气都源于我内心的杂念。他义正词严地纠正了我一下，说，你该喊我大哥！弟妹！

程天佑冲着我晃晃全车上下唯一的三十元，说，弟妹！这是我们两人的全部财产！吃饭！就不能住店！住店就不能吃饭！你选吧！

我黑着脸，但舔了舔嘴巴后，微微服了软，好吧，我饿了。

程天佑说，这荒郊野岭！遇到野狼倒也不怕，要是遇到什么歹人，一个倒也不怕，一伙怎么办？你有个三长两短我也不怕，我怕的是三长两短的你，凉生他不跟我换沈小姐怎么办？

我忍下口水又忍下泪，继续黑回了脸，恨恨地说，住店！

程天佑走进招待所，说，住宿。

招待所的胖姐姐挤了过来，脑袋还没转过来，双眼依旧恋恋不舍地望着电视机里的《还珠格格》，容嬷嬷正在扎紫薇，她一面嗑着瓜子一面咯咯地笑，说，大床一百！咯咯！

程天佑说，标间。

胖姐姐一脸"你深更半夜带一女人装什么纯"的不屑姿态，头都没回，说，标间一百二！咯咯！

我在背后嘟哝，标间和大床不都一样嘛，怎么还一个一百，一个一百二了。坐地起价。

胖姐姐懒得理我，头都没回，用鼻子冷哼，那意思就是装纯是要付二十元代价的，说，一样你怎么不睡大床。

程天佑说，好了！标间！三十！

胖姐姐猛然转头，刚升腾起一股"跟老娘讲价！老娘灭了你！"的气势，瞬间被程天佑的那张脸给征服了，她怔住了，随即含羞带怯一笑，说，六十！不能省了！咯咯咯！

程天佑看着她，说，三十！就这么多了！

胖姐姐看了程天佑一眼，那小眼神中透露出"三十你也好意思出来泡妹子"的气息却最终湮灭在"好吧看你这么帅的份儿上老娘就忍了"，她又咯咯一笑，百媚千娇，说，好啦！三十！

程天佑将钞票"啪"拍在收银台上，说，成交！

人一定要像程天佑这么厚脸皮，三十块拍出三十万的范儿，胖姐姐明显被他的总裁范儿征服了。

我一看他讲价讲得这么爽，一时利令智昏，没忍住冲了过去，也学着他拍了一下收银台，对胖姐姐说，三十！两间！

胖姐姐回了我一个轻蔑的小眼神，滚！

我洗漱的时候，程天佑知趣地离开了房间。

我洗漱好，吹干头发，无一处不妥帖之后，我敞开门，他斜靠在走廊里，望着窗外，黑了的天。

我走出来，衣衫极度整齐，指了指房间，冷淡地说，热水器在烧着，你恐怕得等上一会儿了！

他看了看一身疲惫的我，说，算了！你先睡吧！我去问问老板，有没有其他房间可以洗澡。

说曹操曹操到，胖姐姐拎着暖瓶走过来，说，洗个澡怎么还得去别的房间？

他看着胖姐姐，说，她是我弟妹！不方便！

胖姐姐一脸"天啊！你弟妹！"的诡谲表情，然后想做歉然的娇羞态，却控制不住大嗓门，话一出口就成了嚷嚷，昨天下雨，今天大货车都停在这里，真没地儿睡了！要不？你去我那儿！

程天佑忙不迭摆摆手，说，不麻烦了。

胖姐姐临走时很不满地看了我一眼，说，标间！又不是大床！矫情！

浴室里，水声哗哗。

我坐在床上，在这清晰的水声里，记忆凶猛地开闸，太多关于我和程天佑的过去，我想起了小鱼山，想起了亚龙湾的酒店，甚至，想起了程家老宅那水汽弥漫的浴室。

我恨这心跳！

我努力让自己的心跳不要失控。但是，如何也逃不掉的是，他是这个世界上，同我最亲密的男人……

他是个我不该去招惹的人！

小九说的！

他明明手术成功了却伪装失明，让我负罪！让我被困于程宅！让我和凉生不得幸福！他是个腹黑歹毒心地险恶十恶不赦的人！

他好像有八块腹肌啊……

姜生你这个白痴！

都什么时候了！你在想些什么啊！

我痛苦地抱住了脑袋。

他走出来的时候，衣衫已经重新穿得妥帖整齐，毫无曾经相处一室之时的暧昧气息。

他有些奇怪，说，你在干吗？

我转脸，看着他，语气依然很冷，说，嗯，大哥。其实，你明天可以回去了。我到高速路口坐上大巴，就到魏家坪了。

他看着我，说，嗯，弟妹。其实，我也不是那么想陪着你。只是我得保证你不出意外！我还得用你去换我的沈小姐呢！

我不由自主地喊了一声，你的沈小姐？她今晚是我哥的！

话一出口，我怎么就觉得那么不对味呢？她是凉生的我该开心吗？我是个神经病吗！说这样的话！

程天佑缓缓地走过来，眼神中再次透露出让我心惊胆战的危险讯息，说，哦！是吗？是不是同理可得，你今晚是我的！

我紧紧闭上眼睛抱着被子那一刻，他转身走回了自己的床上，硬着声音，对我说了一句，对不起，是我孟浪了。

我睁开眼睛看着他，月光洒在他的身上，隐忍且克制。

几近无眠，小小的房间里，只有彼此的呼吸声，两个即将永远别离的人，想想还真有那么一点儿文艺和伤感呢。

其实，我该恨他的。

欺骗和隐瞒，羞辱与折磨。

突然，静静的夜里，我的肚子不知趣地咕噜响了一下，然后，第二下……我真想把自己的脑袋亲手剁了埋到土里去。

他转脸，问我，饿了？

我依旧冷着脸，不说话。

他突然坐起身来，说，你想不想吃饭？

饭？我只觉得自己眼珠子都绿了，坐起身来，对着他用力地点点头。

他说，我可以出去给你打一只野兔！然后架上一堆柴火，烤一烤，热腾腾的，会很香！

我拍拍手，说，好啊好啊！

他也拍拍手，然后手一摊，说，早点睡吧！

68

抱歉！人妻了！口味有些重！思想有些杂！大哥多见谅！

最终，他还是出门，只不过，没有打来野兔，而是端来了两碗泡好的老坛酸菜牛肉面，香气扑鼻。

他说，总感觉在这深山老林里自己也成了猿人，让女人饿着却不出门打猎不像那么回事儿。我抢过一碗面泪流满面，突然觉得方便面桶上的汪涵是这个世界上最帅的男人了！超过吴彦祖！

突然，我警惕起来，说什么没带钱包，怕是又是在骗我吧。我冷着脸，问他，哪儿来的钱？

他依旧坦然，没钱！问老板娘要的！我看着他，新鲜！你要她就给啊！

他摇摇头，说，她哪会那么慷慨！我用Q币买的！唉！还让她采花了。

我不敢相信地看着他，冷笑，就为了这么两碗面？你、不！大哥！你可真有够豁得出去的！

他抱着面，说，你知道我豁出去了，就好好吃面！别浪费！最好连汤也喝掉！

我看着那碗面，觉得这不是一碗面，而是程天佑的卖身血泪史！我抬头看了看他，冷笑地讥讽了一句，时间挺快的昂——

程天佑低头看了我一眼。

我抱着面，继续说，过十个月你自驾过来的时候千万记得来看看，说不定能当爸爸呢！再说不定，还是对双胞胎……

程天佑皱了皱眉眉头，说，什么乱七八糟的！

我吃了一口面，说，不是献身了吗？

他愣了愣，献身？

我说，采花啊！

他说，你脑袋里都是些什么？是老板娘把我QQ农场里最贵的花给薅去了！！最贵的花啊！！

我也看着他，强撑着镇定，说，抱歉！人妻了！口味有些重！思想有些杂！大哥多见谅！

然后，我又小声嘟哝了一句，说，原来是这么个采花啊！那薅就薅呗！呵呵！其实都这么大年纪了还玩QQ农场挺弱智的……

他将泡面放在一旁，抱着手看着我。

69

程先生。

其实，那一天，从程宅中跑出来，悬崖边上，望着那片海，我觉得自己的精神都开始崩溃。

人生惨烈得如同车祸现场，而我，只想逃逸。

魏家坪是我灵魂的最后归宿，当我伤痕累累，当我一无所有，魏家坪是我唯一能倔强地苟延残喘的地方。

那里有我母亲的坟墓，纵使死亡，都挡不住她是我人生唯一依赖。

每一次，当我受伤害，我都幻想着，自己可以在她的坟前大哭一场，直至昏睡，等待醒来，重新倔强地生活。

而这一次，我想回魏家坪，想回到母亲坟前，却已不再想哭泣；而是想将自己整个人封闭。

从此，外面的世界，与我再无关系。

不会再去爱，不会再去恨。

就这么茫茫然地过完一生。

所以，谢谢程先生，这一路上，瘫着一张扑克脸与我为敌，无论是善意还是恶意的各种刺激，让我无法自我封闭，也或许，我的心里还残存着渺茫的希望，还想去爱，还想去恨。

还不想茫茫然地过完这一生。

但是，我还是恨着程先生的。

我有多感激他为我付出的决绝孤勇，就有多恨他对我的欺瞒，如他所愿，炼狱般的负疚与煎熬，磨光了我和凉生之间，所有美好与希望。

他慷慨地赴我以烈焰般的深情，却也夺去我生命之中最珍贵的爱情。

我也想说服自己，两下相抵。

但是，我却做不到。

我还是放不下，放不下程先生的那八块腹肌吗？

滚！

我不滚！承认吧！无知少女！你就是惦记着那八块腹肌……

要我说下去吗？你满意你所看到的吗？你的身体可是比你的嘴巴诚实多了！你这磨人的小妖精！

滚！！

我痛苦地摇摇头，试图甩开，那个时时刻刻试图祸乱我心的小恶魔，或者说，是另一个自己，罂粟为眉，曼陀罗为眼。

好了！都滚吧！

我还是放不下，去恨着程先生。

70

他说，你和他会团圆的。我保证。

魏家坪的傍晚，云霞烧透半边天。

我从母亲的墓前归来时，程先生……嗯，我的大伯哥，依旧在围着院子转悠，是的，他从进入这个院子第一刻起，就开始转悠。

他见到我回来，环顾了一下已颓败了三分之一的院墙，指了指院子里压水的井，终于开口，问我，所以说……我要洗澡只能……只能……

我点点头。

他说，好吧。

我说，其实，你可以离开的。

他看着我，说，其实，你大可不必时时刻刻冷着脸，脸会酸疼吧？我知道你恨我，但你真不需要时时刻刻提醒我，那是浪费！

我冲他皮笑肉不笑地咧了咧嘴巴，说，没事儿！对你浪费我舍得！然后，我翻了个白眼就走进屋子里。

他追进去，问我，今晚吃什么？

我转头，看着他，问我干吗？我是菜谱吗？你不是说到了魏家坪，你可以去天生苑管理处直接刷脸，他们会给你钱的吗？

程天佑看着我，说，弟妹，你可真小心眼！

我看着他，说，大哥，谬赞了！

程天佑本来计划去天生苑刷脸的，但是很遗憾，当他怀着天真烂漫走进天生苑，冰着扑克脸说我是程天佑，我是你们的超级大BOSS！人家直接当他是个骗子给轰了出来。

程天佑急了，手机没电，钱至和颜泽都无法联系，他不解地看着我，说，我来过天生苑！他们怎么不认识我了！

我真懒得理他，你之前来的时候，前呼后拥的，墨镜糊着半张脸，高傲得拒人千里之外，鬼能认出你来！

于是，他灰溜溜地跟着我回到了家。

他绕着冷锅灶转了一圈，又问了我一遍，今晚吃什么？

我一面收拾那些沾了尘的旧物什，一面说，我记得某些人好像会打猎！要不，你去打猎？

其实，昨晚我本来要求他用Q币跟胖姐姐去换点儿人民币带着，他却死死地坚持到了天生苑他可以刷脸。

我心下明白，他是在捍卫他QQ农场里的花……不就是个QQ农场吗？总裁，你玩这么低智的游戏真的好吗？

昨晚他没听我的，于是，今天，我们俩身无分文地在冷灶台前大眼瞪小眼。

我说，让你昨天去用Q币换，你不听！现在好了！你去找隔壁的吴婶子……

程天佑原本冷峻的脸上略有喜色，说，她会帮我们？

我摇摇头，把未完的话继续说完，也没用！她又不玩QQ农场！自家农田就够她捯饬的！你那些Q币在魏家坪就是个零！

程天佑并不服气。

我冷笑，你要不去刘大爷家问问，你说，大爷，我用一百Q币换你两个鸡蛋！他能一耳光把你扇到村头的清水河你信不信？

程天佑抱着胳膊看着我，说，我以前怎么就没发现！你嘴巴挺厉害！

我不理他，继续收拾房间。

月上西天的时候，房间也整理得差不多了。

我看了看包里的几根胡萝卜，去母亲的墓地归来时，遇见邻居，送我的；本着再恨他，我也不想饿死他的人道主义精神，我拎着胡萝卜走出门，打算救济一下这个四体不勤、五谷不分的公子哥儿！

一出门，一阵诡异的烤肉香从院子里飘了过来。

程大公子坐在院子里，满头鸡毛，笑得满口大牙，花枝招展，他一见我，慵懒又霸气地挥舞着手中的棍子冲我炫耀，说，我打猎回来了！

我往他手中的棒子上定睛一看，是一只已经烤到黄灿灿的肥鸡！

我直接三步并作两步走了下去，抵抗着肉香的诱惑，指着那只鸡，急了，说，什么打猎啊？！你这是偷！

程天佑看了我一眼，黑下脸来，说，你开玩笑吧！那只鸡就自个儿在街上溜达，是我捡的！

我说，农村里的鸡都是散养的，你是要蠢死吗！你气死我算了！

程天佑说，你爱吃不吃！

我直接跪了，毫无节操，我说，我吃！

程天佑忍着烫，将两条鸡腿掰给了我，挑剔而嫌弃地说，最讨厌吃这种全是肉的东西了！爱吃这种腻人的鸡腿的人都很蠢吧。

我一面毫不客气地啃着鸡腿，一面点头，我说，大哥！你特别有见解！真的！让我蠢死吧！

不知道为什么，肉滑到喉咙那一刻，我突然咽不下去了。

瞬间，泪水流满了脸。

我想起了凉生。

我想起了我们的小时候。

我想起了他踩在板凳上，踮着脚给我夹到碗里的那些红烧肉。

他说，你吃吧。哥哥不爱吃。太肥了。

可他漂亮的眼睛，却一刻都没离开那些肉，就这样眼巴巴地看着那个很蠢很蠢的我，将它们全部吃掉。

很蠢很蠢的我连肉汁都舔光了，还对他笑。

我抱着程天佑号啕大哭。

程天佑愣在那里，没说话，但他知道我想起了谁。

这么多年后，月亮下面，那个已不再是你的男人，怀里抱着一个为你号啕大哭的女人，和一只肥得滴油的烤鸡。

很滑稽，是不是？滑稽得就像我们的这场命运。

他像极了你，所以惹哭了我。

程天佑任由我抱着，眼泪鼻涕肆意横流在他的衣衫上，他的另一只手支撑着那只滴着油的肥鸡，另一只手几经迟疑在空中，最终，也没有落到我的肩膀上。

他低头，下巴轻轻地蹭过我的发丝，是他最后的贪恋与温柔。他说，你和他会团圆的。

我保证。

71 | 想一个人又不是错。

月亮那么圆。月色那么撩人。

魏家坪夏夜的风猛然吹醒我的那一刻，我意识到自己失态了，慌忙从他怀里起身，背过身，擦了擦眼泪。

程天佑看着我。

我回头，看了看程天佑，一副"咦，刚才发生了什么？刚才什么也没发生过吧"的表情，死撑着坚强。

他低头，半晌，抬头，看着我，说，想哭你就哭。不用总这么压抑自己的情绪。想一个人又不是错。

我说，我没想他！是你烤的鸡肉太难吃。

他说，难吃到你掉眼泪？

我一时语结，还是死犟，说，对！

程天佑看着我，没说话。

我转身，回房。

月亮在天上，那么圆。

72

我不是归人，是个过客。

天上的月亮，那么圆。

圆到孤单。

夜渐深，白色的月光，映在墙壁上，她张大眼睛望着天花板的方向，时光就这么溜走了，不需要对任何人交代。

此刻，伤感，就如同脱落的墙皮，廉价到不合时宜。

她下床，走到窗户边，撑手在窗台上，抬眼望去，小院半颓的墙，老树的枝桠，只是，再也不见当时的少年和月光。

他缓缓开口，没睡？

她吓了一跳，转头，发现是他在窗外，靠墙倚着，松了一口气。

他似乎已在此站了很久了，月光照在他刀刻般的容颜上，让他原本就冷峻的气质变得更加难以亲近。

她没回答。她在窗前，抬头，仰望着月亮，发丝滑落两肩，发上的橙花香，浮动在这月色里，如候归人；他在窗边，抱着手，立在这月朗风清下。

世间无限丹青手，一片伤心画不成。

他说，在想他？

她沉默。

他说，看来你还在怨他？

她低头，不看他。

他说，因为沈小姐？

他转脸看了看她，目光澄澈，他说，为什么不尝试相信一下爱情？

他说，你该相信，一个那么爱你的男人，一定有他的苦衷。

他转身离开时，突然笑了一下，说，其实你怨他我该开心才是。

　　月亮下，转身离去的男人，愣在窗前容颜若莲般的女孩，定格成凄伤的画，铸成了悲伤的诗——

　　　　我打江南走过

　　　　那等在季节里的容颜如莲花开落

　　　　东风不来，三月的柳絮不飞

　　　　你的心如小小寂寞的城

　　　　……

　　　　我达达的马蹄是美丽的错误

　　　　我不是归人 是个过客

73 | 他。

　　小院安静，颓墙上的草儿，在月光下舞动。

　　从走入这院落的那一刻，他就仿佛走入了他们的故事，他们的小时候，他们的爱而不能，他们的相依为命。

　　小院之中，仿佛四处都是她和他的影子，每一个年纪。从童音稚嫩，到年岁正好。一眉一眼，一颦一笑。安静的石磨，地上的青石，还有老树的枝丫。

　　时光之下，他仿佛遇到了他。十九年的时光。

　　这一刻，那个叫凉生的男子仿佛就在自己的身旁，一转脸的距离，抱着手臂，立在这月色之下，噙着笑意，望着她。

　　淡淡的眉眼，安静的守护，克制的爱情，静静地凝望着那个小小的姑娘慢慢地长大，奉三千红尘无邪，铺十里红妆可愿。

他像是终于懂了他，为什么那么淡然的气质里却氤氲着藏都藏不住的倨傲——因为这么多年，她一直都在他唾手可得的距离中。

他不是得不到，只是从来没想去得到。

爱情怎么只能是得到？

爱情有时候，也是放手。

就如曾经他远走法国，放开了她的手。

亦如现在他娶沈小姐，放开了她的手。他终于成了他。

终于懂得了那些年里，自己嘲笑过的他，那不是懦弱，是克制！那不是优柔，是守护！那不是一时纵情的欢愉，那是一生爱情的克制。

小院之中，月夜之下，隔着重重叠叠的时光，他和他终于相视一笑，握手言和。

然后，在这个月夜下，他为他说出了这句话——你该相信，一个那么爱你的男人，一定有他的苦衷。

居然有这么一天，替情敌说话？只不过，一个打马而过的匆匆过客，有什么资格替一个命里归人说话？他勾了勾嘴角，苦笑。

压水井里冰冷的水，浇透身上的时候，院外，似有人影晃动，眼尾的余光扫过，他突然警惕起来。

手按腰间，他缓缓地放下水桶。

74

你在吃醋吗？

我望着天花板发呆。

院子里响起的水声，仿佛是滑过皮肤，我的心兀地乱了一下，将脑袋狠狠地埋入枕头下。

一道黑影突然闪了进来，将我一把拉起。

我吓得惊声尖叫，他一把捂住我的嘴，眼眸冷冽，声音低沉，说，有人！别出声！待在我身边！

淋湿的白衬衫几近透明，黏贴在皮肤上，湿漉漉的头发，午夜之中，深邃如兽的眼眸，是程天佑。

我将脸别开，尽量不让呼吸艰难。

他奇怪地看了我一眼，突然，笑了。

有人在轻推院门，他的手紧紧地握着我的手。

我看着他，紧张又疑惑。

他看了我一眼，声音很低，说，不是冲着你来的！就是冲着我来的！

一声子弹上膛的声音。

我低头，猛然发现他手中拿着枪的时候，直接傻掉了。

院门轻轻被推开的那一瞬间，我们俩屏住呼吸从窗口望去，素白的月色下，一个身穿藕色长裙的长发女子缓缓走了进来。

鬼！我一惊。

宁信？他愣了。

我看了他一眼，宁信？果然防火防盗防前女友！前女友果然是某些人灵魂中不能割舍的物种，这么远，居然能看出来？

未及我反应过来，他已起身，拖着我的手，走了出去。

宁信看到我们的时候，吃了一惊。

他问，你怎么在这里？

宁信说，你们居然在。

她似乎有些无所适从，理了理头发，说，我是，天恩在这里的度假酒店项目，一直喊我们过来。如今快开业了……没想到你们也在……

程天佑看着她。

她看着程天佑，微微尴尬一笑，解释道，我也不知道自己怎么会走到这里。可能，是未央这些日子一直对我叨念这里。

她微微一声叹息。

她觉得自己失态，忙冲我笑笑，说，听说你和凉生结婚了？恭喜啊。

末了，她看着程天佑被水打湿的衬衫，又看了看我们牵在一起的手，怔了怔，说，我……没打扰到两位吧？

程天佑的手突然松了开来。

我一怔，低头，落空在空中的手，我瞬间回过神，对宁信解释，你误会了。我们……

他打断了我的话，说，三弟不在，我陪她回家祭母。

宁信走后，他看着我，说，你就这么着急同我撇清关系？

我低头看了一眼他的手，说，着急撇清的是你吧！

他一怔。

当我瞥见他手中黑洞洞的枪时，愣住了。

他收起，动作熟练，说，玩具。

我没作声。

他看了我一眼，说，好吧！我黄赌毒黑全沾！烧杀抢掠！无恶不作！薄情寡义！始乱终弃！满意了吧！

他说，另外，我说最后一遍！我和她！没有任何关系！

我微微一愣，随即冷笑，这话你说给沈小姐听比较合适。

他说，不劳提醒！弟妹！阿嚏——

他一连打了七八个喷嚏。

我说，旧情人当前，泼自己一身水，玩湿身诱惑？你不会是早就知道她会来这里吧？

他像看白痴一样看着我，眼眸渐渐深邃，眉毛微微挑了挑，是意味深长的玩味。

我不理他，转身回屋。

宁信的到来，似乎让他很不安。

也难怪，一个宁信都能寻到的地方，会有多安全？

他环顾了一下四周，喊住我，正色，说，这里怕是不安全！伯母你已经祭拜过了。明天跟我回去！

我说，要回自己回！你们程家才是世界上最不安全的地方！

他冷笑，由不得你！我绑也要将你绑回去！

我：……

75

他说，姜生，我好不容易说服自己要离开你了。

半夜，外间是窸窸窣窣辗转反侧声，间杂着微弱而痛苦的呻吟。

我一直竖着耳朵，直到他开始不停地咳嗽，我小心翼翼地走出去，说，喂！你别装病啊！

他没回应，只是蜷缩着身体，似乎正遭受着极大的苦楚一般。

我说，喂喂！你多强啊！前任当前，你都能玩冷水湿身，现在装柔弱不合适吧！

他毫无回应，我狐疑地看着他，伸手，放在他的额头上一试，吓了一跳，怎么这么烫！我说，你没事吧？

他的嘴唇焦白，虚弱地喊了一声，姜生。

我一怔，纠正他，弟妹！

他似乎听不到，只是唤着那个名字，姜生——

心心念念，如在梦中。

我突然心痛了一下。

他似乎被烧迷糊了，他说，见到赵霁记得跑！

赵霁？我愣了愣，不知道他为什么会说这么一句话，赵霁就是程家一直保护我左右被我称为"首儿"的保镖。

床上，夹杂着细碎的痛苦呻吟，他含糊不清却又心焦地自责着，我怎么让你吃那么多鸡肉……吃胖了……跑不动怎么办……

我愣愣的。

猛然间，他一阵剧烈的咳嗽，我连忙扶他起身，拍打着他的后背。

他捂着嘴巴，强忍着，喘息得艰难，脸憋得通红。

我焦急地看着他，我说，程天佑！你别吓我啊！

他浑身滚烫，虚软地一笑，似乎是用尽了力气，声音却小到飘忽，说，吓你？我哪有魅力能吓到你？

我扶他躺下，他的手落到床边，暗夜之中，月光之下，我突然发现了他掌心里一团鲜艳狰狞的红！

我蒙了！他落水伤到了肺，我是知道的。难道……我不敢想下去！我努力让自己镇定，不让他发觉到我的慌张，我说，程天佑，你等我！

说着，我飞快地奔出门去。

身后，是他烧傻了一般的呓语，姜生——

——你跑得真快……

——赵霁……来了吗……

——别伤害她……别……

——姜生……

——姜生……

——我的姜生……

……

村里诊所的老头几乎是被我扛回家的，他说，啊呀呀！我记起你来了！你就是那个牙粘在满厚屁股上的姜家小姑娘吧！长这么大了！

我回头看了他一眼，很好，十多年过去了，居然能记得，说明还没老年痴呆！还能行医！

他被我扔进门，程天佑依旧在呼唤着那个名字，姜生——

老医生回头看了看我，男朋友？

我忙摇摇头，摇着摇着在老医生狐疑的眼神里觉得自己大半夜里藏一男人在家里实在不好解释……又索性狠狠地点点头。

老医生走近一看，自言自语道，怎么长得……和凉生那后生有些几分像啊？你们俩，果然是兄妹情深啊，也是，从小就相依为命。这说起凉生，我记得你当年咬何满厚屁股的时候……

他又提何满厚的屁股！我几乎有种想杀人灭口的冲动。

老头突然八卦地问，你哥知道你带男朋友回来吗？

我压制着情绪，打断他，说，他刚刚咯血了。不久之前他肺部受伤过，落下了病根……他不会有事吧？

老医生熟练地翻了翻他的眼睑，说，还没死。

我翻了个白眼。

程天佑突然握住老医生粗糙的手，轻轻地握在胸前，他说，姜生，别走！

老医生一脸嫌弃地看着自己被他拉住的手，一把将我扯了过去，将我的手塞进他的手里，说，这才是你家姜生！

程天佑轻轻握了握，虚弱地呓语，说，这是猪蹄……

那天夜里，老医生有条不紊地给他测体温，测血压。

我在一旁看着他难受的样子眼泪突然掉了下来。

他眼神有些涣散，似乎是看到了我，又似乎没看到，他说，你哭了？他说，这样子，我会不想离开你的。

他说，姜生，我好不容易说服自己要离开你了……

他说，比起你为我哭，我更喜欢你冷漠无情的样子，至少能让我离得甘心……

他说，姜生……

老医生被他呓语到心烦意乱，外加老眼昏花，在他手背上戳啊戳啊戳地戳了十多个洞，才给他输上液；他紧紧地握着我的手。

他气若游丝，却还是呓语不断，姜生，你给我找了个啥回来？你这是谋杀……亲……大伯哥……

他说，姜生，你要把我扎成豪猪吗？

他说，姜生，你是不是恨我？恨我在三亚那么残忍地对你？

他说，姜生，那时我的眼睛看不见了，我不知道可以信任谁，可以把你托付给谁。那时候，狠狠逼走你，才能保护你。

他说，我知道你会恨我，恨到这辈子都不想再见到我。这样才是我最希望的，这样你才会忘了我，好好地和他过……

他说，你看，老天多爱我，我的梦想这么轻易就实现了，你真的就和他好好地过了。可是，我怎么会这么难过？难过得想死掉！

他突然间像个小孩，任性而无赖，说，就让我今晚死掉吧，我不想娶沈佳彤……

我眼泪几乎崩落时，老头走了上来，扯了一条胶布给他封住了嘴。

我直接呆了，抬头，看着老医生。

老医生一面将他的手腕、脚腕都用胶布缠在床上，一面说，你男朋友是演电影的？然后，他拍拍程天佑说，都病成这熊样了，省点儿力气吧！

他转脸，特真诚地问我，要不要眼睛也糊上，让他睡个好觉？

我还没反应过来，他说，来！你给他把这身湿衣服给扒了！

不是脱了。是扒了……扒……了……了……

76 | 说不介意，却原来还是介意。

我守着他直到黎明，根据老医生离去前教我的手法，给他拔掉输液针头，试了试他的体温，终于松了口气。

回头，试试晾在一旁的白衬衫，已经半干。

我替他盖好薄被，遮住他坚实的肩膀，那方任我流泪依靠的地方，最终是她人的依靠。我的眼眶微微一红，别过脸，不再看。

疲惫至极，我就伏在他身边睡着了。

天亮时分，一双温柔的手掠过我的头发，我惺忪着睁开眼睛，几乎不敢相信自己的眼睛。

是凉生！

这个世界，总有那么一个人，只需一眼，就会让你泪流满面。

他能渡你流离失所的魂，他是你在这世上所有的慈悲。

他看着我，嘴唇紧抿，眼眸清亮如星辰，闪烁着悲悯的光芒，他缓缓地将一碗水煮面端到桌子上。

他转身，走了过来，抬手，想为我擦去脸上的泪，他说，我就知道，你在这里。我就知道，你会等我。

我却躲开了的他手。

他一愣，说，怎么了？

我一时不知怎么回答。报纸上，他和沈小姐同游，如同一根刺……

良久，我抬头，看着他，说，你是我的哥哥。我们做了十几年的兄妹，突然像情侣一样在一起了，我不习惯，我有负罪感你知道不知道？

我说，我不知道怎么同你牵手，怎么同你相处，怎么和你拥抱……

他说，你不必知道，我会同你牵手，我会同你相处，我会同你拥抱！

我说，别逼我了！

他说，你生我的气了？因为沈小姐？

我转脸，强行掩饰，说，不是！

他看了看晾在一旁的白衬衫，绕过我，看着睡在床上的程天佑，问道，那就是为了他？！

我说，你知道不是的！

他看着我，说，既然都不是！那好！我给你机会！将你心里所想统统说出来！别像以前那样憋着！我不愿意看着你心事满满地同我在一起。

这时，老陈在一旁急了，他说，三少爷！您和姜小姐在一起，沈小姐怎么办？！

凉生愣在那里。

我的凉生，他愣在了那里。

我的凉生……我喃喃着，眼泪大颗大颗地从眼眶里流了出来……

——姜生！你没事吧？

一声柔柔关切的呼唤，将我从悲伤中唤醒。

我张开眼，看到是她，仓皇地起身，周围，已经是一片明晃晃的天，宁信在我的床边，漂亮的眼神里充满了关切。

我愣了愣，相见相逢，不过是梦。

梦里凉生，慈悲的脸，悲悯的眼，耳边的话，触手的温度，都是梦一场。

珊瑚枕上千行泪，不是思君是恨君！

我的眼角微凉，是一片伤心泪。原来说不介意，却还是介意。

我悄悄抹了抹眼角，抬头，晾在一旁的白衬衫已经不见了，回头，是空荡荡的床，我问，他呢？

她看着我，温柔笑笑，说，他在院子里。颜泽带着人今天一大清早就找了过来，十万火急的模样。噢，刚刚，钱至也来了。

我又愣了！

抬眼，望去，院子里，他斜靠在石磨前，脸上是微微憔悴的白，但不改容颜的冷峻坚毅，仿佛昨夜那个烧傻到口无遮拦的贪心小孩，不是他。

昨夜，对于他，仿佛是铅笔字经历了橡皮擦，他已经不记得。温柔的话，痴心的话，是临水月镜中花。

这一刻，唯一真实存在的是他恢复如往常冷漠的脸。

不远处是三五个身穿黑衣的保镖候在一旁，戴着墨镜，西装革履，与这个乡野小院格格不入。

钱至和颜泽在帮他清理手腕上的胶布痕迹。

颜泽笑，嘴巴毫不留情，说，大少爷！这人妻的尺度就是大！又是湿身，又是胶带的，还有针孔，滴蜡了没？

他说，闭嘴。

冷着的脸，冰山一般，

颜泽说，好好好！我闭嘴！大少爷脱了衬衫也只是用腹肌教她数数而已。

旁边的几个黑衣保镖佯装听不懂，望天。

钱至一直在一旁沉默着，眼睛布满了红血丝，似乎心事重重的样子，他看到我的时候，走了过来，喊了一声，太太。

颜泽也很恭敬地称呼道，太太。

程天佑回头看了看我，说，昨夜辛苦了。

他的唇色有些干白，礼貌而克制。

我摇摇头。

颜泽在一旁笑，扯了扯他的白衬衫，说，昨夜可不是辛苦三少奶奶了嘛！

程天佑的脸一黑，他立刻噤声。

我有些发呆，一直安安静静的小村魏家坪，怎么会有今天这个"豪华"阵容。

其实，从我们离城的那天，颜泽就一直在追寻程天佑，又怕赵霁或其他别有用心的人，也在找我们，所以在电话里，并没敢实质性沟通。

颜泽说，我给宁老板打过电话，宁老板说您不在她那里，作为一个神级的专业保镖，综合分析了一下，我就知道，您十有八九是陪太太回魏家坪了。

然后他转头对钱至说，我是程总的贴身保镖，追过来是使命必达。你个做文职的。来干吗？是不是以后厨子园丁都就跑来了。

钱至看了程天佑，又看了看我，欲言又止的模样。

程天佑看着他，眼眸微深。

院子里，宁信正在细心地分粥，阳光如同温柔的玫瑰金，镶满了她的绿色长裙。她抬头，长发披肩，莞尔一笑，招呼我们，说，你们都别聊了！先吃饭吧！

然后，她走过来，将粥递给颜泽，说，你和钱至赶了很久的路，也饿了。我从酒店带过来的，虾饺、烧卖，还有小笼包。

颜泽说，谢谢宁老板，我们吃过了。

宁信笑笑，她知道他们这行的规矩。不能乱吃外人的食物。只是，她没想到平日熟络的颜泽也会拒绝。

颜泽说，宁老板勿怪。

宁信说，你一切都是为了我最重要的朋友，我心当感激，怎么会怪。

说着，她看了程天佑一眼。

她转头冲我笑笑，拿来一碗粥端给我，说，我昨夜看到这院子里黑灯瞎火的，就知道你们俩是搞突袭，没有什么准备，怕你们早上没有饭吃，所以，就多此一举跑过来了。你不会介意吧？

她很知分寸，大方而得体，仿佛她才是这个小院的女主人一般，不，应该说，她出现在哪里，她就是哪里的女主人。

我接过粥，看着她，说，怎么会。

原本三个字也算完了，我没忍住学了一下她的八面玲珑，说，你一切都是为了你最重要的朋友，他也是我的大伯哥，我的挚爱亲朋，我心当感激。

程天佑在一旁默默喝粥，差点呛到。

宁信温柔一笑，说，刚刚听你在梦中呼唤凉生名字了。新婚小夫妻就是甜蜜，真是要羡慕死我们这些单身啊。

我看着宁信，瞥了程天佑一眼，说，没事。他很快就不是单身了。

说完，我就闪到一旁喝粥去了。

宁信一愣，看着程天佑。

程天佑没回应，他似乎没料到我会唯恐天下不乱地煽风点火。他看着我，轻轻抿了一口粥。

看毛线！我也只是一时没管好自己的舌头。颜泽阴魂不散地凑到程天佑耳边，大少爷，您到底昨夜对人家做了什么惨无人道的事情！害得人家梦里都喊自己老公求救啊……

程天佑一把将仨小笼包一起堵住他的嘴，皱着眉头，走开——颜泽！你是保镖吗？你是八婆！

宁信看着他，其他黑衣人依然在专业望天。

宁信笑着走到程天佑身边，说，天恩的新酒店真不错，说起来，还是你的天生苑里那片姜花成海，才造就了这酒店。

程天佑没作声。

宁信说，哦，昨晚没跟你说，黎乐回国了。苏曼也会来参加开业剪彩。真难得，你和姜生也在，我们正好可以约在这里聚聚。嗯，有黎乐在，我们还可以约一下陆文隽。

她笑，眼神澄明，人畜无害的温婉。

我立刻转身，走进了屋子里。

程天佑面无表情，转头，看着她，说，好啊。

她微微一愣，程天佑的回答超乎了她的意料，她并未停顿太久，转头，望着离去的我，回头，对程天佑莞尔一笑，说，嗯。你看我，心急地约下了这局，也不知道姜生愿不愿意。

程天佑看着她，也笑，眸子里隐着凌厉的光，说，她为什么要不愿意？

宁信一怔，笑笑，我只是乱讲。对了，我看她匆忙来此怕是也没有准备祭奠母亲的祭品，我在酒店也方便，给她准备了。

程天佑认真地看着她，一字一顿地说，你果然是个善良的女人。对一个夺了自己妹妹所爱的女人，还能这么好。

宁信的笑容微微凝结住，她低下头，叹了口气，说，她十六岁就在我店里打工了，说起来，也算半个妹妹。小小女孩，和她对凉生执念的爱情，怕是我们这辈子都不会遇到了。怎么去恨去报复？

凉生。执念。她如此提及。

程天佑没说话。

77 | **我们最后的结局。**

我刚进屋，钱至跟了进来，问我，你没事吧……太太……

我回头，看着他，笑，摇摇头，那时就没有一面镜子，我不会知道自己的笑容是多么的勉强。

屋外，程天佑突然漫不经心地问宁信，说起来，你怎么会突然来这里？

宁信愣了愣，笑，说，昨晚不是跟你们说了？天恩一直喊我过来瞧瞧。当然，我还有私人原因，就是来看看未央心心念念的地方。作为姐姐，我欠她太多了。

程天佑看着她，不动声色地说，你很贴心。

宁信笑，你可别这样！我都有些毛骨悚然了。我认识的程天佑可不是一个会赞美人的人。

程天佑说，是吗？

宁信笃信地点点头，说，是。

我转脸看着窗外，他和她聊天，似乎很快乐的表情。

钱至环顾着这个房子，说，这就是您和三少爷从小长大的地方？

我回过神来，点点头。

钱至说，这个地方，让我想起了我的家，也是这样，一个清贫但却美丽的地方。

我微微一怔，因为我确实无法将钱伯和清贫联系到一起。

钱至似乎看出我的疑惑，他看了看窗外的程天佑，说，看来大少爷没有告诉你，我是钱伯收养的孩子？

收养？我看着钱至。

钱至点点头。

突然，我想起了昨夜，克制着紧张的情绪，漫不经心地说，昨夜……他发烧得厉害，咯血了……不会有什么事吧？

钱至看着我，说，原来，你还会担心他？

我一愣，低头，将头发捋到耳后，勉强笑笑。

我转头，看着窗外的程天佑和宁信，岔开话题对钱至说，他们聊得好像蛮开心。

钱至说，你在意吗？

啊？我抬头，看着钱至。

钱至忍了又忍，最终，他开口，说，太太。我来这里，是受了家父之命，老爷子请大少爷回去。沈小姐回来了。

沈小姐回来了？这么快？

我愣在那里，一时间回不了神。

目光，如僵死的藤，框在屋外，阳光之下，他和她的影子上。

他们似乎相谈甚欢。

不知过了多久，程天佑对宁信说，我送你。

我从这三个字里猛然惊醒，才发现，一晃八年，流光飞逝，白驹过隙，我们最后的结局，不过是——

你离去，我送你。

钱至痛心地说，我真是荒唐！沈小姐回来了，凉生也就回来了。太太是该开心的。至于大少爷，他生他死，他婚他娶。太太怎么会在意呢！

说完，他转身走出去。

78

有些别离，注定没有道别。

我在窗前，怔怔地看着钱至离开，又怔怔地看着程天佑送宁信离去。

那一刻，我才发现，背影真的是一种令人伤感的东西：每一个背影都会有一段目送，却不是每个背影都有归期。

程天佑折回来的时候，突然有人从院门外追了进来。

颜泽他们立刻紧张地围上前去，一见是钱伯身边的熟人常山，才微微靠后，站到一旁。

程天佑停住了步子，回头。

常山看了钱至一眼，眼神中似有隐隐的不满，他走到程天佑的身边，俯首帖耳，不知道说了些什么。

程天佑明显一怔，猝不及防的表情，抬头，说，这么快？

他回头，看了看屋子的方向，我亦站在窗边，看着他。尘封的窗户，恍恍惚惚的光影，模糊了彼此的脸。

良久，他转脸，对常山说，我知道了。

说完，他朝着屋内走了过来。

常山迟疑了一下，但还是截住了他，硬着头皮，说，大少爷请吧！钱伯在车上恭候多时了。

连一个道别也不肯给予。

程天佑一怔，猛然转身，说，钱伯也来了？！

颜泽也微微一怔。

钱至在一旁，点点头，常山这些话，本应是他来传达，只是，他面对着程天佑却如何也说不出口。

程天佑看了看门外那辆静默的黑色越野车，又回头，看着藏在窗户暗影之中的我，沉默着。

常山唯恐再生变数，忙说，大少爷不必担心太太安危！您回去了，三少爷自然也就回来了。

他说，大少爷，您请。

那一刻，小院静极了。

他立在院子里，一同立在那里的，还有那盘静静的石磨，沉默如哑巴。

顽石啊，如果有一天，你有了心仪的姑娘，如何将你的喜欢告诉她？顽石啊，如果有一天，你要离开心爱的姑娘，如何将你的不舍告诉她？顽石啊，你需要狠下怎样的心肠，才能与深爱的姑娘永诀天涯？

最终，他转身，离开。

没有一句话，哪怕是一句，我走了。

有些别离，注定不能道别。

一句话，一个眼神，一丝声息，都会出卖掉你的心，让你再也没有离开的勇气。

他的背影，消失在小院门前那一刻。

我的眼泪刷———下落了下来。

我曾以为，这方小院，我只会为一个人哭，一个人笑，一个人欢喜一个人恼，如今他却用了一个背影，让我明白，我也会为他哭，为他笑，为他欢喜为他恼。

可是，又怎样呢？

我恨我有一双腿，却不能追上去，道一声，珍重。

我恨我有一颗心，却不能去爱你，因为它装了另一个人，注定忘不了。

我恨我有泪千行，却不能流在你的眼前，因为它会阻住你的脚步，让你再陷一场万劫不复。

……

这一年，二十三岁。

阳光照不进的窗户里，明明暗暗的光，我知道，从此，那个爱了我八年的男人，不是我的了。

79

我一下傻掉了。

汽车绝尘离去时的引擎声，在我耳边不断回响着。

我不知道过了多久，也不知自己是怎样走出屋子的，盛夏太阳的光，突然刺痛我的眼，这短而漫长的三天两夜，如同大梦一场。

凉生，我们的爱情里，注定是我一个人的孤军奋战吗？

带着对你的执念，自负地认为自己有一颗石头一样的心，不为这世界上任何深情与温柔所打动？

这就是我此生的爱情吗？

当我一次又一次犹疑，也就一次又一次憎恶自己。

我恨这样的自己。

她心动了，我恨她，恨她对你是亵渎。

她心如铁，我恨她，恨她对他是辜负。

可我只是一个女子，我可以执念，可是那颗心，它不是石头。它柔软，它会悲伤，若无壁垒，它会为这世界上的深情和温柔所动。

我想我得做点什么事情了。

可我该做点什么事情呢？

环顾着空荡荡的小院，当我看了看石磨上宁信送来的祭品，发现里面还有一些钱币，我突然想起，我该去老村医那里，把昨夜的出诊费和医药费给他。

你瞧，他也不是什么都不留。

他给我留下了债务。

我失魂落魄地走出院门，茫茫然；突然，一个身影映入眼帘，我猛然抬头。

是颜泽。

他说，太太。

我愕然，你？

他笑笑，说，太太很失望的样子。

他说，太太希望是谁？

原来——

程天佑离开，拉开车门那一刻，突然停住，对跟在他身后的颜泽说，你们留下。等三少爷回来。

常山笑，大少爷这是不放心我呢？还是不放心钱伯呢？

程天佑没理他。

颜泽急了，说，这怎么行？我怎么能离开你？要不，我们干脆带着三少奶奶一起回程宅，还给三少爷就是！反正我不能离开你！

程天佑沉默，他知道，倔强如她，铁定是不会跟他们回程宅的，那是牢笼，那是伤心地，那是在三天前将她的自尊挫骨扬灰之处。

他看了颜泽一眼，说，留下。

颜泽说，我不管！大少爷要是出事！我还能在保镖界混吗？

程天佑皱了皱眉头，狭长的眼角斜了他一眼，说，别弄得跟多少人想要我的命似的。

颜泽撇嘴说，自从大少爷您眼睛失明，多少人蠢蠢欲动瓜分程家这块大蛋糕，早就做好了没有你的打算了。现在倒好！你突然宣布复明！他们还瓜分个妹啊！所以，想你死的绝对不止一个！要我说，就连二少爷……

程天佑目光陡寒，睨向颜泽的时候，颜泽忙收住声。常山将脸别向一旁，装作什么都没听见。

钱伯在另一辆车上，闭目养神。

……

我听颜泽诉说他同程天佑的"别离"之苦，看了看他和另外两个保镖，说，这是我一个人的小院。你们回去陪他吧！

颜泽抱着手，环顾了一下小院四周，脸上突然浮现出一种诡异的笑，他点点头，语调有些怪，说，我也正有此意。

说着，他真的撒腿就跑上车了，比兔子还快。

我一下傻掉了。另外两个保镖傻掉之后，又迅速清醒，追着颜泽登上另外一辆车，追逐而去，只留下我独自一人傻在小院里。

80

就像，此生路过了你一样。

车行在高速路上。

程天佑一直沉默，一同沉默的还有钱至。

他低头，望着手背上昨夜留下的针眼，过几天，它们就好了吧？娶了她，慢慢地，我也会忘记你了吧。

走出那个小院的时候，硬起足够的心肠。

怕回头，怕开口，怕大太阳下一个大男人泪成行。

……

他轻轻咳了一声，钱至猛然转头看他。

他没看钱至，面无表情地望着车窗外的公路。

高速路牌上出现"2km后明月村"的时候，他突然愣了一下，原来，真的有这么一个村子。

钱至也怔了，他喃喃道，原来，真有这么一个村子。

钱伯的车子，行在前面，突然开启了右转向灯，似乎是要下高速直奔明月村的样子。

司机转脸，看了钱至一眼。

钱至回头，看着程天佑，请示道，大少爷？

程天佑看了前面的车一眼，说，跟着就是。

不必猜，他也知道，此刻，前面车辆之上，钱伯的心绪定然如这高速路两旁的山峦起伏难定。

这里是他此生未娶的女子的故里，桃源县明月村。

万座青山人已逝，两行浊泪情难灭。

人生在世，不管风华正茂，还是垂垂老矣，唯有爱情，谁都逃不掉。

只是，钱伯的车，突然，右转向灯灭了，又回复了原定的路线，直直地奔回常张高速上。

那个老人，终归没有去故人旧地拜祭的勇气。

程天佑默默一声叹。

原本静默着的钱至突然开口，对司机，大喊一声，掉头！！他的意思是——下个出口！下高速！

程天佑愕然一震，抬头，看着他。

钱至情绪突然那么激动，说，大少爷！难道你想像我的父亲一样！临老之时，留下这弥天遗恨不能补救吗？就错过这么一下，一生就过去了！大少爷！人只有一生啊！一生很短的！

程天佑的脸色很平静，是啊，一生很短的。所以，给她最想要的日子。给她最想要的爱情，最想要的人……

他没理钱至，平静地对司机说，继续开。

钱至像疯了一样，突然夺过方向盘，司机直接傻了，程天佑也傻了，他在汽车后位上差点被惯性掀翻，终于不再平静，说，钱至你疯了！

汽车被逼停在应急车道上，钱至迅速推开车门，绕到驾驶室一侧，将司机一把拉下来，自己坐了进去。

他说，大少爷！我听你的话听了一辈子！今天我不能听你的！

程天佑觉得自己快疯了，他阻止道，钱至！她是有夫之妇！我的弟妹！程家三太太！

钱至说，那又怎样？！

他说完，一脚油门踩了下去，可怜的司机就被他给活活地扔在了高速路上。

程天佑觉得自己一口老血都快喷出来了，三观被自己的属下震得粉碎，就差发飙骂人了！

钱至一面将车开得风驰电掣，一面说，大少爷！您一直不都是个挺没底线的人吗？！怎么突然要做道德楷模了！

我擦！有这么跟领导说话的吗？钱至你吃了毒蘑菇了吧！程天佑的脸阴阴的，额上青筋暴绽，黑成了石墨。

不过一趟魏家坪，全天下是都疯了吗！

原本一直稳妥跟在后面的车子，突然飞速超过了钱伯的车子，右转明月村直接下了高速，折向魏家坪方向。

常山在车上，直接蒙了，他转头，对着车里那个一直静默的老人，说，钱、钱伯！大、大少爷他……

钱伯似乎并不惊讶，仿佛一切早已预料到一般，墨镜之下，谁也看不清他的表情。他捧起茶杯，闻香，良久，开口，说，由他去吧！

是啊，由他去吧！

如果当初，他有这腔热血，他也会漂洋过海，同她过完这一辈子。无论，她比自己大多少岁！无论她曾是自己两姓主人的女人！无论这个世界的唾沫会怎样将他们淹死！无论程方正对自己有天大的深恩！无论她会不会爱自己他也要一生追一次！

如今，他老了。

老到只剩下漫天遗憾，无止无休。

他怨恨程方正的欺瞒，却再也换不回一个机会，为她不管不顾的机会。

他回想起自己十七岁的那个夜晚，湘西月色之下，密密的林影之中，作为湘西魔头看家护院的小喽啰，他放走了自己的主母陈予墨和她的情人。

她美貌如花，豆蔻年华就被某落草湘西的国军将军掠为压寨夫人，1949年后，湘西匪患并未根尽，五十年代末，一个来自江浙富庶之地公子哥儿探险湘西遇上了危险，也遇上了她。

那一年，那个年轻的富家少爷，二十五岁，遇见了二十七岁的她，风姿依旧，美丽动人的她。

盛时容颜，旧时少年。

世间欢好，不过一见钟情一场。

还君明珠双泪垂，一枝红杏出墙来。

情到浓处，两人决意私奔天涯。

而他，十三岁流浪深山，被她收留，冰雪之中的一片干粮，一碗热粥，从此，在他心中，她就是菩萨。暗生的爱慕在他少年心底滋长着，不见天光。

那个富家公子，最终带走了她；在允诺这个看守少年，一辈子绝不负予墨的诺言下。

她离开之时，回头看了他一眼，月光下，那个倔强的少年的脸，近乎悲壮的表情。那一刻，她想到，她的离开，必然会陷这个少年于死地。于是，在她的恳请下，那个富家公子也带走了他。

从此，在富家公子的支持下，他读书，学习，成了那人的左膀右臂……

这一生，与其说他安排着富家公子的此生诸事，倒不如说，这富家公子，安排了他一生。

那个富家公子，就是程方正。

……

一晃五十多年。

他将一生，都给了程家。

而程方正却给了他一桩谎言，关于她。

这么多年过去了，他怎么就这么毫无愧疚？如此坦然地违背了当初带着她私奔天涯时的诺言，此生绝不负陈予墨？

巴黎度假归来，程方正伤心痛苦，他此生最爱的女子，在那座艳遇的城，遇到了更好的良人，不再归来；而他只能在万般无奈痛苦之下娶了自己不爱的富家女……

如今看来，那痛苦不过是表演，那无奈更像是早已安排。

只是，当初，他将你留在巴黎，是不是许下了更甜蜜的言语？

要你在这里等他？

他一定会回来找你！

他痛苦他无奈他却不能不娶那个他不爱的富家女。

然后，此生，你就在冰冷的房子里，陌生的城市，举目无亲，一字不识，再也回不到旧里。

难过的是，你真的一生都在等他。

哪怕最后你患上了老年痴呆，忘记了整个世界，却还是记得他，记得他说过，等着他，他一定会回来找你。

是不是，五十多年，那个二十五岁的男人，被一个十七岁的少年逼着许下的诺言，本就是敷衍，就是大人对小孩的笑话一场？

——你要一辈子对她好！明月下，竹影中，院门前的少年说。

——我发誓一辈子对她好！她如我的命！她在我的命便在！她亡我的命便亡！青年男子握紧女人冰冷的手，对着看门护院的少年赌咒发誓，凤目狭长。

——好！我放你们走！如果你对不起她我这辈子不会放过你！明月下，少年倔强的脸。

——我不会给你这个不放过我的机会的！因为我此生不负陈予墨！青年男子风流英俊的脸。

……

回忆如刀。

他望着窗外，路牌之上，明月村，500米。

这山还是这山，这天还是这天，这明月村，你的家，听你说了许多年，如今，终于看到了，却只能是路过。

就像是，此生路过了你一样。

夫人，告诉我。

从此后，为你，报复？还是原谅？

……

81

撑最后一方天堂，出最后一份力气！

滔天的火焰，不过是半个多小时时间。

这座小院，突然被付之一炬。

村民们有拎着水桶扑火的，有拎着脸盆的，有人冲进了院子又被热浪给扑了出来，也有站在一旁看热闹的，吵吵闹闹，熙熙攘攘。

——救人啊！

——救火啊！

——里面没人吧？这房子！空了好多年了！

——有人啊！姜家姑娘回来了！快救人啊！

——对啊对啊！确实是回来了！还带回了男朋友呢！快快救人！

——那个男人好像刚刚被一群人接走了！会不会是姜家姑娘一时没想开自己放火烧了自己呢？

——火太大了！进不去啊！

各种呼叫声不断。

程天佑原本还在抗拒着钱至，在下车的那一瞬间，他直接呆了，一切的抗拒在这瞬间塌方。

钱至飞速下车，猛跑过来，问颜泽，太太呢！

颜泽结结巴巴地说，太太让我离开，我就离开了。离开之后发现不对！就跑回来，结果，就这样了……

程天佑狠狠地抓起他的衣领，眼眸血红，说不出一句话。

颜泽说，大少爷！对不起！对不起！

颜泽一个手下颤抖着声音解释，大少爷，我们就离开了一下子就回来了！而且我们四处找了，没发现可疑的人！会不会是太太她因为三少爷和沈小姐的事……一心求死自己放的火？那我们是防不胜防……

……

程天佑脸色铁青，俊美的眼眸赤红，不顾一切向院子里冲去，却被颜泽和钱至他们狠狠地钳制住，他们说，大少爷！您不能进去啊！

他如困兽，血红的眸子，几乎是歇斯底里，说，闪开！

……

他冲进院子的时候，屋子被火势吞噬殆尽，轰然倒塌，热浪袭来，将他重重地扑倒在院外。

屋子倾塌那一刻，他终于知道了，什么叫作万念俱灰。

你爱的人，在水里，你追到水里去。

你爱的人，在火里，你追到火里去。

这都不可怕。不过是水灭魂，火焚身。

可怕的是，她就在你面前，被淹没，被烧毁，你却毫无能力，将她拥进怀里，撑最后一方天堂，尽最后一份力气。

82

那是这世界留给我的唯一记忆。

一小时前。

颜泽他们甩着欢快的步子跑没了之后，我从傻掉的状态清醒过来，回头，锁好院门，去到老村医那里。

他正出诊，我便等起他来。

他的夫人拖着我的手，聊家常，异常热情。

三姑六婆聊的无非就是，你有男朋友了没？凉生有女朋友了没？你男朋友有女朋友了没？要不要大妈我帮你们介绍我这里可是人才济济啊美女如云啊帅哥如粪啊……

最后，聊起她的丈夫老村医，她才变得正常起来，有些委屈，感叹人心不古，邻村有人死在他的诊所里，被赖着赔了四十多万。

她说，姑娘，你看医院都不敢收治的人，你大爷他觉得乡里乡亲的好心收治了，收治时都说过是尽人力听天命了，病人家属也同意了，结果……哎……你说，你大爷他从二十几岁就在村里行医了，几十年啊，谁有个头疼脑热的，大半夜，谁推开这门，他都跟着去出诊。都这么大年纪了，吃穿不愁了，他还是伺候着这一村子的人，风里来雨里去……别人不知道，姑娘你知道吧？当年你的牙齿可是咬在了满厚的屁股上……

我立刻打住了她的话，我说，大娘！我知道！大爷他确实辛苦！

她恨恨，人啊，得讲点良心！老天看着呢！是不是，姑娘？你说你当年要是没有你大爷，你那牙齿就在厚的屁股上了……

她居然喊他"厚——"？！

我该感激她没喊"厚厚"吗？

一个小时后，在她提了十三次"你咬了何满厚的屁股……"之后，老村医背着急诊箱气喘吁吁走进来，喊了一声，水！水！老太婆！给我水！

老太太迎了出去，说，怎么了？这么喘？一面说着，一面帮他倒了一杯水，接过急诊箱。

老村医接过水，咕咚咕咚喝下去，擦擦嘴，说，你不知道……啊！鬼啊！！

——我刚走出来，他跟见了鬼似的蹦了起来，大声号叫着——

我愣了愣，说，大爷，我是来给你送钱的。

他哆嗦着，两只手在空中乱打着，说，啊你带回去花吧！啊我不要！啊你别等我了！啊——

老太太从我手里一把拿过钱去，数落起他来，说，死老头！你神经病啊！去死吧你！你看她是人是鬼！说着"啪——"一巴掌拍在了我肩膀上。

我疼得叫了一声，你明明让他"去死吧"。你拍我干吗啊。鉴于尊老爱幼之美德，我只能默默承受。

老医生见我吃疼的表情，也跟着蒙蒙地问，你是人是鬼？！

我说，我是人。

他愣了几秒钟，看着我，说，谁把你抬进来的？

我说，我自己走来的。

他说，你没事？

我说，我为什么有事？

他说，你家房子烧了你怎么会没事？！

我一听，直接蒙了，回过神来，疯一样往家的方向跑去。我已一无所有，那里是这世界留给我唯一的记忆。

83

终于，我真的一无所有了，关于你。

我跑回家的时候，直接呆在了那里。

天干物燥，火势迅猛，我到达的时候，大火已渐渐熄灭，一切化为了灰烬，从此，在这个世界，已无任何我存在过的痕迹。

钱至看到我的时候，呆住了，大悲之后不敢相信地大喜，他颤着声，说，太太？

我茫然地转脸，看看他，又茫然地转脸，看着我的家。

程天佑看到我的那一瞬间，如隔万年。我们如在时光的两端，他跌跌撞撞走上来，一把将我拉进怀里，紧紧地抱住了我。那么大的力气，我仿佛都能听到他骨头关节的声响，他似乎是要将我揉进身体才好。

他无声地努力地喘息着，控制着泪意。

我依然呆呆的，像傻了一样喃喃着，我的家没了？

是啊，我的家没了。

从此，我真的一无所有了。

不知道过了多久，四方街邻都散了去，我突然从程天佑的怀里挣脱出来，冲着院里跑去。

程天佑怔了一下，追了上来。

我努力地扒着焦黑而滚烫的土方，最终在废墟之中翻出了那个铁盒，它已经被烧得面目全非。

我轻轻地打开，那张一直被我藏着的十元钱，我偷来的十元钱，初一那年我为我的凉生能去春游偷过的十元钱，在大火中成了灰。

我号啕大哭起来。

终于，我真的一无所有了，关于你。

酸枣树已经被伐掉了，因为有个叫程天恩的贱人土豪在这里盖起了奢华度假酒店；母亲的基地也将被迁走，政府有了新的规划。天生苑是个魔鬼！它带来了声势浩大的繁华，也带来了地覆天翻的毁灭！

对！天生苑就是个魔鬼！就像你程天佑一样！我抬头，看着程天佑，眸子里是怨毒的光，他愣住了。

这时，颜泽和钱至走了过来。

钱至说，会不会是赵霁？

颜泽摇摇头，说，赵霁想害太太的话，不会这么惊天动地。说到这里，颜泽转脸看着我，说，这火，会不会是太太您离开时不小心……

我瞪着颜泽，就在那么一瞬间，我猛然想起当我让他离开这里，去陪程天佑——

我说，这是我一个人的小院，你们不属于这里！回去陪他吧！

当时，他抱着手，还环顾了一下这个小院，他诡异的表情，和那句怪怪的话——我也正有此意！

我看着颜泽，仿佛终于懂了，我大声说，是你放火烧了这里！

颜泽愣了一下，说，太太！你说什么？

我情绪激动，说，你烧了这里，我就一无所有，只能跟你们回去！不对吗？

钱至和程天佑全都望向颜泽。

颜泽说，好吧！我确实这么想过！但是我没这么做！

我冷笑，说，那你告诉我，你都走了！怎么还会出现在这里！

颜泽说，你让我走的时候，我是想走！想去保护大少爷！但是，我知道我要是自己回去，大少爷肯定生气！所以，我又折了回来！想把你一起带回去！

我说，你知道我根本不会回去！

颜泽说，我已经想好了办法！

我说，什么办法？

颜泽毫不退缩，说，烧掉这里！

我浑身发抖，说，你还敢说这不是你做的！

颜泽依然不肯承认，说，我是打算回来就这么做！但是我还没来得及这么做！它已经烧起来了！

他转脸看着程天佑，说，大少爷！颜泽是什么样的人，大少爷心里清楚！做过的事就是做过我一肩担下！但不是我做的事儿打死我也不能认！

他巧舌善辩，我愤怒至极，几乎要冲上去同他拼命，我说，你根本就是满口谎言！你这个浑蛋！

见我情绪渐渐激动起来，程天佑一把拉住我，我一把将他的手打开，怒气全冲着他而去，我昏了脑袋，几乎歇斯底里，说，程天佑！你别装什么好人！没有你的授意，他敢吗？！

他敢吗？！

为了带我回去换你的沈小姐！你真是不择手段！

你这个浑蛋！

禽兽！……

84

大伯哥和小弟妹，私奔不得，高速殉情。

我被程天佑绑上车，扔在后座上。

他根本懒得跟我争吵，他一言不发，慵懒到近乎冷酷的姿态无声地告诉了我：既然你这么笃定，我不承认都不好意思了。好吧！没有我的授意。他确实不敢。

我挣扎不得，又被他这种无声的高傲气得浑身发抖，眼睛都红了，我说，程天佑！你这个魔鬼！我恨你！

程天佑看了我一眼，依然懒得说话，那表情就像是在冷哼：恨吧。本来没奢望是爱。

我说，程天佑我……

他冲我挥了挥手里的胶布——昨夜，老村医留下的。他挑挑眉毛，意思是，你如果再给老子吵。老子就更不客气了。

然后我就活活地被他气哭了，眼泪鼻涕一起流。

这是我有生之年最憋屈最窝囊却又最愤怒的一天！

他将车门关上，将车钥匙扔给颜泽，说，这里怕是不安全。不能将她一个人留在这里了。你带她走前面。我们两车在后面。

颜泽看了一眼手里的钥匙，有些愤愤，说，大少爷！你做那么多，人家根本不领情好不好！

程天佑看了他一眼，叹气，你要是个哑巴，多好。

颜泽直接语结。

钱至看了颜泽一眼，抢着说，大少爷，我来吧！

颜泽一怔，转脸看着他，说，钱至你什么意思！不放心我？怀疑赵霁，又怀疑我！你是不是觉得程家上下就你一个人是大少爷的自己人。

钱至说，别误会！我和太太熟一些。

程天佑看了看他们俩，不动声色地将车钥匙从颜泽手里拿了回来，说，你们先吵。说着，他走过来，打开车门，看着我，说，弟妹。我知道你有勇有谋。但别添乱。我不想把你扔到后备箱。也不想伤到你，没法换我的沈小姐。

我刚要破口大骂回敬。

他再次冲我晃了晃手中的胶布。

我觉得我快憋出内伤了。

他将我从后座扔到副驾驶，看了看我，拉出安全带给我系上，又看了看我，关车门前，他说，给你一次机会，骂吧。

我憋红了眼，我说，程天佑！这世界就该有地狱！你该关在第十八层……

他"砰——"一声关上了车门。

我只觉得自己憋出了心肌梗死，这家伙坐进驾驶室，我刚要继续咆哮，他冲我晃了晃胶布，说，我改主意了。

车疾驰在路上，他说，别乱动。如果出了车祸，咱们俩这辈子就说不清了。他扯了扯薄情的唇，说，大伯哥和小弟妹，私奔不得，高速殉情。

我突然哭了，我说，放我走吧！我不想回去！

他转脸，看了我一眼，握着方向盘，没有说话。

我的眼泪一直在默默地流。

我恨那座城。

不知过了多久，他说，这是我们最后的一程路。陪陪我吧。

我怔了怔，泪眼朦胧中，这突然的温柔。

突然，他踩了刹车，车缓缓地行驶到紧急停车道上。

他下车，拉开我这边车门，低头，将我手上、脚上的胶布全都扯掉，就连皮肤上残留的胶屑，他也仔细地清理掉。

那么温柔的手。

85

这注定是一场结局凶险的爱情啊。

清理完胶布。

他抬头，看着她，星夜之下，她的泪光堪比星光。

他张了张嘴巴，他想说，似乎只有跟你这么别扭着，才能让自己看起来很坚强。但其实，我没那么坚强。我怕回去的路，我怕我会临阵逃脱，所以，陪陪我，让我敢为你走完这条回去娶她的路。

但最终，他什么也没说。

她看着他，黑色的眼睛，黑色的发。

这是第二次，他将她强行掳上车。

第一次，她十六岁，在学校门口，和金陵刚买了小贴画，正对着贴画上的帅哥们大流口水，然后，他出现了。

她永远都记得那天他开口说过的第一句话——我可爱的小姜生，好久不见，你还好吧？

是戏谑，是轻慢，是风流公子调戏寺庙烧香小娘子的必备说辞，是邪魅男子的生生的诱惑，是她少女时代，关于男主角的所有邪魅狷狂的所有想象。

那一天，他将她掳上车，两人一路口角不休，高速路上，她扔了他的手机，而他的车也神奇地抛锚，无人搭救。

然后，那一夜，两个无法归家的人，在高速路上看了一晚上星星。

这么多年，她依然记得，那一天，星空下的程天佑皮肤如同月光。她抬头看看天上的星星，翻了翻白眼，看了看程天佑，笑，真是浪漫大了。

十六岁，小女孩心里的浪漫。

不是价值连城的珠宝，不是奢华的宫殿住宅，只不过是同一个年岁正好的男子，静静地守望一夜星光。

八年后，这漫天星空之下，他温柔地低头俯身为她清理胶布，她陷入了那场无边无际的回忆。

给她清理完胶布，他一言不发回到车上发动汽车，却突然怎么也发动不了引擎。

他愕然，挫败。

夜那么深，星光那么美。

他转脸，看了她一眼，那一瞬间，仿佛是回到了很多年前，他第一次将她掠上车却抛锚在高速路上。

八年前的夜晚，那么清冷，如同她此刻清冷的脸，那时，她在睡梦中一直喊冷，于是，他脱下了衬衫紧紧裹在她身上，然后紧紧地将她抱在怀里。怀里的她，那么小，那么软，他的心突然一紧，最初只是好玩的追逐，只是怕如果真的爱了，身份的悬殊，这注定会是一场结局凶险的爱情啊。他突然更紧地抱住了那个小小的女孩，低声，说，姜生，对不起。

姜生，对不起。

此刻，当这句话再次涌到他的唇边，他心里苦苦地一笑，多么失败啊！八年之后，他能对她说的话，却依然是——姜生，对不起。

86

对不起，程太太，是我打扰。

车厢里，我和他一起沉默着。

满天星空中，我们各怀心事，四目相对的那一瞬间，我们俩都知道，彼此一定是想起了八年前的那个夜晚。

当时的我们。

当时的星光满天。

他看着我，眼圈慢慢变红。

我看着他，不让眼泪流。

后面的车停了过来，颜泽迅速下车，路过的车灯，照亮厢内沉默的我们，钱至见我们无事，就阻止了要拍打车门的颜泽。

不知过了多久，颜泽没忍住，轻轻弹了弹窗户，说，大少爷！换车吧！别耽误了行程。

夜很冷，星很凉。

我们之间，那玄妙的气氛，终止在颜泽轻弹窗户的那一瞬间。

他沉默着走下车。

汽车一路疾驰，新换的车上，我们一路无话。

就这样，静默着，一直到第二天清晨，我们回了那座熟悉的城。

车到岔路口速度慢了下来，向上，通往程宅；直行，喧嚣的市区。钱伯的车停在岔路口边，似乎是等了许久。

钱至停下了车，后面的车也紧跟着停下，颜泽跑上来，在车门外候着；钱至回头，看了程天佑一眼，刚要开口说些什么，颜泽已拉开了车门。

程天佑看着那扇打开的车门，沉默，突然开口，说，对不起。

我愣了愣。

他叹了口气，说，这么多年来，我总是觉得你对他太过执念，现在想想，其实是我对你执念了。

他并不看我，他说，以前，我总觉得你怎么就不能明白我的好呢？现在想想，其实是我不能明白你对他的好。错了的是我，与你无关；爱了的也是我，与你也无关。不放心你，想保护你却连累了你的人，也是我，依然与你无关！对不起，程太太。是我打扰。

说完，他走下车去。

钱至忍不住，喊了一句，大少爷！

他没有回应，亦没回头。

这三天，如同一场梦，只留下一句话——程太太，是我打扰。

钱至回头看着我，焦急地说，太太！

我亦沉默。

有些悲伤，如剑封喉。

就像有些人，你只能眼睁睁看着他走。

这时，钱伯走了过来。

程天佑突然停住了步子，看着他。

钱伯躬身笑笑，说，大少爷。我有几句话想对太太说。关于三少爷的。

他在程天佑的注视下，走到我的面前，隔着车窗，他称呼我，太太。

我看着他。

程天佑也在一旁。

钱伯笑，很温和，他望了望程天佑，像看自己的孩子一般目光宠溺着，又转脸看着我，说，这些天，让太太为难了吧？他叹气，程家的男人啊，从老爷子那一代起，就没有一个省心的。

我看着他。

他笑笑，说，这一路，路过明月村，突然想起了一个故人，老爷子的昔日恋人。她也是个非常美丽的女人。五十多年前，老爷子九死一生将她带出湘西，说起来也是感天动地。可是，到最后还是同老夫人联了姻……这女人也是老爷子的真爱，土匪窝里不要命也要带走的女人，怎么会不是真爱？但真爱向来都不是男人最后一张底牌。权势，地位，财富……这一切，没有一样不比真爱对男人更有诱惑力。

我沉默。他笑了笑，说，我说这许多，就是希望您能原谅三少爷他在沈小姐这件事上做过的选择。他是程家的沧海遗珠，贫苦的童年与少年，一旦尝过权势地位财富的滋味，难免把持不住。但不代表他不爱您。

他明面上是为凉生开脱的话，我听来却是！字字诛心！

他说，现在大少爷回程宅了，您与三少爷两人经过这么多风波磨难，这一次，也算是有情人终成眷属了。

说完，他看了看一旁的程天佑，程天佑将目光从我身上收回，转身离开。

钱伯冲我笑笑，看了看钱至，说，没猜错，大少爷是要将太太安置在宁小姐那儿吧。宁小姐真是个稳妥的人，让大少爷愿托付。

说完，他温吞地笑笑，转身离开。

87

可这个世界谁不是棋子？

宁小姐？！我猛然抬头。

当我意识到这一点时，车子已行驶起来。

钱至解释说，太太……大少爷这么安排，自是有他的道理。您现在……总不会想回程宅吧？

回程宅？你妈你是在说笑吗！我苦笑，悲从中来，我说，对！你们的大少

爷！他总是有道理！

我说，替我谢谢你家大少爷！我无福消受他的温柔乡！

说着，我就去推车门，试图下车。

车门是锁住的。钱至说，太太！大少爷这么安排全都是为了你好。

为了我好？我看着钱至，突然爆发了！

我说，他为了我好！他就不会将我绑回这支离破碎的城！他为了我好！他就不会伪装看不见！为了我好！八年前他就不会招惹我！他……

我情绪愈加激动，钱至便愈加沉默。

我说，你让我下去！我不要他安排！我不是他的棋子！生死悲喜全部由他！让我下去！让我下去！

我几乎是歇斯底里。钱至终于不再沉默，红绿灯前，他刹住了车。

他转头看着我，说，棋子？好吧！棋子！可谁会为一个棋子去死！谁会为了一个棋子连命都不要！谁眼睛都瞎了第一时间想到的不是自己而是如何保护住那颗棋子！谁会为一颗棋子抛下一切三十而立背城而去！谁会为一颗棋子去学做水煮面！谁脑子臭掉会为了一颗棋子去种一片姜花园！谁会为了一颗棋子去娶一个自己根本不爱的女人过一辈子！太太！不！三少奶奶！您告诉我！您倒是告诉我呀！

我怔在哪里。

他的情绪如同失控的洪水，泛滥着，奔涌着。

他说，三少爷就那么重要吗？重要到你连用心去看看大少爷一眼的机会都不肯给吗？好！你可以不给！你可以无视他的好！但是你不能指责他对你的这些掏心掏肺掏出五内全都捧到你眼前的好！

我转脸，不看他，小声辩解，说，他掏心掏肺怕不是对我，是对沈小姐。他照顾好我，就是为了换沈小姐。我不是棋子是什么？他自己都承认……

钱至几乎忍无可忍，说，太太！

只两个字，他便再也说不下去了。

红灯变成了绿灯，后面的车不停地鸣笛催促，钱至变得无比焦躁，他狠狠拍了一下方向盘，说，好！你是棋子！可这个世界谁不是棋子？就连大少爷他都要死了还是棋子！……

说到这里，他顿住了，愕然又后悔。

我一怔，不敢相信地看着他，说，你说什么？

钱至忍不住哭了起来，一个大男人在我面前流下了眼泪，他说，太太！大少爷他可能活不久了……

他号啕大哭。

原来——

程天佑追我离开程宅的那一天，钱伯将他们三人的体检报告带到了老爷子眼前，他几乎是抖着声音，将一切告诉老人的。

龚言也在场。

那一天的天色如墨，黑暗环绕着这个老人，钱伯和龚言都以为，他会老泪纵横，会崩溃，甚至，会当场晕厥，所以，连医生都备在了一旁。

就在那天早晨，钱伯还将程天佑眼睛复明的好消息刚刚带给他，这个傍晚，却带来了这样残酷的消息。

体检报告上说，肺部不可逆纤维化。

医生分析可能是落水时肺部因为窒息导致的细胞组织坏死，也可能是因为细菌感染导致，过程是不可逆的，按照纤维化的速度，病人最终将会窒息死亡……

老人开口，还能活多久？

钱伯愣了愣，说，医生说，半年。最多两年。甚至可能随时……

那一刻，屋子里静极了，如同死亡一般。

当龚言和钱伯，都认为老人会说，那就由着这个孩子去吧。他想做什么就让他做什么，他想喜欢谁就让他喜欢谁，他想娶谁就让他娶谁的时候，老人终于开口了，他说，既然这样，别让他在魏家坪浪费时间了。你去将他接回来吧。

他说，让他早点娶了沈小姐，也算是这一生为程家做的最后一份贡献了。

暗夜的躺椅上，他一动不动，坚硬而冰冷，如同无情的神像。

龚言震惊地抬头，看了钱伯一眼，钱伯似早已预料，并不语。

当时的钱至，恰好路过，找父亲商量公司的事情，就这样在门后听到了这一切，当下就崩溃了——

崩溃的是他将不久于这世间，更崩溃的是即使他不久于这世间却仍要被这残酷的家族榨取最后的价值……

只是，无人知晓，那一天，当龚言和钱伯离开后，那尊冰冷的神像将那那张体检报告抱在怀里，紧紧抱着，如同抱着一个小小的婴儿，暗夜之中，吞咽无声，老泪纵横。

钱至说完，我愣在那里。

过了很久，我看着钱至，僵硬地笑了笑，声音里是控制不住地抖，我说，你骗我的吧？他要你这么骗我吧。就像他明明手术成功了，眼睛明明能看到了……

钱至不再说话，在一堆车鸣笛声和咒骂声中，踩下了油门。

我想起了那个夜晚，他发烧时掌心的那抹艳红，它如同鬼魅，狰狞鲜艳地冲着我笑。

突然之间，我感到这个世界前所未有的冰冷，嘴上，却还在倔强，我努力地去笑，我告诉自己，钱至是在骗我的。

是的，他在骗我。

我低头，总觉得想找什么，却又不知道要找什么。

我好像丢了一样很重要的东西，我再也找不到。

我宁愿我们的故事，结局在你对我说，程太太，是我打扰那一刻。至少，我知道，你会很好地活在这人世间，只是，再也与我无关。

突然间，一声巨大的撞击声，强烈的冲击之下，我来不及呼叫，整个人已经随着车子被撞飞。

被撞飞的一瞬间，某种苦涩液体也跟着冲出了眼眶。

88 | 对不起，您所拨打的号码不在服务区。

不远处突然传来一声巨响，所有的人一怔。

声响来自下面的公路，树木参天遮挡，无人知道发生了什么。

钱伯请他上车。

他说，我想走走。

纵是自投罗网的人，也希望进入樊笼的时间慢一点，再慢一点。

钱伯点点头，陪在他身后。

颜泽开车跟在后面，一同往程宅方向而去。

回程宅的路，树木参天，这座古老的城市，美丽到据说日军侵华之时，都重点划出了圈，禁止飞机轰炸。

车载电台放着的情歌，是张学友的《一路上有你》，情歌那么老，老到弦歌一起，心便沦陷——

你知道吗？爱你并不容易。

还需要很多勇气。

是天意吧？好多话说不出去。

就是怕你负担不起。

你相信吗？这一生遇见你。

是上辈子我欠你的。

是天意吧？让我爱上你，

才又让你离我而去。

也许轮回里早已注定，

今生就该我还给你。

……

情歌未完，广播突然插入了主持人的声音——

刚刚我市清河路与吴江路发生一宗严重交通事故，已造成2人死亡。开车听众，请尽量避开此路段，以免造成拥堵。本台记者也将前往，带回进一步报道。

据目击者称，上午9时37分，一辆车牌号为浙AXX386号油罐车，沿吴江路北方向行驶，途径清河路移动营业厅路段时与一辆车牌为浙AXX789的越野车碰撞，造成现场共2人当场死亡，2名行人受伤，两车损坏。事故发生后，吴江交警大队的民警迅速赶往现场处置，抢救伤者……

程天佑愣了愣，本能反应一般，按下钱至的手机号——对不起，您所拨打的号码不在服务区……

一种巨大的不祥感袭来，手机重重落在地上，他转身发疯似的跑去。

全世界，一切静止，只有身后，广播里的那首老情歌在继续——

一颗心在风雨里，

飘来飘去都是为你。

一路上有你，苦一点也愿意。

就算是为了分离与我相遇。

一路上有你，痛一点也愿意。

就算这辈子注定要和你分离。

89

程天佑，我们结婚吧。

那是一道白色的光，身体如同被撕裂一般。

听到血滴的声音，一滴一滴，然后便是路人蜂拥而来的声音，再后来便是警笛声和救护车的声音。

那一刻，整个世界安静得仿佛再也与你无关。

黑暗无边，只有钱至说过的那句话反反复复在耳边——医生说，半年。最多两年。甚至可能随时……

凉生，我终究是欠下了，比令他双目失明还可怕的债……

模糊之中，我仿佛看到了凉生，他朝我走来，披着巴黎的夜色，车辆残骸之中，他抬手轻轻，似乎是要触碰我微乱的发，他说，姜生，你怎么……

我眼中泪起，他却从我身边经过，俯身在一个女孩的身边。

他望着她的眼，依然如昨日星辰般明亮，让人愿坠入深渊，他为她轻启的唇，依然如桃花酒酿般蛊惑，让人愿饮尽此生。

他，依然是我此生不配拥有的贪想。

我说，别走。

他身体微微一震，低头，看着她，说，我在。

我想抱却怎么也拥抱不到他，大哭，我说，凉生！我找不到你！我怎么都找不到你！凉生！程天佑他活不久了……

怎么办！我欠了他的怎么办！

……

他却很明显松了口气，将她重新拥进怀里，用下颌轻轻触着她的头发，他说，这只是个梦。

我却知道，那不是梦！

郎艳独绝，也不过一枕黄粱。

我闭上眼睛，不敢再看，空空的双手，和他的鬓发，他的眉眼，眼泪落下，我说，凉生，如果我真欠了他，怎么办？

他抱着她，只说了一个字，还。

还？

唇齿边，是胆汁呕尽的苦。

死亡边缘，穿越这无边的黑暗，光亮闪现，他如同泡沫一般，消失不见。

跌跌撞撞，仓皇寻找，时光罅隙之中，却仿佛回到了巴黎等不到位的花神咖啡馆里，一个女孩问一个男人，你最近有什么愿望吗？

男人说，愿望？那蛮多。比如找个人……暖床。

女孩脸一红，却故作镇定，说正经的！

男人笑了笑，没说话。很久，他开口，说，娶她。做我的程太太。

女孩怔在了那里。

那天的阳光，也是这么的好，撒在男人的脸上，放肆而温柔。他毫不掩饰，无比坦然，说，这就是我此生最大的愿望。

那表情坦然得就像是：既然你要问，那么我就答。

不知道过了多久，一双手，将我从这无边的暗黑之中夺回，抱出，他大声地呼叫着我的名字，我却什么也看不到，也什么都听不到。

明晃晃的阳光下，是他的眼神，肝胆欲裂。

在他抱紧我那一刻，我回光返照一般，幽幽醒来，他看到我张开双眸那一刻，眼泪崩落，抱着我泣不成声。

一个男人的眼泪。

我望着他，恍惚间，漫漫八年，依旧是像极了凉生的鬓发，像极了凉生的眉眼，在这刺瞎人双目的阳光下，我突然用力抓住他的胳膊，气若游丝地问他，你那个愿望还算吗？

他愣了一下。

我说，程天佑，我们结婚吧！

90

因为终此一生，兄弟与挚爱，皆不可负！

她说，程天佑，我们结婚吧！

他突然醒来，北海道的凉空气里，额头上的汗珠密布！

他梦到了她，每日每夜里都梦到她，只是今天的这个梦，那个曾经如同清莲般的她，突然如同罂粟般妖冶地绽放在一片红色的血海里，红色的眉，红色的眼，红色的唇，说着淬毒般诱惑的话，她说，程天佑，我们结婚吧！

于是他，疼到万箭穿心。

老陈匆匆走过来，说，先生，您没事吧？

他低头，按在胸前，这些日子，总觉胸闷，老陈说，许是水土不服。

他被梦里她的话惊悸到，像喘不上气来一般，捂着胸口，说，我要回去！我要去见她！我要给她打电话！我想她！

思念锥心蚀骨，他快被折磨疯了。

老陈苦苦阻止道，几近哀求，说，先生！你别这样！你如果这么做了，北先生怎么办！

他愣在那里，毫无还击之力。

是啊，北小武怎么办？

窗外，冷月如钩。

不久之前，他被从法国召回的夜晚，无月的夜，大雨滂沱，祖父要他回国，只用了八个字：她在程宅，一切安好。

于是，原本一直用各种理由拒绝回国的他，发疯一样回了国，他怕极了程家的手段。

下飞机的第一刻，寻遍程宅，不见她。

最终，水烟楼里，龚言欲言又止，他说，三少爷，其实，您是见过太太的……衣服的……就在大少爷的房间里……

他一怔，随后是一触即发的暴怒，指着龚言，你胡说！！

老爷子在一旁，倒只是笑笑，说，她到底年轻，还是小孩心性啊。糖果想要，饼干也想要。

龚言点头附和，说，是啊是啊。咱们家大少爷和三少爷都这么优秀，一个女孩子，左右摇摆也是情有可原，谁禁得住两个男人，都对自己那么好，生死相许……

这么多年寄人篱下的生活，他怎么会不知道弦外之音，话外之意。他愤怒地转身，想要离开，他要找到她，证明她的清白。

或是，证明，他们的爱情。

这时，龚言在外祖父面前悄声耳语了几句，外祖父说，罢了！去吧！

临去前，龚言别有深意地看了凉生一眼。

不久之后，水烟楼的落地窗前，前所未有的灯火通明。那明亮而刺目的光，像是特意为今夜照亮他的狼狈而存在一般。

在他脸色苍白那一刻。

外祖父的声音从躺椅上传来，现在，你看到了吧？

他沉默。

她身上宽宽大大的衣衫不是她的、自然不是他的衣裳，就在刚刚，他还在为她坚持，为她与全世界无敌。

当庭院里的灯火全都点上的那一刻，她从那栋楼里飞速奔跑而出，身上是未及换下的衣裳……让这一场义无反顾的归来，变成了讥讽，变成了笑话。

他突然觉得浑身冰冷。

老人叹息，说，妻贤夫祸少啊。

他沉默，外公的意思他怎能不懂？！

他转身，欲下楼去，声音里有悲，也有笃定，说，她是我的妻子，我得给她一个亲自向我解释的机会。

老人阻止了他，不可思议地看着他，有些愠怒，说，难道你宁可相信她的话，也不相信自己亲眼所见吗？！

他用力地点点头，眼中含泪，说，是！她若说不是！我便信不是！

老人气结，浑身发抖，说，她若说夏日雪，冬日雷，春日落叶秋日花开，白天不见光，黑夜大日头！你也信？！

他说，是！

老人说，你真是疯了！

他看着老人，笑，说，我只恨我没疯！我若真是疯了！在十九岁那年便不会离开她！远去法国！任她自生自灭在这世界，任你们凌辱！我把所有的信任给了你们！你们却让她流离此生！她虽出身清贫，却也是母亲掌上明珠！是我的命！我怎么会一次又一次把我的命给你们糟蹋！

老人气急，说，好好好！你长大了！你翅膀硬了！你……

最终，老人重重地躺回椅子上，长长一声叹，我老了……

老人叹息着说，你大哥目盲，你二哥腿疾……程家正值多事之秋，所有一切都系在了你的身上……你们少年夫妻情事真，我自不会拆散，只是希望你也能为程家做一些担当……

他看着老人，苦笑，不会拆散？

老人点点头，语气那么冷静，冷静得如同在谈一笔生意，说，我向你保证，你不会因为同沈家的联姻而失去她，

他望着外公，老人虽然话语隐晦，他却不会不懂，他不由得悲愤不已，望着外公，一字一顿，说，她是云中雀，我怎么忍心让她做这笼中鸟！

这时，龚言从屋外走了进来，他合上手中的伞，一旁的人忙上前接过，他走到老人身边。

老人突然笑了，说，我老了。已经搞不懂你们年轻人的情情爱爱。龚言啊，你不是有个消息要同三少爷讲吗？正好，我也倦了。你们聊吧。

说完，他就在护工的搀扶下，离开了。

龚言看着他，躬身，说，三少爷。

说着，龚言就走了过来，将一摞照片放在他眼前，他厌恶地瞥了一眼，是被北小武纵火烧掉的小鱼山别墅。

他看了龚言一眼，不知他们又要作何文章，冷然，说，不是已经结案了吗？

龚言严肃极了，说，三少爷！您仔细看看后面照片……这里有监控，也可以看到现在小鱼山别墅的一切，当然，如果您不放心，我也可以现在陪您去小鱼山现场！如果您要是不在意的话，我们可以让警察陪我们一起！不过，恐怕得请上北小武先生！

凉生愣了愣，迅速低头，去翻看后面的照片——地下室里，两具尸焦到面目全非的尸体——他猛然抬头，看着龚言，控制不住地愤怒：你们这是陷害！你们……

他捂住胸口，直觉呼吸都变得艰难。

老陈上前扶住他，说，先生，先生。

龚言看着他，说，三少爷，您言重了！我们这也是打算重装小鱼山时，才发现的。以前，我们一直不理解为什么北先生会纵火烧掉小鱼山，看到尸体的时候，我们才明白，怕是北先生觊觎别墅里的财物杀害了我们家的两位雇工，想毁尸灭迹，才纵火烧掉小鱼山。

凉生一把抓住他的衣领说，你们的雇工失踪了你们当时会不知道？！这分明就是现在你们不知道从哪里找来的无头尸体陷害他！

龚言看着他，毫无畏惧，说，警察怕不会这么认为，不信，等警察来验尸！绝对和纵火的日子不差分毫！如此丧心病狂的案中案，三少爷！您就是为他请上最好的律师，也避免不了北先生死刑的命运！

龚言用的是"绝对"，他既然敢这么说，就说明，在纵火案发生当时，他们怕是已经做下了这个夺命的局，就等着某一天，击中自己的要害，死死地拴住自己。

他越想越惊，只觉得浑身发冷，说，你们！到底想做什么！

龚言看着他，说，我们能做什么！我们只是想将整个程家双手恭恭敬敬地送给三少爷您啊！

凉生看着他，说，要我拿她来换？

龚言摇头，说，三少爷您言重了。沈小姐是您的，姜小姐也是您的，就连您最好的朋友北小武也会平平安安地在这个世界上。只要您愿意。

凉生愤怒到无可言语，他们这是！要他用他最爱的女人，换他兄弟的命！

龚言笑笑，说，三少爷既然如此钟爱姜小姐，不愿享齐人之福，不愿要程家江山，让北先生领罪就是！说着，他按下了110，然后看着凉生，眸子里是暗夜的魅。

凉生看着他，已经悲恸得说不出任何话语。

程家啊程家，每一个男人，都如同虎狼，多年前，在他还是一个少年时，那个叫程天佑的男人，也是如此居高临下地将他和北小武按在眼前，让手下挥着刀，要姜生选择。

如今，程家的大管家龚言，再次用北小武和姜生，要他选。

他们三个人，魏家坪草地上那三个小孩，当童年的他们，圆滚滚地奔跑在魏家坪的田野之上，面对着彼此天真的笑脸，永远不会想到，他们三人的情谊，永远是被某些人拿来残忍考验的。

少年时，那场残忍的选择，姜生哭着将幸运留给了自己，残忍留给了北小武。

如今，再临选择，他怎么忍心再次将残忍留给他……

他看着龚言手里的手机，最终，抬手，将它重重地打落地上——

姜生啊，唯将终夜长开眼，报答平生未展眉。

转头，窗外大雨，模糊了她的身影，只是姜生，你如何知道，这一夜，你窗外风雨，我亦风雪满身。

那一夜，他在车上，缓缓地从水烟楼下，行驶出这座古老的程宅，这夏夜，雨不住地下，竟让人觉得凉意横生。

他回头，望了一眼，三楼的窗台。

灯亮着，她是在等吗？

淋了雨，着了凉，有没有换过衣衫喝过热汤？

他突然开口，说，停车！

司机奉命刹住车的那一刻，老陈在副驾驶上，转头，看着他，唯恐波澜再起，他说，先生！您难道想北先生……

他沉默，唇紧抿。

最终，离开。

他说，去看看北小武吧。我许久都没看到他了。

其实，在他打掉龚言手机的那一刻，就注定了妥协，就注定了要遵从同程家的约法三章——

一，陪沈佳彤一起去日本。二，与伊元和堂株式会社谈新能源合作。三，未与沈小姐结婚前不得与姜生有任何联系。

关于最后一条，龚言特意不厌其烦地"嘱咐"，三少爷，别说电话、简讯、见面，哪怕是一片纸，一个字，您都会让北先生陷入被动的，我保证。

……

回忆痛处，他心里也有一个声音响起，所有一切，我会让程家还给我的。他说，一字一顿，我也保证！

车窗外，大雨倾盆。

他刚到北小武楼下，碰见了迎面而来的北小武，匆匆地下楼，似有急事。

看到凉生的那一刻，北小武愣住了，然后咧嘴笑，说，呦呵！这是哪阵风！将我的大少爷给吹来了！

凉生看着他，脸色有些白，笑笑，说，改不了贫。

北小武笑，说，我当然贫！你是土豪啊！我说大少爷！您的脸色怎么这么难看？国外待久了，妞太多！纵欲过头！我告诉你！你可不能辜负咱们家姜生！你要是对不起她！我可第一个饶不了你！

凉生看着他，笑笑，眼睛竟然有些红。

北小武一愣，立刻说，你这表情！是不舍得我……嗯哼……吗？我会想多了的！生少！我们可是生命里有柯小柔的人呐……

凉生没理他的贫嘴，说，我来其实没什么事。想带你出国旅游一趟！挺好的！你可以收拾准备一下，过些日子……

北小武抱了抱手，然后，拍拍他的肩膀，说，大少爷谢谢您！兄弟我真的谢谢您！这旅游你先给我备着！虽然兄弟你老远从法兰西而来，不过今儿我真的是没时间！我得先出门一下！回头！我保证！我把自己送您床上去，陪着您好好唠嗑！陪君三天三夜我不下床！

说着，他就连忙撑着伞跑到了雨幕里，一溜烟小跑不见了。

只剩下凉生，立在原地。

风雨之中，茕茕孑立。

老陈撑着伞走过来，说，先生，我们走吧……

风雨夜幕里，老陈撑的伞下，他眼眸如狼。

雨声喧哗，遮挡住了司机的耳朵，他对老陈说，想尽一切办法，将北小武办理出国！

老陈一愣。他早该想到，这个男人，这个拿着姜生如同性命一样的男人，怎么可能就如此乖乖地束手就擒呢？

虽不甘愿，老陈还是服从，说，是。先生。

他从老陈的伞下走出，淋湿的发，燃烧的魂，垂下的眼眸如暗夜之诱，一身风雨肃杀之气，从此之后，佛挡杀佛，神挡杀神！

他不信命，所以，他笃定自己可以找到解决这一切的方法，他想将北小武送到国外，让他不再是程家威胁自己的砝码。

所以，他假意妥协了这一切。

窗外，冷月如钩。

许是那场冷雨，他的胸口憋闷越加厉害。

在与程家虚与委蛇的这段时日里，老陈在办理北小武出国的事情，但是屡屡碰壁，签证被拒。

他不免咬牙切齿，程家这群狐狸！他早该想到的，当他们挖空心思用北小武做扣的时候，早已切断了他的后路。

手机上，她的号码，指尖摩挲过无数次，他却不能按出，想说的话，堵在胸口。

他被搁浅在日本，不知道是伊元和堂株式会社的问题，还是程家在背后使绊子，合约的进展异常缓慢，他难免急火攻心。

他望着窗外，那弦月，他知道，终此一生，兄弟与挚爱，皆不可负！

他要保住北小武！也要誓死保住他和她的爱情！

爱情，有多温柔，
就有多残忍。

CHAPTER 05

91

就像是两个有今日没明天的人，抵死贪欢。

小院里的芭蕉，仿佛在等一场秋雨。

捧茶对月，小院宽心。

这是青石上的字，苔痕布满了青石，要看清这些字，还是需要费点心思的。好在，我有这闲工夫。

夏夜的傍晚，芭蕉越加青葱，遮掩着那青石，也遮掩着那些字，颇有意境。

女佣阿红送来燕窝的时候，我正立在小院里对着芭蕉叶发呆，她将燕窝放在桌子边上，说，这是宁小姐最喜欢的。真搞不懂她怎么会喜欢这些。

我回头，看着她。

她冲我笑，走上前将一条披肩披在我的身上，说，程太太。虽然是夏天，但您的身子刚好些，还是得多注意。

我笑笑，说，有劳。

她也笑，说，宁小姐说您是贵客。我理当好好照顾。说着，她将燕窝捧给我，说，给您调了点儿蜂蜜。你看看合不合您的口味。

我接过，谢过她，漫不经心地问，程先生常来这里吗？

她一愣，笑，说，怎么会？程先生是大忙人。也是托了程太太的福，我这两日才得见。

说完，她就托词离开了。

只剩下我，独自站在这小院里，望着几树芭蕉出神，陷入了回忆——

四天前，我被程天佑安置在这里。

嗯。准确地说，一周前，发生了一场离奇的车祸，本来昏迷的我，突然回光返照似的醒来，向他求欢、不，求婚之后，再次昏了过去。

医院病房里，我再次醒来的时候，已是三天后。

我并不知道这三天里都发生了什么，更不知道这场导致我昏迷的车祸差点儿导致程天佑和程天恩两兄弟反目成仇。

金陵在我床边，她看到我醒来的时候，终于松了一口气，一颗悬着的心终于落了地，她说，你醒了。

八宝也从桌子上跳下来，说，哟，醒了？求婚小能手！

我刚要起身，程天佑从门外推门走了进来，他一见我起身，忙紧张上前，说，不要乱动。

金陵看看他，又看看我，笑笑，说，我先去照顾钱至。

八宝也冲我和程天佑挥挥手，说，拜拜！求婚小能手！

程天佑习惯性地点点头，忙又摇摇头。

我的脸微微一红。

两个人的病房，空气突然凝固到令人窒息。

眼前，这个眉目俊美非凡的男人，一改雅痞本性，突然拘谨得像情窦初开的小男孩，连手搁在哪里都有些不知所措。

那一刻，两个人，谁都不知道该如何开口。

最终，还是他先说话了，他清了清嗓子，说，你醒来就好。

我说，嗯。

再次陷入尴尬的静默。

然后，他再次努力打破沉默，说，饿了吧？我给你去拿粥。

我说，嗯。然后又摇摇头，我说，我不饿。

就这样，又一次陷入了尴尬的沉默。

——该说点什么呢？

——怎样开口才显得我不那么像是奸夫呢？你离婚官司我包了！不行！万一她是因为车祸撞到了脑袋怎么办？如此喜上眉梢地破坏人家婚姻显得我就是一品德低下三观全无的公子哥儿……

——不行！不能再这样荒唐下去了！程天佑！好好醒醒吧！

在这尴尬而玄妙的沉默时刻，门突然被推了开来，钱伯敲门后走了进来，他说，大少爷，二少爷来了，在门外，大少爷要不要……当他看着我们俩古怪的模样，便没再说下去，眸子里满是狐疑的光。

程天佑忙开口，似乎是想向钱伯撇清，表示你看其实我们俩没什么古怪，他清清嗓子，说，弟妹，其实天恩他……

我盯着他，突然开口，说，程天佑，我们结婚吧。

他说，好。

草率至极。

就像是两个有今日没明天的人，抵死贪欢。

当时，钱伯就跟被雷劈了一样，愣在那里。

同时愣住的，还有门缝里，那个拥有一双狐狸般的眸子的男子，他眯起眼，抿着唇，表情模糊在门微敞的缝隙里，冷漠又魅惑……

……

我呆呆地看着院子里的芭蕉，陷在回忆里，门缝里程天恩那张我参悟不透的冷漠而魅惑的脸，那一天，程天佑为什么会在我醒来时，提及他呢？

突然，屋子里响起的争执声，将我从回忆中惊醒。

我一怔，悄然走近，只听到宁信的声音，她闪烁而不安，说，未央！你能不能正常一些！就为了一个男人！你看看你现在像什么样子……

她竭力压低声音，似是恳求，却又压抑着深深怒意。

紧接着，未央声音传来，她冷笑，一贯骄傲的语调，说，就为了一个男人？！姐！别清高！你的样子又比我好看得多少！是谁接到颜泽电话，为了一个男人风尘仆仆跑去魏家坪！装什么毫不在意！装什么只是朋友！谁心疼谁自个儿知道！今天，你又收留了他的女人！他的心怎么可以这么狠！他不知道你爱他吗？

说到最后，未央的声音抖得一塌糊涂，纵然是与宁信争吵得厉害，听得出，她心底深处还是心疼着姐姐。

宁信声音却依旧冷静，无欲无求一般，她说，够了！我是去天恩的度假酒店！我是不小心遇到他！谁规定恋人不能做朋友？未央！你都这么大了！该懂事点儿了！姜生她不在这儿！

未央说，不在这儿？你为什么不敢让我找！你推三阻四什么！你在怕什么！

宁信说，我只是不想看你发疯！

未央说，我发疯？！对！我发疯！为爱情发疯就这么丢脸吗！我只不过爱上了一个人！爱一个人有错吗？你说啊！

宁信似乎有些不耐烦起来，说，未央，你知道不知道，当一个人肆意发泄怨气的时候，真该去镜子里看看，自己的脸是何等扭曲！

未央愣了，声音颤抖着全是伤心，说，扭曲？你这么说我！我是你妹妹啊！

宁信自知言重，试图去拉她的手，说，未央。我知道你爱他，但是他已经娶了她！我早都告诉过你了……

未央打开他的手，突然无比激动地打断，说，你说谎！他是我的！他只会是我的！永远是我的！如果我得不到，谁都别想得到！

她偏执的倔强让宁信心疼无比，她说，未央！你清醒一点！你不要再给他们添乱了好不好！别再跟跟凉生纠缠了！求求你！

未央美丽的眼角挂着一滴泪，说，求求我？你真是我的好姐姐！这些年来，你最喜欢对我说的话，就是"别再跟凉生纠缠了"，是啊！我不纠缠他，他就可以清清净净跟姜生那个贱人在一起了，你也就不必再担心你的程天佑被勾走了！

她突然笑，凄艳诡谲的美，她望着宁信，语调怪异，说，姐！不！宁信！你可真自私！

你！宁信被气到语结，抬起手掌，却最终没有落到她那倔强的小脸上。

未央看着自己的姐姐和她那只高高举起的手，收住了笑容，眼泪崩裂在眼眶里，她偏执而倔强，说，你打啊！

阿红呆在一旁，噤若寒蝉，看着她们姊妹之间的争吵。

突然，又有人走了进来，手包和钥匙随意往呆在一旁的阿红手里一递，刚想摘下耳环一身放松，却吃了一惊，说，哎哟！你们姐妹这是怎么了？吵成这样？我今天啊，就找不到个清闲地儿了。

不见其人，只闻其声，已觉万种风情，不必猜，是苏曼。

前院里，我心下一沉，眉毛微微挑了挑，心下叹气，程天佑啊程天佑，你对我的安置可真好啊。新欢旧爱已凑够一桌麻将了，这般热闹。

屋子里，未央猛然转头，指着苏曼，对宁信，说，你的心得有多大！他的新欢旧爱，都往你这里安置！你是垃圾回收站吗？她说，姐！到底是我不要跟凉生纠缠了！还是你不要再跟程天佑纠缠了！

说完，她头也不回地离开。

苏曼一愣，转头看着宁信，说，她！她说谁垃圾？！

宁信没理她，夜太黑，她不放心地追了出去。

……

这一场突来的争吵，最终消弭于宁信追未央出门的那一刻，苏曼也跟了出去，一面从阿红手里拿过她的包包和车钥匙一面嘟哝，哎，我去！我怎么……哎真倒霉！

她们三人追逐着走后，原本拘在一旁的阿红忙从屋内跑到了前院里，说，程太太，您没事吧？

她几乎是用一种八卦而"崇拜"的眼神看着我，那表情是"原来，您和两位小姐关系这么复杂啊"！

我捧着碗，摇摇头。

夜色已深。

92

爱情，有多温柔，就有多残忍。

夜渐渐深了。

一直到很晚，宁信都没有回来。而程天佑，也依然没有来，此刻，离他将我安置此处，已有四天时间。

他走的时候，说，我很快回来。

他说，等我。

很快是多快？

等我等多久？

我望着窗外，芭蕉叶，许多愁。

金陵来过电话，问我是否习惯住在这里。我说一切都好。她在照顾钱至，我不愿让她为我担心。

宁信这般得体的女人，又懂得照顾人，怎么会不好？

金陵说，如果他再不去接你，你就来我这里吧。

我笑笑，说，你们二人世界，我就不打扰了。

金陵说，没有，就是自己。他回程宅了。

她飞快地说，那就这么定了，我明天下班就去接你。

我愣了愣，摇头，说，不！我等他。

电话那一头，金陵愣了，她不曾想到，犹疑如我，竟会如此坚决。

对啊，魏家坪的月色之下，他曾对我说过的话，你该相信，一个那么爱你的男人，一定有他的苦衷。

金陵挂断电话的时候，说，姜生，你变了。变得笃定而勇敢了。

笃定而勇敢。

我喃喃。

日子只有这么多了，一个人还有什么机会不笃定？又有什么资格不勇敢？

我低头，看着指缝，是时光流走的声音。

日子只有这么多了。

突然，楼下有人说话的时候，我慌忙起身，张望，跑下楼梯。

他来了。

他进门，不见宁信，有些奇怪，问阿红。

阿红看看他。又抬头，看看停步在扶梯上的我，说，小姐她……出门了。

程天佑点点头，说，你去吧。

屋子里只剩下我们俩的时候，他走过来，看着我，很久。

我低头，笑了笑，些许的尴尬，说，他们都反对是吗？

似乎是知晓了的结局。

我的声音突然颤抖，我说，其实，没关系。其实，能陪着你，就这样，已经很好。不是真的一定要你娶我……

我突然停住。说的多，错的也多。

他看着我，眼眸很深，似有很多疑问，却什么都不问，他笑了笑，说，我今天来，就是想问问你……

他看着我，从口袋里掏出一枚戒指，缓缓地俯身，在我面前，单膝跪地，无比郑重的模样。他说，亲爱的姜生小姐，你愿意嫁给我吗？

我愣了，看着他，眼睛里突然闪起了泪花，突然间，多么不敢看，恍然间，那像极了的乌黑如漆的发，那像极了的灿烂如星辰的眼。

我含着泪，用力地点点头，他坚定地拉过我的手，将戒指套在我的无名指

上，轻轻亲吻了戒指，起身，将我紧紧拥进怀里。

我突然哭出了声音。

丝绒盒落在地上那一刻，宁信走了进来，失魂落魄的模样，似乎是经历过什么可怕的事情。

当她的眸子落在相拥在一起的我们身上，落在地上的丝绒盒上，又落在我左手无名指上那晶亮的戒指时，怔在了门口。

程天佑转身。

她看着他，纵使八面玲珑，却在此刻，怎么也回不了神。

她几乎是尴尬地试探着，说，她……她不是……不是已经和……不！我无意冒犯，只是……只是……

她口干舌燥，艰难地组织着语言，却依然不成句子。

程天佑看着她，将我护在身后，说，你需要做的，或许只是说句恭喜。

宁信愣了愣，望着他，却无力反驳。

是啊，此时此刻，那一些，如何处理，都是他的事情，她作为一个大度而善良的前任，所能说的或许真的只是一句恭喜。

她有些仓皇，强笑，说，对不起。

然后，她更努力地冲我笑笑，说，恭喜。

程天佑看着她，客气至极，说，谢谢。

我看着她努力瞪大眼睛不让自己眼泪落下的表情，突然觉得，爱情，有多温柔，就有多残忍。

吾之蜜糖，彼之砒霜。

那一夜，程天佑看着我入睡。

我问他，在想什么？

他说，想该给你一个怎样的婚礼。

我说，那不重要。

他的手拂过我的发，说，很重要。

突然，我发现，他脸颊上微有擦伤，胳膊肘和膝盖处，甚至有擦破的痕迹，连摊开的掌心也有微伤。

我惊起，说，这是……

他淡淡的不在意的模样，说，没事。

他该不会是逃出来的吧？

我自责自己的后知后觉，不再说话，只是将脸更靠近他的温热的手掌，我知道，这一刻的他，面临来自程家的压力有多大，其实……唉……

我看着他。

他笑笑，说，你这样看着我，我会以为你想留我过夜的。

我脸一红，说，才没。

他说，那就乖乖睡。然后，他蛮严肃地，跟老学究似的总结道，订了婚的人，婚礼之前不能同床的，会不吉利的。

同床……好吧……我将脸往被子里埋了埋，好诡异……午夜时分，一个男人谦谦君子般跟你聊不能同床……

……

心跳无序的午夜，不知道过了多久，我才睡着。

我进入梦乡之后，他才离开。

他深深的一声叹息，落入我的梦里。

93

当你决意不再颠沛流浪，我便奉我姓氏将你此生收藏。

他深深地叹息一声，离开，将卧室的门关上。

走下楼去，不见宁信，他对阿红说，我走了。你转告宁小姐。

阿红看了看门口，张了张嘴，最终，点点头，说，是。程先生。

他走出门，后院里，宁信站在夜色里，卷曲的长发，如同起伏的感情线，她没回头，说，你可以更残忍一些！今晚留在我的房子里洞房！

他沉默，说，我走了。

她仿佛没听到，背对着他自顾自地喃喃着说，我让阿红称呼她程太太，我以为她是凉生的太太。可今天，程先生，你却用一枚戒指告诉我，她是你的程太太。

她深深地闭上眼睛，鼻息间，全是酒气。

是啊，若无酒气，怎么会有勇气，来说这番话。

他看着她，说，回屋吧。

说着，他拿出车钥匙，走向车去。

她突然走到他的面前，挡住了他的去路，将一堆报纸扔到他的眼前，路灯下，报纸上是凉生和沈小姐同游北海道的消息。

她说，你看看这些报纸！谁都知道！她不过是在同他赌气！怎么就值得你把一辈子都承诺啊！她会把你推向万劫不复的！程天佑！你告诉我！告诉我啊！会做这种愚蠢透顶的事的！不是你！

程天佑冷静地看着她，她如何知道，这个叫姜生的女子心里哪怕对他有半分欢喜，便值得他将一生承诺，哪怕万劫不复。

经历这么多风雨坎坷，他比任何时候都笃信，在这个世界上，只有他，有足够的能力，守住她此生悲喜。如果他都不能给予的一切，谁还能给予？他已经错过了八年，不想再错过更多。

当你决意不再颠沛流浪，我便奉我姓氏将你此生收藏。

他虽沉默，但答案却是显而易见的决绝。

宁信不敢相信地看着他，美丽的眸子如同蒙上一层雾，不再遮掩声音里的悲凉，她问，即使她仍爱他，你都不介意吗？！

他看着她，笑了笑，依然没说话。

年轻时，他会很在意，他爱的那个女人她心底爱谁，是不是藏着谁。现在，他觉得，没那么重要。

经历了太多，他突然发现，没有任何事情比"在一起"更重要。只有在一起，你才有能力，为一个人遮风挡雨。只有在一起，你才能有能力，与她同悲同喜。只有在一起，你才有能力，保护她不被伤害。其余的，不过是少年情爱里的过分放大的痴缠纠结，没那么重要。

他看了看宁信，终于开口，说，我走了。

他坐进了车里。

宁信发疯一样站在他的车前，她说，程天佑！你这么做，会成为全天下的笑柄的！

程天佑抬眼，望着她，缓缓地说，我不介意与全天下为敌！

宁信说，你疯了！

他点头，说，是的，我疯了。

宁信说，你会后悔的！

他唇角扯起一丝冷笑，说，我早已后悔！

他后悔他疯得有些晚！

他后悔他像一个小男孩那样去计较她爱谁多一些！

他后悔没有早一些如此独断霸道将她囚禁在自己身边，让她犹疑，任由她选择，以至于让她颠沛流离尝尽这些悲苦！

他的车子行驶离开，她独自颓然坐在了草地上。

不知过了多久，她突然清醒过来，她有些慌乱地整理自己乱掉的头发和仪容，不！这不是自己！自己怎么会如此地失控！

她努力地笑，我是宁信！我是这个世界上最先被他爱过的女人！我也会是这个世界上唯一被他爱着的女人！

是的！是这样的！一定是这样的！

我才是他最爱的女人！我才是程太太！

他会向我求婚的，一枚搁在丝绒盒里的戒指，和单膝跪地，问我一句，宁小姐，你愿不愿意嫁给我？

一定是这样的！

当她挣扎着起身，向屋子里走去的时候，突然有人踏着夜色走来，来人说，宁小姐，许久不见。

宁信回头，却见钱伯，常山跟在他身旁。

宁信警惕地看着他，说，钱伯。哪阵风……您怎么会到这里？

钱伯笑，说，想当年，这处房子，还是我为老爷选的，老爷将它赠予宁小姐，也算是有情有义。

宁信的脸色灰白，他是如此毫不留情面地揭她的伤疤。

瞬间，她又冷静自若地笑，楚楚动人的悲伤语调，说，谁没有过去呢？

钱伯笑笑，她果然是七窍玲珑心，知道怎样的姿态最能让男人心生怜悯。他说，我想接……程太太走。

宁信突然笑了，说，我就是程太太。

钱伯一愣，他看着宁信，只当她是因爱成狂的胡乱说话，又笑了笑，说，我是来接姜小姐离开的。

宁信笑，收拾好情绪，说，您怕是来错地方了。这里只有宁小姐。

钱伯也笑，说，我知道，大少爷一定嘱咐你，不准程家任何人接近她。

宁信笑，几分无辜地瞪大眼睛，说，我不知道您在说什么。

钱伯看着她，那双宛如白兔一般的眼神，突然笑了，说，宁小姐，我觉得姜小姐那个年纪的女孩用这种眼神望着大少爷时，效果可能更好一些。尤其是说某些话，比如，某一天的小鱼山别墅，陆文隽是从您的会所那里离开的……

宁信一怔，随即冷静地看着他，笑，朋友们爱到会所捧场，这也不是什么错事。

钱伯说，是啊，不是错事。那个叫钱常来的女孩，以前是你会所里的人吧。

宁信依旧很镇定，笑，说，客来客往，谁都喜欢新鲜，会所里的女孩子，来来去去，我真记不得。

钱伯笑，说，是啊，自从小鱼山别墅一事发生之后，钱常来那姑娘，一夜暴富，得了一笔大钱……说起来，别人能用钱打动她做什么事，我也能用更多的钱，打动她告诉我一切……

宁信脸一白，说，我不知道小鱼山别墅发生过什么事！

钱伯说，只要你让我带走姜小姐。我保证，小鱼山的事情，永远是秘密。我想，宁小姐一定不想陆先生知道，那天，他诡异地接到钱常来的电话，您在他离开时递给他的那杯酒里，有什么不好的东西……

宁信笑了笑，说，钱伯说笑了。

钱伯说，既然是说笑，我想我还真的应该跟陆先生旧事重提一下，也一并跟程先生说说，我想，没有人比他更希望知道，那一夜的小鱼山真相，到底是什么！

宁信依旧傲然，说，清者自清！

钱伯笑笑，说，我好像听闻，今天晚上，宁小姐可是一直跟着未央……怎么未央酗酒回家，楼道口您却突然就离开了……

宁信的脸瞬间惨白。

钱伯并不斩尽杀绝，做了最后的退让，说，我只是见她一面，不带她走！

宁信转身，不看他，咬牙闭眼，说，她在楼上！

钱伯看了她一眼，给常山使了个眼色。

94

他看着我，说，妻贤夫祸少。

钱伯敲门的时候，我正在睡梦之中，不知梦到了谁，泪流满面。

我睁开眼的时候，钱伯在一旁，保持着规矩的距离；常山立在门外，望着楼下，生怕有人靠近。

我吃惊地看着他。

钱伯看着我，我眼角纵横的泪痕，还有我左手无名指上的那一枚祖母绿戒指时，他说，姜小姐，让您受惊了。

我说，您是来劝我离开他，让他做好程家最后一次棋子，对吗？

钱伯摇摇头，看了看门外，常山识趣地连忙将门关上。

钱伯看着那枚戒指，长长地叹了一口气，说，这枚戒指，是老夫人生前留给他，要他给未来孙媳妇的。

我低头，看着无名指上的那枚戒指，心里突然泛起千百种滋味。

钱伯说，今夜，我来这里。不是为程家，只是代表我自己。

他说，大少奶奶，我不希望大少爷知道，您之所以同他在一起，是因为他将不久于人世，这对一个骄傲的男人来说，太残酷。对于他，爱情之中，宁是败军之将，也不愿是被施舍的王。

我看着钱伯，低头，看了看那枚戒指，突然，我迎着他的目光，斩钉截铁地说，我爱他。

他不置可否地看着我，说，好！

他说，我希望这孩子走的时候，还是带着满心的骄傲，如他一生那样的骄傲……

他看着我，似乎是不放心，他说，大少奶奶，恭喜您和大少爷。但是古来有话，妻贤夫祸少……

然后，他看着我睡梦之中眼角未干的泪痕，还有枕头上的泪水濡湿的痕迹，突然叹息，摇头，说，怕只怕，珊瑚枕上泪千行，不是思君是恨君。

我一怔。他看着我，说道，我怕的是您这么做，是因为三少爷……

我皱了皱眉头，抬手，揉揉太阳穴，小声嘟哝着，怎么车祸之后，总是头疼啊。

然后，我抬头，看着钱伯，目光澄明，说，钱伯，你刚才要说什么？我哥他怎么了？

钱伯看着我，目光深深。

我亦看着他，不避不逃。

最终，他点点头。

离开的时候，他转头躬身，从未有过的恭敬，他说，大少奶奶，您保重。这头疼许是车祸时脑震荡，希望不要太严重。

他走后，我关上了门。

抬头，窗外，月满西楼。

95

会为了一个女人，连手足之情都不要了吗？！

窗外，月上西楼。

他坐在轮椅上，漂亮的脸上，已分辨不清是哭是笑的表情，汪四平将这个消息带给他的时候，他差点蹦起来。

什么！我哥跳楼了！

汪四平小心翼翼地补充道，是爬窗跳的，跳完就跑了……

程天恩愣在那里，自从她车祸后在医院里醒来，程天佑就嚷嚷要娶她，程家就乱成了一锅粥，理所当然的，这个"胡闹"的大少爷就被关进了"小黑屋"。

程天恩觉得自己回不了神，大哥是怎么将封住的窗给打开的？还爬墙……跳楼……他三岁吗……为了一个女人……真的是……太丢脸了……

程天恩摸了摸自己的脸，他觉得自己的脸都被丢尽了。

更让他觉得丢脸的是，刚刚他的大管家汪四平同学还跟他借钱！让他差点想驾着轮椅撞死他算完——你堂堂程家数一数二的人物……居然！居然借钱！借2000块！程家给你的工资少吗！工资不必很多啊！程家的关系网里的油水还不够你捞的吗！你看看程家那一堆人，看看哪一个不是油里面捞出来的！而且……你还是脸看起来最大的那一个！

汪四平挺委屈，他上有老，下有小，妻子常年多病，而且他为人耿直，从不捞外快。

程天恩几乎想喷他一脸，说，谁让你不捞的！

等等，好像没有老板对自己员工说这样的话的！

这一刻，程天恩有些混乱，一时间，不知道程天佑和汪四平，谁更给他丢脸。

好吧，抛开平，说程天佑，他大哥……哎……我去……他竟然翻墙……为了私会小情人……还是个人妻……我去……

他揉了揉脸，说，我怎么觉得我都比他像大哥呢……

汪四平一听，连忙凑上前，一副我是狗腿的模样，说，二少爷！你还真该考虑做程家的老大！这样我就不必被你嫌弃不会捞什么外快……

程天恩脸一黑，说，滚！

汪四平很不甘心地离开了，老二这家伙，总是嫌弃自己耿直，其实自己还不一样，耿直得犯傻，白长了一副伶俐的狐狸模样。

可不管怎么样，二少爷还是可爱的。

汪四平虽然"滚"得委屈，倒也觉得同自家二爷算是英雄惜英雄。

汪四平走后，房间里只剩下程天恩自己一个人。

他抬手，按下遥控器，关了灯。

有多久？习惯了这样，只有黑暗陪自己的日子？

从少年时腿被截去的那一刻吧？

那一刻，他仿佛看到了那个小男孩，在黑暗之中抱着空空的被子哭，是的，被子下面，空空的，再也不能跑，再也不能跳，再也不能追逐，更不能和他的哥哥，一起打篮球，那个被他视作天神一般的亲人……

他多么想过去，抱住那个暗夜里哭泣的少年，告诉他别怕！

别怕，多年之后，你会习惯这黑暗，习惯腐朽，习惯失去双腿……

甚至，习惯……学做男人……

汪四平突然推门进来，看着他几乎消失的喉结，不忍心却还是提醒他，说，二少爷，您别忘记吃药啊！

药！他突然像暴怒的狮子！暴跳如雷地将遥控器重重地摔向门边，爆破肺腔般地嘶吼着，滚！！

暴怒之后，是死一般的静寂。月光多无情，浸满西窗，连这点可以同他做伴的黑暗都不肯给的彻底。

他突然笑了。

真的是！

如此看来，自己最敬爱的男人要和自己最讨厌的女人结婚了？这个令人讨厌的女人要成为自己的大嫂了？

不对！是不是混进了什么不对的词眼？

敬爱？呵呵。

要知道，就在一周前，医院里，他跟他解释，他只是派人去惩罚钱至！并不知道她也在车上啊！那个自己最敬爱的男人，可是用手抓住他的衣领，暴怒得如同想杀掉他一般，咬牙切齿，说，她要是醒不来！……

那一刻，他看着他，目光渐冷，多想知道后面的话，要是她真醒不来……这个男人会怎样？

会为了一个女人，连手足之情都不要了吗？！

他亲手夺去自己一双腿，自己都不曾对他说过这么狠绝的话——相反，被推出手术室的那一刻，麻药未消，一个少年挣扎安慰着另一个少年，哥！手术不疼……真不疼，你别哭……

空荡荡的被子知道，截去的腿知道，这伤多么疼！

时光之中，一个少年努力地笑，一个少年狼狈地哭。

去你妈的不疼！

他的心被撕扯得稀巴烂，他多么想走进这时空，问问那个在当年哭得如此狼狈的少年，如果他误伤了你的女人，如果你的女人醒不来，你会怎样？

会怎样？！

程天佑！为了不过一个女人！你怎么对得起我这份最敬爱！

……

悲愤的巅峰，他努力地克制，再克制，紧紧握起的拳，指甲陷入掌心，终于，情绪渐渐平复。

结婚就结婚吧。爱怎样怎样。

不过好在，自己最讨厌的那个入侵者得到了报应！

那个讨厌的入侵者！

他怎么可以也姓程？！

这两个男人一个女人的戏，就此落幕了？

想想突然有些怪可惜呢？

再想想祖父真应该对自己好一些，分给自己的东西多一些，你瞧，这场爱情年度大戏里，自己多清白，一点都不参与。

要是自己再插一脚……要死要活地也去爱那个什么姜生……简直，贵宅真乱……

96

大少爷，不要啊……

喧嚣的城市，在深夜里是如此安静。

我在那个比红杏招待所好不了太多的私人宾馆里，找到了程天佑。

他打开门，看到我的时候，无比讶异，说，你怎么？

我看着他脸颊上的伤，鼻子一酸，说，钱伯告诉我的，你是用"离家出走"的方式离开程家的，还是破窗爬墙……

说着，我的眼睛红了，拉过他的手，看着他掌心间的擦伤，这是看得到的伤，看不到的呢？如果楼高一些，摔得会有多疼？又不是特工007，又什么都不说。

我吸了吸鼻子，说，别总告诉我没事，我既然要做你的妻子，该与你一起面对承担的。

他看着我，良久，说，那他有没有跟你说，这四天，我急得像热锅里的蚂蚁啊？

他似乎不想我难过，故作轻松，将我拉进房里。

见到他之后又是心酸又是心安。

我看了看房间，问他，为什么住这地方？哦，我知道了！你又没带钱！我有钱，我带你换个地方吧。

程天佑笑笑，说，私人小店，可能更安全。

他是怕被程家逮到，毕竟是逃出来的。

我不禁赞赏这男人的无上智慧，说，你好聪明啊。不过，说起来，是钱伯告诉我你住在这里的……

他一愣，那表情简直绝了，就像是"怎么会这样！我的大智慧！我是总攻！"无比纠结。

良久，他的智慧再次恢复了一下下，说，宾馆的老板怎么会告诉你我住这个房间？

我看着他，说，我也有智慧呗！我说，我是出来……嗯的……嗯……做成你这笔生意，我给他提成，老板特别上道儿！就放我进来了！

程天佑愣了，嗯的？

然后他瞬即明白，捏了捏我的脸，说，女孩子！少胡说！

我撇撇嘴，说，知道了！

真难为他，居然会信，我还不是打算一个门一个门敲的，所幸，店就这么大，第一个门就是而已。

他拿起车钥匙，说，我送你回去吧。两个人订婚了，住一起是不吉利的。你也看到我没……受伤。

我拉住他，摇摇头，说，这些年遭遇了这么多，还能再怎么个不吉利法呢？老天……总不会弄死我吧……

他直接吻住我的嘴，我愣在那里，瞪大眼睛。

他霸道的唇齿，温柔的眉眼。

他抬起头，从我的唇上移开，捧着我的脸，一本正经的表情，谆谆教诲道，说，我说了，别乱说话。

仿佛刚才这一吻，不是冒犯而是救赎。

我转脸，不看他，狭小的房间里，心跳得如此厉害。

……

良久，我想起了什么，忙转身，从包里拿出一个信封，递给他。

他一愣，什么？

我说，我也不知道。钱伯要我交给你的。说是对你有用。

程天佑看了我一眼，打开那个信封。

当他的眼睛扫过里面的那张信笺，眼睛里是不敢相信的光，这份光是如此的光亮，宛如进入一个明亮的新世界一般。

他敛着情绪，却依然能看出他不敢相信的模样，他看了我一眼，又再次落在信笺上。一遍又一遍，仿佛是想确认什么似的。

我好奇，绕过去，问，怎么了？

他合上信笺，看着我，笑，眼睛那么明亮，说，我想我们该去做一件事情了！

我战战兢兢，握住衣领，说，婚礼之前同房不吉利啊！

他笑，遭遇这么多，还能怎么不吉利！老天弄死我好了。

啊？！我下意识后退了一下。

他拉起我的手，大步往床边去，说，别啊了！这么晚了！赶紧上床！不然来不及了！

来……不……及……

被他推上床的时候，我绝望地看了一眼那张被他落在床边的纸。

纸上……到底写的……是什么！

97 | 纸上。

那张纸落在床边，纸上墨迹如新——

大少爷：

奉您委托办理姜小姐离婚之事，万分棘手，夙夜难寐。不想调查方知，他们并无婚契，此间因缘际会，容我后禀。

得知此讯，于我惊喜难分；于大少爷，必是喜讯。

特奉此笺，新婚志喜。

钱伯。

98 | 我知道，从此后每一个好日子，都是苟且偷欢。

床上，他将我拥在怀里，下巴搁在我的颈窝处，本本分分，安安静静。

一分钟……

十分钟……

半小时……

……

他说，还没睡？

我瞪大眼睛，望着眼前黑漆漆的夜，点点头。

他说，失望了？

听得出他在忍着笑，真是个变态！

他说，睡吧！明天一早我们还得去民政局呢！再不睡，就来不及了。

原来是这样啊！

我吐了口气，吹了吹额前的头发。

好吧，是我……想多了。

他背对着我，说，抱我。

我一怔，这算是……要抱抱吗？

见我连一点儿反应也不给他这难得的铁汉柔情，几秒钟后，他吃疼地捂住脸，痛苦地呻吟了一声，啊——

我一惊，坐起来，说，怎么了？

他略幽怨，说，其实伤口真的好……疼……

我顿时心酸，凑过脸去，想看看他的伤。他没回头，抬手，一把握住了我的手，紧紧地握住，缓缓地拉到他的胸前，我便被动地扑在他身上，手臂环住了他。

如同从身后的拥抱。

他笑笑，虽然看不到表情，但能感知到，那是小孩一般，小心思得逞时满足而安心的模样，他说，真好。

我的眼泪却忍不住落了下来。

我知道，从此后每一个好日子，都是苟且偷欢。

99

那就这样，与全世界为敌吧！

——睡得着吗？

——睡不着。

——既然这样，不如我们去民政局大楼前坐到天亮？他们一上班，我们就占领那里！来！走啦！姑娘！

——不是吧……哎……我好像没带身份证……

他拉着我走出宾馆的门，车前，他刚拉开车门，突然又关了上。

我微怔，怎么？

他回头，看着我，月色下，脸上微微的擦伤，是一种懒散不羁的美。他说，怕你后悔。

我愣了愣，说，只是……感觉没怎么谈恋爱就……

他转脸看着我，很生气的模样，说，你就不会说，你不后悔！冬雷震震夏雨雪！山无棱，天地合，才敢与君绝！

生气了？这也值得生气？？不会吧……

他说，我不管！

可傲娇了。

说着，他赌气地拉着我的手，将我塞上车……

于是，民政局楼阶下，仰望了一夜星空。

清晨的阳光，敞开的民政局的门，我从他肩上醒来，刚伸了个懒腰，他突然拉起我的手，说，走吧。

在我以为他会拉着我，一阶一阶走上去，他却一阶一阶地往下走，他没说话，背影中，有种勾人泪下的孤单。

我的手突然紧紧地握住了他的手，拉住。

那是一种我也解释不了的执拗，突然。

如果那枚戒指是他对我的决心，那么随着他来到这里便是我的决心。

他没转身，背影倔强而孤单，说，傻瓜，一辈子这么短，别做让自己后悔的事。时间我还是给得起。

他一句"一辈子这么短"，几乎把我的眼泪勾了出来。

我却只能疼不能哭。

我刚要开口说些什么，他突然怔住。

我顺着他的目光望去，发现宁信就在不远处，她似乎一直在等我们，来来回回地走着，仿佛一条路，明知折返皆无功，却不得不继续。

她见到我们看到了她，走了上来，我刚想上前同她招呼，却被程天佑一把拉住。

我一愣，抬头，看看他。

宁信似乎感觉到来自程天佑的重重提防，笑着，依旧温婉，春风一般，她看着楼阶上的民政局大楼，说，恭喜啊。虽然昨晚说过了。

程天佑说，谢谢。

我看着他们两人略微诡异的气氛，竟一时觉得自己有些多余。为了表示自己也可以像她那样温婉大度可人，我对程天佑说，我去给你买早餐。

宁信笑笑，说，我给你们买了。

女神一出手，贤妻都当不了，我的眼前一黑，还是笑，说，我去买份报纸。

程天佑拖住我的手，说，我陪你。

我刚想说，你陪你前女友吧。刚开口，已被他看穿，他看了我一眼，眉眼满是温情，抬手理了理我的头发，说，有点乱。

另一只手却狠狠握了我一下，证明他是压着愠怒——再胡说八道！管捏死不管埋！

宁信对着我笑笑，如说平常事一般，说，我昨晚喝得有些多，不知道说过什么讨嫌的醉话，让你家先生不高兴了。

昨晚？他来去匆忙的，怎么还会有时间在一起？

唉。怪不得大家都说，防火防盗防前任，好像不是没有道理的，我自动脑补了一下，智慧再次提升。

程天佑笑笑，看着宁信说，有吗？我不记得啊！

宁信说，再滴水不漏的人，也有任性的时候。

她说这话的时候，是微笑着的，可是，眉眼间，却是有一种不易觉察的辛苦之色。

他们两人的对话，我总觉得自己插不上嘴，好在气氛还算是友好的，对吧？是友好的没错吧？

程天佑说，我们走了。

宁信忙拦住，着急地看着他，说，你们能去哪里？还是去我那儿吧！至少等爷爷气消了啊！

程天佑说，不了！谢谢！

宁信忙看着我，对他说，她的身体刚好，你怎么再让她跟着……

这时，程天佑的手机响起，是颜泽。

程天佑看了看，略迟疑，接起。

颜泽说，大少爷！您跑哪儿去了？赶紧躲好！我又负责出门抓您了！听龚言的人说，这次逮住你可非同小可哟，会将您拎回香港关小黑屋……望您吉人天相啊！好了！灵魂小捕手要组队出发了！赶紧躲起来哟！记得好评哟，么么哒！

好吧，我承认，这语调和措辞，是我自动脑补的，反正就是这个意思。

程天佑挂断电话，看着我，眼眸如此的深。

他回头，看了看宁信，说，我们去你那儿！

宁信松了一口气，脸上浮起玫瑰花般晕红的微笑。

他飞快地说，帮我找一个公关团队！准备明天婚礼！今天开始，让婚礼消息见报！

宁信一愣，笑容僵在脸上，她张了张嘴，最终，还是笑着，说，好啊。

明天婚礼？？我还未来得及反应，程天佑拉起我的手，转身，不再有分毫犹疑，飞快踏步地向楼阶上走去。

已无退路！

那就这样，与全世界为敌吧！

我回头，楼阶上，只剩下宁信，和我再也无法回头的旧时光，她们单薄的身影，在这流年晨光里。

100

这世界，最难过的幸福，是你许诺她的未来模样，
别人替你同她完满。

程天佑说，是不是觉得折本了？

我回过神来，笑了笑，说，你这么一说，好像是有点儿。不是说了吗，没怎么好好谈恋爱也没怎么约会……

他说，现在也不晚，下面开始，我们约会。谈恋爱。

男人果然都是实用主义，就好像说，下面，我们上课。下面，我们吃饭。下面，我们开会……

我无语凝噎，说，好吧……

他说，好吧？！

我说，怎么了？

他像是被踩到了尾巴的猫，说，你应该说！好啊好啊！

我立刻学着他，雀跃着，拍着手，说，好啊好啊！

现在满足了吧？傲娇帝。

你这么老，我还这么小，该雀跃的是你吧……但为了不横尸在此，我还是……不乱说话了。

他居然真的就满足了！！

他笑了！！

他说，那下面你想做什么？

我愣了足足三十秒后，说，看电影！

我真的已被他情绪转换之迅速打败，不过，说起来，我们俩好像还没看过一次电影呢！其实我还想说，听说你们俩还看过《泰坦尼克号》呢。但是好像有一些爱情专家说，总在自己男人面前提他的旧欢，是件很不智慧的事情，我得智慧！

他说，这么简单啊？

我笑笑，说，一样一样地来！

我想和心爱的人一起去电影院看场电影！还想一起去游乐场坐木马。然后冬天，下雪的时候，我们可以去滑雪。然后一起装修一个哪怕只有八九十平的小房子，那是我们的家。对！还有蜜月……

我努力地去笑，想让他感觉到我是幸福的，可是心却突然陷入了无边的酸涩，因为比起我想做什么，我更想陪他去做一些什么。

那么少的日子啊。

我努力笑着，说，我一直没问，你最想做什么？

他看着我，拉过我的手，说，我想我们两个，完完整整地过完这一辈子。

气氛在这一刻，略微凝重。

他低头，说，我比你大，所以，可能会走得更早一些，但是我不放心，所以，我会努力，争取比你活得久一些。这样子……

他停住了，只是温柔地看着我，没再说下去，那些心底的话。

我却仿佛能听到一般，这些话就仿佛就在我的耳旁，明明是出自他的心底，却仿佛是另一个时空谁曾在我耳边说过一样——

这样子，可以让我来承受，失去最爱的人。埋葬最爱的人。你只要记得，在黄泉路上等我。别乱跑，你小脑发育得不太好，容易走丢。我会尽快和你团聚。我们一起去喝孟婆汤，就像我们第一次约会去那间西餐厅一样，我会很绅士地为你拉开餐椅。然后，我们一起轮回。来生，我一定会找到你，爱你！并让你爱上我！我们会约会，恋爱，我会带你去看电影，去游乐场坐旋转木马，冬天雪花飞舞的时候，我带你去滑雪，我们一起装修一个大大的房子，是我们幸福的家，我们还会有自己的孩子，或者，没有孩子，只有我们两个……

那一刻，时空光影重叠中，人影也重叠，我的眼睛浮起了一层雾，心尖锐的疼又抵死的暖，无边无际。

身后，像是有一个声音在说话。

他说，小咪，你知道吗？这个世界，最难过的幸福，就是你许诺她的未来模样，别人替你同她完成。

程天佑略微奇怪地看着我，说，怎么了？

我回过神来，冲着他笑笑，说，好像，听到你说情话了。

他笑，你还真是傻啊。

我说，是傻。

101 | 宣战。

龚言将晚报递给老人的时候，老人只看了一眼，就放到了一边儿。

一个大活人居然从程宅跑了！！

他是老了，但又不是傻了。

怎么会不知道，手下的这帮人，对程天佑的私逃分明就是睁一只眼闭一只眼；甚至在他上房爬窗的时候，这些人都恨不得扑上去推一把吧！

这时，钱伯走进屋里。

老人将报纸递给他，说，这！算是对程家宣战吗！

钱伯看着报纸，又小心翼翼地看着老人，说，老爷子，我已经知道了，网上早已经炒翻了天……

老人说，龚言也告诉我了！听说还有个什么大少爷的太太团，一帮人哭晕在厕所里？？哪里不好哭？去厕所里哭……

龚言满头黑线，却不得不赔着小心解释，说，老爷子，哭晕在厕所里的意思是形容悲伤，不过老爷子说得对，现在的年轻人！一桩喜事！弄得留言跟挽尊吊唁似的！

喜事！老人差点蹦起来，他的心腹要人居然敢说"喜事"！

龚言知道自己用错了词，讪笑。

钱伯看着眼前情态，才开口，说，老爷子，确是喜事，股市大涨。外人只知道这是程家开枝散叶锦绣良缘，并不知道程家对婚事持反对态度！

老人看着钱伯，说，你的意思是我不该发声了？

钱伯笑，我哪敢有什么意思！老爷子您定夺！只是如果我们发声不利，产生振荡，怕是董事会和股东们都不会太开心……

老人怒道，逆子！孽障！

龚言和常山离开，只剩下钱伯。

常山嘀咕，老爷子虽然骂着孽子，可我怎么看他都不像太生气的样子呢？龚老，您怎么看啊？

龚言看了常山一眼，说，他怎么会生气？你没听，咱一走，他开场白都用"熊孩子"吗！老爷子年轻时可是土匪窝里拐走了人家压寨夫人的人！虽然老了！但年轻时的天胆艳事怕是他此生骄傲！如今大少爷这么做，老爷子估计觉得这才是自家血脉！敢如自己一般恣意妄为！心底怕得意都来不及！

常山如受教了一般，点点头。

龚言叹气，说，程家这队啊！要站对了，可真难！

常山也应和，说，是啊。

……

老人看着龚言和常山离开，缓缓地开口，问钱伯，唉。老钱啊，这熊孩子做出这种事儿，怎么办？

这一刻，在他口中，他不再是逆子，不再是孽障，只是一个犯错的熊孩子；而他也不再是一家之主，不再是不可侵犯的神祇，仿佛只是一个无奈极了的祖父，与老伙伴讨论着家中烦心事。

其实老人是一肚子腹诽，他恨不得揪住老钱使劲地吐槽，你看这一堆熊孩子啊！那凉生没结婚说结婚骗我一个老人家家！刚开心凉生和她没结婚，她又来祸害我孙子！什么乱七八糟的啊！

但是作为故事里的最大BOSS，至少目前看来如此，老人还是得保持一定的淡定啊从容啊。

钱伯看着他，说，老爷子，听闻大少爷的证件一直是龚言保存，所以，这婚礼也不过是一个形式，毫无实质。

见老爷子默不作声，钱伯继续说，依照我愚见，您反对这婚事，但也别发声！更别让集团任何领导层发声，包括公关团队；也别阻止这场婚礼了。这样，媒体只会猜测我们低调行事，即使大家有不好的猜测，也无凭据，这样，保全了大少爷的体面，更保全了我们集团董事会和股东们的利益。将来，您不想承认这婚事，就是有婚礼照片，也可以发声说是，大少爷开的只是婚纱派对！风华正茂的单身富家公子谁还没几个花边新闻，也不失体面！而且……将来您要是心软了，想认下这门婚事，也不至于没法圆融……更何况，大少爷的身体……唉……算我这个公司老人，斗胆为他向您一求了，明天的婚礼，您莫阻止了。

老人沉默着，迟迟不言。

这时，汪四平突然走了进来。

他一见钱伯，本要离开，却被老人喊住。

老人说，有什么就说吧。

汪四平说，是。

他说，老爷子，自从大少爷声称眼疾抱恙，您对三少爷青眼有加，但……很多事情表明，三少爷一直在蚕食程家的利益！我担心，很多令程家困扰之乱的幕后黑手不是他，也和他脱不了干系。老爷子，我怕他才是真正的虎狼啊……

说着，他将一份资料递给了老人。

老人没有看。

他似乎了然于心的样子，只是缓缓地闭上眼睛，对汪四平说，你先下去吧。

汪四平似乎还想说什么，老人却阻止了他，闭着眼，缓缓地说，只要与天恩没干系，过去没有！现在没有！将来也没有！你就算大功！去吧！

汪四平一惊，立刻小心地离开。

过了很久，老人张开眼睛，对钱伯说，他的大哥娶亲，娶的又是他妹妹，亲上加亲的事，让他回来吧。

钱伯愣在那里，他没想到老人会如此狠绝地惩罚凉生；更确切地说，他几句淡淡的话，惩罚了他们三个。

钱伯退下的时候，老人突然又喊住他，长长一声叹，说，算了。

钱伯松了口气，离开。

老人望着空荡荡的宅院。

有灯光，却无一盏是为他。

他已经老了。

老到会顾念，会胆怯，会心软。

那一句"算了"，他是为死去的女儿程卿而顾念？还是为残存的骨肉亲情而心软？抑或者，是为大厦将倾鹿死谁手未定而突然胆怯……

或者，都是。

抑或者，都不是。

他是虎狼最好。

能贪吞掉程家，便也能守住程家。

这不正是自己想要的吗？

真好，他所最看重的两个孙儿，如今都已用各自的方式来向自己宣战，说明自己的眼光还算不赖？

老人苦笑，缓缓地闭上了眼睛。

这些熊孩子啊……

102

人不是金鱼。记忆是一辈子的东西。

房间内，我在试婚纱。

金陵说，我从来没有见过如此匆忙的婚礼……

八宝和柯小柔附和着，薇安最近失恋了，在一旁毫无反应地吃汉堡，柯小柔尽力绕着她，毕竟上次花店里一把火，差点被烧成渣。

八宝看着薇安，转脸，问柯小柔，说，她不会是怀孕了吧？

柯小柔高冷地白了她一眼，说，我又不是验孕棒。

金陵满头黑线，薇安依旧在吃汉堡。

在西方，新娘的婚纱，在婚礼前，只有自己的母亲和主伴娘可以看到，但如果我只要金陵看的话……八宝会敲碎我的头。

我走出来的时候，金陵走上前来，看着我，眼里明明是笑，眼眶却又红红的，她说，姜生，你真漂亮。

然后，她抱住了我，紧紧地，说，你怎么就嫁了呢。

八宝对柯小柔说，你瞧！多感人！这是作者没让她俩同时爱上一个男人吧，要不，怕不是给拥抱，直接捅刀。

金陵说，闭嘴吧！

送婚纱的两个小姑娘在一旁跟着笑，其中一个是婚纱店经理，她问我，姜小姐，婚纱合适吗？需要改吗？裁缝师傅也来了，赶得及。

我摇摇头，说，这样就好。

她笑着说，那我们就先回去了。

她们走后，房间里就剩下了我们五个人，薇安依旧在卖力地吃汉堡。

八宝看着那件原本穿在我身上，现在静静挂在隔壁模特架上的婚纱，沉思着，绕出来，走到我面前，看着我，问我，为什么？！

我一时没反应过来。

八宝看着我，说，为什么是他？

我愣了愣。

八宝说，因为他床上功夫好？

我直接噎在了那里，这时，程天佑推门走了进来，钱至跟在他身后。

瞬间，金陵飞快关了隔壁门防止婚纱被新郎看到，然后就装作欣赏窗外景色，柯小柔忙装欣赏房间布局，八宝装作在玩自己的头发，薇安不必装，依旧在吃汉堡……

程天佑挑眉，说，没打扰到你们吧？

我忙说，没！

斩钉截铁。

程天佑笑笑，坐到我身边，说，刚才听你们在讨论什么东西好……

我硬着头皮说，说……明天结婚好。

瞬间，这群祸害一齐点头，说，对啊对啊。真是个好日子。郎才女貌！一对壁人！天作之合！臭不要脸！

什么不好的词混进来了。

八宝颤抖着举着手说，对不起……我……嘴瘸。

突然，薇安从汉堡上抬起了头，看着程天佑，说，他们刚刚说她选择嫁给你是因为你床上功夫好。

程天佑愣了几秒，然后直了直背，说，谢谢。

然后，他借口去了洗手间。

程天佑刚离开，她们开始围殴薇安，薇安却将她们完虐；钱至上前，去扶金陵。

我追着程天佑离开，其实，我是怕他生气，大少爷嘛，总是有点儿小脾气不是。他转脸看看我，特客气，说，谢谢。

我说，谢什么？

他说，对我的赞扬。

我……

他转眼看着我，一本正经地说，不过，真的好吗？

我……

当我们重新回到房间的时候，他们几个已经优雅地坐在那里吃蛋糕了。八宝看到我，说，你被雷劈了？

我摇摇头。

我只是有幸跟大少爷同学交流了一小下下而已……

转头再看程天佑，他已经也加入了优雅小分队，和我的朋友们开心地吃起了蛋糕，那一刻，我突然不知道心中是何滋味。

幸福？心酸？或者又幸福又心酸。

很显然，他在努力，融入我的圈子，这个和他的生活隔着距离的圈子。

柯小柔说，北小武怎么没来？

八宝说，你惦记啊？

金陵看看程天佑，又看看我，忙笑笑，明天才是婚礼，我们是姐妹淘，他一个大老爷们，不来就不来……

谁说我不来？门突然被推开，北小武走了进来，他端着一个小小的玻璃鱼缸，里面一条金鱼正在游来游去。

程天佑起身，同他招呼，说，来了。

北小武没看他，走到我身边，才回头，说，好好对她！她是我和凉生的命！你不能对不起她！

气氛瞬间紧张极了。

程天佑却笑笑，点头。

突然，薇安抬头，笑了起来，特别明媚，终于不再游离，说，凉生呢？那个很帅很帅的凉生他什么时候来？

我愣了愣，张了张嘴。

北小武看着我。程天佑也看着我。

金陵走上来笑着揽过我，看着程天佑，对薇安说，新郎这么心急娶我们的姜生，你以为都像我们在国内能赶得及啊。

然后她努力冲北小武甩眼色，指了指脑袋，嘴型示意"车祸"俩字。

八宝本不想和北小武牵扯，但也凑上来帮忙岔开话题，她指着金鱼，说，小武哥这是祝新人鱼水情深吧。

北小武说，这是给小九的。

八宝整个脸都肿了。

北小武说，小九说她不记得我了！不记得飞车！不记得圣诞节苹果！不记得那些年的情分了……但是我想告诉她，人不是金鱼。记忆是一辈子的东西！

说着，他看了我一眼。

这时，宁信推门走了进来。

八宝看到她的时候，愣了愣。

她的目光却像翻书一般从八宝身上翻过，直接对身后的人说，西装就挂在那个模特架上吧。

不改的是，大气的温婉。

来人说，是，程太太。

程天佑一怔，其他人面面相觑。

北小武说，我走了。

他瞥了宁信一眼，对程天佑说，我知道，你会搞定这一切。

103

红烛一对，天地黄土，以证你我，便足够了。

那一天，宁信要程天佑试西装，程天佑说，不必了。

钱至见状，忙说，衣服大少爷已经准备了。

宁信微微地笑，刚要试图说服程天佑的时候，阿红突然冲了进来，宁信原本温婉的脸一沉，说，你怎么这么没规矩！

阿红颤颤抖抖地说，庆姐刚才来、来电话……未央小姐她吞了好多安眠药，正在医院抢救……

宁信一怔，转头就跑了出去，再也顾不得说服那个男人去试那套帅气西装。

我转脸看着程天佑，说，我们要不要……

八宝突然拉住了我，说，滥好人你要做多久啊？

程天佑抬眼看了一下八宝，眼眸是不同于平时的黝黑，他低头，握着我的手轻轻拍了拍，安抚道，明天你是新娘，好好休息。

然后，他给了钱至一个眼色，钱至立刻就随着宁信去了医院。

那天大家帮完忙后，都离开了。

八宝走的时候，突然叹气，说，大家都是中国好前任，凉生给未央留下一个庆姐，宁信出事，程天佑一个眼神就发配一个钱助理给她……全都不像北小武……连根毛都不留给我……

柯小柔说，别搞笑了！为毛要给你留？他上过你吗？

所有人都蒙了。

八宝从蒙中醒来，说，X你大爷！

薇安突然抬头，顿悟，说，所以找男人一定要找有钱的，分手都配保姆助理。没钱的那个，只送金鱼。

八宝冷哼，有钱的也得肯让你找！

程天佑不动声色地看着她。

柯小柔却万分害怕温吞无害的薇安被八宝给点着了再做出什么惊天地泣鬼神的壮举，忙拉着八宝走，说，好了好了，别一副视金钱如粪土的模样，生怕别人不知道你心里住着一个屎壳郎……

八宝……

腥风血雨刀光剑影之后，房子里终于宁静，只剩下我和程天佑。

院外，是负责婚礼策划的在布置场地，我和程天佑站在窗前，他从身后轻轻地拥着我，并不狎昵，以令我安心的距离。

他说，其实，以前，我想象过无数次和你的婚礼，从没想过那么仓促那么简陋。原想给你一场盛大的婚礼……

我转身，看着他。

他也看着我。

我拉过他的手，握着，说，红烛一对，天地黄土，以证你我，便足够了。

他看着我，久久，将我轻轻地拥进怀里。

那么温软的小时光，我以为他会说什么感激的话语，比如说，有妻如此，夫复何求之类。结果，他说，我会更好的。

嗯？我一时没理解，仰脸看着他。

他笑，眼神如魅，说，床上。

说完，便从我身边绕过，下楼了。

我直接凌乱了……

当我回过神来的时候，他已经在楼下，从冰箱里拿出面包和蔬菜。

我追下楼，我说，程天佑！你这样，我会觉得你不尊重我。

他抬头，说，我本来就不尊重你啊。

他将做好的三明治，放在我手里，低头，轻轻耳语，太尊重，怎么做、夫妻？说完，他又推门离开了。

我继续抓狂。

因为明天是婚礼，新人是不能见面的。所以，他离开了。

离开的时候，他回头，轻轻地吻了一下我的额头，似乎是忍笑，说，别胡思乱想了。好好休息。

104 |

昨夜，到底是我的梦？还是真真实实地发生过。

程天佑离开不久，钱至便给我发来短信，告诉我未央洗胃后已经脱离危险，要我不必担心。

但是，宁信却一直没有回来。

直到深夜，宁信才回来，一身酒气。

我从房间里走出，问她，她没事吧？

她点点头，努力冷静的模样。

我见她似乎并不想和我说话，便转身，回到房间里。

半夜，我突然发现有人坐在我的床边，不禁惊起。

月华泻下，映在一张高贵美丽的脸上，宁信她正怔怔地看着我，眸子却又不聚焦点，如在梦游。

我起身，她的手突然摸过我的脸，眉目之间，是那么冰冷的痛苦和悲伤，毫不加掩饰的模样。

她苦苦一笑，说，从二十岁开始，能进入我衣柜的，每一件衣衫，每一双鞋子，都有着美丽的样子，昂贵的价格。我爱他，爱了十几年，生死风雨。可是，最终，却还是输给了这张天真的脸。

我张了张嘴，说，宁信……

她却似乎听不到。

她默默地摸了摸自己的脸，顾影自怜般的模样，她抬头，看着我，喃喃，告诉我，被他爱着是什么感觉？

那一瞬间，她的眼泪流了下来，她像是丢失了自己东西的孩子，却怎么也找不到了，抱着自己的胳膊，喃喃地说，这么多年我都忘记了。

她痛苦极了，如同犯下了不可赦免的错，开始抓自己的头发，惶恐着，说，我居然给忘记了。

她说，我好冷。

这么炎热的夏季，她说她好冷。

她转身，走到那尊模特架前，看着那身帅气的西装，抬手，小心触碰着，仿佛力道太轻，不足以宣泄爱，太重，又怕把它碰坏掉。

她从身后紧紧地抱住了模特架上的那身西装，如同拥抱着他，她说，天佑！明天我要嫁给你了……

她的脸靠在模特架上，如同靠在他的背上，说，你知道吗？那天晚上，你们在民政局的台阶上看了一晚上星星，而我就在不远处也一直傻傻地看天空。那天晚上，你们在说每一个星座，我却看不到一颗星星。那天晚上，他在笑，我却在哭。

她说，天佑，我不能失去你。

她说，幸亏，你又肯回来了。

她突然笑了，那么幸福的表情。

她抬头，望着那身西装，如同仰望着自己的丈夫。

她说，天佑，我爱你。

眼泪，就这么缓缓地滑落，绝望的幸福。

她眸子里的那种爱慕与仰望，如同攻城的号角，让我心酸，却又心惊胆战。

……

这一夜她的痴迷，是如何结束的，我已忘记。

清晨醒来，宁信微笑着端来早餐，她的身后，跟着化妆师和她的助理。她笑吟吟地说，你醒了？

窗外，白云蓝天。

那一刻，我自己甚至也糊涂了，昨夜的一切，到底是真真实实地发生过？还是只是我的梦而已。

105

这一世，我所能给你最好的爱情便是，你爱她，我成全。

窗外，白云蓝天。

病房内，洁白的床单。

她睁开眼的时候，看到了凉生，一身帅气的西装，如她想象中的一般模样。

他说，你醒了？

昨天，正在同伊元和堂进行一次极其重要的会谈的他，接到庆姐的电话，便撂下一屋子傻掉的人，匆匆从日本飞了回来。

下飞机，到医院，已经是午后。

傍晚的太阳照进病房里，她安静地睡着，从未有过的宁静模样；守在一旁的宁信，看到他时，红红的眼睛里是微微讶异的光，似乎是有很多话，要说。

却终是沉默。

医院。雪白的墙。

这些年来，对他来说，这已经是熟悉到不能熟悉的场景，这也是她惯用的伎俩，用死亡威胁自己。

这种威胁终结在他将那桶油倒在身上，赴死一般决绝，告诉她，我从不会用死去要挟一个人爱自己，却可以用死去爱一个人。

他以为她放弃了，却事端又起。

宁信走后不久，她便从睡梦中醒来，看到他的那一刻，愣了一下，凉生？

凉生也愣了，很显然，他已经准备好了接受她的歇斯底里的哭诉和斥责，哭诉她对自己的爱，斥责自己的薄情。

他在想什么，她怎么会不懂？

只是，这一次，真的与他无干……

她突然笑了，那么淡的表情，明明寂寥，明明凄伤，却淡若云烟，不同于以往的歇斯底里。

无人知道昨日，那个可怕的夜晚，楼梯口里发生过什么……已将一切改变，她已不配执念，或者没有力气去执念。意懒心灰。

她低下头，叹了气，平静地说，我只是睡不着，吃了点儿药。

明知无人相信，但这句话，却已是第二遍说起。

第一遍是对哭着的宁信。

那么平静，无悲无喜。

凉生愣了愣，这是这么多年来，她从未有过的安静温柔。

她抬头看看他，平静地说，觉得我应该像以前那样，同你吵吗？同你闹？不死不休？

她语气那么淡，如同看破生死一般，说，从你将那桶汽油倒在自己身上开始，我已经决定放你走了。

她眼里是满满的悲伤，却笑着说，当我爱了那么多年的男人，站在我的面前，将汽油倒在自己身上，恨不能将自己付之一炬地对我说，他爱她，即使成尘成灰，也是一把只能爱她的灰或者尘。我就已经死心了。

她低头，笑，这一世，我所能给你最好的爱情，也只能是，你爱她，我成全。只是……你的伤……现在还疼吗？

她的眼泪流了下来，明明是努力强忍着啊。

她仓皇去擦，努力地笑，解释，对不起！对不起！我、我不想惹你心烦的。我不想在你面前流眼泪，可、控制不好……

看着她语无伦次地讨好，凉生的心突然酸了一下，他将一条手帕递给她，说，对不起。

她看着他，却原来，从头到尾，只能是对不起。

她笑了笑，仰起脸，说，没关系。

她轻松的表情，望了望天花板，说，原来放下了，也就放下了。

她吸了吸鼻子，笑了笑，说，如果你不觉得我很烦，就当我是个老朋友吧。她看着他，说，我们还能做朋友吗？凉生。

他点点头。

爱你十年，不多不少。烧完大把青春，烧完了倔强爱恨，最后换来了做你的老朋友，是不是也挺好？

那一天，阳光那么好的午后，她终于不再纠缠。

只是，如释重负卸下枷锁之后，他有些不习惯，她的恬淡超然她的成全，这么多年来，鲜艳如她，任性如她，执念也如她。

那个下午，两个人，突然说了那么多的话，从未有过的轻松气氛，从来没有过的笑脸，说着高中时代的那些事，巴黎一起看过的云和月，还有国内新上映的电影。

未央说，你知道吗？当时班上所有的人都以为你不会笑。甚至打赌，谁让你笑了，班费请吃汉堡呢。

他笑，眼底眉梢。

窗外，偶尔有鸟儿掠过窗户，这所医院在郊外，靠着一片高档别墅区。

她看着他的脸，那是一种放下包袱后的笑，她的脸上也浮起了笑，陪着他，泪水却在心底肆意地流。

老陈在一旁，不动声色地看着这一切。

……

他见她身体已无事，看了看手表，告诉她，日本那里有很重要的事，如果能定上机票，他怕是得连夜飞回去了。

她说，好啊。我没事。工作要紧。

然后，她喃喃，姐姐帮朋友筹备明天的婚礼，怕是顾不得我了。我明天下午出院后，就去法国了。听说，你以后会在国内了。这样挺好，至少，老朋友你就不会以为我去法国是为了纠缠你。

她笑着说。

凉生微怔。

她说，其实，当时，我跟去法国学珠宝设计也不全是为了你。我本身也很喜欢这个行业。她笑，说，你不知道吧？

她这一句"你不知道吧"，让他觉得无比的内疚。这么多年，对于她，他最熟悉的身边人，他知道多少呢？

喜欢什么颜色？爱吃什么菜？最喜欢看的电影，读的书……他一无所知，时光荒芜了她的青春，她的付出，甚至荒芜了他看她的那双眼。

他看不到，她的美好，她的生动，她的笑容，她的温柔。他所看到的，只有她的坏，她的执念，她的纠缠，甚至她的暴戾……

未央说，你怎么了？

他看着她，突然说，那我明天帮你办理出院，再回日本。

未央说，好啊。

她舒舒服服地躺回床上，像个吃面包喝牛奶到心满意足的小孩，伸伸懒腰，三份天真七分无赖，说，嗯哪。还是老朋友好呐。

凉生说，你睡吧。明天见。

她说，我想看你穿上帅气的西装。

凉生愣了愣。

她一脸"还要不要愉快地做老朋友"的表情，央告着，说，最后的要求。

于是，今天，他如约在她的面前，一身帅气的西装。

窗外，白云蓝天。

她猛然转脸，不忍看。

他说，怎么了？

她笑，没洗脸。

她吃下他端来的粥，表示肚子还是饿，还想吃点儿什么其他。

他说，你洗过胃，别吃了。

她撇嘴，一脸还要不要愉快地做老朋友的不情愿。

她说，我想先去透透气。轮椅在那里，你推着我。

他迟疑了一下。

她撇嘴，半开玩笑，说，最后的机会了，我可要出国了，再不推你真没机会了。

他无奈，同意。

他陪着她，走在医院的大院里，这里鸟语花香，说是医院，其实更像是疗养院。

此刻的她，坐在轮椅上，安静极了，恬淡得如同一幅画。

他突然开口，为什么会突然出国？

她似乎没听到，如同陷入一个自己的世界里。良久，她才抬头，看着他，笑笑，我想重新生活。

他没说话。

她看着不远处的那片别墅群，眼眸安宁中，是遥远的寂寥。

他抬眼望去，天蓝如海，云白如雪。

这一天，是夏季里，难得太阳并不艳丽的天，蓝色的天，白色的云，恍如秋天，只是无落叶飘下而已。

106

他说，希望没误了你的佳期。

我从来没有想过，我的婚礼，会是在一个夏季的日子里，太阳并不艳丽的天。镜子前，婚纱白得如同一个梦，那个姑娘，还挺漂亮。

我抬头，望出去，窗外天蓝如海，云白如雪。

宾客并不算多，但已热闹足够；他的，我的，较为亲近的朋友；侍者们手托各种餐点及饮料穿梭宾客间。

号称捕捉程天佑的小能手颜泽也来了，喜笑颜开的模样，这似乎并值得不奇怪；因为程天恩也来了，正和一个一头大波浪长发的女子亲密交谈，那女子只有背影，看起来有些像是黎乐。

圣坛前，我的新郎，他站在一棵桂树下，人群之中，他总会被第一眼看到；他和朋友一起，黑色的西装，久违的微笑模样。

他抬头望向窗台那一刻，枝丫挡住太阳的光影，我也对着他微微笑；虽然他并看不到我。

这一刻，暖暖的心疼，和暖暖的幸福。

这一天，我要努力地微笑，摄影师小Q和他的伙伴，正在记录着婚礼这天的点点滴滴，和我的每一个表情。

金陵走上来，拖住我的手，说，昨晚明明有一肚子话啊，现在却不知道该说什么。只想说，恭喜你！一定要一辈子都幸福！

说着，她抱了抱我。

我也努力地点点头。

婚礼前，姐妹团们赠予我的话。

尹静看着我，说，婚纱很漂亮！嫁得也漂亮！当然，人最漂亮！我想说的是，结婚了，多包容。薇安也走上来，说，姜……都说婚姻是爱情的坟墓，可是这个世界能碰到这么一个人，让我们愿意用爱情殉他，便是我们此生的幸运……

金陵忙上前，制止了薇安的文艺女青年的心，说，薇安，喜庆点儿。

薇安忙克制住了汹涌的情绪，说，姜！新婚快乐！真的要幸福！但记得防火防盗防闺蜜变小三！

金陵的脸直接肿了。

八宝在一旁冷静地看着，有那么一刻，她想拉我的手，却最终只是抱着手，说，我不哲学，只说一句，结婚了，少说话！除了叫床声和发动机轰鸣声，男人其实不喜欢其他声音。

我们全都静止了。

我们何止静止，简直窒息。

八宝还要再说点儿什么的时候，我直接扑了过去，紧紧握住她的手，说，大恩不言谢！今天的教诲就到这儿！谢谢！谢谢！

说着，我就往门外走去，小Q紧跟着。

八宝转头看着金陵，说，我说错了吗？

金陵从窒息中恢复，说，快点儿跟着吧，婚礼一会儿就开始了。

我下楼。

金陵她们四个跟在身后，淡蓝色的小礼服，衣袂飘飘，让她们像是仙女，除了薇安；在这个美丽的日子里，她是大号的仙女吧。

八宝说，薇安，你笑得那么高潮迭起的，不知道的还以为你结婚呢。

金陵说，八宝你少说话，你要毁了这婚礼我就给你毁容我保证。

八宝说，真不愧是二少爷睡过的女人，蛇蝎一般啊。

不必看，金陵已经快吐血……我镇定着，不回头参与她们的舌战……薇安依旧夏花灿烂般地笑着，尹静温柔恬淡。

北小武和柯小柔等在一楼。

见到我，柯小柔说，恭喜。

北小武什么也没说，只是拍了拍我的肩膀。

我深深地吸了一口气，今天将会是他，将我带到新郎的面前，如同父兄一样；我会挽着他的胳膊，亲朋宾客面前，走向婚礼圣坛。

八宝在一旁冷哼，最好的朋友要结婚了，一个屁都不放，算什么朋友。

北小武没看她，对我说，她要我祝福你。

我知道，他说的是小九。

我点点头，却不知道为何，眼泪泛在了睫毛上；小九，或许还有其他人，永远是我生命的缺口，任凭我多么努力，永远也无法修补。

我笑笑，说，我去补妆。

后来，微信朋友圈里，我看到了北小武那天早晨发的状态：疼了一辈子的那个女孩儿她要结婚了。

而这条状态也是他微信圈的最后一条状态。

这一刻，我和我的朋友，都沉浸在这种大幸福来临时的淡淡小伤感里，并不知道这一些，更不知道，婚礼场地中，其他的风景——

苏曼到来，未及同程天佑打招呼，便被程天恩喊下，问她，心情可好？

苏曼笑笑，说，不错。男神结婚了，新娘不是我。

她望着走向圣坛的程天佑，突然叹了口气，说，很久都没有他的消息了。没想到，听到的第一个消息，却是他的婚期。

程天恩一怔，眼前的苏曼的语气，这么落寞，不似以往的俗辣；再精利再势力的女人，都有真心爱过的那一个。

苏曼突然又笑了，许是觉得自己这落寞太不合时宜，瞬间便恢复了婉转明艳如昔，朋友说得对，该走肾的事儿，走了心，这就是你的不对了；只是女人，总有那么多的不甘心。

程天恩说，不甘心吧？

苏曼从侍者手里接过一杯酒，笑，老朋友了，再没资格不满足。

这不只是一句歌词，而是她的心。

程天恩温吞地抿了一口酒，对于苏曼，这个美到俗的女人，大家的评价无非就是，她的智商承载不了她的野心，可当此刻，她如此落寞寂寥，还是有点儿意外的动人的。

程天恩轻轻一笑。

苏曼看到远处门前的宁信时，说，白色？她以为自己是新娘啊。哎——真没想到，宁信也有失手的时候。

程天恩只是笑。

在一旁的黎乐，举了举杯，轻笑，爱情是成年人的游戏，愿赌就得服输。

苏曼打量了几眼眼前这个女子，显然嫌她站着说话不腰疼，所以并未搭话；当她转脸，看到程天佑身边的另一个男人时，愣了，转脸问程天恩，苏杭？！

程天恩点点头。

上有天堂，下有苏杭。圈子里一直如是传。

一个是天堂也是地狱的男人。

苏曼笑了笑，他居然来了。这下，你们俩兄弟怕是要失色了。

程天恩笑，说，怕失色，我大哥就不会请他了。怕只怕现场又不知多少女人恨不得削尖了下巴挤到他面前吧。

苏曼笑，哟。程天佑请的？这要是诱捕哪家无知少女啊？

程天恩和黎乐相视了一下，不说话。

……

我从洗手间里出来后，努力调息了一下，走出来，却不见她们一个，走过去，她们原来都在门外。

我也缓缓地走到门前，不远处宾客的目光已经向我这团巨大的白色的光转来，而金陵正着急地同宁信和婚礼总调度Christine说什么。

一见我出来，金陵说，北小武接了一个电话……什么都没说就发疯似的跑了！我打电话才发现他手机都丢在这儿了。

我愣了。

八宝在一旁冷哼，肯定又是小九那妖精出了什么幺蛾子！

薇安叹，问世间情为何物，直教人也跟着去吸毒……

跟着……吸毒？八宝说。

我们全都看着薇安。

薇安尴尬，说，我只是觉得押韵……

Christine直接打断了薇安，着急地问我，有没有人能替他？

我看了看宁信，她一身白色的裙子，与今天的我，一样的颜色；娴雅美丽，仙女一样，我又看了看金陵，对着Christine笑，说，我爱的男人在那里，我自己走得过去。

宁信看着我，笑笑。

我捧着花，也冲她笑笑，转脸，望着不远处等在圣坛前的程天佑，湿润的眸光一片笃定的温柔。

这时，薇安突然尖叫了一下，说，天啊！凉生！啊啊——

八宝说，你犯什么花痴！神经病啊！

我的眸子依然纠缠在程天佑身上，直到金陵也惊诧出声，熟悉的人脸上表情开始变化，程天恩，苏曼，颜泽，钱至……不远处的程天佑也愣在那里，我才惊觉不对，顺着他的目光，回头，才发现，凉生真站在不远处，黑色的西装，愣住的表情。

还有他身前轮椅上的那个美丽无辜的姑娘，是未央。

那一刻，只有音乐在流转，侍者们如同彩蝶飞舞在静止的花朵间。

云朵那么白，天空那么蓝。

他看着我，走过来。

一步步。

很多年后，一次旅途中，我给一个小女孩讲童话。

曾经有一条美丽的小人鱼，她爱上了王子，为了拥有双腿，陪在王子身边，她喝下了女巫的毒，从此后，她陪着王子跳舞的每一步，都如踩在尖刀上……

小女孩哭了，圆圆的脸，红红的眼。

我略尴尬，对她妈妈说，这童话有些虐。

对面坐的女文艺青年不满足，说，不够虐。

我看着她。

她那么冷静，说，我觉得最虐的应该是，人鱼喝下了那杯毒，从此王子走的每一步，都会令她如赤脚抵足刀尖上。然后，她贴近小女孩，一字一顿，说，就这么！一步步！疼到疯！却不能哭！

那是一张不得幸福的脸，小女孩被吓得尖叫，她妈妈赶紧将她抱走，我亦落荒而逃。

程天佑走过来，问我，怎么了？

我说，有个神经病！

我看着凉生，走过去，笑，坦然而灿烂，在所有人的瞩目之下，说，你回来了。

他看着我，和我身上的那件美丽洁白的嫁衣，眼中是碎裂的光，他抬头，看了一眼圣坛前的程天佑，声息努力渐匀后是平淡，他说，希望没误了你的佳期。

107 童话。

人群之中，一眼万年。

她看着他，是惊喜，说，你回来了。

他望着她，如同归人，平淡而笃定，说，希望没耽误了你的佳期。

他就这么走过去，拉起她的手，如同童话故事结局最后的一刻，王子虽然迟到，却没有错过公主。

他说，跟我走！

错愕的人群，他看不到，眼睛里的全世界，只有她的微笑的脸和流泪的眼，手捧花束落地，高跟鞋踩过，她跟着他走。

全天下都不要了。

全世界都辜负了。

这一刻，他拖着她的手！

这一刻，她跟他走！

可那只是童话，现实之中，他只能站在那里，望着她穿着美丽的嫁衣裳。

108

我终于看到你穿婚纱的模样。

那一天。

我看着凉生，走过去，笑，坦然而灿烂，在所有人的瞩目之下，惊喜的语气，说，你回来了。哥……

他看着我，和我身上的那件美丽洁白的嫁衣，眼中是碎裂的光，他抬头，看了一眼圣坛前的程天佑，声息努力渐匀后是平淡，他说，希望没误了你的佳期。

金陵在一旁，眼睛居然红了。

八宝也意外地沉默。

拜托！新婚大喜的日子啊，我的伴娘怎么会是兔子？

人缘好到没办法，这么舍不得我啊。

还是Christine好，她看到凉生，如获至宝，一把逮住，说，刚才还说没人陪她入场，将他带到新郎身旁。现在哥哥就来了，太好了！

所有的人都不说话了。

Christine说，怎么了？

我刚要开口，他打断，看着我，说，我送你。

他走到我的眼前。

我笑笑，点点头，伸手，白色的婚纱，挽起他黑色西装下的胳膊。

未央在一旁，突然冷静地说，凉生，你小心一些！胳膊上的烧伤还没好……

婚礼进行曲在我挽着他胳膊的那一瞬间响起，淹没了未央的话语，所有人的目光都落在我和凉生的身上。

这一天，他陪着我走这一段红毯；这一天，他亲手将我交给那个叫程天佑的男人，他是我的丈夫。

从此之后，无论是顺境或逆境，富裕或贫穷，健康或疾病，快乐或忧愁，我都将毫无保留地爱他，忠于他，至死不渝。

我望着圣坛前等着我的那个男人，他在努力地冲着我微笑，我默默地念着，忠于他，至死不渝。

红毯上，凉生转脸低头看了看我，洁白头纱朦胧的脸，他说，我终于看到你穿婚纱的模样，在你们的婚礼上。真好。

他说，真好。

他说，和我想象中一样漂亮。

我的眼睛突然湿润了，许是有风起，许是圣坛前那个男子的微笑。

他陪我走过红毯，走到程天佑的身边，牧师面前，凉生看着我，轻轻地在我额前一吻，将我的手交给了程天佑。

我所能做到的，就是在这样痛彻心扉的时刻，平静地为你祝福。万箭穿心，我也绝不令你的婚礼蒙上一点儿尘灰。

109

原来，有时候，成全才是最狠的报复。

那一天。

圣坛前，牧师说，在神圣的这一刻，我们众亲朋好友聚集在上帝面前，见证新郎程天佑、新娘姜生，神圣的婚姻之约。

牧师说，婚礼开始之前我要先询问一下，是否有人反对？如果现在不提出以后再反对就没有效力了。

偶有零散的目光都落在了凉生的身上，知情的，不知情的；这婚礼，与他是悲情，与他们却是只是笑话一场。

牧师说，既然没人反对，那么，我们开始这场神圣的婚礼。

她和程天佑相视一笑，那么温柔幸福的表情。

牧师说，程天佑，你是否愿意接受姜生成为你的合法妻子，按照上帝的法令与她同住，与她在神圣的婚约中……

他突然再也忍不住，让理智见鬼去吧！让隐忍大度去见鬼吧！让不落一点尘灰都去见鬼吧！我只要她！

他走上去，一把拉过她，从那个这么多年一直高高在上的男人身边；她愕然，程天佑也明显吃了一惊。

牧师呆了，全场立刻哗然起来。

记者们的长枪大炮立刻闪个不停，其中还有嘴巴里满满的人，原本人家没事吃得正High！本以为拍完照见个报一切就OK，谁知道让参加个婚礼还附赠了抢婚环节。

牧师阻止道，说，你、你已经错过了反对的时间了……

他却并不理睬，宣告对一个人的爱情，什么时候都不算错过。

她愣了，微微挣扎，是尴尬也是惶恐，说，哥。你这是干吗？

他转脸，看着她，说，我不是你哥！你我都清楚！

台下，金陵焦急无比，指着脑袋跟他示意"车祸"，他看都不看，说，别给我扯什么失忆这样的鬼话了！我不相信！

程天佑说，你疯了吗！

说完，他试图将她从他身边拉过来。

他却并不肯放手，那一刻，她就在他们俩人的牵扯之中，一个人，一颗心，两双手却分别被他们拉住，进退维艰。

她开始哀求他，说，凉生，别这样！

程天佑冷冷地说，她让你放开她！你听到了没有？

凉生看着他，这是我和她的事。如果她要我走！我自然走！

程天佑冷冷地说，她是我的妻子！她的事情就是我的事情！

他看着他，反唇相讥，这世界上永远就有这么一种人，觉得夺人所好！很有成就感是不是？

她说，你们别争了！放手！都放手！放手啊！

两个男人，僵持着，却最终，都放开了手；她蹲了下来，眼泪开始流。

他问她，你是为他留下，还是跟我走？

她愣了愣。

程天佑也看着她。

她说，你走吧。

他看着她，不敢相信地看着她，突然发飙，说，你走的那天，戴乐高机场，我说，我等你！我怎么知道我等来的会是你嫁他！你告诉我！姜生！

她沉默。

他苦苦一笑，说，我们之间，十七年，难道都比不得他为你死一次吗？姜生！姜生！你告诉我啊！

姜生说,哥哥,你喝醉了。

他揪住自己的衣服,问她,说,宴无好宴!酒无好酒!我怎么醉?!

……

他远远望着这一切,望着幻想之中,那个恣意妄为的他,替着自己,如此痛快淋漓地宣泄着爱恨,而现实之中,自己却噙着微笑,站在原地。

天气真好啊。

她和他在幸福地微笑着,对视着,离着自己如此近的距离,现实中的画面如碎片,如同断章——

……

牧师说,姜生,你是否愿意嫁给程天佑做他的妻子?你是否愿意无论是顺境或逆境,富裕或贫穷,健康或疾病,快乐或忧愁,你都将毫无保留地爱他,对他忠诚直到永远?

她说,我愿意。

牧师说,新娘,请跟我重复。于是,她就跟着重复。

每一个词,就如同是一根针,深深地刺入了他的心脏,随着血脉逆流——

她说,我全心全意嫁给你做你的妻子。无论是顺境或逆境,富裕或贫穷,健康或疾病,快乐或忧愁,我都将豪无保留地爱你,我将完完全全信任你,忠于你,至死不渝。

……

他们盟誓的婚约。

……

他们相视着微笑。

……

他们交换了戒指。

……

牧师说,你们已经在家人朋友面前交换誓词,交换戒指,愿意成为夫妻,我现在宣布你们正式结为合法夫妇。

你现在可以亲吻你的妻子了,程天佑。

……

于是,隔着他那么近的距离,在漫天的花瓣中,那个叫程天佑的男子,揭开了她的面纱，并亲吻了她。

他看到了她眼角悄然而下的泪。

他转脸，不远处，未央看着他，冷静而美丽。

一天前吧，她说，这一世，我所能给你最好的爱情，也只能是，你爱她，我成全。

一小时之前吧，她是那么若无其事，对他说，姐姐房子在那里，我们去转转吧。

他迟疑，但最终被她眸子里那份与世无争的寂寥触动，点点头。

这一刻，他突然懂了。

原来，有时候，成全才是最狠的报复。

亲朋好友蜂拥而上，拥住了新人，他被挤到了一旁。

转身。离开。

这一天，是夏季里，难得太阳并不艳丽的天，蓝色的天，白色的云，恍如秋天，只是无落叶飘下而已。

这一刻，他明白了为什么。

因为落叶都在心里。

常山迎面而来，身后跟着保镖。

他愣了愣，常山并未发现他，走进重重的人群，走到那对喜悦的新人面前，说，大少爷，老爷子请您和姜小姐回程宅。

110 | 子夜歌。

程宅的夜，几人愁。

程天佑被喊进了水烟楼，已有多时，她等在院子里，形单影只的模样。

骤雨突来，猝不及防。

他走过去，撑一把伞。

她转脸，望着他，额前的发已淋湿。

他看着水烟楼上亮着的灯，叹息，说，怕又是老一套！要你，就放弃程家的一切，一无所有！要程家的一切，就放弃你。呵呵。

她回头，看着他，面无表情地说，就像对你说过的一样吗？要我，就放弃程家！要程家就放弃我？所以，你放弃了我。

他愣了愣，想说太多话，想起北小武的瞬间，只能忍住；不胜唏嘘地点点头，笑中有泪，说，对啊！我……放弃了你。我要了程家，我要了富贵……我放弃了你。

她看着他，说，所以，你觉得，他也会和你一个选择？！

他没说话。

骤雨未歇。

程天佑走了出来，就这么，立在楼阶上，望着她，和她身边的他，久久地。

果然，还是男人了解男人一些。

她看着凉生，凄然一笑，怕是如你所愿了。

如果分离的话，那么为难；自己是不是还是主动离开更好一些？省却了一场笑话？

她曾这样失去过一个人。

她曾这样狼狈地输过一个人。

挫败感袭来，她仓皇转身，离开。

程天佑疾步走上来，一把拉住她。

她怔了怔，低头，看着那只拉住自己的手。

她似乎是没有想到，她不敢相信地说，他让你失去一切，一无所有，换和我在一起，你……愿意？

他看着她，抬手，轻轻，理了理她因雨凌乱的发，笑笑，现在呢，应该是我问你，我已一无所有，你还愿不愿意和我在一起？

雨那么冷，他的手却那么暖。

她就突然哭了，说，不愿意，我只爱你的钱。

他就将她抱进了怀里，说，这么大的人了，还这么傻。

她说，你才傻，为了一个我，全世界都不要了。

程天佑紧紧抱着她，说，在你还是小女孩的时候，你喝醉了，跌跌撞撞跌入我怀里喊了一声"哥"开始，我已经愿意给你全世界了。

......

冷雨夜，他就这么看着，那个男人的爱情宣言，那句话哽在喉咙里——可是，在她还是个小女孩的时候，她已经是我的全世界了。

他们最好的爱情，他是最好的观众。

他们在风雨里，拥抱是最好的遮挡；而他撑着伞，却一身风雨。

往事一幕幕，如同镜头，不断闪回，那些铮铮誓言，那份倔强爱情，像是对今夜风雨巨大的讽刺——

——我等你。

——这是一张回法国的机票……以前……是我不好，去了法国，让你等了我六年。这次，换我等你。

——多久都没关系，我等你。等你想起我，等你愿意回来爱我。

......

——她是我的妻子，我得给她一个亲自向我解释的机会。

——难道你宁可相信她的话，也不相信自己亲眼所见吗？！

——是！她若说不是！我便信不是！

——她若说夏日雪，冬日雷，春日落叶秋日花开，白天不见光，黑夜大日头！你也信？！

——是！

......

人传欢负情，我自未尝见。三更开门去，始知子夜变。

雨敲打着窗，他惊醒，一身冷汗透了衣衫。

离人怕夜长，良人却嫌春宵短。

他望着窗外的雨，想起巴黎那个惊梦的夜，她曾在自己怀里抽泣着哭泣，凉生，如果我真的欠了别人的东西，怎么办？

当时的自己只说了一个字，还。

还？她喃喃着。

于是，他将她坚定地拥入怀里，说，我陪你一起还。

我陪你一起还？

他苦苦一笑，一语成谶，她终于在今天，偿还了那个男人，用自己一生，也奉陪上了他，和他对她的所有爱情。

窗外一片黑，他低头，星眸黯然。

只是，还是要谢谢你，还肯来我的梦里。

那夜，很久之后，他睡去，她再次走到他的梦里，一袭橙花香气。

梦里，他问她，如果今天婚礼上，我带你走，你会不会跟我走？

她只是笑，沉默，最终，眼泪流满了脸。

所以，姜生，
我们要好好的。

HAPTER 06

111

所以，姜生，我们要好好的。

那一天的程宅，风雨夜，程天佑带我离开的时候，程天恩坐在轮椅上追上来，并没有撑伞，雨淋湿了他的衣服。

他看着程天佑，笑笑，说，以前，爷爷要凉生选的时候，你说幼稚的人，才会为儿女私情放弃家业，放弃责任，如今，你也一样做了这么幼稚的事。

程天佑看着他，良久，他说，我从未想放弃自己的责任。我很贪心，一直以为自己会双全，也有能力双全。可是，到了今天，无法双全的时候，我才知道，自己也可以这么幼稚。他叹了口气，笑笑，尽管我不想承认。但是，我不后悔，因为她是我的妻子。我不能背叛婚礼上对她刚刚才说过的誓言。

程天恩点点头，说，我知道的。

程天佑说，程家拜托你了。

程天恩的眼睛红了一下，他转脸，看着我，那般凝重的表情，完全不似婚礼上一副看好戏的姿态。他说，好好对我哥！大嫂。

最后，他一句几乎低到嗓子眼里的"大嫂"，我怔了很久。

后来，程天佑问我，你知道为什么那么大的雨夜里，程宅的人，没有一个人为我们撑一把伞吗？

我说，知道。我们这算没有父母之命媒妁之言，理同私奔，所以，大家都不祝福呗，淋死我们这对狗男女算完。

他笑，是无奈，摇摇头，说，因为婚礼这天，打伞即"打散"，无人愿诅咒我们的爱情，我们还是被祝福的。所以，姜生，我们要好好的。

他说，姜生，我们要好好的。

我怔了良久，突然，泪水流满了脸。

程天佑很奇怪地看着我，却没有问为什么。他将我拥在怀里，说，别哭了。闹到这么晚，春宵又这么短。

他说，不如咱们赶紧回去。你帮我揉揉手指。签了好大一堆不平等的条约呢。一直签到这么晚，手指好累的，老婆大人。

我看着他，风雨之中，如此安稳的怀抱，我哭得更厉害了。

我抽泣着说，你有没有带点儿钱出来啊，我不能跟着你过苦日子，我会跑路的。

他笑，说，糟糕，我忘记了。

112

现世安稳，岁月静好。

夜静但觉蛙虫欢，晨醒更爱山泉甜。

这所小院，地处西溪湿地的水岛之上，山水灵秀，旧时曾是风雅之士别业所在。如今，零散在水岛之上的十余处小院，曾是旧日渔民旧宅翻新，旧旧的味道，颇有些与世隔绝的感觉。

从程宅之中，他拖着我的手离开的那一天起，一晃，我们在这里已待过了近半年时光。

这所小院是没有产权的物业，所以，很幸运地逃掉了那一堆神仙般的不平等条约——程天佑狡黠中带着一点儿小得意。

至少，大少爷暂时没有太落魄。

而至少，新婚的日子，未尝贫贱夫妻百事哀。

时光一去半年。

不觉间，已近冬日。

天白云冷。

我走到他身边，将刚泡好的茶放在他手边，说，看什么看得这么出神？

他回眸，抬头看我，将书轻轻搁在腿上，握住我的手，说，一篇文章，很感慨。

我顺势附身坐在他身旁地毯上，歪头，端详着那本书：少为纨绔子弟，极爱繁华。好精舍，好美婢，好娈童，好鲜衣，好美食，好骏马，好华灯，好烟火，好梨园，好鼓吹，好古董，好花鸟……兼以茶淫橘虐，书蠹诗魔，劳碌半生，皆成梦幻。

我突然明白，为什么天佑会看得那般出神，这篇张岱的《自为墓志铭》，大抵也是他曾少年鲜衣怒马放纵无形的最好写照。

心里颇觉感触良多，嘴上却依旧不饶他，我歪头，取笑他，说，是不是觉得如今从良了，后悔了啊？

天佑弯起手指轻敲了一下我的脑门，说，没什么后悔的。只是突然觉得人生不过大梦一场，很多都是虚妄。

他低头看着我，眼里的波光那么鲜活生动，单手温柔地摩挲着我的发。

他说，姜生，现在多好。你在我身边。

眉眼全是深情。

此时窗外，天干云冷，阳光正好。

冬日的风，推一片阳光贴在玻璃上，落满我们身上。

满室阳光里，我没说话，只是安安静静地将脑袋靠在他的腿上。

现世安稳，岁月静好。

大约就是这般模样。

突然，有敲门的声音。

我愣了愣，程天佑的眼眸很凌厉地瞟了过去，似乎，这一声，是他等待了许久；意料之中，又是意料之外。

他起身，我也跟着起身。

推开门，才知是虚惊一场。

原来是小安，一个在这里陪着爷爷在此帮助屋主看护房子的小女孩，她圆圆的脸，圆圆的眼睛，是一个非常可爱的小孩，五六岁的样子。

这里，本就人极少，而且房子多是度假所用，屋主们根本没有住在此处的，多是一些看护房子的佣人。小安的爷爷便是其中之一。

只有在西溪最美的几日季节里，屋主们才会到此处，三月烟花起，八月桂花香，十月芦花飞。

所以，初到此地的很长一段时间里，小女孩的爷爷，一直当我们也是帮屋主看房子的小夫妻，偶尔挖出的藕，钓到的鱼，老家人送来的荸荠，他都会分与我们。

程天佑也不说破，有那么几次，跟着老人去钓鱼，后来才知道，老人姓卢，是个花匠。

渐渐的，对程天佑的举手投足起了猜测，老卢有了觉察，便不再主动，日渐客气起来。

但小安似乎特别喜欢程天佑，尽管老卢一直教育她不能乱跑，她还是会跑到我们的院子里，待那么一小会儿。

此刻，她胖胖的小手里面拎着两条鱼，举着对程天佑说，爷爷要我送来的。

程天佑转脸看了看我，一脸"我真的是少女杀手妥妥的毫无争议的哎呀自恋死我了"的陶醉模样。

我笑着接过来，说，是你自己拿的吧？

小安就抿着嘴巴笑，两只大眼睛扑闪扑闪的，我转身，从屋子里给她拿了一个红红的大苹果，握在手里，停顿了一下，送给了她，还有一把冬枣。

小安将口袋装得满满的，抱着苹果，说，嗯嗯。我们家院子里也有枣树。爷爷说，是我们主人从老家移过来的。

我笑笑，送她过了小桥，看着她回到自己的院子。

程天佑倚在门前，抱着手，噙着笑，看着我，看着这淡淡时光，平凡岁月里的每一个举手，每一个投足。

幸福有时候就是，有人肯为你生活里的举手投足，噙笑注目。

我突然有些不好意思，笑笑，从他身边擦过，回到屋子里，程天佑的眸子却始终注视着我，回头，说，不是说留给圣诞节吗。

他之所以这样说，是因为今天，他觊觎这个苹果时，被我夺了回来，我说圣诞节要用的。

圣诞节和苹果，一直是高中时留下的习惯。

我笑笑。

他故意逗我，说，唉。还是小安是真爱啊。

我点点头，也逗他，说，对哇，圣诞节的红苹果，当然要给最真爱的人啦。

他突然说，你好像真的很喜欢小安。我点点头，说，我喜欢小孩子嘛。

程天佑抱着手，缓缓走过来，慢吞吞地说，喜、欢、小、孩、子？你这算是求欢吗？

我直接傻了，随即机智地笑笑，举手，说，我去做饭。

然后迅速闪人。

夜里，吃过晚饭，他在看书，而我，趴在一旁的桌子上，看着他看书。

女人好像也有共性，比如，喜欢看男人专注做事情的样子，哪怕是修水管，换灯泡，哪怕是喝一杯茶，望着窗外风景，更别说是这么专注地读一本书。

程天佑抬头看看我，说，还不去睡？

我摇摇头。

他想了想，合上书本，说，我陪你。

我摇摇头，笑笑，说，我就是想看着你做事情。

他一本正经，说，是吗？我还以为你喜欢闭着眼睛呢。

我……

程（小）天（黄）佑（人）你好，程（小）天（黄）佑（人）再见。

113

占尽风情向小院。

我将自己埋在被子里，程天佑走了进来，说，生气了？

我不理他。他拉开被子，说，真生气了？

他说，我错了。

见他担心了，我就摇摇头，其实哪里会生气，女孩子嘛，脸皮薄的时候，总会别扭那么一下下。

我说，以后正经点儿。

他笑，摸摸我的脑袋，说，那就说正经的。想不想吃宵夜呀？亲爱的姜生小姑娘。小安五岁，你三岁。

我说，不吃宵夜，会长胖。

他说，长胖不怕，手感更好。

我的脸直接拉长成了驴，说，说好的正经呢！！

他举手投降，无比虔诚，说，好！我错了。

那天夜里，他给我烤鱼，所以说，小安是天使。

小院里，燃起的火，空气里，每一次呼吸，都带着白白的气。

我问他，我一直都没问你，你是什么时候学会做饭的？

他抬头，看着我，说，有一年，我们俩分开了，在湘西一座小镇，遇到过一个女孩子，她告诉我，女孩子都喜欢男人做饭。所以，我就开始留意学习了。

我说，哦，我还以为你去蓝翔技校学的。

他说，什么？

我耸耸肩，解释，学厨师哪家强，山东济南找蓝翔。

他用串着鱼的树枝敲敲我的脑袋，说，姜小生，你的关注点很不对好不好！

我不解，说，怎么了？

他说，难道你就一点儿都不关心那个女孩子是谁！

我说，噢。我该关心吗？

他说，对啊！和自己老公有关联的女人你不关心，你老公很抢手好不好！别这么没心没肺啊。

我说，好吧。那个女孩子是谁呀？

他倒傲娇起来，斜眼瞧我，说，带点儿诚意！

我立刻堆笑，谄媚地拍着手，说，小公子，大少爷，小程程，大佑佑，请问你遇见的是哪家姑娘？美不美？漂亮不？家住何方？姓甚名谁？你喜欢不？喜欢给你纳回来当妾。小的我每天帮你们铺床叠被端茶递水，现在够诚意了吧？

他的脸跟被马蜂蜇了一样肿，说，我纳妾你乐意啊？

我说，哈！小破心思被我看穿了吧！你才新婚半年啊你就想纳妾，要造反啊！

他极无辜，说，这是你说的。

我气结，说，我说可以！你说就不行！

他笑笑，说，只许州官放火不许百姓点灯啊。

我点头，对！

他笑，将烤鱼在我眼前晃了晃，说，好大的醋味啊。

我撇嘴，说，才没。

于是。月亮下。一个在忙着专心烤鱼。一个在忙着专心沉默。

一刻钟后。

——咳咳咳。

——怎么了？

——她是谁？

——谁是谁？

——那姑娘！

——哪姑娘？

——程天佑！你！

他看着我，那无辜的模样，但在我看来，这表情简直就是——"本来就是嘛，你看为夫如此之帅，夜半还会烤鱼，风流倜傥，姑娘本来就多……你不说明白点儿，我会想破脑壳儿的"，太欠揍了。

他将烤好的鱼清了清灰，递给我，说，慢点儿吃，有些烫。

我撇嘴，说，湘西小镇的那个。我一面吃着烤鱼，一面冷笑，说，湘西哎，这山有色水含情的地方……啧啧……

他漫不经心，说，噢，还想着啊。他低头，撩拨着火堆，煞有介事，说，让我想想啊。湘西，小镇，青石路，烟雨天，揽翠居，吊脚楼，小镇上的姑娘不要太多……

我撇嘴，说，啧啧。小镇的姑娘都爱你。

他说，可不敢。小镇上来了个男人整天抱着吉他在唱《西门庆的眼泪》，小镇上的姑娘更爱他。

我说，谦虚啊。

他说，得低调啊。

这一夜，我们俩就像所有的情侣，拈酸吃醋地拌着嘴，明明极端无聊的事儿，却做得有声有色，乐此不疲。

有句话怎么说来着，不作死就不会死。

这话题原本就这么打住，我却眼珠子转了转，小口小口地咬着鱼，突然笑眯眯地看着他，慢吞吞地再次提起，说，做了这种事，可不是得低调嘛！青石路，烟雨天，在那个对着你唱《西门庆的眼泪》的男人面前，桃花三千，都成了庸脂俗粉了吧？

他的眼眸突然变得深邃，闪过一丝微微凌厉的光。

我还在埋着头，嚼着鱼，不知死活地说，官人你的爱好好特别哦。不过没关系，大家是夫妻啦，你这点儿癖好，我咬咬牙还是能包容的，不过……男人和男人……怎么……呃……啊……你干什么啊？

程天佑一把将我拽了起来，直奔卧室，他明明在笑，却是咬牙切齿的感觉，一字一顿，说，你不是想知道你男人和男人怎么……我这就告诉你！

——啊！

114

我天神一般的美男子……

——啊！

——怎么了？

——咳咳。咳咳。咳咳！鱼刺！我、我被鱼刺卡到了！咳咳……咳咳……

——别动！我看看！

卧室床边，他松手，将我放开，一脸关切的模样。

我立刻从他身边飞一样逃开，欢脱兔一般。

我离床八丈远后，诡计得逞大笑，说，骗你呢！哈哈哈。看你紧张的，哈哈哈。

程天佑抱着手，看着我。

我说，怎么了？生气啦？不会吧，大少爷这么小心眼啊！我扯了一口鱼肉，突然——咳咳、咳咳……嗓子里的异样感，鱼刺？！我擦！乐极生悲了。

程天佑冷眼旁观。

我揪着嗓子，说，真的、真的有鱼刺。咳咳咳……咳咳……

然后，我挣扎着跑进了厨房，喝了半瓶醋，都快喝吐了，胃里翻江倒海，那根鱼刺却依然卡在我的嗓子里，吞咽中，隐隐地疼，无比的难受。

程天佑走进来，说，看样子是真的。

我心想不是真的你喝半瓶醋试试。

他说，喝醋没用的。你从哪里学得这些不着调的方法啊。

他拿来了手电筒和镊子，对我说，我看看。

我看着他手里的手电筒和长长的镊子，紧紧地闭着嘴巴，喉咙里发出呜呜的声音，摇着头。

我有颗龋齿，我可不想他看到，还有……还有扁桃体……以后还怎么谈情说爱啊，我的小风花雪月啊，我的少年郎啊啊啊啊啊啊啊。

——不要！

——听话！张开嘴！

——咳咳！不！

——别动！张开嘴！

——呜呜。【摇头】

——乖啦。

——呜呜呜呜。【摇头ing】

……

我们俩两相僵持之下，并不知道，房门外，一个高大的黑影踉跄闪过，跑回到桥边，对另一个瘦削的黑影毕恭毕敬，却沉默。

瘦削的黑影斜了他一眼，问，怎么了？

高大的黑影有些尴尬，说，大少爷……里面……好像……呃……

瘦削的黑影：有话说话！吞吞吐吐！

高大的黑影横下心，说，反正就是张开嘴，听话，不要，乖，呜呜，我笨！不知道是什么……

瘦削的黑影直接石化成神经病……

半小时后。一根鱼刺醒目地横在托盘上，程天佑慢条斯理地用酒精棉球给镊子消毒，然后，收了起来。

我看着他，紧紧地闭着嘴巴。我的龋齿，我的扁桃体，我的小爱情，我的天神一般的美男子……老天……呜呜……我忍不住内心悲鸣。

程天佑看着我，老学究似的，说，夫字天出头，你看看，欺骗自己的夫君，老天都要惩罚你的。他抬手，轻轻敲了敲我的脑袋。

我依然闭着嘴，目光和他相对时，嫌不够，又捂着嘴巴，内心依然悲鸣。

这时，敲门声兀地响起。

我一怔，小安？松开了手，当目光触到他黝黑的眸子，我又连忙捂起嘴来，跳着脚，去开门。

开门的一瞬间，我愣了。

115

如果，这一夜，你会离开。

颜泽？！

我惊讶地看着他，手缓缓地放了下来，说，怎么是你？！

我捂着嘴巴站在门前那一刻，颜泽的脸刷———下就红了，此刻，见我松开了手，竟踉跄倒退，脸忙转向一旁，不看我，结结巴巴地说，太、太太。

我有些惶惑地看着他。

程天佑从屋内走了出来，看到颜泽的时候，他将我拉回到他身后，一脸戒备的表情。

颜泽依旧将脑袋别在一旁，与那挺拔的身姿格格不入的别扭小媳妇状，说，大少爷。

程天佑点点头，狐疑地看着他，说，你这是……

颜泽立刻说，我、我什么都没听到！我刚来不久！我……哦！老爷子要我和龚管家来找你！龚管家也来了。

程天佑抬眼望了望不远处，龚言正缓缓地走过来。

他说，大少爷，半年不见，您一切如故。

他说，大少爷，老爷子说，半年了，您还不想回去吗？

程天佑略略沉思了一下，回头看看我，抬手，理了理我的头发，似是他最后的温柔，他说，天晚了，你先睡吧。

我看着他，突然，门外吹来一阵寒风，我整个人控制不住打了个寒战。我看着他，点点头，心却迅速坠落。

我离开的那一刻，突然转身，深深看了他一眼，这一刻，真有那么一种害怕，害怕这一眼，会是永别。

我怕我醒来，再也看不到这张脸，这张微笑的脸，这张戏谑的脸，这张温柔的脸，这张严肃的脸，这张会让你心安的脸。

这一天，总会来的，我知道。

我知道，总会有一天，有一种力量将他从我身边带走，不是死亡，便是程家。

只是，我没想到，会这么快。

其实，不快的，半年了，这是个结点，我知道，程家也知道。

……

窗外，灯光将他的影子拉得那么长；他们在聊什么，我根本听不到。

之于我，这注定是个不成眠的夜晚。

床头柜里，是一张卡；大学时代，他曾在其中给我留下一笔不小的数字，期间，用在了宋栀身上一次；剩下的，我这段日子一直盘算，等过完这个冬天，开一个小小的花店，这样，如果他病发的时候，我既能照顾他，又能补贴家用；我想他即使离开这世界，也不必为我挂心。

有人说，爱情不能只是依附，而是两个人独立坚强后努力地在一起。

我还想学习修水管，修马桶，修灯泡……可是，这个屋子里的这些宝贝们还坚持在岗位上，没让我有机会学习到。

只是，似乎，目前看来，这些我都用不到了。

关了灯，只留一室白月光，还有孤独，和我。

如果，这一夜，你会离开。

记得，脚步轻一些。

别惊起，梦里人。

116

因为你是如此好，而时光，又是那么少。

早晨，醒来的时候，迟迟地不肯睁开眼睛。

我的手迟疑着、轻轻地摸到身旁，那是一片未温的冰冷，我的心再次落入了谷底；我不甘心地将手伸向空中，也并未有一双温暖的手将它握起，然后轻轻将我拉起，笑着，说一声，乖！起床啦！或者是，谁家的姑娘这么懒，太阳晒到屁股了！

此前的每一天，都是这样度过的。

除了今天。

我睁开眼睛，明晃晃的冬日的天。

我不知道自己是怎么洗漱完毕的，我洗脸，看着水龙头，水如此流畅地淌出，如同奔涌而去的时光，不能挽留；我失控地去拍打那个水龙头，发疯一般，为什么不坏掉！为什么不坏掉！为什么让我没机会学习如何修理你！为什么！

一身水后，我终于满足，看着镜子，抹了抹脸上的水，神经质地笑笑，继续像个正常人一般洗漱。

我浑身是水，整个人如同从水里捞出来的一样，但心里却是莫名快乐，竟然觉得自己是只鸟儿，推开窗，说不定就飞上蓝天去了；又或者跳到洗手盆里，就变成一条鱼，随着水就游向下水道了。嗯，下水道不好！这个PASS！

一个人，崭新的日子了。

我该怎么过呢？

我在洗手间里转了十多个圈后，最后决定，既然我是条鱼，我就应该出门游个泳。

我挽了挽头发，一身湿漉漉的衣服，大阔步地走了出去。

走到正厅的时候，清粥的香味，还有煎蛋的香味，让我愣了愣，不对！我是一条鱼！我闻不到香味的！我擦！一定是渔夫在放鱼饵！

危险！后面的鱼不要动！

我警惕地左右看，不对！鱼没有脖子！我这是用了个什么在左右转呢？

就在我无比纠结的时候，突然有人开口，低沉地，暖暖地，如同家常一般，说，她说，女孩子喜欢男人为自己做饭，是因为觉得这是一件温暖浪漫的事，会想到家的温暖，有归属感有安全感。是这样的吗？

一个熟悉的背影在厨房里，低头煎蛋，没有回头。

这……是幻觉吗？这是幻觉！他是幻影！

可即使他是幻影，我却依然开了口，木然说，她是谁？

他没回头。

幻影不回答！

我迟疑着，恍惚着，走近，说，小镇女孩？

他背对着我，点点头。

我居然生出了几分醋意，说，你们俩这么投契？

他转脸，似乎是想批评我的醋意，看到我的一瞬间，吃惊地看着我，说，你这是怎么搞的？

我也愣了，刚刚我听得懂人的语言唉，还用人的语言交流了呢，更愣的是我看到那张熟悉的脸，那张会微笑的脸，那张会戏谑的脸，那张会温柔的脸，那张会严肃的脸，那张会让你心安的脸。

我仿佛从一场痛苦淋漓的梦境中挣扎，跋涉，如今，终于走了出来，就这么定定地看着他。

这不是幻觉！他不是幻影！

他将煎蛋放在桌上，拉起我的手，往卧室里走去，说，姜三岁，咱们先换换衣服好吗？你是在洗手盆里游泳了吗？我想我们应该好好谈谈了。

我一声不吭，就这么任由他拉我的手，跟着他走，任由他用大毛巾给我擦头发，擦衣服……我的眼睛突然就这么红了，眼泪就这么流了下来。

他一怔，说，你怎么了？哭了？

我突然抱住他，就号啕大哭，我说，我还没学会修水龙头，我也没学会修下水道，我更没学会修马桶，我还有好多东西都不会……呜呜呜……

他愣愣的，看着我说着神经病一般的话语，良久，他轻轻，摸了摸我的脑袋，说，傻瓜，学这些东西干吗？

我哭着不允许他反驳，说，我要学我就是要学呜呜呜。

他无奈，说，好吧。我会慢慢教你，只是，我这所学校比蓝翔贵，因为我的学制，是一辈子。

他似乎是觉察到了我内心所历地煎熬，就许了这一辈子，可他一句"一辈子"，我却哭得更厉害了。

因为知道无法一辈子，所以，会抓得更紧。

因为你是如此好，而时光，却又那么少。

良久，他说，跟我回家吧。

他说，过完圣诞节。我愣了许久。

算是大赦？还是最后的仁慈？

他似乎感觉到了我的僵硬，说，怎么了？

我抬头，看着他，笑了笑，说，没什么。只是想，你终于可以回家了。

他低头，下巴轻轻摩挲着我的头发，说，对于我来说，有你的地方，才是家。

我深深地将脸埋在他的怀里，不再说话。

这一生，这一刻。

愿无岁月可回首。

117

明年今日。

这是五年来，他第一次来到这里。

这座安静的小院。

在此之前，一直是一个年老的花匠和他年幼的孙女儿，每日收拾着小院，照顾着院里的花花草草，还有主人从家乡移来的酸枣树。

此处距离杭州西溪不远的湿地水岛之上，山水灵秀，旧时曾是一些富贵风雅之士的别业所在。几经岁月，昔日的亭台楼榭已成烟尘。

他此刻并不知道，自己竟是这里最为神秘的人物，因为这么多年来，从没有人见到过他。

这里本就不足十户人家，多是度假小居。三月烟花起，八月桂花香，十月芦花飞，西溪最美的的季节，屋主们才来度假。

所以，在此看护房屋的佣人们，就会有大把大把的时间凑到一起闲谈自家主人的家世，谁谁的家里是做什么了不得的大生意，谁谁谁家主人吃饭用的碗都是清官窑里的，或是谁谁谁家的主人有什么不足与外人道的癖好……唯独他，大家只知道他姓程；后来，佣人们就纷纷猜测，他如此隐秘，十有八九是贩毒的。而且，是大毒枭。

说起这所居处，是他去巴黎留学的某一年，悄然回国，与朋友游西溪，偶遇此处，这水乡情致，像极了魏家坪，却又是隐秘至极的桃花源；老陈在一旁，看出了他眼里闪过的这丝异样的光。

隔了不久，机缘凑巧，老陈说，恰有人出手此处，价格低到奇特，许是生意周转；他虽疑惑，却还是买了下来。

那一年，他二十，抑或者二十一，已记不得太清晰，但是却清晰地记得，有一个小女孩曾说，有一个家，一个院子，有山有水，种一些花。

那时他想，有生之年里，虽然不能陪着她过这生活，但若有一方这样的天地，想象着，她若在这里，会怎样，也是好的。

如今想起，他不觉苦笑了一下，如果一直是不能拥有，便永远不会有现在这种失去的痛苦了吧。

天已尽寒，老卢如常收拾着院落，他坐在藤椅上，面容清峻，小安从屋外回来，手里捧着苹果，口袋里装着鼓囊囊的是冬枣，看到他，躲着墙角走。

他望到她的时候，突然一笑，如同冬日里一抹难见的阳光。

小安忽闪着眸子，也觉得呆了，这个宛如大盒子电视机里才能看到的陌生美男子。

几树枣枝下，小女孩忽闪的眸子，恍若时光层层叠叠铺过去，那时的魏家坪，那时的他的她，小小的女孩，小小的时光。

仿佛，只等她蹦蹦跳跳走来，走过时光层层，走到那个小小的男孩面前，童音无邪，喊一声，哥。

现实却是，小安沿着墙壁走到老卢身后，有些疑惑，有些懵懂地，喊了一声，爷爷。然后，只留下一旁，身材修长的男子愣在那里，笑容僵住，如梦方醒。

恍然如梦来，恍然如梦醒。

小院里，他坐了一下午，傍晚的寒意已经浸染了他的身体，他却丝毫不知，只是出神似的看着不远处，隔壁小院，似是将谁望穿一般。

兀地，他隐隐咳嗽了几声，却又生生压制回去。

老卢连忙进屋，倒来早已热好的米酒，递上去，说，先生啊，天儿冷了，喝点儿米酒，驱驱寒吧。

他接过，冲老卢笑笑，刚饮下一口，咳嗽得却更加厉害，让人揪心。

他的咳嗽声，让老卢想起隔壁不远处小院里住着的那对小夫妻，此处唯一长住的一户业主。

最近天寒，那个眉眼俊挺的男人着凉打喷嚏时，女人总会缓缓走出，给他披外套，一面给他整理衣领，一面轻声埋怨。

手指纤长，眼波婉转。一颦一嗔，皆是心疼。

想起那对神仙眷侣一般的小夫妻，老卢突然觉得自家男主人身上是掩不住的孤单，无边的孤单。

晚上老卢开灶，煮的是就地水泊里捞出来的花鲢，热气腾腾，端上桌来，一并二三简单小菜。

老卢有些不好意思，说道，不知道您会来，也没、没准备什么。

他正在案前，教小安写字，抬头看看老卢，温文一笑，指了指桌上的菜，说，这，很不错！

小孩子，总是简单。

那么突然地跑过来，分给他一把冬枣，忽闪着眼睛。

他有些不知道怎么"还礼"，因为走得匆忙，而且作者也不给他开一个万能男主的挂，比如随手一掏就是棒棒糖、大白兔之类的技能，所以，他只能自力更生，说，上学了吗？识字吗？

小安摇摇头。然后又迅速点点头，说，快啦，明年我就可以上学啦。

他笑笑，看着手里的枣子，说，来！我教你识字。

于是，小安就开开心心地跟着他识字。

他说，要好好学习。

小安说，为什么？

他一愣，说，人总要努力，让自己更好，学习也是其中之一。你自己也值得，拥有更好的自己。

小安似懂非懂地点点头，嘟着小嘴，说，更好的自己……

此后的两日，气氛在老卢端来的饭菜香伴着米酒香中融洽起来，原本陌生的两个人便也话多起来。

他是个好人。这是这些天相处下来，老卢对他的感觉。

日子一天比一天的冷，他坐在院子的藤椅上，有时候看书，有时候陪老卢的小孙女小安玩，更多的时候，对着天空静静发呆。

圣诞节，他告诉老卢，明天他就要离开。

夜里，小安犹豫了很久，慢吞吞地将手里拿着抱了足足两天的红苹果送到他的眼前，几乎是咬着牙，闭着眼，英勇就义一般，说，叔叔！给你！

他抬头，看着她，被她纠结的表情逗笑了。

小孩子，总是掩饰不好自己的心。

他说，你吃吧。

小安硬是把苹果塞给他，转身就跑了。

突然，小安回头，问他，叔叔，你什么时候会再来？

他笑笑，明年今日吧。

那一夜，他望着手里的苹果，那么红，眼睛突然湿漉漉的，他想起了高中时代，想起了北小武，想起了小九，想起了她。

高中的时候，班上的女孩们一直都笃信，圣诞节的时候，完整地吃一个苹果，你等待的人，一定会在某个飘雪的圣诞，重新出现在你面前。

她也相信。

当时的自己，清高如许的少年，心里曾多么的不以为然。

他就这么站在院子里，突然，想要一口一口地吃掉这个苹果，却最终，没有，他笑笑，自嘲道，寒风灌入肚里，怕不好。

第二天，他走后，红苹果就这么留在枕头边。

静静地，独自香甜。

这一天，他并不知道，自己完完整整地丢掉了那颗带着她掌心温度的圣诞节苹果，就像是曾经，他完完整整地弄丢了她。

——对哇，圣诞节的红苹果，当然要给最真爱的人啦。

一个奇怪的声音，不知在哪里，咯咯地笑着。

他没有回头。

118

我们回家。

圣诞夜，他收拾明天回程宅的行李，抬头，窗外，她在一颗桂树下，久久；等她从屋外走进来。

他笑笑，说，你刚才在树下干吗？神神秘秘。

她冲他笑笑，想了想，说，刻字。

他好奇地想要走出去看看，说，刻了什么？

她挡住他，脸微微一红，说，不行。我的心愿。明年今日，如果你能找到这条枝头，这行字……

他无奈，笑笑，说，好吧。

然后，他掏出一个精巧的首饰盒，递给她，笑，说，圣诞快乐。

这是他送她的礼物，她低头，打开，是肖邦的钻石星月项链。

他亲手给她戴上，久久凝视着。

狼牙月，伴着星。

那么美。

他说，小安今晚没来？

她点点头。

他笑笑，说，那你给她准备的这些红苹果，就没用了。要不，给她送过去？

她摇摇头，说，不用了。好像是屋主来过圣诞节了。

他笑笑，说，还真有些好奇，老卢家主人是什么样子？

她笑，说，那赶紧去看看吧，说不定是个超级大美女呢！

他也笑，刮了一下她的鼻子。

突然，他说，你怎么脸色怎么这么苍白？

她看着他，摸了摸脸，笑笑，说，可能刚刚外面，天太冷吧。

他拉过她冰凉的手，轻轻握住，温暖着，说，没事就好。明天我们回家了。

她点点头，笑，说，嗯。我们回家。

119

回了这里，我们怕是不能分居两室了。

第二天，离开小岛的家时，程天佑将大门的钥匙挂在我脖子上，就像对待一个小孩那样，说，拿好了，以后咱好回家。

我看着胸前大大的钥匙，想起了童年的那些细碎时光，影影绰绰，荒芜着，呼啸着，奔跑而来，又奔跑而去。

童年的胸前的大钥匙，是哼着亲切乡谣的童铃。

我抬头，抿嘴，冲他笑笑。

就这样，久别归来的程宅。

老爷子并不在，龚言说，这边天冷，老爷子回香港养病去了。

程天佑不置可否。

程天恩见了他，倒是无比开心，连着喊了几声，哥！然后，他趁龚言离开，说，爷爷还是不是搁不下面子，还是想着你回香港先跟他道歉。老小孩老小孩，人越老越像小孩。

程天佑笑笑，拍了拍程天恩的肩膀，表示自己心下有数了。

程天恩看到我的时候，极不情愿却还是恭敬地喊了一声，大嫂。依旧是憋在嗓子眼里的傲娇之声。

我点点头。

龚言跟程天佑说，家里的佣人不是主事的已经换了，太太可以放心地住在这里了。主事的刘妈……如果太太不喜欢……

我知道，他是怕我介怀那日早餐时发生的一切，有人目睹过你的沦落，总不是一件可以让人舒心的事情。

我说，刘妈就留在这里吧，多年的老人了。

龚言似乎没想到我会留她；大抵在他心里，已经认定我只是一个削尖了下巴挤进豪门的无脑女，得势不一定多嚣张。

他说，是。大少奶奶。

钱至看到程天佑的时候，眼里都泛起了泪光；程天恩在一旁，表示了极大的不欣赏，说，我哥是回来了！又不是死了！

程天佑看着钱至，拍拍他的肩膀，说，我身体也康复了，你不必在程宅了，回公司吧。

钱至的眼睛却更红了。

我知道他的难过所在——只因那一句"我的身体也康复了"。

我强忍着心下的酸涩，岔开话题，问钱至，金陵还好吧。你们俩打算什么时候举行婚礼呢？

说完之后，我就后悔了。

对！我忘记程天恩这个磨人的小妖精了。

果然，他的眼神在那一刻，简直想将我和钱至碎尸扔掉。

程天佑立刻说，我赶路也累了，想去休息了。

我和钱至异口同声，说，我陪你。

然后我们俩又同时觉得自己的这句话单独来说都没问题，然而一起说出来，总感觉有一种诡异感和别扭感存在着。

我和程天佑回到卧室里，程天佑看着我，说，天恩没让你难受吧？

我看着他，说，其实，他肯喊我大嫂，我已经很开心了。

程天佑看着我，说，其实，他能来参加我们的婚礼，我也已经很开心了。

我说，是啊，婚礼那天，我也没想到天恩会来。

程天佑看着我，说，你知道，我说的不是他。

我一愣，说，你说凉生？然后，我又立即笑，说，他是我哥嘛。

他看着我。

我说，怎么了？

他笑笑，说，没什么。

他看了看卧室里那张大床，意味深长地说，回了这里，我们怕是不能分居两室了。当然，我可以睡书房。

我的脸微微一红，转身。

他一把拉住了我的手。

120

你们放心，我没事。我只是想，一个人，静一静。

一个小时后。满记甜品。

八宝第一个赶来的，头顶着眼罩，连滚带爬进来的，柯小柔紧跟其后，跟我打了个招呼就去接尹静去了，说是要接她看产科大夫；金陵还未到。

柯小柔一走，八宝就扑上来跟我说，姜生，你知道吗？尹静怀孕了！

我一愣，说，谁的？！

我立刻捂住嘴巴，说，Sorry！我的意思是——什么时候的事儿……

八宝拉开我的手，说，别装了！你那颗八卦的小心心是藏不住它的狐狸尾巴的！

这时，金陵终于戴着眼镜一身工装地奔了进来，说，程太太！您回来了！然后，她又一转脸问八宝，什么狐狸尾巴！

八宝说，柯小柔上次在微信圈发了尹静怀孕的消息，我没控制住自己的手，直接回了句"谁的"，就被他逮住好一个骂！你看姜生！她也是这反应。

我说，我那是口误！

八宝说，你还口蹄疫呢！

八宝说，柯小柔她妈整个一上帝，上帝说要有光于是就有了光。柯小柔他妈说结婚，柯小柔"啪"就结婚！柯小柔他妈说要孙子，柯小柔"啪啪啪"，尹静就怀孕……

金陵托着腮，看着我，手指有节奏地轻轻扣着桌子，一副"生生，你知道吗你不在的日子我就是那个天天被她折磨的人，太好了，你终于回来了么么哒"的表情。

我还没来得及细细领会她表情后的主题思想，八宝突然看着我，说，哎呀，人家新婚三日不下床。你们俩身体真棒！半年没下床啊！

我的脸立刻变长，金陵看着我，笑眯眯的，手指继续叩着桌子，一副"程太太，请您好好享用"的表情。

八宝看着金陵，说，敲什么敲！

金陵忙肃立，一副"陛下我错了"的表情，说，对不起，我手痒。

我还没来得及笑，八宝又转脸看着我，说，来来来！快跟我们说一说！和总裁滚床单是什么感觉？坐上来自己动？你这磨人的小妖精？自己惹的火自己灭！嘴上说不要身体却很诚实……

我直接趴在了桌子上，将脑袋不停地磕在桌子上，替八宝补充道，你以为你是谁！你只是个暖床的工具罢了！好了！开心了吧？满足了吧？

送餐的小姑娘用打量失足妇女的眼光打量着我们。

八宝眼睛一飞，小表情一凛，说，看什么看！瞧你那模样！离失足不远了！

小姑娘逃似的跑了。

八宝立刻将我从桌子上拉起来，说，来！脑癌的！我们继续说和总裁滚床单……

十分钟后，我的脸依旧趴在桌上。

金陵倒愣在那里，脸跟被鞋底抽肿了一样，说，你的意思是，你们结婚到现在！你们俩还没……

我刚抬起头，八宝那慢了半拍的反射弧终于得到了回馈，她说，我擦！你是说你和他到现在都没×生活！

我直接将脸摁在桌上了，在众人的侧目之下，我再也没脸抬头了。

金陵说，我们还是转移阵地，到我家吧。

半个小时后。金陵家里。

金陵递给我一杯水, 我沉默无言。

八宝在一旁是相当地兴奋、激动, 她说, 喂喂! 你说会不会是程总裁他当初失恋伤心过度, 爱上了男人, 然后欲罢不能了, 对女人失去了兴趣……

金陵说, 你可以闭嘴了! 让姜生说!

我握着水杯, 看着金陵, 一时间不知道从何说起。

喝下一杯水后, 我才开口, 说, 婚礼那天, 我们被喊回程宅了, 然后……和他连夜到了一个世外桃源般的地方, 那天很疲惫, 所以……嗯……相安无事……后来……嗯……一直都相安无事……

金陵说, 一直都相安无事?

我点点头。金陵说, 那你就没点儿暗示?

我看着她, 说, 我暗示毛啊?

八宝将脑袋伸过来, 一脸热情的妩媚状, 说, 官人我要!

金陵一巴掌掀开她的脑袋, 然后, 对我笑笑, 说, 你可以尝试穿得诱惑一些、少一些……

八宝在一旁冷笑, 说, 哟西! 一个老处女在教人家怎么诱惑男人!

金陵说, 滚!

八宝看着我们俩, 她拿起一根烟, 说, 其实, 我觉得十有八九是这样, 程总裁他可能因为年少轻狂之时纵欲过度……然后现在没能力了, 呵呵。

我直接脸长了, 我说, 姓八的! 你注意一点儿! 别总是污蔑程天佑!

八宝说, 你才姓八! 反正我知道他们程家男人都这样!

我和金陵愣了一下, 面面相觑。

八宝冷笑了一下, 看着金陵, 说, 还不知道吧? 天恩也是! 我一朋友的朋友说过, 她之前陪过二少爷……谁知道那二少爷只是喊她逢场作戏, 演戏给一个对他纠缠不休的脑残女人看! 事后, 给了她一沓钱! 而且喊了她两三次呢! 两三次呢! 那脑残女人还真痴心! 你们说说, 这些少爷, 那是我们能爱得起的吗? 多脑残!

末了, 她冲我补充了一句, 说, 不是说你。你都脑癌了……

金陵突然激动了起来, 说, 你胡说!

我刚要表示金陵你太仗义了, 八宝骂我脑癌你都看不下去了吧, 却发现她的情绪激动点明显不在我身上。

八宝说, 我神经病我胡说! 朋友圈里至少有俩女人陪着二少爷 "逢场作戏" 过! 而且, 其中一个还看到他吃一种药! 本来以为是什么高级的性药! 所以就偷偷记了下来, 谁知道! 是激素! 维持男性性征的激素!

金陵愣在那里。我也愣在那里。

八宝耸耸肩膀，说，所以，他根本就是不行！你得开心！自己没跟他纠缠下去！否则！你和姜生！怕是今儿对着哭！

我看着金陵，说，金陵……

她抬头，看看我，眸光澄明，却如在梦中，她喃喃，却说不出话语。

她突然摸着胳膊，理了理垂下的头发，抬头，说，你们先出去吧，我想静一静。

八宝说，你不会吧？

她突然，失控了一般，几乎有些歇斯底里地冲着我们吼道，出去啊！

就在我们担心她而迟疑的那一刻，她突然无比地冷静，语速很慢很慢地说，你们放心，我没事，我只是想一个人，静一静。

121

我只是想给他生一个孩子。

初冬的天气，我和八宝走在长长的街。

八宝说，金陵不会真的爱程天恩吧？

我摇摇头，努力开玩笑，说，没！她只是爱他的钱。

八宝居然信了，她说，我就说嘛。突然，她转脸看着我，生气，说，你以为我是个傻子吗？

她说，就刚刚，我是傻子我也看得出，金陵很爱程天恩。

我看着她，叹了气，说，你刚刚说的那个很痴心的脑残女人就是她。

八宝一愣，说，什么？！

我说，其实，他和她，很年轻的时候，曾在一起过。校园里，叛逆少女和风云学长，少年和少女的爱情，除了爱情，还是爱情，不会有世家、门第、匹配……任何的附加条件。后来，天恩双腿……他就性情大变了，逼着金陵离开了他。让金陵彻底死心的，大概就是你说的，他和别的女人，当着她的面……现在想来，那还是逼着她对自己死心啊。

八宝沉默了一下，笑笑，说，那他心里也一定爱金陵的。只是，他无法，再像一个男人一样，去守护她，爱他了。

我看着八宝，说，我也是到今天才明白。

我想，金陵也是现在才明白这一切，这些年来，他各种堕落各种坏，逼着金陵离开。可他又无法彻底伟大，在每次，她要忘记他的时候，他就再次出现勾勾手指，她就又动了心……周而复始，相互折磨。

要彻底放下一个人，太难了，这些年来，天恩在伟大和自私之间，放手和占有之间，天人交战着，扭曲着，他的痛苦，怕是我们常人无人能理解的。

八宝抽了抽鼻子，半真半假地，有些感伤地笑笑，说，突然想起我的小初恋来了。说起来，我们俩还从来没有牵过手呢。哈哈哈。

我突然开口，性很重要吗？

八宝扭头看了我一眼，说，我不是食草兽。我也不知道。你觉得呢？算了。不重要你也不会抱怨你们俩至今……

我说，我只想给他生一个孩子。

八宝突然用一种看异次元生物的眼神看着我，瞬间，她顿悟，说，生生生！将来他抛弃你的时候，也好分更多财产！

我也回看着她，看异次元生物的眼神。

说实话，在某些时候，我也分不清，八宝之于我，到底是一个独立的八宝，还是只是我对小九未了情分的一种延续，一种弥补，一种替代。

有时候，友情如爱情，竟也有替代。是不是，也如爱情，一般残忍呢？

我说，也不知道金陵怎么样了。

八宝叹气，说，听说她过几天和钱至要去美国见父母。这下子……哎，我嘴真欠！我以为她跟天恩就是小女孩喜欢贵公子，喜欢喜欢就罢了，我怎么知道，他们之间的渊源这么深啊。

我突然笑笑，说，别担心了。金陵是个冷静的姑娘。有些爱情，注定是乌托邦。有些皈依，才是最终的现实……

八宝抬头看着我，说，就像你一样吗？

像我？我愣了愣，笑，说，神经病！

她真是个神经病！我和她真的不是一个次元的！我怎么会有这种朋友呢！

122

这一次，我保证，不会"相安无事"的。

我回到程宅的时候，天已向晚。

草木已衰，却依然有四季常青的树木挺拔于道边，努力地生长，永不放弃。

就像这世界上的那些坚强的女孩，无论经历过多么深刻的痛苦和经历过怎样的不堪，永远都倔强地生活着，永不放弃。

车刚到大门，却见程天佑，他居然在大门口等着我，司机将车停了下来，我下车，他就陪着我，走这一段路。

我说，你怎么会在这里等我？

他笑笑，拉过我的手，掌心那么暖，他的笑容也那么暖，他说，我只是恰好散步到这里。

我说，哦。

脚下的路，我们一起走过。

人间的四季，我们一起走过。

从此之后的悲喜，我们一起走过。

他在我的右手边，我在他的左手边。

这是世间，所有爱情的位置。

我并不知道，自己再次被监听了——

就在今天下午。他的书房里。

颜泽突然笑出了声，说，大少爷！你们！你们还没圆房吗！

程天佑抬头，看着他，说，你在干吗？

颜泽说，我在听大少奶奶和朋友的聊天。

程天佑脸色一沉，说，以后不准监听她。

颜泽说，龚管家担心大少奶奶的安全。

程天佑直接黑脸了。

颜泽摘下耳机，说，好！我不听了。

然后，他又忍不住笑了起来，相安无事了半年……大大少爷你什么时候开始这么纯情了……哈哈……

程天佑说，闭嘴！

颜泽说，好好，我闭嘴。哈哈……太有意思了……哈哈……那些女人居然胡说八道，说大少爷您喜欢男人……哈哈哈哈……

程天佑的眼睛微微瞟过过去，不怒自威，说，你再不闭嘴。我真的要喜欢男人了！颜泽立刻立正闭嘴，直接绕着程天佑走……

颜泽离开后，程天佑冷峻的脸，突然浮了一丝笑，这个小女人，居然也开始讨论自己，自己正渐渐地走进她的生活了吧。

他走过去，窗外，薄薄阴下的天气，他回头，瞥见颜泽留在桌上的耳机；无意地，拾起——那头传来的是她的声音，轻轻的，糯软的。

她说，我只想给他生一个孩子。

他将耳机摘下，放在桌上。微笑的唇角，微笑的眼。

那一刻，全世界因为她，一句话，四海潮生。

就这样，我们一起走着，初冬的天，突然飘起了薄薄的雪。

他抬头，看了看，说，下雪了。

他将手搁在我的头上，欲撑一方晴天。

我抬头，笑笑。

院子里，突然人多了起来，大家纷纷都来看这一年的初雪。

程天恩坐在轮椅上，汪四平推着他。

这个世界，每个人，都有种自己的爱情与牵挂，隐痛和悲伤；雪落在他的身上，那一刻，他的容颜是无悲无喜，无欲无念的。

他看着我和程天佑，点点头。

这时光，或许，刚刚好。

虽然身边的人，各有悲伤和残缺，我却还很好。

这重生后的第一场雪。

楼前，我欲继续往后山走去，却被程天佑一把拉住，他看着我，说，我们回房吧。

我愣了愣，看着他。

薄雪之中，他俊美异常的容颜，松柏一般的身姿，还有深深的眼眸之中，桃花染尽之色。

他在我耳边，轻轻说了一句，这一次，我保证，不会"相安无事"了。

我还没反应过来，就被他拉起手，向楼里走去。

他丝毫不顾及这院前的许多人，薄雪之中，他们掩着嘴，不知是在看雪，还是在看我和他。

程天恩似乎并不关心，他将脸别向一旁，静静地，任凭雪花轻吻他的发与容颜。

颜泽在身后，突然大笑，喊着，喂！大少爷，晚饭还下楼吗！

然后，他转脸对刘妈，忍不住开玩笑，说，我看给大少爷房间前隔张凳子，后面的日子就送三餐吧。

123

霜雪吹满头，也算是白首。

他回到程宅，正逢一场薄雪，在这初冬时刻。

车子刚到大门前，突然一个急刹车，他在后座上一个趔趄，抬头，却见北小武挡在了车前，怒气冲冲的模样。

他微微一怔，下车。

北小武上前，重重的一拳打在他的脸上，他猝不及防重重后退，唇角渗出了鲜血。北小武挥着拳头还要上前，却被保镖给抱住了。

北小武愤怒地将一叠钱摔向他，喊道，收起你的臭钱！凉生！这些年！我错看你了！

他的愤怒，源自小九，小九讥讽了他的纠缠，说，你怎么不像你的兄弟凉生一样，用钱砸我啊，砸到我爱你啊！

北小武知道了凉生曾经用钱让小九离开自己。

凉生没说话。

老陈看在眼里，替凉生憋屈在心里，因为他知道，凉生因为他，失去了什么，所以，老陈上前，说，北先生……

凉生制止住了他，转脸，看着北小武，作为兄弟，他不后悔这么做。如果重来一次，他还是会这么做。所以，他依旧不改，说，作为兄弟，我劝你，离她远一些。

说着，他走进了程宅大门。

一道大门，将他们横亘在两个世界。

北小武挣扎着，冷笑，说，兄弟！兄弟就是用来任你指点！任你安排！任你出卖吗！他说，凉生！不！程三少爷！从今以后，你我兄弟！情断义绝！

凉生没回头，薄雪落在了他们之间。

有些时光，再也回不去了，比如少年。

有些地方，再也回不去了，比如魏家坪。

有些情谊，再也回不去了，比如你和我。

他走进程宅，老陈递来手帕，他擦了擦唇角的血，却见楼前，程天恩正在，还有程宅的佣人，他们似乎都在看这场初雪。

程天恩看到他的时候，只是眉毛微微挑了挑，抬眼，看了看楼上。

老陈在他身后，喊了一声，二少爷。

程天恩点头，然后，眸光从楼上收回，转脸，看着凉生，笑，你回来了，挺巧。

凉生也只是点点头。

他之所以回国，是为了帮小绵瓜取一些资料，办理相关的收养手续。

他往楼前走去。

程天恩说，我劝你，还是别上去了。

凉生冷冷地看着程天恩，以为他又如同以往，滋事刁难。

程天恩淡淡地说，我是好心。

说完，他的眼眸轻轻望向地上那两双深深浅浅的脚印，然后又抬眼，望向了凉生，面色宁静，如同这场薄雪。

凉生心似比干多一窍的人，眼眸触碰到这串脚印时，如同被烫了一般迅速挪开。

老陈也觉察到，忙说，先生，我们先回去吧。改天我回来给你取。

程天恩笑笑，语气极淡，说，难得回国，留下来一起吃个晚餐吧。他看了看楼上，说，反正大哥大嫂应该很忙，今晚怕就我一个人用餐了。很孤独。

凉生没说话。

转身，离开。

程天恩看着他的背影，没说话，其实，他真的很想有人能陪他吃这一餐饭，其实，他是真的很孤独。

雪花飘下，再多的缠绵，也留不住凉生离开的步子。

这是今年的第一场雪，他突然想起，那一年的冬天，他寻她，九死一生，在那冰封的西南山区。

重峦叠嶂，暴雪纷飞。一步一惊心，十步一生死。他说，我等你。

那年冬天，大山之中，冰雪之下，那个盟约，他曾说，我等你！等你回来！只是！你一定要回来！

如今，她回来了，只是再也与他无关。

飘忽的薄雪中，他突然仿佛看到了那年西南山区的陡峭山路，看到了相携走着的他和她，年轻的脸，深爱的眼，纷飞的大雪，吹满了头。

那就这样吧。

霜雪吹满头，也算是白首。

124

我答应你，我们一定会白头。

房间的暖气融融，一室的温柔。他睡着，我下床。

水汽迷幻的窗户。窗外的雪。

我回头，看着他，就如这半年时光里，每一次端望着他。

水岛寄余生的日子里，我总会在午夜，走进他的房间，端量着睡梦里的他，那俊的眉，修的眼，渐匀的呼吸，偶有皱起的眉心。

纵使不能人间白首，也希望时光慢些走。

他常常会突然睁开眼，看着我，微微惊讶，说，怎么？你还没睡？

我看着他，心里叹息，嘴上却笑笑，说，我只是想看着你睡。

他轻轻碰碰我的手，说，你也早休息。

他永远不会知道，我是多么害怕，怕一觉醒来，就天人永隔。

我怕那么温暖的一双手，变得冰凉，那个暖暖的人，就这么在我的身边，悄悄地失了呼吸……

我看着窗外的雪。

思绪突然飘得好远好远，重峦叠嶂的山，纷飞落下的暴雪。

突然，抬手，轻轻地，在窗户上无由地写着字，惊醒后才发现，原是一句诗——霜雪吹满头，也算是白首。

突然，有人在身后，轻轻地念，霜雪吹满头，也算是白首？他从身后轻轻地拥住了我，说，怎么这么伤感？

我略惊，回头，一笑带过，轻轻地，想要将那行字抹去，我说，只是突然很想，一念白了头。

他的手突然轻轻地按住了我的手，他说，我答应你，我们一定会白头。

我的鼻子一酸，却不敢让眼泪流下来。

第二天，我们下楼吃早餐。

程天恩已经在餐厅了，见到我们，他略略地惊异，所以，颜泽真的是一个太八卦的保镖了！程天恩大抵已经被他的话洗脑了。

但是，很快，他同我们打了招呼。

然后，他并没有太多的话，不似以往敌对状态下的尖酸刻薄，甚至与聒噪；

而是很得体地吃着早餐。那是一种骨子里的得体与优雅。

就如同程天佑，他居然可以做到，吃一只大闸蟹的时候，肉全吃掉，蟹壳完完整整地保存着；然后我在桌子的那一端，吃得蟹骸满地，惨绝人寰。

程天佑见我沉默，体恤地笑了笑，为我亲手倒了一杯牛奶。

我小口小口地吃着，默默地看着，留心地学着。

吃过早餐，程天恩看完了报纸，表示要去一下公司，离开前，他说，哦，忘记说了，昨天，三弟回来了。

程天佑抬头，看看他。

我笑笑，拿过刀叉。

程天恩说，他受伤了。

我仔细切着牛排，七分熟的肉，黑椒汁醇浓，遮住了内里血丝。好香。

程天佑看了我一眼，问天恩，他没事吧？

程天恩说，应该是没事，听门卫说，一姓北的男人，三弟朋友，许是琐事所致。

他说，哦，昨晚一个人怪寂寞，我本来留他吃晚饭的，他似乎有事，离开了。嗯，也不知道，他和沈小姐最近怎样了？

说完，他笑笑，说，我饱了。大哥大嫂慢用。

然后，他欠欠身，就离开了。

125

遗憾的是再也不是我，对你说晚安。

此后的日子，程天佑一连几天，都很晚才回来，因为要见旧友。

我就守着一盏灯，等他。

他也曾问我，要不要一起？

我笑笑，说，你的事情，我也不懂，你去吧，我等你。

他笑笑，微微落寞。

楼梯间的脚步声突然响起的时候，我飞速下床，雀跃着，惊喜着，如同所有等待丈夫归来的女人一样，推开门，我喊，天佑？

却空无一人。

抬头，通往三楼的楼梯处是凉生。

他停住了步子，回头，看到我，眼里是微微讶异的光，唇角上是前几天，北小武留下的伤。

挺括的呢大衣，就这么随意地披在他身上；我突然想起，婚礼那天，未央说，你胳膊上的伤，还没好吧。

我张了张嘴，最终，唇角弯起一丝笑意，说，哥。你回来了？

他点点头，说，我取点儿东西。

他说，还没睡？

我笑笑，说，看美剧。

他说，早休息。

我点点头。

他说，我走了。

我说，晚安。

他说，晚安。

我回到房间，打开电视，正播着的是周星驰的《喜剧之王》。

那一刻，舞小姐柳飘飘正嘲笑他是个死跑龙套的，他就笑着，那种尴尬，却又自矜，说，其实，我是个演员。

柳飘飘在笑，没心没肺，我也在笑，却找不到爆米花。

我笑着翻开手机，一串号码，一串人名，却无一个可以拨打过去，聊聊天，说说话，说说周星星拍的喜剧真好笑。

他拿到资料，下楼。抬头，看了一眼，楼上灯光已黯，只有电视机忽闪着的光。

仿佛忽忽闪闪间，一生便走完。

晚安。

晚安。

此生，或许还有很多夜晚，遗憾的是再也不是我，对你说晚安。

他转脸，离去，抬眼，却见程天佑，沉默不言地站在自己面前。

相峙而立了一会儿。

他先开口，说，我凌晨的飞机。

程天佑点点头，说，新年有派对，听说你回国，还想喊你。

他说，下次。

程天佑看着凉生离开的背影，其实，刚刚他已到楼下，刚要下车，就看到了凉生匆匆进了楼。

颜泽立刻警惕起来，说，大少爷……

他坐在车里，没有动弹，寂静如山。

颜泽急了，说，大少爷，您难道就不担心……

他摆摆手，制止了颜泽继续说下去，他看了看楼上那盏守候着自己的灯，她如此信任他，愿意将一生都托付给他；如今，这区区几分钟的信任，他还给不了她吗？

此刻，凉生已离开，楼上的灯已黯，只剩下电视机忽闪的光。

许已是满屏雪花了吧。

隔壁楼，程天恩看着楼下这一切。

汪四平给他拿来药。

他吞下。

汪四平不忍看，总觉得他吃药时有种和血吞的感觉；然后，他顺着天恩的目光，望下去，说，怎么夜里来回，又不是贼。

程天恩淡淡倦倦，说，不然呢……让龚管家看到？会让他喊大嫂的！再吃一杯她捧上的茶，像大哥当初那样？他笑笑，说，我这三弟是何等聪明的人！

汪四平叹气，说，大少奶奶就这么把他忘了？

程天恩笑笑，不置可否，只是说，能忘掉也是福。

汪四平一听，立刻努力发挥他溜须拍马的功能，说，所以二少爷英明！要不是二少爷让人制造车祸，想惩罚钱至，大少奶奶也不至于突然傻了似的要嫁给大少爷。大少爷当时居然还生二少爷的气！真是……

程天恩的脸立刻黑了下来。

汪四平一看不好，忙收好舌头，说，二少爷！我突然想起我还有事，我先走！

说着，他撒腿就撤。

汪四平走后。

整个房子，空荡荡的。全是寂寞。

他低头，钱包里，隐匿着一个少女的照片，明亮的微笑，如同春日风，夏日花，秋日水，冬日雪。

金陵，能忘掉一个人，多么好。

这么多年了，我以为自己能做到的，却往往做不到。

比如，忘记你。

126

他说，没事，有我在。

早晨，我醒来的时候，程天佑已在窗边，站着，端着一杯热茶，看风景。

白色窗纱，衣衫熨帖的男人。

抬头仰首，皆是风景。

我看着他，如同看着这世界最好的风景。

我想起了十六岁，也是这样的阳光，这样的窗帘，这样的他。

他回头，看到我，说，你醒了？

我笑笑，微微的歉意，说，我本来在等你回来的。不知道怎么就睡了……可能是，电影太无聊了。

他说，是我这些天回来得太晚。

他说，以后如果我回来得晚，你就不必等我了。

我摇摇头，说，没事，我喜欢等你。

他笑笑。

程家的子弟，一般成婚之后，女眷都会搬到香港旧宅里，相应地有圈子有伴，男人们忙工作应酬，也不必太分心。

早餐时，程天佑就此事问我，你是怎么打算的？

我说，我想和你一起。

他说，接下来的日子，一旦接手工作，我会很忙。

我说，没关系，我这里有朋友。

他说，好吧。

然后，他突然问，说，明天新年派对，我可以介绍我这边的朋友他们的女朋友和太太，免得你无聊。

我张了张嘴，最终，说，好啊。

程天恩在一旁，笑笑，说，大嫂看起来并不喜欢陌生人。

程天佑没说话。

钱至说，他元旦后要请十天假，陪金陵去美国见父母……

程天佑说，好事。去吧。

程天恩飞快放下刀叉，说，你们吃吧！我去公司！

那一天，金陵的电话一直打不通，所以，我约了八宝。

八宝说，小说里，总裁总是有大把大把时间谈情说爱呢！你小心程总裁说不定是外面有人，要雨露均沾！

我说，他真的很忙，我知道。

我给他做过一段时间的助理，那密密麻麻的日程表，想想，会让人窒息疯掉；只是现在，他是我的先生，我突然多了一份感同身受的心疼。

我说，我只是担心我不去香港，他会不会介意？虽然，他没明说，但听起来，他似乎很希望我能去香港……

八宝说，我听说，这种旧家族的所谓贵妇们，每一样的珠宝、甚至包包、都是向家里"借用"的，没有一样是真的属于自己。你要去了，多拘束啊。

我说，我不怕，只是，我想留在这里陪着他。

八宝说，啧啧，伉俪情深呐。可一个自由惯了的人，也过了半年的热乎日子，现在又回到了花花世界，你这是给他添堵。

我叹气，算了！我跟你说不清。

八宝就笑，说，你知足吧！在这人人悲催人人傻的特殊时刻，能约到我。如果我都没时间，你就只剩下薇安了，那个二次元的生物，你跟她聊什么？！

我正无言，程天佑的电话打了进来。

他的声音很温柔，如同冬日的一缕暖阳，他说，你在干吗？

我说，和朋友喝咖啡。

他说，不错，我今天有时间，过去一起。

我一愣，说，好。

八宝在一旁，说，不管怎么说，他还是很重视你，至少愿意参与你的朋友圈。

程天佑来之前，我和八宝有一搭没一搭地聊着。

我说，金陵后天和钱至一起去美国了，你一会儿给北小武打个电话，我们组织一下给她践行。

八宝说，看来我还没跟你说，北小武失踪了！

我说，啊！

八宝说，他很久之前跟薇安借了一笔钱，这两天，人突然消失了，找不到了，薇安急用四处找他，还是我替他还的。

我说，北小武借钱干什么？

八宝冷笑，这你就得问你的好姐妹小九了。

我忙掏出手机，拨打北小武电话，提示关机，我问八宝，说，你能联系上他吗？

八宝说，我能联系得上我还会替他还钱吗！

我说，他不会……出什么事吧？

八宝说，要不等你们家那位来了，我们一起去他房子找找。

我说，好。

程天佑走进来的时候，八宝略激动，说，总裁你好！

程天佑一愣，礼貌地笑笑，同她招呼，然后看着我，说，只有你们俩，我还以为大家都在。

八宝说，死的死，伤的伤，失踪的失踪，我们的朋友最近每一个都活得很激烈。

侍者端来一瓶水，问他是否还有其他需要，程天佑谢过，说，这样就好。然后，他转脸，看着八宝，礼貌地笑笑，说，看得出。

那一天，我们去了北小武的住处。

八宝刚要拍门，门就自己开了。

我和八宝吓了一跳，八宝说，他不会也吸毒了吧？脑子坏了，不锁门啊！

程天佑示意了一下身后的颜泽。颜泽走了进去，四处看了看，说，没人。

我说，要不，我们报警吧。

八宝就笑，他以前不也老是失踪吗？一个大老爷们，应该没事吧……然后，她看了看屋子，说，你们走吧，我给他收拾收拾房间。这鬼样子……

我和程天佑下楼。

我说，我还是不放心。

程天佑看了看颜泽，颜泽说，说，那就先备案一下，免得意外。

程天佑点点头，他拍拍我的肩膀，说，没事，我在。

突然，楼道里响起了八宝惨烈的尖叫声。

我的心咯噔一下，颜泽已经冲了上去。

我和程天佑也迅速地上楼。

当我们推开门，冲进去，八宝直直地立在那里，手里还抓着被单，床底下是一大堆一大堆的钱，鲜艳无比。

我也呆住了。

127

> 我只是想让我的太太明白，他的先生是个洁身自好的人。

那天夜里，一直到吃过晚饭。

我和八宝都没从那种震惊中醒过来。

车上，八宝靠在我的肩膀上，喃喃着，说，他怎么会有这么多钱，他怎么可能有这么多钱！这么多钱啊！他不会是贩毒了吧！

我没说话。

八宝突然起身，说，你和这么多钱睡过吗？

没等我回答，她直接将脸别开，说，好了。不用回答了。你这穷人，我用头发丝儿想想就知道没！

然后，她又拍了拍正在开车的颜泽，说，你和这么多钱睡过吗？

颜泽：……

她拍到程天佑的时候，还没等开口，颜泽就说，程总没睡过这么多钱，但肯定睡过值这么多钱的女人哈哈哈……

哈哈哈到一半，颜泽就觉得不对，忙道歉，说，太太！我胡说八道了！程总对不起。我实在太活泼了。

程天佑黑着脸，没说话。

我将脸别向一旁。

有些事情，真的很奇怪，我揶揄他的时候，并不介意，只做玩笑；当话从别人的嘴里说出时，情绪……嗯，似乎有些坏。

夜里，他在书房里。一盏灯，勾勒出他俊美的容颜。

我给他倒了一杯温水，温度恰好可入口，轻手轻脚放在他的桌子上。

他突然喊住我，姜生。

我回头。

他开口，说，其实，我是个私生活很简单的人。

我看着他。

他说，我不希望我的太太对我有错误的认知。那些八卦里的我，不是我；那些桃色绯闻中的我，不是我；那些别人玩笑话里的我，也不是我。

他说，我还是品行过关的人。我有责任心，正直，相信爱情，信奉婚姻。

我看着他，不解他怎么突然如此严肃地跟我说这个问题，沉默了一会儿，我小心翼翼地说，你是不是生气我之前跟你开的那些玩笑？

他拖过我的手，搁在自己胸口，说，我只是想我的太太明白，她的先生是一个洁身自好的人。

他那么严肃，那么认真。

我的心突然柔软得一塌糊涂，是感动，是酸涩，是说不出的感觉；不得不承认，男人掷地有声的誓言，比甜言蜜语更令女人感动。

他转脸，看了看卧室的大床，眼眸如魅，意味深长地看着我，说，不过，今晚，我就不打算洁身自好了……

未等我反应过来，他一把抱起我，往卧室里走去。

128

你于我，就像一场盛宴，聚时何其欢，散时终须散。

这一天，是今年的最后一天，程家有派对。

程天佑被黎乐喊去，我被程天恩邀请一起去门前迎接小伙伴，我也学着仪态万方，微笑，点头，寒暄，极尽一个女主人之能事。

程天恩那个得力的女秘书已经将一切都打理得井井有条，我只消早做足一个半小时的宴会女主人，就完美收官。

程天恩很得体地将我引荐给他们，我们家大嫂。

我一一微笑，一一握手。

无人之时，他突然说，大嫂，我特别喜欢看你没心没肺的笑。

我看看他，不管他这话，是敌意，是讽刺，还是其他，只要想想他那些隐秘着的不能告人的痛苦，我便也就没有回嘴，只是说，谢谢。

每个人，都带着伤，锦衣华服之下，小心遮挡。

包括，我眼前，这个骄傲到死的程天恩。

程天佑下来的时候，黎乐也跟了下来，卷曲的长发，心事重重却依然迷人的模样。

我走了过去，他也笑着走过来，问我，累不累？

我说，很好，你们的朋友都很nice！

他说，你的朋友没来，蛮遗憾。

我叹气，抬头，努力地笑了笑，说，八宝不是说了吗？最近我的朋友们都活得……很激烈。

他拍拍我的肩膀，说，人生常会不如意，总会过去的。

突然，他一脸愕然，我转脸，顺着他的目光望去，宁信正微笑着，走了进来，和一圈人微笑着，招呼着。

程天恩摊手，严肃地说，我没请她。

程天佑看着我说，没事的，有我在。

我冲他笑笑，整理了一下他的衣领，说，也有我在。

他微微一愣，瞬间，明了，望着我，是无法言说的欣慰。

我不希望在爱情和婚姻里，自己总是依附，总是需要保护，我希望也是一个人坚强的后盾，有力的另一半。

我牵着他的手，一同上前与宁信招呼。

她优雅得体，我笑容可掬。

然后，没有然后了。

我和程天佑离开宁信，程天佑突然说，八宝会来吧？

我还没来得及回答，八宝已经走了进来，令人惊艳的模样。

我忙迎上去，热情地拥抱了她，嘴唇不动，小声哼着，说，我还担心你会打扮得像只火鸡。

她也热情地回拥了我，小声哼着，嘴唇不动，说，开什么玩笑！老娘出场，必然是Party Queen！

我说，你是Queen了，我这个女主人是什么？炮灰吗？

她笑笑，说，你是Queen's mother！

我说，你才那么老呢！

那天，五湖星空签约的明星也有到场，苏曼来的时候，与我无比亲热，就跟失散多年的姐妹一般，又是拉手，又是拥抱，我觉得自己都快被她勒死的时候，她看到了程天恩，眼睛一亮，于是，转眼间，他们两个人就消失在我眼前了。

八宝说，苏曼这是白费心机啊。

我愣了愣。

她撇嘴，说，听圈里朋友说周慕要清算她呢。当然，只是听说，所以啊，她现在急需一个大靠山！可惜啊，她找错人了！

我看了她一眼，说，你少说话！

八宝说，OK！

她说，贵妇！你有没有款合适的总裁介绍给我呀！免得我总想着北小武那堆钱！我好不容易挣扎出来不爱他了，他又用一床的钱将我砸得重新爱上了他，怎么办！

我盈盈地笑着，招呼着其他人，转脸小声回她，出息！

程天佑在一旁，招呼客人，不动声色地瞥了我们这边一眼。

宁信走过来的时候，八宝下意识地后退了一下。

我笑着看着她，说，刚才看你和他们聊什么聊得很开心的样子？

她笑，掩嘴，说，聊吸血鬼。

我饶有兴趣地看着她，说，哦。

她笑，说我跟导演说，真可以拍这么个片子，就叫《吸血鬼》，写朋友的！真实的事儿！

然后，她说，总有这么一种人，明明做过伤害你的勾当。然后，悄无声息地在你身边潜伏着，就像是吸血鬼一样，吸干你最后一滴血。你以为他们是想和你做好朋友？不！他们只不过是想在你身边，以便于观察你是否知道了真相！可以最快地自救，也或者，是想和你建立起情谊，让真相大白的那一刻你不能忍心还给他们报复。朋友？呵呵。吸血鬼！

然后，她拍拍我的肩膀，说，太有趣了！我继续和刘导说去！然后，她对我和八宝举杯，说，你们慢慢聊！

她走后，八宝的手微微地抖，她猛喝下一杯酒，说，她神经病！

我笑笑，说，所以，你得原谅啊！

八宝看着我，说，我去抽根烟。

我轻轻摩挲了一下她的脑袋，就像安抚暴躁的冬菇，说，好啦！知道你为我气不过！别生她的气了。

八宝回头，看了我一眼，那一刻，她的眼神那么复杂，眼眶微微地红，她说，姜生！

我说，嗯？

她说，你就是一傻瓜！

然后，她狠狠抹了一把眼泪。

我愣在那里，心里却想，这家伙，怎么也这么矫情了。

直到烟火盛放，程天佑走过来，请我跳第一支舞。

香槟，音乐，鲜花，冷焰。

我拥着他，小心翼翼，像拥着全世界。

那一刻，什么都不想想，只要这么一个人，这么一个怀抱。

他说，我从没有想到，你跳舞，这么好。

我说，我这么虚荣的女人，从见到你第一眼开始，就想高攀嫁给你，怎么能不处心积虑，挖空心思学习"上流生活"的技巧呢。

他笑，笑容比烟火灿烂，说，这是我听过最动听的情话。

我垂首，看着胸前，他送我的那根星月项链，说，其实最动听的情话，我刻在了小岛房子的树枝上。

他说，是吗？那下一个圣诞节，我一定去找到。

我看着他，眸子里是光，是泪，我轻轻将脑袋靠在他的肩膀上，不说话。

程天佑，这半年，是我一生之中，最幸福的时光，也是我担惊受怕的时光。

因为我知道，你于我，就像一场盛宴，聚时何其欢，散时终须散。

多么希望，这一刻，相拥，便到云荒。

只是，云荒未到，金陵便到了，她失魂落魄出现在大厅的那一刻，四座皆惊，我从程天佑的怀里缓缓抬头。

129

如果不能在一起！要那么多幸福又有什么用！
如果能在一起，万劫不复又怎样！

金陵直勾勾地看着程天佑，说，他在哪里？

程天佑愣了愣，说，钱至他请假了。你们明天不是……

我却懂得，那一个"他"是谁，我笑着，迅速将金陵拉到偏厅里，流淌的音乐，盖住了仓皇。

她依然直勾勾地看着我，说，他在哪里？

我说，金陵，你冷静一些！

金陵看着我，说，像你一样吗！不！姜生！你不是冷静！你是残忍！

她说完就后悔了，有些仓皇地过来，试图拉住我的手，她说，对不起，姜生。对不起！

我冷静地看着她，说，你明天就要和钱至去美国了，你们是要结婚的。你还是忘记程天恩吧。你们不会幸福的。

她说，那也给我一场车祸，让我忘记啊。

她说，如果不能和他在一起！要那么多幸福又有什么用！如果能和他在一起，万劫不复又怎样！

我说，金陵！你疯了吗！

她说，姜生！我没疯！

她看着我，说，当年，程天佑失明，为了不连累你，将你狠狠地逼走，是谁知道真相后，在巴黎街头哭成狗！怎么如今我难过，我悲伤，就是疯了呢？我和天恩，与你和天佑所经历的有什么不同？唯一不同的是，我爱程天恩！

我背过身去，不知道该说什么。

我为钱至难过，他爱金陵，爱到明明知道，将来她尾椎骨碎裂后很难再生育，却不顾一切跟她求婚……此刻，他一定收拾好行李，只等待着，明日与心爱的女人，白云蓝天。

我也心疼金陵，任何一个女人，当她知道自己深爱的男人，为成全自己的幸福，而独自默默承受那么多，都会成魔成疯。

我更知道程天恩的不容易，这么多年来，一个人，默默地承受着，这一切……

爱情里，哪里有对错？

可是，爱情里，正确的方向又在哪儿？

我独自难过，金陵已经离开，满屋子地喊着那个让她疼痛了整个青春的名字，程天恩！程天恩！

程天恩！你在哪里！

程天佑走进来，他说，你没事吧？

我回过神来，看看他，说，没事。只是不知道，明天钱至……

程天佑看着我，说，每个人的路都是自己选的。成年人。有选择，就得有担当。

我看着他，点点头。

他轻轻地，拥住我；我亦将脑袋搁在他的怀里，心乱如麻。

这一刻，无论外面多么热闹，都不属于我；唯独这个怀抱，真真实实地属于我。

手机铃声响起的时候，我低头，居然是北小武的来电。

我对程天佑笑笑，说，真难得，是北小武。

我刚接起，还未开口。一个带着痛哭的女声，绝望与恐惧地喊着我的名字，是小九的声音，尖锐着，颤抖着，泣不成声，她说，姜生！快来！救救他！救救……

程天佑看着我惨白的脸，说，怎么了？

我愣愣地，看着他，说，北小武好像出事了！

说完，我也恢复了清醒，飞快往外跑。

八宝正在一旁和一个美男子交谈着，她看到我脸色苍白的样子，竟然也走了过来，说，怎么了？

我机械一般重复着说，北小武出事了！

八宝也呆了，直接不管不顾将礼服的裙摆踩得乱七八糟，最后干脆将裙摆从大腿处"刷——"一声撕开，就跟着我跑了出来。

这一夜，注定不成眠。

130

都说我们走着走着就散了，

可是，姜生，你告诉我，怎么走我们才走不散……

车上，程天佑已经拨打了120。

他握着我冰冷的手。

我努力地想要冲他笑，却已经紧张得控制不住自己的表情。

八宝哆哆嗦嗦地抽着烟，而颜泽并没有阻止她。

后来，我们才知道，小九一直戒毒失败，总是复吸；于是，北小武为了帮助她戒毒，或者为了表示自己对她爱的决绝，也吸毒了……

北叔死的时候，留给北小武一大笔钱，但是小九嫌弃那些钱脏，于是，北小武花尽了积蓄和借光了朋友圈。

今天，小九毒瘾又犯，两个人身无分文；小九嘲讽他说，你不是说你爱我吗？你不是爱我都可以爱到为我去吸毒吗！那你去给我偷给我抢啊！

然后，北小武被激怒了，就真的去偷了……

然后，被激愤的群众给抓住了，群众一激愤就冲动地失了手，而北小武为了保护小九……

我们赶到小九所说的地方，只看到北小武躺在血泊里，身上的衣服已经被撕烂，一身的血，脸肿得已经看不到眼睛；而小九抱着他，不知道经历了什么，傻掉了一般，一面慌慌地摸着他的脸，说，北小武，你不要死！一面对着电话机械式地哭泣，救救他！姜生！救救他……

我飞快地上前，八宝却更快，她走上去，对着小九狠狠地一耳光，你傻啊！打120啊！

说着，她就看着气息微弱的北小武，俯下身，拍拍他被打得人鬼不分的脸，一下子就哭了，说，喂！你别装死啊！你要敢给老娘死！老娘就敢用你的钱包小白脸你听到没有！

北小武突然缓缓地睁开眼，他无力地握着八宝的手，气若游丝一般，呼唤着，小九……

八宝恨恨地闭着眼，一把把蜷缩在一旁哭泣的小九的手拉过来，搁在他手里，嘴上狠狠地骂了一句国骂。

北小武却将小九的手给推开，觉得被塞给自己的是冒牌货，他硬生生地将八宝拉住，说，小九……我怕是不能陪你了……

小九双手抱着北小武号啕大哭，她说，北小武！北小武！你别死！你不准有事！

北小武感觉着身上那双温暖的手，又握了握自己手里八宝的手，却已经没有能力去思考为什么我的小九有三只手这种问题了。

小九泣不成声，她看着怀里血肉模糊的北小武，说，北小武，有句话我一直没告诉你，我喜欢你。我爱你啊……

北小武的被打肿的眼睛，已经看不出里面闪过一丝光，他喘息着，紧紧握着八宝的手，说，你爱……我…………真好……小九……戒了赌……你找个……好男人……生一堆好孩子……我不能陪你了……

八宝气极了，她抽出手来，说，北小武，你要敢死！我就敢嫁！我还一嫁嫁仨！我生三堆孩子！你听到没有！

北小武仿佛听不到，整个人如同休克前的迷幻一般，说，其中有一个……就叫小武吧……让他替我陪着你……看着你白发苍苍地老去……亲手把你埋入土里……交到我手里……我才敢放心地死去……

一滴泪，从他的眼眶滚落……

然后，他在小九的痛哭声里，渐渐地没了声息……

医院里，手术室的红灯一直亮着。

我从小九那里，知道了整个事情的来龙去脉。

我看着她，轻轻地抬起手，一记耳光，不轻不重，打在她脸上。

我说，如果，北小武有个好歹……

小九看着我，眼神从涣散，到惊愕，再到不敢相信，最终，她冲我笑笑，看着我身边的程天佑，她摸着自己的脸，说，姜生！你以为你就是干净的那一个对吗？！

我看着她。

她也看着我，眼神里的仇恨，如同茂盛的野草。

她说，如果不是当年你们程家的二少爷程天恩为了控制我！我就不会染上毒瘾！是他的手下！把第一针毒剂扎到了我的身体里！

她似乎是想起了不堪回首的往事一样，声音颤抖得一塌糊涂，她说，如果我没有染上毒瘾，北小武也不会这样！所以，你要恨，就恨程天恩！

她看着我，说，姜生，我们谁的手上都不干净！你每天握着的那双手，也未必多么干净！

她指着自己的心脏说，你不是爱为你的朋友打抱不平吗？！来啊！我当年也是你掏心掏肺的朋友啊！你去为我打抱不平啊！你怎么不为我去打抱不平啊！

她痛苦地蹲在了地上，悲恸地哭泣。

她说，都说我们，走着走着就散了，可是，姜生，你告诉我，世界这么大，我们这么小，我们怎么样才能，走不散啊……

我傻了一样，怔在那里。

手术室里的红灯，刺目地亮着。

警察到来的时候，小九似乎知道了什么，她站了起来，上前，哀求着，让我在这里陪他吧！求求你们！让我知道他是生是死！求求你们……

但是，最终，她还是被带走了。

就如恍然一场戏。

来来去去的人，起承转合，然后散了。

我突然起身，离开医院，程天佑看着我，说，你没事吧？

我没回答。

我像是跋涉在一场痛苦淋漓的梦里。

怎么也走不完这场路。

踢掉高跟鞋，挽起礼服裙摆，仿佛步步疼，心才不疼；任凭程天佑如何劝阻，我却如何也熄不了痛苦愤怒的火。

我忘记自己是拼着一口怎样的气，走到程宅，夜深寂寂，已至凌晨，一个女主人半途退场的宴席已散，烟火已冷。

程天佑在我的身后，他试图说服我，说，你冷静一下，事情都过去那么久了！我知道你恨天恩！可是，你不能只听她的一面之词……

我回头，看着他，说，你知道吗？这么多年来，小九一直是我心头的一根刺！一根刺你知道吗！我从来没有被友情伤得那么厉害！如今，我知道了事情的真相，你告诉我，我怎么冷静！不是只有你们男人之间的情义才是手足情深，我们女孩子也一样重视我们的感情啊！我们也一同患难，一同经历……

说到这里，我哽住了，说不下去了。

他试图安慰我。

我摇摇手，忍着泪，良久，抬眸，望到他眼睛那一刻，我才惊觉，我纵然是痛不可止，也不该对一个困在死亡中的他来宣泄，若说悲惨，谁人不悲惨。

我说，天佑对不起。

他看着我，微微一愣，为我这情绪的转变。

半晌，他说，谁都有心情不好的时候，只是，姜生，这么多年，我习惯了你像一只带刺的刺猬，不习惯你对我说，对不起。

他叹气，说，不管怎样，天恩的这件事情，你交给我。相信我，会给你公道的！

我倔强地拒绝，说，不！

我看着他，说，我的公道我自己讨！

说着，我便向程天恩的住处走去，程天佑一把拉住了我，说，姜生！

我说，你要袒护他到什么时候啊！他逼人吸毒啊！他是个刽子手啊！他的手上沾满了我朋友的血啊！

程天佑说，你冷静！

我说，我冷静不了！你为什么要这么袒护他啊！他不是孩子了！你为什么要这么袒护他，天恩对你就这么重要！

程天佑看着我，那个情绪激动到无法自控的我，他艰难地说，姜生！

我看着他。他仿佛在痛苦之中挣扎了很久，才缓缓地开口，说，其实，天恩的腿……不是意外！是我故意毁了他……

我定定地站在那里，不敢相信地看着他。

他痛苦极了，说，这些年，我一直都说，跟父亲说，跟母亲说，跟爷爷说，跟医生说，跟天恩说，跟你说，跟所有人说——我是不小心失手弄倒了扶梯……说得我自己都相信了！可是，只有每个深夜的噩梦里，我才会梦到真实——是我恶作剧故意弄倒了扶梯……可是，可是，我真的，真的只是想逗他玩，我没想到会是这样的结果……

那一天，在这个焦虑的午夜，在我的面前，他说出了这个少年时代阴暗的秘密，这么多年，痛苦淋漓。

这么多年，午夜梦回，他总会梦得到那个少年邪恶的笑，然后他恶作剧般推倒了扶梯……

他努力地控制着情绪，不让自己失控，低头，看着自己的手，摇头，说，小九说得对，你每天握着的这双手，也未必多么干净！

他转脸，不再看我，背影孤寂如刀。

每个人，都有你触不到的阴暗，那是剜不尽的腐肉，清不了的毒瘤，悄悄地，隐秘着，独自糜烂独自痛楚，诚惶诚恐，成疯成魔。

那一刻，我望着他痛苦的背影，心一点点地瓦解。

直到手机短信响起的那一刻，我低头，是八宝，只有寥寥的三个字——

他走了。

我看着那条短信，怔怔地。不再哭，不再怒，不再痛，也不再闹，就这么木然的，像是被抽空了的躯壳一般。

程天佑看着我，紧张地说，怎么了？

我看看他，突然，笑了。

然后，整个人，重重地栽倒在地上。

131

程天佑！我发誓！这辈子，我要你和姜生！爱恨不能！

烟火已冷，宾客已散。

因为她闯来，苏曼悻悻离开。

轮椅上，他捧起她的脸，那张泪流满面的脸，从十几岁就深深烙在他心里的脸。

楼下。

宁信站在门口，微笑着，如同这里的女主人一样，送走每一位客人，苏曼拿着包，跟看神经病似的，看了她一眼，离开。

黎乐走过来，看着她，说，放手吧。

她优雅地送走最后一位客人，转脸，看着黎乐，仰着脸笑笑，表示你在说什么，我完全听不懂。

两个太过优秀的女人，虽非敌人，却总也难做朋友。学生时代，她们俩便已不对付。

程宅外。

黎乐说，你一定不甘心，为什么是她。

黎乐说，因为少年爱过的女孩，纯洁无关肉欲的爱情，却被有些人给毁了，中年大叔和清纯高中生，同一张床上，画风不要太妖冶。所以，无论他此后千帆过尽，繁华历经，也走不出少年时的背叛和屈辱，以及对纯粹爱情的渴望。心理学上，这称作心理补偿。而姜生，那个十六七岁迷迷瞪瞪闯进他怀里的高中女生，惊醒了他爱情最初的模样。她对凉生的执念，惊了他的心，迷了他的魂！她的一切，都曾在他生命里深深地扎了根……宁信，你十七岁背叛他时，就亲手塑造了那个可以填补他灵魂缺失的女孩模样。而他，只是在茫茫人海，找到了她的脸而已。

她说，宁信，放手吧！

宁信停住了步子，半晌，她笑笑，说，心理医生就是爱揣测人，让我也猜猜你吧！今天，你来找程天佑，是给陆某人求情吧？

黎乐立刻警惕起来，小鱼山的事情……她怎么会知道？程天佑不会傻到把这件事告诉任何人！陆文隽更不是一个乱性的人！难不成……黎乐开口，说，这件事，和你有关？

宁信的脸微微一白，瞬即，她笑笑，岔开话题道，黎乐，不是不爱陆文隽了吗？你不是特不拘于流俗吗？看你紧张的样子……在心理学上，这叫旧情难忘？或者是狗拿耗子，多管闲事！然后，她学着黎乐的样子，优雅至极，回敬说，放手吧！

尘世间的纷扰，在这一刻，再也与这座宅子无关。

这一刻，与这座宅子有关的，只有一段源于少年时代的纠结爱情。

漫长的对望，泪眼婆娑间。千年万年，都嫌太少。

这么多年，秘密终于揭开，真相太过残忍。

她说，我都知道了！不要放开我的手！我永远都在你身边！我不要离开！不管发生什么事情！

最终，他的手轻轻地放开，说，你走吧！

他说，我需要像一个男人那样活着，但是，在你面前，我注定做不了。

她说，别再逼我走了！你是爱我的！

他看着她，从未有过的平静，说，我不爱你了。

她说，你别自欺欺人了！天恩！

他说，这一次，我没有自欺欺人。金陵，如果说，这么多年，我一直都在自欺欺人地说，不爱你了。那么这一次，我没有。

她不敢相信地看着他，是不甘，也是不信，说，你怎么会、怎么……

他说，在你出现在我面前的那一刻，我还心如擂鼓；在你哭泣的那一刻，我还心如刀割；在你抱着我号啕大哭的那一刻，我还是恨不得将自己撕碎，因为这么久了，我还会惹你哭……可当你告诉我，事情的真相，你都知道了的时候，我的心却突然坍塌，无边无际，可无边无际之后，就是平静。

他看着她，那么冷静，那么平静，说，平静之后，我发现，原来，我久久也放不下的人，就在这一刻，放下了。爱了那么久的爱情，不爱了。

金陵愣住了，呆呆地，不敢相信地看着程天恩。

就在下一刻，她想发泄着嘶吼着"你胡说"的下一刻，门外突然响起的争执声，替代了她的叫喊。

程天恩愣了愣，轮椅转动——

走廊外，楼下。

——你要袒护他到什么时候啊！他逼人吸毒啊！他是个刽子手啊！他的手上沾满了我朋友的血啊！

——你冷静！

——我冷静不了！你为什么要这么袒护他啊！他不是孩子了！你为什么要这么袒护他，天恩对你就这么重要！

——姜生！其实，天恩的腿……不是意外！是我故意毁了他……

轮椅之上，他的世界，一片死寂。

再也听不到任何人的声息和话语。

十几岁那年，失去了双腿，他的心没有死掉；这么多年，依靠着药物维持着尊严，他的心没死；却在这个午夜，他的一句"故意"，他的心，死掉了。

不知道过了多久，楼下，程天佑抱着昏厥的姜生走进自己楼里的时候，程天恩突然大笑了起来，哈哈哈哈……金陵！金陵！哈哈哈哈……

金陵看着天恩，知道他难过，却不知道该怎么去安慰，她只能说，天恩，你不要这样。天佑他说不定是有隐情的。

天恩转眼看着她，眼眸里是冰冷到死的光，他笑，无比凄凉，说，隐情？呵呵。哥哥故意毁了弟弟，还有什么隐情？哈哈哈哈哈哈……

他看着窗外，那个消失的影子，那个这么多年来他仰望的影子，那个最终将他的心给生生豁碎的影子，一字一顿地说，程天佑！我发誓！这辈子，我要你们三个！爱恨不能！哈哈哈哈哈哈……哈哈哈哈哈……

悲凉的笑声，凉透了这个午夜，凉透了这个新年的最新一天。

132

有些爱情，真的是，生死隔不开的！

三天后。

这一天的日头有些冷。

所以，他的墓前，来的人也少，只有我和八宝还有柯小柔。

其实，不是天冷，才人少，只是，我们都已各自遭遇，散落天涯了；墓前一束花，是金陵早早送来的吧。

柯小柔送上一束花，叹息，以前多热闹的一群人，怎么就这么散了呢。

我上前，轻轻地放下一束雏菊，他在我的青春，更在我的童年。我从口袋里掏出一把青枣，搁在他的墓前。

我看着他，没有表情也没有泪。

小武啊，魏家坪的酸枣树没啦。如果知道是这样，小时候，我一定不会和你抢。小武啊。你走了。我的生活还会过下去的。

我还会吃饭，穿衣，说话，笑，聊天，经营着我的婚姻，爱着我的男人，还是会和姐妹们一起逛街，派对，喝酒，狂欢。会去高档餐厅，也会裹着大衣吃路边摊。

我的日子还是如常，只是，再也没有一个你了。

可是，我却知道，这个世界上，再也不会有一个男人，像你，能被峨眉山的猴子随手推下山；再也不会有一个男人，像你，跟送法拉利一样豪气地送我一头驴；再也不会有一个男人，像你，在我受了委屈的时候，激烈至极火烧小鱼山；再也不会有一个男人，像你，那么无赖痞气衣着随意，我却跟瞎了眼似的觉得他帅到世界无敌。

你看看，这世界，我只有一个这样的你，你却这么争气这么努力，加着油，开着挂，挡都挡不住地，帮着我终于把你自己弄没了。

我失去了你。

北小武，我失去了你。

就在我伤感得难以自持的那一刻，八宝第三个走上前，她没有送花，抬手，在他墓碑上泼了他一脸冷水。

我和柯小柔都愣了。

她说，看什么看！他就是爬上来，我也泼！然后，她拍了拍北小武的墓碑，就跟拍他的脑袋一般，说，醒醒吧！傻子！

在她发作之前，柯小柔当机立断将她拉了回来，他给我使了个眼色，说，姜生，咱们走吧。

我对八宝说，走吧。

回头，看他最后一眼，才发觉墓碑上，他的照片有些丑。

八宝说，我选的。我怕太帅，被别的女人抢走。

柯小柔说，抢？这可真是抢个鬼啊！然后，他拍拍嘴巴，说，兄弟，我嘴贱惯了！不是损你，你别生气。

我叹息，人都死了。谁还会去爱？

八宝说，我啊。

她的声音，那么轻，那么随意，不假思索，却又那么认真。

那一天，一直都没有哭的我，却被八宝这一句"我啊"给勾出了泪，有些爱情，真的是，生死隔不开的。

他在你心里！你在他心里！谁能夺得去！

后来，忘记了什么时候，我把这件事这句话告诉了程天佑，他低头，看着脚下，沉吟着，生死隔不开？

然后，他笑笑。

133

我爱你，这就是我们之间最大的门当户对！

回去的路上，八宝关切地说，程天佑怎么没来？

我说，他昨晚就去日本了，接手了一个什么项目，说是主要负责人突然重病入院。他也是没办法，脱不开身。

八宝点点头，说，你们不是在闹矛盾吧？

我摇摇头，说，怎么会！

有些事情，只能相顾无言。

或者说，婚姻里，很多事，只能睁一只眼，闭一只眼。强争对错，只能两半俱伤——

昨天，在书房里的一幕幕，犹在眼前。

或许是为了给我一个交代，程天佑喊来了程天恩，他说，我告诉过你！黄赌毒这些边缘化的发财路子你是绝对不能碰！

程天恩看了他一眼，很无辜，说，我没碰啊。

他说，那小九！是怎么回事儿！

程天恩有些惊讶，说，小九？不是早死了吗？

我看着他，努力不让自己愤怒，我说，她还活着。

程天恩也看着我，笑笑，说，在我心里，她早已经是个死人了，因为她碰了白粉。沾上了毒品，没有人能活得长。

程天佑脸色急剧一沉，说，这么说，你承认了！

程天恩急了，说，哥！那是下面人这么做的！

我忍不住了，下面的人，还不是看你的脸色！

程天恩看了我一眼，久久，他歪着头，说，大嫂说得对！好吧！我让她吸毒了！你打我啊！

说完，他又看着程天佑，说，哥！我在你心里！就这么十恶不赦吗！我的手下人那么多！他们所做的一切我都要负责吗！

然后，他看着我，说，大嫂！欲加之罪！何患无辞！你要快意恩仇！也拜托拿出证据！否则！这污水你泼得我心口难服！

事情还能再怎样？

一段爱情，可能越激烈越动人；可是一个家，自然是越和睦越好；恋爱时，心心念念被捧在手心里；结婚后，才明白，有些事，得委曲求全。

昨夜，为他收拾行李。

他就在我身后，看着我忙碌，然后，突然抱住了我，之前的每次出差，都是秘书帮他打理这一切，如今，自己的女人给自己收拾行李。以前，飞在天南海北不知疲倦，如今还没出门就已归心似箭。

他说，怎么办，姜生，还没离开，我就开始想你了。

我轻轻握着他的手，说，早点回家，我等你。

他说，你也好好照顾自己，多休息，别想太多，昨日医生还说你，气阴不足，淤血阻滞。外加近日奔波，才导致昏厥。

他说，别让我在外面为你担心了。

我点点头。

他说，等我从日本回来，我们就一起去香港。当初的婚礼，委屈你了。这次，我会带着你得到他们的祝福。

我迟疑了一下，其实，我很害怕。我挺害怕那个旧家族里，他的三姑六婆们坐在一团，明着暗着地跟我说着什么门当户对……

他似乎是看出了我眼里的犹疑，也看穿了我的心，笑了笑，说，嫁都敢嫁！还会怕？他说，别怕！我爱你，这就是我们之间最大的门当户对！

有些人，总能让你笃信，幸福是如此真实。

我送他去机场的时候，发现钱至也在。

我不解地看着程天佑，说，金陵的事情怕是对他打击很大。你不是应该让他休息一段时间吗？

程天佑叹了口气，说，我也是这么担心的，问他了，他跟没事人似的。这样也好，让他忙一些，分散注意力。

我点点头。

颜泽陪我将八宝送回住处时，我才收住了思绪。

八宝下车的时候，问我，我们要不要去看看金陵？

我想了想，说，还是让她自己一个人静一静吧。如果她需要，肯定会找我们的。反正，我们都在，一直在。

我对颜泽说，我们回家。

他点点头，说，好的。太太。

134

他说，姜生，我想你。我真的想你。

夜里，一个人的双人床。心事重重。

夜半时分，迷迷糊糊睡着时，突然，窗外，一束亮白的光划破整个夜空，随后，是汽车疾驰时发动机的轰鸣声，随着尖锐的刹车声，一切归于平静。

我努力地让自己警觉了一下，心想着会是谁？能将车开进宅内。

但随后，院内一切安静，我便也架不住困顿，心想着大约如医生说的，太过劳累，自己幻听了，于是渐渐地，也就睡了。

天未破晓，我便醒来。

我下楼的时候，刘妈吃惊地看着我，说，太太。您怎么起得这么早。大少爷千叮咛万嘱咐让您多休息啊！

我笑笑，说，我睡不着了。下楼走走。

她手脚麻利地将一件羊毛披肩搭在我身上，说，您身子骨弱，一定多注意啊。程家开枝散叶还指望着您哪。

我笑笑。

冬日的程宅，宛如一个老人。了无弦歌，了无美酒，了无喧嚣，仿佛几天前那场盛宴，不存在一般，烟火不存在，温存不存在，金陵不存在，而小九那个关于北小武的可怕电话也不存在。

所有的人，都安好。只是，各安在自己的生活里，我们彼此难见面而已。

水烟楼前，一个熟悉的人影从宅子里走了出来，一身凝重。

我定睛望去，发现是程天佑的时候，我惊讶得说不出话来，怎么、怎么……你……怎么……

他看着我，努力地笑了笑，说，想你。然后，他走了过来，紧紧地抱住了我。

无论我感觉到有什么不对，却在他将我拥进怀里的那一刻，一切都不重要。

这世界，有一个怀抱，让我不用去思考。真的很好。

太阳在这一刻，划出了地平面，一丝温柔的光，在这个冬季里，照在了他和我的身上，他说，姜生，我想你。

我真的想你。

135

那杯咖啡，我还欠你的。

那一天夜里，他拉过我的手，将一串白色温润的珠子挂在我的手腕上。

他看着我。

我愣了愣，说，这是什么？

他认真地看着我的眼睛，说，砗磲。

他说，我以前看到过你手腕上常挂着这么一串。我有半年多，没看到你戴了。心想着，兴许你不小心丢了。担心你不习惯。

他看着我，说，我以为你知道它是什么呢。

我若有所思，说，哦。现在知道了，是砗磲。可砗磲是什么？

他低头，然后，抬头，看着我，笑笑，说，还记得波提切利的那幅《维纳斯诞生》吗？那幅藏于意大利佛罗伦萨乌斐齐美术馆的名画。维纳斯踩着的硕大贝壳，就是砗磲，深海最大的贝类。

我说，哦，我一直以为她踩着乌龟。

程天佑满头黑线，却还是宠溺地笑笑。

我有些疑惑地问他，日本的事情解决了吗？不是很棘手吗，怎么这么快？

他说，解决了。不过这些都不重要。重要的是，这段日子，我会好好陪着你。就像你之前陪着我那样。

我微微地警觉起来，说，之前哪样？

他笑笑，说，你紧张什么！

然后，他解释道，之前那半年，让你受委屈了。我没有给你像样的婚礼。所以，我想好好陪陪你，算是补一个蜜月吧。你选吧。任何地方。

他说，要不我们找个海岛，白马庄园？

我看着他。

他说，或者欧洲。我们可以去巴黎，故地重游，你不是一直很想去花神咖啡厅？那杯咖啡，我还欠你的。

我愣了愣，惶然不知所措起来。

他立刻很轻松，笑笑，说，也正好带你去佛罗伦萨的斐济美术馆看看，看看维纳斯踩的那只"乌龟"。

他一笑，我的心就放了下来。但又听他"嘲笑"我，我就生气，说，你笑话我！然后，举起一个枕头就扑他，他笑着，顺势一把拽过枕头，连同我，我俩就闹成一团。

最后，闹够了。我起来，整理了头发，刚喘了口气。

他就非常讨嫌地抬手，故意又将我的头发弄得一团糟，得意的表情，无聊又无赖，像个幼稚的小孩。

果然，无论什么年纪，男人的心底都装着一个小孩，只有在自己最信赖最喜爱的女人面前时，才会任它偷偷跑出来无辜耍赖萌呆。

我重新整理好头发，躲得远远的，语重心长，说，佑佑！别闹了！

他就看着我，眸子里陡然而起的暖，仿佛燃尽了全世界的光和火；那种无由的温柔，就仿佛我们之间，只剩下这一眼的时间。

我说，最近，我可能不能出国……

他看着我，说，为什么？

我说，金陵。小九。你都知道的。这里，我肯定走不开。万一有什么事情，我也能尽快出现。

　　他点点头，表示理解了。

　　他说，好吧。那我就陪你，无论在什么地方。无论是远处，还是家里。

　　我就笑，说，你真成诗人了。

　　他说，我是总裁。

　　这天夜里。

　　——其实，姜生……

　　——嗯？

　　——没什么。就是突然想起了巴黎，那段日子。还有很遗憾，没有陪你去你那么想去的花神咖啡厅喝一杯咖啡……

　　——以后还有很多机会的。

　　——是吗？也对。

　　——睡吧。

　　——姜生。

　　——嗯？

　　——没什么。

　　……【没什么你喊我名字干吗！】

　　——姜生。

　　——嗯。好了。你不用再说了，我知道，"没什么"嘛。

　　他转过身来，看着我，笑笑，说，就是突然想起巴黎的时候，你问过我，此生最大的愿望是什么？我现在才想起，我都没有问过你。

　　我困困地，张开眼睛，看看他，说，我此生最大的愿望，就是和你在一起。就像你刚才说的那样，你在我身边，陪着我，无论在什么地方。无论是远处，还是家里。

　　他认真地看着我，笑笑，没再说话，轻轻地在我的额头上一个吻，说，晚安。

　　后来的日子，程天佑真的一直陪着我。香港旧宅来过几次电话，要我们过去，他都推托了。

我虽疑惑，却不多问。

几天后，我问他，你不工作了？你不忙了？

他看着我，说，让我偷一次懒吧。工作了十几年了，有些累了。

我似懂非懂地点点头，说，也好。

我将脑袋靠在他的肩膀上，说，其实，我也不希望你这么辛苦。我也希望你好好保重身体。嗯……你最近身体挺好的吧？

他看着我，笑笑，说，会有什么不好吗？

我忙摇头，说，不会！

斩钉截铁。

然后，我笑笑，掩饰说，只是做妻子的，没有不关心老公身体的。

程天佑点点头，意味深长地看着我，说，那！倒！也！是！

136

小九自杀了。你有空就来看一眼吧。

一周后。

程天佑在看报纸，他突然说，姜生啊。你的男神好像最近在拍一个新戏。

我腆着脸凑过去，嘴巴上却义正词严，说，男神？！我怎么会有男神！我的男神就是你啊！

程天佑斜了我一眼，说，是吗？

我点点头，赌咒发誓一般，说，你是电！你是光！你是宇宙的总裁！你是我唯一的神话！你是……呃，编不下去了。

他看了我一眼，无奈却不掩宠溺，说，你啊！

然后他放下报纸，说，走！我带你去一个地方！

我说，哪里呀？

他说，乌镇！

我说，怎么，突然会去……

他说，我听说了，你的男神正在那里拍戏！

我略惊喜，差点跳下来，说，是吗？！

他的脸微微长了一下，说，矜持点儿吧！程太太！不是说我才是你男神吗？

我立刻拍马屁说，对啊！只有你才是我的男神！男神！你要去乌镇！我得陪着你！乌镇文艺女青年多！我怕你贞洁不保！男神！带着我！让我保护你！

程天佑：……

去乌镇的路上，我坐在副驾上，一会儿抬头看看风景，一会儿低头看看手机。程天佑转脸，看着我，说，开心不？

我说，开心什么？

他说，带你去看你男神啊。

我皱了皱眉头，说，我一直以为土豪应该是这样的。找个红布把我的男神盖住，然后，丢到我床上，说，喏！姜生！给你！打开看看，喜欢不！

他说，床上！人妻了！你想（不）干（活）吗（了）！

我耸耸肩，说，那你把他搁盘里也行。

他说，姜生，虔诚点儿，别老看手机。

我说，做人妻得保持相当的警惕性啊！我得查查！我男神的新戏里女主是谁啊。哇！尔雅！苏曼的小师妹，你旗下的艺人啊！某些人，别妄图浑水摸鱼，明明是自己会女神，还假公济私非说带我看男神……

他脸一长，说，姓姜的，你就长点儿心吧！睡？！有这么丧心病狂说自己老公的吗？

你姐夫！！我说的是"会"！！不是"睡"！！

说好的洁身自好呢？！说好的品行过关呢？！说好的相信爱情、信奉婚姻呢？！骗子！！骗子！！骗子！！

车程到一半，他望了望高速路上的路标，漫不经心地说，千岛湖。他转脸看了看我，说，我们要不要去看看？听说，千岛湖下面有座古城。

我在副驾驶上，迷迷糊糊的，却又不忘腼着笑，说，不了。我要看男神。

他看着我，继续诱惑我，说，听说千岛湖的鱼头也不错。

我渐渐睡着了，什么也听不到。

事实证明，我没有听程天佑的意见出国"补度蜜月"是极度正确的，因为到乌镇的第二天一早，八宝的电话就来了。

那一刻，温润的水乡，安静的清晨，一切如同穿越，我正在阁楼上和程天佑隔着小巷对望着，他在对面楼上，开一扇窗，一张俊颜，若穿上古装，便是常服的帝王——明着是微服私访民间疾苦，实际上是游龙戏凤的寻芳客。

不行！我不能这么诋毁自己的夫君。

他是洁身自好的人！

就在我自我检讨的时间，程先生开口了，他一开口，就轻薄极了，说，生儿，看呆了吧？！比你男神好看多了吧！你应该找块红布把我盖上，然后……

我飞快地说，然后，把你搁在盘里！放进锅里！煮了！当早餐！

这时，八宝的电话打了进来。

她的语气很平静，平静得就像在说一件极小的事情一样，她说，姜生，小九自杀了。你有空就来看一眼吧。

137

这一生，她有情可殉！我却无爱可死！

我始终不能释怀八宝说这句话时的平静，就像是在说，姜生，超市大减价，白菜五毛八了。你有空来看一眼吧。

不！这个都比她说小九自杀来得有感情。

程天佑听说小九为北小武自杀的消息后，足足呆了三秒钟。

他是一个从不失态的人，在那一刻，他却失态了。

离开乌镇的那一刻，程天佑看着我，眸子里是一种说不清的遗憾和伤感，他说，你真的决定要离开了吗？

我心乱如麻，只顾着回城，并没有细细地听这句话，去看他的眼。

他紧紧地抱了一下我，那么用力，仿佛倾尽了一生的力气，这种拥抱，曾经有过一次，在三亚。

那一刻，我只当他是安慰我不要为小九担心。

他说，走吧。

医院里，小九已脱离危险。

她苍白着脸，一句都不言。

程天佑沉默地看着她，又看看我，眼睛里竟然闪过一丝湿润的光。

我走出病房，问八宝，你对小九做了什么？

八宝说，没什么。就是她从戒毒所里出来，我跟她说，北小武死了。

我说，然后呢。

八宝说，然后，她跳楼自杀。

我说，她明明是割腕！

八宝说，对啊。她跳楼自杀的时候，被我揪着头发揪回来了。我揍了她一顿，然后顺道告诉他，她没有死的权利，因为她身上担负着小武哥的命！她就是替北小武活，也得把她那条贱命活好了！

我不说话。

她想了想，说，哦。我忘了，我还带她去看了北小武留下的那一堆钱。她睡人家有儿之爹、有妇之夫的时候不嫌脏，怎么现在就嫌人家留下的钱脏了！

她突然就冲病房里大喊，说，你下次要是还想死！有本事别割腕！装什么凄美！有本事让我把那堆钱全搬来，一沓沓砸你脸上将你砸死！

我说，八宝！你别这样。

她转脸，看着我，耸耸肩，很无所谓的表情，说，我知道，小九才是你朋友你姐妹嘛！你们年少情意真！

说着，她转身就走了。

我找到她的时候，已入夜。

她正在酒吧里，一杯一杯地喝着酒。

我走过去，她的眼前，已经摆满了一堆酒杯，吧台里的酒保毫无表情地调着酒，看尽了这红男绿女为爱买醉，早已习惯麻木。

那一天，八宝抵在我的肩膀上，她笑着说，他临死的时候，托付我，一定帮他照顾小九。我答应了。可是姜生，我发现我根本做不到啊。

她笑着笑着，然后就哭了，说，我根本做不到。

她说，我哪里是恨她，我是嫉妒她，羡慕她。她再狼狈再不堪，她有一个男人像北小武那么爱她，有一个朋友像你这么守她！我打她！骂她！粗言鄙语！不过是虚张声势！这一生，她有情可殉！我却无爱可死！

身后，是程天佑。

他伫立在一片灯光之下，望着我们，长长的影子，长长的寂寞。

138

我只有装作，什么都不知。

日子，一天一天地过。

无论你的心情，是欢喜，还是悲伤。

不觉间，四月将至。

人间最美四月天。

自从乌镇归来，程天佑就变得忙得离奇。

我虽然没有宁信的玲珑心，也没有黎乐的独特，却也知道，男人忙的时候，女人可以送一杯茶，但是不要多说一句话。

只是，有的时候，我能感觉到他的疏离；但是，很快，我就安慰自己，不要想太多，他只是工作太忙。

又或者，只是，当初的那半年时间里，我们独处的时间，太过绵密，所以，才会有落差。只是，这种落差，让人虚空，让人不安，甚至，让人痛苦。

人不怕板上钉钉的残酷，最怕似是而非的不确定。

上午推窗，有下人在一旁耳语。

——大少爷最近早出晚归的，可真怪。

——香港也不带大少奶奶去，只自己一人……

——哎！聘则为妻，奔则为妾。

——前段日子多甜蜜。这新鲜劲儿过了。哎。

——富家子弟，迟早的事儿。听说集团下还有个经纪公司，一堆大美女小明星的。这太太再漂亮也是没用的。

——我还听这里的老人说，以前，咱太太是嫁过人的……

——嘘。

风言风语陡起，餐桌上，突然已不再见的报纸；只是，龚管家忘记了，在这个资讯如此发达的时代，还有网络。

还有八宝的欲言又止，柯小柔的无奈摇头。

但是，每个人却又如此平静，就仿佛这一切，他们早已预料到一般。

我只有装作，什么都不知。

周末。

三月的最后一天。

他难得没有一早出门，我一早就让刘妈将早饭送来房间。

他下床，微微一怔。

　　我笑着说，我们好久都没一起吃饭了。哪怕是早饭。今天是周末，你不上班。我请你一起吃早饭。不要拒绝！

　　他看着我，笑了笑。

　　吃过饭，话也少。

　　我突然说，天佑，我是不是做错什么事了？

　　他看着我，说，怎么这么问？

　　我低头，说，不知道为什么，我总感觉到你不对。

　　他看着我，说，可能最近太忙。本来，婚姻不是恋爱，难免平淡。怎么？你不习惯？

　　我连忙抬头，猛撇清，怎么会？

　　我要是敢说"是的我不习惯"，那就无异等于间接承认"是的，老娘耐不住寂寞，正准备红杏出墙"。

　　我讪讪一笑，说，我就是怕在乌镇的事情，让你不开心。

　　他抬手，迟疑了一下，还是亲密地刮了一下我的鼻子，半认真半开玩笑地说，怎么会？真要不开心啊，也会是没吃上千岛湖的鱼头不开心。

　　我一怔。

　　他笑笑，仿佛很无心的样子，说，怎么了？

　　我忙摇头，说，没。

　　茶室里，我亲手给他泡好茶，骨瓷的杯碟，檀木的桌几，阳光洒满窗台，初绿的树影，斑驳着阳光，一室花荫凉。

　　我靠在他身上，这一刻，阳光很暖，他也很暖，仿佛这些日子的疏离不曾有过一般。我突然哼起了那首古老的歌——

　　春季到来绿满窗，大姑娘窗下绣鸳鸯。

　　忽然一阵无情棒，打得鸳鸯各一方。

　　夏季到来柳丝长，大姑娘漂泊到长江。

　　江南江北风光好，怎及青纱起高粱。

　　秋季到来荷花香，大姑娘夜夜梦家乡。

　　醒来不见爹娘面，只见床前明月光。

　　冬季到来雪茫茫，寒衣做好送情郎。

　　血肉筑出长城长，奴愿做当年小孟姜。

我缓缓地将脑袋靠在他腿上，仰望着他的脸，程天佑看着我，良久，他叹气，说，难为你了。这应该不是你喜欢的歌。

我就笑，想逗他，说，靡靡之音，也就你喜欢！

他总喜欢听这些很久远的歌，这是我在巴黎照顾目盲的他时知道的，那时候，浪漫的法兰西，留声机里唱播放着的是汤唯在《色戒》里清唱的《天涯歌女》。

很多时候，他看这部电影的时候，会将汤唯为梁朝伟在日式料理店里唱这首歌的片段重复地放。

所以，我留了心，学了一些这样的歌。

现在想来，大约是他小时候跟祖母常听，所以，便也成了他的习惯。

那一刻，一支《四季歌》，我们十指相扣，他轻轻地吻过我的手指端，我却分不清，到底是缠绵，还是痛楚。

手机催促的短信音，打断了这份宁静与温柔。

他低头瞥了一眼，说，我得出门。

他离开后，徒留下我，和这一屋子的冰冷。

139

那个糯软的姜生，已被他们折磨死了！

四月一日。咖啡厅。

手机上突然响起腾讯新闻提示。

八宝和柯小柔匆匆低头，然后又匆匆抬头。

我紧紧地握着手机，没事人一样。

八宝笑着说，我一个姐妹，嫁给制鞋大王的儿子，新婚不到俩月，她老公已经在外面养起小三，瞧瞧，被拍到了吧。

柯小柔看着自己手指，说，要一个家世优渥的富家公子不勾搭女人，只有一种可能，他是言情小说里的男主。

八宝的余光微微斜了我一下，说，也是。看开些就好了。

我抬头笑笑，薇安在仔细地计算网店的盈亏——嗯，春节后，我悄悄开了一个网店，因为有碍于程家，我就挂在了薇安名下，她帮我打理一切——其实，薇安虽然人有些小特殊的性格，但在这个城市里，还是我可以倚望的人，至少，在做生意这件事上。

如果这时候，北小武还在的话，他一定会说，薇安，么么哒，好好干。超过马云，你们就是老大。

想起北小武，我的眼睛，突然红了一下。

薇安抬头看看柯小柔和八宝说，还有一种可能。他是程天佑。然后她笑眯眯地说，程总最有爱了。

八宝一脸黑线，说，我不跟一条内裤能做我一件大衣的人说话。

在薇安发飙之前，我将她哄走了，我说，年前，我一定给你介绍个男朋友。

薇安说，我要总裁。

我努力地点点头，这一刻，能让她不发飙，别说总裁，就是总统，我也得应下。

有人想罢战，有人却再挑起。

薇安走后，我对八宝冷着脸，说，以后，自己点的火自己灭。

八宝，说，呵呵。程总常对你这么说吧。

她看了看薇安留下的财务报表，说，真不知道你都嫁进豪门了，还折腾个什么，不是应该做慈善，随意投个项目，千万亿万的么。姜生，不是我现实，多往自己包里抠点儿钱吧。男人啊！他给你的爱会消逝，他给你的金钱却不会贬值

柯小柔白了她一眼，说，女人，不能总把财富幻想在男人身上，他可以给你的，也可以拿走，还是自己最靠得住。姜生，别听她的！程天佑要这么蠢，还做什么总裁。

那一天，咖啡厅里，八宝和柯小柔走后，我攥着手机的手终于松了开来，新闻上，是程天佑和尔雅，还有他们在一起被偷拍到的照片——是的，不是黎乐，不是宁信，不是苏曼……而是一个更年轻的女孩。

这算是……愚人节最好的礼物吗？

宁信走进来的时候，我愣了。

她看着我，还有我手里的手机，仿佛这一刻，就是她一直梦寐以求的等待一般。

她就这样，在我的对面，落落大方地坐下，手里握着的也是那一则新闻，她低头仔细地看着照片上模糊而美丽的尔雅，抬头，对着我笑笑，说，比你还年轻。

我看着她，然后又看了看手机，笑笑，我先生旗下的艺人。前段时间，我们一起去探过班。

她微微一怔，为我的冷静，似乎她觉得我应该手足无措哭疯在这咖啡厅一般。但随即，她笑笑，说，做程太太，你还是挺有天赋的。

我笑笑，他厚爱而已。

她的脸又一怔。

我随手戳了颜泽的号码，颜泽走进来，看到宁信时，他也略怔，然后，说，太太，有什么吩咐。

我看着宁信，笑笑，抬头对颜泽说，回家。

颜泽说，是，太太。

我缓缓地起身，看了看宁信，走出两步，勾首，回头，说，要不，顺路送你？

她看着我，像是猎人盯着一个有趣的猎物一般，笑笑，说，不了。谢谢。

没有硝烟的战场。她知道我所炫耀，我知道她的痛处。

从我嫁给他那一刻起，我就没想着再对谁退让！那个糯软的姜生，已被他们折磨死了！抛尸街头了！

我所争所活的，从此是我自己的骄傲，还有那个男人予我姓氏的神圣。婚姻所缔，不容她欺。

程太太。很好。我喜欢这个称呼。

140

岁月多狠心，在我们还天真的年纪，就偷走了我们的懵懂无知。

那一夜，不出所料，一盏灯，天黑到天明。电视机，雪花屏。

程宅的夜，如此孤冷，我转头，看着床头，他曾挂在我颈项前的大钥匙，那半年温柔的时光，真的，就这么一去不复返了吗？

这个冰冷的宅院里，仿佛，无人需要对你解释，那则新闻，那些亲密的照片，哪怕他是你的丈夫，哪怕婚礼之上，你们曾盟誓，对彼此忠贞不渝。

这个充斥着男权的家里，你无权要求。我突然想起了母亲，那么多年，守着背叛了的父亲，每一个夜晚，她是怎么熬过的？

我突然，后悔自己长大得太晚，不能去解一个女人的愁，不能懂一个女人的心。

如今，我却要成了一个这样的女人吗？在我这么年轻的时候。母亲，你能听到我说的话吗？

就算是事实，我都不能跟他争吵。

如果，我们是一对正常夫妻，他没有困于这个死亡的魔咒里，遇到这种事情，我又会怎样做呢？

哭？闹？上吊？好像很陈旧，得换换新花样。

对待出轨的丈夫，要么天崩地裂彻底决裂，离；要么装作什么都不知道，忍；绝没有第三条路。

出轨这种事，只有零次和无数次。

如果你傻到指望着摊牌之后，他痛改前非重归于好，那么你低估了人的劣根性——因为一旦他试探过你这条底线之后，所能做到的就是，将你的底线越拉越低。

你若不摊牌，他还顾忌；你若摊牌，又不离开，他只会更肆无忌惮，哪怕这一刻，他对你忏悔到痛哭流涕。

反正错误已经犯下了。一次两次和屡次，又有什么不同？这就是他们的想法。到后来，怕也会是你的想法。

可笑不？很可笑。可笑的是，很多女人的日子就是这么过的。

我不要成为那样的女人。

我头疼欲裂，我以为我会理智，我却无法理智。当你爱一个人，你怎么可能冷静和理智呢？！

浴室的洗手台前，我吐得天昏地暗。

每看一眼新闻上，他和她亲密的照片。

那个拿着命来爱过你的男人，如今不要命地爱上了别的女人。多可笑啊。

他回来的时候，已是中午。

身上，略略的酒气和香水味。

我在弹钢琴，他脱下衣服，笑着说，现在做新闻的真是越来越不着调了。什么都敢写，什么都敢说。

我回头，看看他，笑笑，拖着他的手，说，怎么了？

他吃惊地看着我，说，这么大的事情你不知道？

我笑笑，恭良的模样一定让我自己看了都想过去踩两脚，说，最近我都在忙福利院的事情，还真不知道发生了什么。什么有趣的，说来听听。

他看着我，抬手，刮了刮我的鼻子，说，不说这些糟心事，不知道更好。

我说，好。

他看着我，愣愣的，那感觉就是——你大爷！不应该是：快告诉我，快告诉我，你惹起了我的好奇心来了吗！你妈的，姓姜的，你想憋死我吗！

我拖着他的手，说，你一夜没休息好，我给你放水洗澡，让刘妈准备点儿吃的，你休息一下吧。

他看着我，点点头。

浴池里，水声哗哗，我不让眼泪流下。

走出门，看着他，笑笑，去吧。

抱着他的衣服，白衬衫上，那么醒目的口红印记，触目惊心，我从来没有想到，出现在无数电视剧里的桥段，如今，真的切切实实发生在我的身上。

我浑身冰冷，那迷人的香水味，如今闻起来，是多么的恶心。

身后，是他的声音，姜生？

我忙回头，将口红印遮住，笑，怎么又出来了？

——真心，有多少悲哀，还得强颜欢笑装作无知，岁月多狠心，在我们还天真的年纪，就偷走了我们的懵懂无知。

他冲我挥了挥手，说，你的手机。

我才惊觉，自己在浴室呕吐之时，手机留在了洗手台上。

我迅速地夺过手机，有些仓皇的表情。

手机屏幕未锁，他和尔雅的相片与新闻如此清晰地出卖掉我的心，我的在意，我的假装视而不见的自尊和骄傲。

他缓缓地走到我身边，说，那些人。真胡写！

他的声音还是那么的温柔，就像从前。

他缓缓地拉过我的手，说，是我不好。让你难过了。其实，我真该囚禁在那座岛，这样，你就永远不会被这些无谓的假新闻伤害到。

他的眼睛，那么真诚。

可那双真诚的眼睛，一定看不到自己脖子上的吻痕，多么触目惊心！

我别开脸，不去看，然后努力笑笑。

他松了一口气，说，你不相信就好。然后，他转身去了浴室。

我就愣愣地站在那里，脸上保持着笑容，直到僵硬。

我多么爱着以前那个张狂的少女啊。大学时候，女孩子叽叽喳喳说，如果将来男朋友劈腿怎么办？有跟傻瓜曾说，剪了！冲马桶里去！然后，一群人欢呼。

你的张狂你的勇气呢，全都被狗吃了吗！

我却明白，我之所以这么克制，是因为他的那个活不过两年的死亡魔咒……

他从浴室里走出来，我笑着迎上去，给他递上衣裳。

午饭时，程天恩居然在家！

我默默地吃着午饭，抬头看了天佑一眼，刚要说，今天有一场电影，晚上要不要一起看的时候，他对我说，我今晚的飞机，天恩要我陪他去三亚。工作上的事。

我如鲠在喉，愣在那里，最终，只能笑笑，点点头。

餐桌对面，程天恩对着我，诡异一笑。

如刀，似箭。

141

可是，姐姐，这一次，你怎么不让了？

这一年的四月，三亚的"××盛筵"，仿佛一夜间成了桃色的代名词，病毒一般，肆虐了整个网络。

八宝和柯小柔，纷纷约了我，我们彼此装着没事儿人一样。

然后，八宝和柯小柔纷纷一面刷着微博，一面啧啧有声地说着这次三亚盛会，真真是外围女和富豪的友谊赛。

他们一面感叹一面小心翼翼地看着我脸上的表情。

我始终面无表情。

最终，八宝没有忍住，说，姜生，我有个模特儿朋友，在亚龙湾，遇见程天佑了！你懂的。

我说，我知道。他去三亚了。工作上的事。

八宝笑了笑，呵呵，她说，好好，工作。

最终，她忍不住了，姜生，你要自欺欺人到什么时候！现在，还有谁不知道，这次聚会到底是什么事儿！聚众淫乱啊！

我抬头，看着她，一杯水泼在她脸上，我说，不许你污蔑他！

八宝愣了。

瞬间，她几乎暴走，但不知为何，她这么冲的性格，竟没有对我动手，而是恨恨地，转身离开，柯小柔无奈地追了出去。

有所欠，必有所让。

宁信再次出现的时候，笑吟吟地说。看到她的瞬间，我觉得自己整个人都不好了，她就如同一个幽灵，缓缓地坐到我的眼前。

她说，当程太太的滋味不好受吧！

我看着她，笑笑，缓缓地说，好与不好，你都很难亲身体会了。

她眯着眼睛，看着我，说，你以前不是这样的。

然后，她突然失了神，说，他以前也不是这样的。不是这样的。不是。不是这样的。她喃喃着。

她突然起身，就走了。

像是丢失了什么，又像是去寻找什么。

我见她精神恍惚到这样，担心她出什么事情，就跟在了她的身后，结果，她去逛高级百货！

正当我对自己的好心泛滥懊恼不已的时候，GUCCI店里，宁信拉住一个售货员就开始絮絮叨叨起来，她说，我先生姓程，你喊我程太太就好。

我一怔。

她……疯了吗！

她没疯！但是，离疯也不远了。一个人，走过来，对我如是说。

哦。我点点头。然后，我猛然抬头，一张被墨镜挡住的脸，是苏曼。

她看着远处的宁信，说，如果你为了得到一个人，而牺牲过自己至亲至爱的人，最后却什么也得不到，你也会像她一样，精神失常的。人，一旦付出的代价太大了。就输不起了。

我看着苏曼。

她摘下眼镜，看着我，说，程太太，天佑这样的男子，千人捧，万人迷，习惯了逢场作戏，怎么可能有真感情呢？

她低头，拿捏地笑笑，每个女人都以为自己对这个男人是最特殊的那个。感情世界里的最后一个天使？呵呵！别傻了！哦，听说，你身边那个叫八宝的女孩，最近和苏杭走得很近？别闹了！苏杭欸！那是吃人不吐骨头的家伙！与他比起来，咱家天佑简直就是良善之辈。

她弹了弹身上的灰，笑，说，哦，我是来拿衣服的。

我很难想象，一个在几个月前，还对着你寒暄的人，就在知道你饱受冷落之后，突然态度如此轻慢。

她说，程太太，哦不！小天使，再见。

她捏了捏我的脸。

谁跟你是"咱家"！你要吃屎！也得问问人家屎乐不乐意！额……是你要做妾先问问人家正妻答应不答应！臭不要脸的！一个人形物从天而降，一把将捏着我的脸的苏曼推到一边。

八宝横空出世。她随意瞅了我一眼，哼着腔调，说，怕你出事，跟着你。

我看了八宝一眼，百感交集，张了张嘴，却不知道该说什么。

八宝小脸一仰，用鼻孔对我哼了一句，不谢！

特霸气。

苏曼扶好高跟鞋骂骂咧咧离开的时候，未央从我身旁出现，风尘仆仆的模样，手里还拖着行李箱，她看了我一眼，说，把她害成这样？你满意了！

看到未央的那一刻，我愣了。

后来，我才知道，她刚下飞机，国外，接到阿红的电话，说宁信这半年精神太过恍惚，所以，她就回来了。

苏曼水汪汪的眼睛看了她一眼，说，哟，二小姐啊。

未央看都不看她，直奔宁信而去。

苏曼一向人前不落下风的心劲儿，被同样心性很高的未央视而不见，尤其在她刚刚奚落过的我面前，又在对她大打出手的八宝面前，她怎么肯甘心。

她一把拉住了未央，未央嫌恶地打开她的手，说，拿开你这双摸过无数老男人的手，我嫌脏！

苏曼的脸瞬间变得极其难看，人被踩到痛处，总会失控，她突然发疯一样对着未央冷笑，说，你不脏？你比谁都脏！

未央一耳光甩在她脸上。

八宝龇牙趴在我身上，说，哎哟，我脸疼。

我也心惊肉跳看着这失控的场面。

苏曼捂着脸，既怒又惊，然后，她突然笑了，看着要离去的未央，说，你难道就不想知道，那一夜让你变脏的楼道，你姐姐当时就在那里！

未央僵住了，她转身，瞪大眼睛，看着苏曼。

苏曼理了理衣服，说，我一直知道宁信是个狠角色，但是我从来没想到，她会狠到这种程度，就为了让你对凉生放手，让凉生能和姜生在一起，而她自己可以得到程天佑，她就眼睁睁看着你清白被毁都不去施救。我就在旁边，看着她驱车离开，那一刻，她愣在你的楼道外，看着你被拖走的时刻，天人交战的时候，我还装作不知情地问她，怎么了？你知道，她怎么说的？她回过神来，对我说，没什么！然后，她就驱车离开了。那天晚上，那几个男人将你招呼得很好吧，二小姐……

伤疤被撕裂，溃烂腐臭的气息在人前，未央像傻了一样，苍白着脸，喃喃，说，你说谎！你说谎！

宁信似乎发现了不对，已经迟疑着走了过来。

苏曼看着缓缓走过来的宁信，对未央说，你问问你姐姐，我有没有说谎。

说着，她笑了笑，从我们四个人身边，骄傲地离开——耀武扬威的气息，仿佛踩到了每个人的痛处，她终于心满意足。

商场里雪白刺眼的灯，却让人如坠无边黑夜，我和八宝都仿佛失去了呼吸，望着一脸苍白的未央。

未央紧握行李箱的手，终于撒了开来，她木然地看着宁信，喃喃，说，姐，你告诉我，她说谎！你告诉我，她说谎！

最终，她扶着宁信吼叫了起来，撕心裂肺的声音——你告诉我啊！

宁信亦然惨白着脸，说，未央……却如何也解释不了这种伤害，任这世界，还有怎样的话语！

商场里，人都躲得远远的，不明就里地看着这一切。

那天，未央最终笑了，用那张泪流满面的脸。

她抬手，去触碰宁信同样泪流满面的脸，她那么温柔地说。

以前，我要所有的糖果。你给我。

我要你心爱的布娃娃。你也给我。

少女时，你爱上了他，我讨厌他分享了你给我的爱，所以，我任性，我要他，你也让给我。可是，姐姐，这一次，你怎么不让了？

142

因为，这世界，我已所剩无几，所以，我输不起了。

那一天，未央拖起行李箱，茫茫然地从我和八宝身边走过，她看着八宝，对我说，以前我也有个好姐妹，像她一样，给我遮风挡雨。

未央离开后，一切尘埃落定，看热闹的人渐渐散去，商场的灯光白亮如昔；只有我和八宝，还愣在原地。

宁信擦干眼泪，茫然地走着，她抱着手，走在每一个专柜里。

她一面挑衣服一面笑意盈盈，说，我先生姓程，你喊我程太太就好。

售货员战战兢兢。

她却笑得温柔如春风，一面看着衣服，一面说，其实，我和我先生，能走到一起，很不容易。我们高中时候在一起，你知道的，少年的爱情，纯洁无关肉欲，却被我一时任性给毁了。我和一个中年大叔上床了，这种妖冶的事情，对年轻的他来说，简直无法接受。所以，此后千帆过尽，繁华历经，因为总也走不出少年时背叛和屈辱，以及对纯粹爱情的渴望。

我和八宝懵了，看得出，那售货员也懵了，一个女人，如此毫无遮掩地说着自己的情事，揭着自己的伤疤。她笑笑，将衣服在身上比量着，继续说，心理学上，这称作心理补偿。就这样，他就跟，你瞧见没，那个女人，好上了，因为她，能满足他所失去的这一切。但你知道，爱情这种事情，怎么能代替呢？后来，他就离开了她，原谅了我年少无知犯下的错，我们就在一起了。只是，那女人，就可怜了。总是跟踪我，模仿我。我今天买下了这衣服，她铁定也会买回去。她总觉得自己还是程太太。真的可怜呐……

那天，还发生了什么？
哦。八宝说，也不知道未央会不会原谅宁信。她突然转脸，说，姜生，如果，我像宁信伤害未央那样，伤害过你，你会原谅我吗？
我看着她，良久，摇摇头。

那天，我没有告诉她。
这世界，我已所剩无几，所以，我输不起了。
八宝，你知道吗？
我再也输不起了。

143

爱情，就是这么蛮横不讲理啊。

那一天，我恍恍惚惚地回到家。
出乎意料的是，他居然在家！

他从三亚回来的这段日子，总是一身疲惫。
关于网络上铺天盖地的三亚那些香艳的照片，以及某些坊间靡丽的传闻，他似乎已经懒得解释。
就在我忍不住想开口问的时候，他淡淡倦倦地看了我一眼，不咸不淡的模样，说，好丈夫和女神一样，大家都希望看他们神话破灭。
男人，当他们犯错时，第二擅长做的事情就是将错误推给别人。
即使他是程天佑，都不能幸免。
那一刻，我突然想起三亚病房里，我曾祈祷，如果他能醒来，我愿意用自己命里所有交换。如今，应验。
果然，上天拿去了我的一切。
不过小半月，他已从最初的会紧张想解释，变成了懒得解释。

都说女人的心，海底针。

其实，男人的心，是海。

永不可测。

这日糟粕之后，我心乱如麻，夜里，他突然皱着眉头，晃着手机对我说，以后出门，多笑笑。

娱乐新闻上，是我今天愁容满面的照片，配文，大约是程生新欢尔雅在抱，其新婚妻子今日被拍到心事重重，有传闻，与程生近日被频频拍到与女星尔雅交往过密有关。

那一刻，我终于忍不住了，我成不了神，我只是一个在爱里的女人，看到我心爱的丈夫有了别的女人！

我看着他说，三个月了！难道你就不想给我一个合理的解释吗！

他竟然笑了，说，你终于，肯跟我争吵了！终于，我们可以像一对正常的情侣这样，争吵了？

我转脸，说，你什么意思！

他说，什么意思？你怎么会不知道？

他从口袋里掏出一柄骨梳，扬在手里，问我，这是什么？！

我望着那柄莹白的骨梳，上面的红豆鲜艳如血。

他说，那你告诉我，为什么不去千岛湖！！

为什么骗我不知道砟碟！！

你的心里藏着谁！！

你和谁的爱情生死隔不开的！谁在你心里！你在谁心里！又是谁夺不去！

他重重地将那柄骨梳抛在了地上，我却站在原地一动不能动。百口莫辩。我说，天佑，我是爱你的……

他说，你爱我？为什么从不陪我参加我的朋友聚会，为什么推托不去香港！你告诉我，为什么！

说什么你爱我，说什么你此生最大的愿望就是和我在一起，是不是假话说多了，自己都相信了！

不知道过了多久，我说，天佑，我怀孕了。

他直接愣在那里，对我来说，这一刻，他错愕的表情，比他之前的那些残忍的话语，更令我难过，那表情，就差说俩字，谁的？！

这一年，春天仿佛从来没有来过一般，又仿佛整个四月，都是愚人节。

不知道过了多久，他才缓缓开口，说，你的身体，怕是……

我不敢相信地看着他，声音开始颤抖着，说，你不想要这个孩子？

他转脸，说，我们不讨论这个了。

这个！

我看着他，说，程天佑！他不是这个！他是你的孩子啊！

手机催促的短信声再次响起，他匆匆拿起衣服，说，有些话为时过早，你得生得下来，再说这些吧！

他说，我有事。最近不回来了。

我直接愤怒了，但愤怒后，我却突然想起了三亚他就是这么故作狠心逼我离开的，我拉住他，是哀求，我说，程天佑，你告诉我，你是不是知道了什么？！你是不是有什么迫不得已？

他推开我的手，说，我该知道什么？我会有什么迫不得已！

我哑口无言。

我看着他，说，大少爷！你怎么不再赐我一杯万安茶！

他说，你想多了。

他说，我爱你，这是真的。我以为我会将你捧在手心里一辈子，这是真的，但好像，我做不到。这也是真的！

他说，这是我的生活。你得习惯。

他说，这就是我，你也得习惯。

他说，别对我要求太多，我会烦。

他轻轻摸了摸我的脸，说，关掉那个淘宝店，别给我丢份儿！好好做我的妻子，别让我烦你。拜托。

他说，拜托！

……

那天，他走出门去。

那天，我气血逆转，只看到满天的血红，然后，还有刘妈的尖叫声……

144

我不要你有情可死！也不要你有爱可殉！

她在睡梦里，苍白的脸。

他看着她，仔细地凝望着，就像是过去的时光里，她凝望着他一样；她那一双湿漉漉的眼睛，似雾非雾，似泪非泪。

他突然懂了，她在水岛之上，那半年时间绝望而幸福的凝望，就像此刻一样吧——纵使不能人间白首，也希望时光慢些走。

只是，心力交瘁下，她似乎睡得很沉，没有像当时的他，突然睁开眼睛，微微惊讶的表情，说，怎么？你还没睡？

即使这样，他还是对着熟睡的她笑笑，轻轻给她掩了掩被子，就像她当初对他说的那样，说，我只是想看着你睡。

然后，眼泪，就滑落了。

……

姜生，其实，我也很害怕，怕一觉醒不来，只剩下你自己在这世间，从此，我们就天人永隔了。

我可以不怕死，却不能不怕你无枝可依。

可我却没法答应你，永远有一双温暖的手，不会变得冰凉，永远是那个暖暖的人，就这么在你的身边，不会突然失了呼吸……

今年一月。日本。夜。因为项目负责人突然重疾住院，他突然出差那一次。

一直表示自己并没有被未婚妻失约行为影响的钱至，突然在酒吧里，喝得烂醉；他在酒吧里找到钱至的时候，他已经喝得昏天黑地，身边是不知男人女人还是人妖。

程天佑一把将钱至拉起来，冷着脸，说，多大点儿事儿！喜欢你就再追回来！还像不像个男人！

钱至一顿乱吐后，抬头，看着他，涎着笑，大少爷？怎么会是你大少爷？

他推开程天佑，说，你现在是不是觉得我特别像一个可怜虫啊！我是你们程家的奴隶！你们程家的男人勾勾手指头，我的女人就爬了过去！对不对！

他勾勾手，说，大少爷你过来！咱们一起喝酒吧！其实，你也是个可怜虫！全天下就你不知道罢了！你一定觉得自己特别能耐，打败了人家的十七年的情分！人家是叛逆少女和风云学长的爱情，其实人家不是爱你！不是爱你啊！人家是可怜你！可怜你在这个世界活不久了你知道不知道啊大少爷！金陵啊，我不要你可怜！打败人家十七年情分的是你得绝症的体检报告啊！傻子啊！我们都是傻子！大少爷我们都是傻子……

他杂七杂八地乱说一气。

绝症！报告！

如同闪电撕裂黑夜，程天佑愣在那里。

他走出酒店，对颜泽说，给我定一张回国的机票！最近的航班。

颜泽睡梦里，说，我是保镖……

他说，然后到机场准时接我！

电话挂断。

一个航程，两国城池。

水烟楼里，爷爷的书桌前，一叠叠地翻过，终于找到了钱至所说的那张体检报告，那一刻，他如遭雷击。

颜泽也怔在了那里。

……

直到破晓，他才从这长长的失神之中，醒来。就在这张报告后面，这半年多来，关于她的一切转变，嫁他！爱他！都有了合理的解释。

他不介意自己是败军的将，还是被施舍的王，痛苦也罢，羞辱也罢，更爱谁，心里有谁，在他看来，那都是痴男怨女的虚妄，这世界上最珍贵的最真实的，莫过于"在一起"。

所以，即使在最初，错以为她是因凉生的背叛疗情伤而选择同自己结婚，他都坦然地接受。

因为，他要同她在一起。

不问原因，不管缘由。

生生死死，死死生生，兜兜转转。

承载她的悲伤，欢笑，命运。

而此刻，命运跟他开了如此大的玩笑——他会死去！随时！

经常的胸闷，偶有几次的咳血，曾以为只是落水导致的身体未彻底恢复，不想真相却千百倍地残忍……

……

水烟楼前，他一身凝重地走出来，却看到了她。

她定睛望来，发现是自己，竟惊讶得说不出话来，怎么、怎么……你……怎么……

他看着她，努力地笑了笑，遮掩住了所有凄惶，说，想你。

然后，他走了过来，紧紧地、紧紧地抱住了她。

太阳在这一刻，划出了地平面，一丝温柔的光，在这个冬季里，照在了他和她的身上，他说，姜生，我想你。

我真的想你。

这一刻，她在睡梦里。

他闭上眼睛，这段时日里，自杀的小九，痛苦的八宝；还有他能明显地感觉到，开始越来越深爱自己的姜生……

人非草木，孰能无情。

花前月下，生死相同，肌肤之亲，鱼水之欢……

那一个说着要为自己生一个孩子的女人。

那一个花荫凉里为自己哼唱《四季歌》的女人。

那一颗渐渐与自己走近的心——曾经，那一颗他渴望得到的心，如今，却是一颗他害怕得到的心。

小九自杀那天，她曾突然问他，如果我不在了，你会怎样？

他看着她，久久地，努力笑笑，说，就算你不在了，我也会好好活在这个世界的。男人是很坚强的。

她点点头，说，你猜，如果你不在了，我会怎样？

他震惊地看着她，不知道她为什么会突然这么问。

她低头，叹了口气，说，其实，我也不知道。

……

他轻轻地，吻了她的额。

姜生，谢谢你，这段日子里，为我做的事。我很开心也很幸运，有生之年，能娶你为妻。只是，此后的日子，我仍要为你继续做这件事。

不要怪我。

你瞧，我傻了。

应该是：你要狠狠地怪我！狠狠地离开我！

姜生，我不要你有情可死！也不要你有爱可殉！我只要你好好地在这人间，好好地继续爱，好好地继续活。

即使我不在这个世界了。

我明白你会来，

所以，我等。

HAPTER 07

145

放手。

不觉又到圣诞节。有雪飘落。

我回到了小岛的宅子里，依然是程太太。

只是，再也没有那个闲敲棋子落灯花的程先生。

那个孩子，生化妊娠了。

医生说，这是很常见的早期流产，一般发生在妊娠五周内，很多人都会当作推迟的月事无视掉，只是程先生，您的太太求子心切，太早地知道了这个孩子的存在。

当时的程天佑，就在我的床边。

他点点头，送走了医生。

他说，你没事吧？

我没作声，不知道过了多久，我看着他，淡淡地说，如了你的愿对吗？

然后，我笑笑，说，你说得对，有些话为时过早，我得生得下来。我果然，生不下来……我连你的孩子也生不下来……

我捂着脸，失声痛哭起来。

他走到我面前，看着浑身发抖的我，喉咙里，生生压抑的，是克制的痛苦喘息。他说，姜生，对不起。

他就这么站着，看着，没有拥抱，像一个旁观者。

这个我愿把余生奉他的男子。

终于，四月的天气，滴水成了冰。

从那天起，我像是一个失语者。

茫茫然的，如同躯壳。

整个程宅，愁云惨淡。

他说，如果你愿意，我放你走。

我抬头，看着他。

他说，你想想吧。

然后，他就走了。

146 | 我等你。

凉生回到程宅的时候，程天佑已经离开了两个周。

程天佑的母亲，从香港来到了这里，我第一次见到了这位一直传说中的太太——我的婆婆，却是在这般时刻。

她人很好，向佛，言少。

凉生回来的时候，也见过了她，喊她舅母。

她看凉生的表情，甚是怜爱。

她要凉生在国内多住些时日，凉生便托口公司事务太多婉拒了，他说，我回来取些资料，这就走。

院子里，我撞见凉生的时候，愣了，他看到我，也愣了，最后，还是走过来，他说，最近好吗？

我抬头看看他，笑笑，说，好。

他放心地点点头，又问，他好吗？

我点点头，说，他很好。

相顾无言。

我抬头，说，你好吗？

他点点头，微笑，说，好。

我笑了笑，突然想起沈小姐，那个他的她，问，她好吗？

他沉默了一下，看着我，微微一笑，非悲非喜，说，她刚才告诉我她很好。

后来，我不知道发生了什么，只是知道，那天程天恩对我说，听说三弟又回国了，我得去找他叙叙旧。

他的眼神里藏着笑，如同鬼魅，如同尖刀。

于是，当天夜里，凉生突然出现在我的房中，刘妈吓得脸色苍白，却只能退出房门外。

我看着他，起身，缓缓地走到露台上去。

他跟了出来，他说，这一切，天恩都告诉我了！你不好！你过得并不好！姜生……

未等他说完，我突然打断了他，转脸，看着他，说，我的公爹一直是散仙般的人物，听说，是因为很久之前，爷爷"文革"中遭遇有关，他才如此游戏人间。

凉生看着我，不知道我为什么突然说这些。

我说，所以，这么多年，我的婆婆过得极其辛苦不易。她说，好名声，对于一个女人来说，丢了，就再也不能拥有。

我说，她说，对于年轻女子来说，好名声是她最好的嫁妆；而老了，好名声又是她最体面的棺椁。

我看着凉生。

凉生也看着我。

在这静寂的长夜里。

在这漫天星辰的露台上。

像极了我们曾经的那个小村，无数个夜晚。

青竹有节，素丝无染。

最终，他点点头，将一个信封递给我。

他看了我一眼，眼睛低低的，睫毛那么清晰，如同坠翼的天鹅一样，努力轻松地一笑，说，这信封里，有一张飞法国的机票。

我怔了怔。

他望着我，声音竭力地平静，他说，我以前深爱过一个人……后来，是我不好，去了法国，让她等了我四年。

他抬头，望了望天空，仿佛是在努力克制某种情绪，良久，他说，拜托你告诉她，这一次，换我等她，多久都没关系。我等她。等她想起我，等她记起她深爱着我……

我平静地看着他，说，那你应该给她是。

他笑笑，说，等她想起我，她会来找你的，记得把这张机票给她。记得一定告诉她，我……很爱她……

我低头，没说话，眼尾有一抹酸涩的凉意就那么直冲眼眶。

凉生说，我走了。

于是，他就真的走了。

我却连说声再见的勇气，都没有。

我忘记自己在露台上待了多久，直到程天佑缓缓地从屋子里走了过来，他黝黑的眼眸，如同吞掉冷夜的兽，我才回过神来。

他说，怎么站了这么久？不冷吗？

我回头，看着他，下意识地将信封挡在身后。

他说，刘妈！还不快给太太拿条披肩！

刘妈听出了他勃然的怒气，立刻战战兢兢地小跑走过来，说，大少爷，是我失职。是我失职！

他冷冷的，说，你还知道失职？

刘妈大气不敢出一声。

我说，天佑……

他转脸，看着我，看着我背到身后的手，那是一种看破却不说破的冰冷与了然。

他说，你走吧。

我一愣。

他看着凉生离开的方向，说，我放你走。

我摇摇头，握住他的胳膊，想要解释，说，天佑，不是你想的那样……

他低头，看着我握住他胳膊的手，还有我手里那个信封，那表情分明就是，你还有什么可说的！

然后他硬生生地将我的手掰开，转身，离开。

凉生留下的那张机票，犹如压垮骆驼最后的稻草，我被"刺配"回了小岛的家。

离开程宅的那一刻，我将那把钥匙挂回他胸前，就像是之前，他挂在我胸前那样，我看着他，想问一句，你会来，是吗？却已倔强到不肯开口。

纵然此刻，我仍残存着相信，他的绝情，是情非得已，却也心灰意懒。

他亦没说话。

程天恩在一旁，唇角笑如鬼魅。他说，姜生，我大哥都放你走了。

他安慰程天佑说，大哥，你也别生气了。

然后，他看着我，不忘落井下石，说，哎。傻子都知道，你之所以这么痴缠！这么不愿意放开我大哥的手，不是因为你多爱他，而是你因为他而失去了此生最深爱的人，所以你输不起！

车门关掉那一刻，我听到，钥匙落地的金属声。

清脆，而绝情。

他扔掉了它。

我们的家。

147 | 对不起。

不觉间，大半年时光。

思念，荒芜而又疯长。

圣诞节，我喝了点儿酒，微醺，想起我青春的小时光，我的金陵，我的小九，我的北小武。

然后我就一手抱着酒瓶，一手抱着一个苹果，慢慢地啃，直到手机突然响起，我看也没看就接起了电话，话筒里传来一声，喂，我就哽住了。

那一刻，满嘴的苹果，吞不是，吐不是，说话也不是。

电话那端，他说，圣诞快乐。

然后我就哭了。

我他妈的就哭了。不怨了，不恨了，也不想倔强了，心柔软潮湿的就像是软泥。

他说，你没事吧？

我点点头，说，我很好。我想说，我就是很想你……可是我依然没有说出口。这不像我。

我说，你会回来吗？

他沉默，我乍然清醒，他是我分居的丈夫，我们只差一张离婚证书，就彼此毫无关联了啊！情分没有了，那就留半分小骄傲吧。

我立刻解释，冷静至极，说，对不起。

148

心愿。

在她冷静的对不起声中，他挂掉了电话。

熟悉的小院，眼前的树枝影里，是一扇窗，窗前，是她抱着已经挂断的手机，哭得那么伤心，却又仓皇道歉的画面。

她说，对不起，我不问了，我不哭了，我不烦你，对不起，对不起。

她哭着鞠躬，边鞠躬，边道歉——

全然不似电话里，她冷静而骄傲的样子。

此刻，她只是一个陷入爱里的女子，受了伤。

这一幕，他红了眼眶。

他仓皇地转身，他生怕自己忍不住，冲进了房里，将她紧紧地抱住，不管生死是明天还是今晚，不管未来怎样，只要同她在一起，哪怕一秒的时光。

可是，他不能。

她的心里有了自己，他不想一旦自己死去，她便在这世界上，伤心欲绝地一个人；他宁可在他活着的时候，放她走。

离开的时候，一根枝丫突然划过了他的脸，他轻轻推开，却发现上面刀刻着的蝇头小楷，扯过来定睛看，却是一行诗——

愿我如星君如月，夜夜流光相皎洁。

那是去年圣诞节，她刻的话，彼时，他送给她一条星月项链。

他们还约了的，明年今日。

——你刚才在树下干吗？神神秘秘。

——刻字。

——刻了什么？我去看看。

——不行。我的心愿。明年今日，如果你能找到这条枝头，这行字……

回忆浩浩荡荡，奔涌而来，嗜血般的腥甜，他回头，看着窗户前，那个依旧在哭着抱着手机的她，眼泪终于冲出了眼眶——

这一年圣诞节，他落荒而逃。

在他们曾相爱过的地方。

149 明年今日。

小安曾问他，叔叔，你什么时候会再来？

他说，明年今日。

老卢一直以为那是大人哄孩子的话，他没想到，自家主人，真的来了。还带着一只叫冬菇的猫，对他横眉竖眼的猫！

但奇怪的是，他对那猫，却无比的宠溺与温柔。

小安她开心极了，那个电视机里才能看到的美男子再次出现了。

还是那句话，小孩子才不会掩饰自己的心。

日子一天一天的冷，他就一天天坐在院子的藤椅上，有时候看书，有时候陪老卢小安玩，更多的时候，对着隔桥院子静静发呆。

老卢走上来笑笑，说，以前住了夫妻俩，很恩爱。

他抬头，说，很恩爱？

他安静的眸子里似乎是一种心酸的安然，唇角勾出一个无比动人的弧。小安在一旁看得发呆。

老卢点点头，看了一眼那院子，说，说起来也奇怪，最近大半年只剩下女主人。他们也真是一对神仙眷侣，女主人很好，经常带小安玩。

小安立刻噘嘴，说，你为什么不跟叔叔说，小安也很好呀，经常陪姐姐玩。

老卢无奈，纠正道，是阿姨。

他咳嗽得越加厉害，倔强地不肯咳出太大声，起身，手却不小心被栅栏上的铁钉划破。

他吃疼，紧缩。

老卢忙上前，一看他手上的伤，忙冲回屋里找东西给他包扎，胡乱找了一堆纸巾，却见他已经从口袋里掏出一条手帕，自己勒好伤口。

小安在一旁忙着冲他的伤口“噗噗”地吹气，一边吹一边说，隔壁帅叔叔修篱笆弄伤了自己，漂亮姐姐就是这么帮他吹气的！

老卢在一旁纠正，是漂亮阿姨！辈分乱啦！

150

圣诞节。

小院那丛移来的酸枣树，枝丫上已经模糊的刻字，那段年少的时光的罅隙里，白云苍狗，浮生若梦。

影影叠叠的，是那个小小的女孩，在他的眼前，眼角的泪，唇角的笑。

他轻轻地抚摸着酸枣树的枝丫，如同隔着岁月，触碰着她，轻轻地擦掉，她眼角的泪，然后，牵起她的手，带她回家。

就这样，那个小小的男孩，和那个小小的女孩。

一辈子，都不曾分离。

而这一切，终于归了流年，刹那芳华，匆匆而去，谁也留不住。

他唇角的笑，最终凝固，抬手，一刀，一刀，在枝条上，刻下了十个字，覆盖住了原来的字迹，凌乱模糊——

同心而离居，忧伤以终老。

他和她的一生。

耳边萦绕着的是大半年前，程宅里，程天恩的话。

他说，你知道她为什么嫁给我哥哥吗！就是为了惩罚你！你和沈小姐……现在我哥哥知道了真相，所以，她各种不幸福！前些日子小产了……大哥你也是知道，寻芳客，花下眠……

……

他从口袋里掏出一只苹果，狠狠地啃了起来。

眼泪冰冻在眼眶里，不会流下。

你看，我不是小孩了，我会掩饰自己的心了。

你看，我也相信了你的相信了。

你看，我也在圣诞节的时候，完完整整地吃下一个苹果了，可是，我的你，却再也不会出现在我的面前。

他收拾好表情，回到屋子里，老卢正局促不安地来来回回地走，他在屋子里看着自家主人在屋外狼吞虎咽一个苹果的背影，心里无比懊恼，自己怎么就没想到去准备点儿水果呢！主人一定是这两天没吃水果想水果想疯了。完了完了！他是疯了吗！去啃酸枣树了！！

他进门的那一刻，老卢看到他，尴尬地说，我已让小安去隔壁了，问问有没有新鲜水果……您一定是想吃水果了吧？

他愣了愣，随即笑笑，摇摇头。

小安飞快地跑过小桥，跑到隔壁院子里时，她正望着在树枝上轻轻刻下的一行小字发呆。

那是去年，她刻下的心愿。彼时，他送她星月项链。

刚才，他来过电话，礼节性的问候。从结婚到现在，一年半了。

他似乎还好。

可是……

她的眼眶红红的，越想越心碎。

冬日无宴，对谁陈三愿：

一愿郎君千岁，二愿妾身常健，三愿如同梁上燕，岁岁长相见。

小安跑过来看到的时候，恍然大悟，说，原来你也在树枝上刻字呀！我们家主人好像也在刻字，我爷爷还说他是在啃酸枣树。

酸枣树？她看着小安，有些愣。

那天，家中并无水果，唯一只有她手里啃得破碎不堪的苹果，小安悻悻，她对小安说，我送你。

151

团圆。

那一夜，饭菜与米酒香。

老卢一直觉得自己很知分寸，不该问的半句都不问，虽然，他也很好奇，主人到底何方神圣，是做什么的，怎么会突然出现在这里。

但那一夜，老卢自己也忘记了，自己如何脱口问出这句话的——程先生，您没带程太太一起啊？

见他微愕，老卢自觉多语，讪讪而笑，弥补一般，哦哦，我多嘴了，多嘴了……呃，程先生……还是单身？

他愣住了，似乎从未想过老卢会如此问，半晌，他低头，看了看无名指上的戒指，笑了笑，说，我，有妻子了。

他微微停顿了一下，抬头，望着远方，极力平静却是叹息，他说，只是，我的妻子，她去了很远很远的地方……

他的语调平稳，却那么执拗而认真。

老卢似懂非懂点点头，自言自语一样，哦哦。那年底，程太太就回来了吧。春节了，该团圆啊。

他没回答，只是笑笑，将戒指窝在胸前，如同抵死拥抱一般。

姜生。

这一生，遇到过你，便已经是我们最好的团圆。

遗憾的是，这句话，此生此世，他都没有机会告诉她。

突然，小安蹦蹦跳跳走进来。

老卢说，怎么这么久？

小安笑嘻嘻，说，和姐姐站在窗外看月亮啦。

老卢忙走了出去，四下望，不见人影，说，又说谎！

小安跳出门去，嘟着嘴，说，咦！姐姐刚刚明明就在这儿……

那一夜，小安磨磨蹭蹭地从自己房间里出来，将唯一的苹果让给了餐桌前的他，她说，隔壁姐姐说，嗯，圣诞节的时候，嗯，完整地吃一个苹果，你等待的人，一定会在某个飘雪的圣诞，重新出现在你面前……

他手里的碗，重重地，落在地上。

……

152 | 空。

他疾步奔去，那座小院。

冷月夜，呵气成霜。

却是人去楼空的模样，草木凄凄，人影杳杳，回头，那柄树枝上的字，是她刻下，依稀可辨——

愿我如星君如月，夜夜流光相皎洁。

153

完整。

圣诞夜，我送小安到院门，小安说，小姐姐，我们屋子里有个大大大大的美男子哦。你要不要看看呀。

我逗她，说，大大大大的美男子，是多大呀？

这时，八宝的电话突然响了起来，她说，姜生，我不干了！老子刚要圣诞约会，她又自杀了！

我丢下小安，拔腿就跑。

搭车到医院的时候，小九躺在床上，奄奄一息的模样。

八宝冲着我挥了挥手里的纸，是小九割腕时，留下的遗书——我不是没有活下去的勇气，只是，我太想去找你。小武，我好想你。

八宝说，你知道吗？那场面老文艺了。她怀里还抱着一个红苹果！然后一床血。

当我转头的时候，却发现小九已经从床上下来了，站在病房的窗前，身上拖着乱七八糟的管子，她也不管不顾。

我直接吓傻了，我说，小九！你冷静！

她冷静地看着我，说，你别过来！

她转脸，看着窗外白白的雪，突然说，年轻的时候，都说，圣诞节，完整地吃一个苹果，你等待的那个人，就会重新出现在你面前……可是今天，我都吃吐了，他在哪里？

她哭着说，姜生，他就这么不见了！

八宝在一旁冷哼，说，他当然得不见，否则还不被你糟蹋死啊！

小九仿佛听不到，突然爬上窗台，我直接崩溃了，八宝似乎比我更崩溃，她尖叫着——啊啊啊！好了！别闹了！

北小武没死！

我直接懵了。

小九"砰"的一声掉了下来。

那天夜里，"死去"几乎一年的北小武，终于出现了，在一间小小的出租屋里，昏黄的灯光，头发那么长的他，不改的，还是英俊的脸。

人生，有的时候，就像是一场戏。

戏，需要考虑逻辑。

但是，人生，却从来不必考虑，它就是这样自然而然地发生了。

就在我想冲上去，抱住他"哇哇"大哭的那一刻，八宝似乎想放松一下气氛，她说，下面请让我为大家介绍一下，北过先生。

北小武没理她，他看了看小九，看了看我，眼眶突然红了，他说，你瘦了。

我还没来得及哭，小九就扑在他怀里，"吱吱哇哇"地乱哭一气——八宝在一旁，冷静地看着他们，对我说，我终于知道北小武为什么会被猴子给推下峨眉山了，因为他抢了它们的母猴子。

后来，我们才知道，为什么八宝会称呼他为"北过"——因为那场群殴之中，他的手臂因为长时间失血而导致了组织坏死，最终截肢。

也就是这个原因，北小武在手术室里，在截肢手术通知单上签字那一刻，他对八宝吼，就说老子死了！你听到没有！

决绝如赴死。

这一个圣诞节，小九在他的怀里哭泣着。

他平静地说，小九。现在，你看到了。这样的我，已经配不上你了。我再也握不住画笔，再也不能画出你的样子。我甚至，再也不能给你一个拥抱……

小九就哭，抱着他空荡荡的袖子哭，不知道过了多久，她抬起头，看着他，一字一顿地说，北小武，你听着，我们俩，能在一起，就是最大的完整。

我将脸别到一旁，不去看。

八宝在一旁，不改冷哼的态度，说，擦！真以为自己是小龙女了！

圣诞雪夜，我和八宝在门外，听雪落无声。

现在可以想象，那个出租屋里一定甜如蜜吧。我们家的北小过同学一定在努力地与小九一起，合削一个苹果，然后，说不完的话，一同回忆着这些年，他等过她的每一个圣诞节。

我看着八宝，笑笑，说，他们两个人也算历尽磨难，终于走到一起了。真好。

八宝说，男人轻浮，女人风尘，倒也般配

我说，你不会还爱着他……

八宝说，我只是作为朋友替他们俩庆幸，你说，他们幸亏找到彼此，不然一个傻逼怎么对抗全世界啊？！

突然，一个小女孩，三岁的模样，怯生生地走了过来，奶声奶气地，说，阿姨，我要找妈妈。

八宝正在忧伤，说，我不是你妈妈。

我抬头，却见小女孩的身后，是个憨厚的中年男人，看着我们，拘束地笑着。

一身风雪。

154 | 梦一场。

那天，是圣诞节。

小九最后，跟着那个中年男人离开了，怀里，抱着的是那个小小的软软的姑娘，她回头看了我们一眼。

就在我们以为最终幸福了，生活却同我们开了一个巨大的玩笑，用残酷的现实告诉我们，幸福就是昙花一现，梦一场。

那个中年男人说，我找冯淑仪。八宝说，冯淑仪？不认识！

中年男人急了，说，医院里的人说她跟你们一起！你们怎么能骗人！你们……

我看着他，突然想起，很多很多年前的魏家坪，小九曾经说过，她有一个贤惠得不得了的名字。

我问他，你叫什么？

他说，何德忠。

我说，你等我。

然后，我就走进了那间原本温暖的小屋，带着那个男人冰冷的名字。

小九当时正在给北小武喂苹果，她的手明显在我说出"何德忠"的名字时，僵住了。

我却忍不住了，转脸，说，他就在门外！

北小武看着小九，那眼神，从天堂到地狱，一瞬间的模样。

那天，小九一直哭，在我们的面前，她说，那些年我不知道自己怎么过的，乱七八糟，无比仓皇。我重病的母亲，被迫吸毒的我自己，于是，我需要一个人，帮我扛起这一切。就这样，我糊里糊涂地嫁了人，糊里糊涂地生了孩子……

北小武看着她，我也看着她，是啊，她无数次咒骂北小武的时候，都说自己已经结婚了，有孩子了，要他死心。

只是我们不肯相信！

我们自私地以为，小九还是我们青春岁月里那个张牙舞爪的小女孩，从不肯相信，生活的残忍和时间的长度，足够将一个没心没肺的小女孩变成妈。

八宝带着那个小女孩走进来的时候，小姑娘看到小九的时候，喊着妈妈就扑进了她的怀里。

小九哭得撕心裂肺，一直在说，对不起。对不起。对不起……

这许多的对不起，不知道是说给北小武，还是说给自己的小女儿。

她说，我不知道怎么，突然犯了这样的糊涂……小武，当你出现的时候，我以为我还是单身，我以为我还可以拥有爱情，我以为我还可以是那个横行霸道的小九，我以为我能抛弃她，就像擦去我其他所有不堪的过去一样。从此好好地生活……可当她出现的时候，我仿佛看到了十多年前的自己……我知道，我做不到，我不能再让我的女儿变成另一个小九。我都爱不起的自己。

小女孩懵懂地看着自己的母亲，看她哭得撕心裂肺的模样。

北小武一直没说话，不知道过了多久，他突然对那个小女孩伸出了手，说，乖，喊叔叔。

小女孩就怯生生地喊了他一声，叔叔。

后来，北小武说，那个小女孩出现的一瞬间，就击碎了他所有的决心——他仿佛看到了很多年前的小九，那个被母亲追逐所谓爱情而狠心遗弃的小女孩，此生，风雨飘摇。

这一切，仿佛历史重演。

那天，北小武把小女孩抱起说，乖，叔叔让妈妈带你回家。

那天，小九离开了。

北小武说，谢谢你肯给我这场海市蜃楼般的爱情。

他说，我一点都不后悔遇见你。能在最好的时间，遇到我最心爱的姑娘，虽然，这一生，只能与她错肩，但是我知道，她是多么的爱我，爱过我，已足够。

他说，小九，好好地过日子！才不辜负我们年轻时候这么爱过啊。

只是，他的面前，没有小九，所有的只是空气——作为一个男人，他所能做的，只有放手，而不是说这么长串煽情的词，即使那是出自肺腑。

所以，他只有在这一刻，将它们交付给空气。

八宝愤愤的。北小武很平静，他说，在我面前，她只是一个纯粹地肯为爱情赴死的女人。可在这个孩子面前，她又是一个牵挂满心的母亲。

八宝说，别侮辱爱情，你们那是奸情！

北小武没说话。

那一夜，柯小柔家的小女儿诞生了，他给我们发来短信，分享为初生的新生命而起的喜悦之情。

说起来，去年十二月那次怀孕是误报，空欢喜一场；却在今年三月草长莺飞的日子，他们真的有了爱情的结晶，如今，瓜熟蒂落。

他说，我闺女！小蛋壳！

这世界，无论性取向如何，但对于爱，却都一样，为人父的喜悦，也都一样。

那天夜里，我们在北小武的房子里喝酒庆祝圣诞庆祝爱情庆祝小蛋壳来到这世界上。

八宝看着小蛋壳的照片，问我，姜生，你说，人这辈子知道自己来这世界，是要吃苦受罪的，还会来吗？

我想了想，说，会啊。

她说，为什么，自虐吗？

我说，因为有个人，会在这世界上，等你，陪你哭，陪你笑，陪你受罪！

她摇摇头，说，骗人！

北小武突然举杯，说，干杯！敬母亲没有爱情！

那一夜，他喝了很多酒，却怎么也不醉，他说，姜生，怎么办？

我看着他，笑笑，却并没有告诉他，小九离开时，要我告诉他的话——

她说，姜生，替我告诉北小武，我很后悔这样的我，让他遇到。

她说，如果能回到过去，我一定好好抱住那个被母亲狠心抛弃而哭泣不已的小女孩，我要告诉她，你必须好好的，保护好自己，保重自己，因为，将来，会有一个叫北小武的男孩，他会很爱你。你得配得起！

155

小蛋壳。

那一夜，直到黎明。

北小武终于喝醉了。

千杯不醉的人，喝一千零一杯的时候，总会醉。

就像在这红尘，你总觉得爱了那么多，却遇不到真正对的人，其实下一个的时候，就是他。

就像那些曾经让你痛苦至极的事情，总有一天，你会笑着说出来。

就像你以为再也原谅不了的人，却突然想起他。

北小武突然醉醺醺地说，姜生，你说，人能不能重活一遍啊。姜生，我想他——

电话中，很清冷的一个秋天里。要有多么冷酷的心，才能说出这样的话。

北叔：小武……爸不行了……想看你最后一眼啊……孩子……

北小武：我妈当初也想看你最后一眼！她也求你了。

北叔：我当时不能去见她啊，会被判死刑的。

北小武：可你今天还不是得死。

北叔：……

一年多后，遍体鳞伤的圣诞节，北小武哭着说，姜生，我好想他。

八宝将脑袋伸了过来，也靠在我肩上，说，姜生，我也好想他。

然后，她就哈哈大笑，吐着酒气说，你知道吗？那一年，在酒吧里遇到了他，他说了一句操，我就在心里默默铺开了床……

她说，北过，爱我吧！

她说，我是个好女人！

她说，北过，让我给你也生一堆小蛋壳吧！

156

圣诞老人。

圣诞节那一天，颜泽说，苏杭已经出手了，她怕是在劫难逃……

他没说话，从岛上离开，他就不想说话，满脑满心，都是她说对不起时的可怜模样，他快疯了，没死于肺疾，怕是已死于相思。

颜泽悄然离开，虽然，他不明白，为什么对付八宝那样的女孩，程天佑会将打主意到苏杭身上。

难道因为，爱是最好的惩罚？

圣诞节后第二天，颜泽兴冲冲地拿着最新的体检报告发疯一样冲进房间里找程天佑，他说，程总！真的有圣诞老人吗！

他几乎喜极而泣，说，您的身体！恢复了！

程天佑一惊，飞快地拿过体检报告，他脸色微微一沉，说，去找这两份体检报告的医生！不要让任何人知道！

颜泽说，好！

他说，老爷子估计开心死了！

程天佑说，怎么？

颜泽说，这份体检报告估计早已经被龚言交给老爷子邀功了。

程天佑说，不好！

颜泽刚要问怎么了，却见程天佑已拿起外套，匆匆出门。

157

消失。

暗黑的窗，闪过一丝光。

老人看了一眼那份体检报告，眼里闪过一丝锋锐的光，说，如此说来，大少爷这是……好了？

龚言愣了愣，说，我也奇怪。

老人说，快去找去年做体检报告的医生！快！

龚言说，不瞒老爷子，我早已去找了。他早已经移民了……

老人眉毛挑了挑，说，移民！

他长长一声叹，说，算了。

然后，他看着龚言，说，我一辈子没做过亏心事。

龚言说，老爷子，您是大善人啊。

他说，我老了。

龚言说，老爷子，您长命两百岁。

老人笑笑，说，有些人却偏偏嫌命长啊。

龚言小心翼翼地看着老人的脸，小心地察言观色着。

老人说，她还在小岛上？

龚言忙点头，说，大少爷一直以为他那方无产权住所您不知道！所以，就将她安置在那里，许是怕……

老人笑，怕什么？难道我能吃了她不成？！

龚言说，老爷子怎么会！只是，前段日子有段小鱼山的不雅视频差点儿被曝光到网上……大少奶奶送了大少爷一顶绿帽子，我们做小的都看不下去了。虽然大少爷已将那份视频巨款买下，又秘密买通了当红的苏曼，给了她一大笔钱，好大一笔！让她认下那些照片上的女人是她，从此远走高飞他国。但是，明眼人，还是明白。另外，我听说，大少奶奶怕是不能生育……

老人的脸阴沉着，说，你们做小的看不下去了，会怎样？

龚言看着老人，说，老爷子，我们不如趁大少奶奶自己在岛上，趁早一了百了！

老人震怒，说，胡闹！

龚言却心里跟明镜似的，从老人说那句"我一辈子没做过亏心事"开始，就已经提示他，言啊，你该去做点儿亏心事了！

这么多年，他是主，他是仆，主人的心自己再搞不清楚，还做什么管家。

老人说，我累了！

然后，他就走了。

暗黑的光下，龚言拨通了那个电话，那是一个谁都不会料到的人，他说，让她消失吧！颜泽！

158 | 为雪白头。

程宅。

他已经离开这里，一年多了。

他退休了，彻底放手了，在他做完他认为该做的最后一件事后。

圣诞节这一天，那棵古老的水杉下，他再次站在那儿，苍颜白发。

这里埋葬着他心爱的人。

他说，夫人！我又来絮絮叨叨地打扰你的清梦了。

他说，其实，今天啊，我来，就是想把很久之前没对你说完的话，说完——

如今，我也老了，想为自己的心，去做一件事。

他说，他未能成全我们的，我已替他成全了他们。我们未能完成的爱情，就让他们替我们完成吧。

离去的路上，他碰到了老陈，微微吃惊的模样，说，三少爷可好？

老陈叹了口气，说，绿水本无忧，因风皱面；青山原不老，为雪白头。老伙计，你说，他怎么能好！

钱伯没作声，其实，于凉生，他内心有愧，因为，所谓的成全，就是牺牲了凉生——

一年半前，那份体检报告出来的时候，显示凉生的肺部出现了问题，不可逆的肺纤维化！

那时，他正在想，如何成全程天佑和姜生。

这份体检报告让他眼前一亮，他根本不会去追究凉生为什么会招上这种毛病，是不是因为陆文隽曾经下的药，他所关心的，只是他的成全有了法子，于是，他对医生说，你弄错名字了。

医生说，怎么会！

他看着医生，默默地在纸上写下一串数额巨大的数字，说，我说错了！弄错了！

医生看着那串数字，最终点点头，说，果然错了！

……

钱伯看着老陈，拍拍他的肩膀说，让三少爷多保重身体。

老陈不明白钱伯怎么会突然关心起凉生，但仍然点点头。

钱伯缓步离开，这个世界的残忍，年轻人大约还未彻底领会，便开始说着痛，这儿痛那儿痛的。

真正的残忍，怎么能让你感觉到痛呢！

真正的残忍，是你一生都不知道真相！幸福地活在假象中，却是岁月静好、现世安稳的天真模样！

159

我明白你会来。

我回到水岛之时，天已向晚。

因为有雪，路有些滑，如同未定的命运。

推开院门的那一瞬间，一只猫突然走到我的脚边，咪咪喵喵地叫个不停，我定睛一看，直接傻了，冬菇？！
冬菇甜蜜地冲着我叫了两声，那声音就像是，你爹地你妈咪不是老子是谁！你还认得我啊！
我惊魂难定，抬头，四处寻找。
那个脚步声一声声响起，一声声向我走过来的时候，就如同踏在我的心脏之上，我不敢抬头，甚至不敢看，那个黑色的身影，从暗夜中来——

冬菇这个叛徒，早已经黏黏腻腻地跑到他的脚边，喵喵咪咪地叫个不停，仿佛漂泊了许久，终于找到了心爱的主人，谄媚至极。
抬头，看到他脸的那一刻，我的眼泪，就这么滑落了。

那一天，有雪落下。

就像那本旧书里的，他写给她的话——

我明白你会来，所以，我等。

尾声

很多年后……

很多年后，他始终记得他疾步走向那个小院。
天已向晚，有雪落下。
她被他拥入了怀里。

转身，躲藏，泪洒雪上。
如一首旧诗。
诉尽他们此生——

涉江采芙蓉
兰泽多芳草
采之欲遗谁
所思在远道。

还顾望旧乡，
长路漫浩浩。
同心而离居，
忧伤以终老。

〔全文终〕

后记

请收下，这一卷纸短情长

这一天，是青岛的雨天。

一场雨，一场凉。

是秋。

这一段时间，在我和我所重要的人身上，发生了很多的事。

我想去见一个重要的人，因为修稿工作繁重，间之家事，迟迟难定时间；12306购票软件已经浏览过无数遍。

我所重要的人，她失去了母亲。

我们最初的遇到，大抵是十多年前吧。

曾经喜欢说时间，够长，够重，便也显得够贵重；如今不喜欢说时间，越长，越重，便也显得已不复年轻。

我在很年轻时，遇到了她，嗯，那个时候，久远到我还是一个稿子只有62块钱稿费的姑娘。

写下这行字，都想把自己拿到太阳底下弹弹土，去去尘，好古董。但好像不能，因为今天的青岛，有雨。

那时候的她，还是一个攒着零花钱和早餐钱，每月去报刊亭等刊登着我文章杂志的初中生。

时光在成长，我在成长，她也在成长。

但是那一本很多年前的故事，就停留在那个年纪里，那群人，那种时光，它们不再成长，好也罢，坏也罢，它就安安静静的停留在那里，定格了那段时光。

这本书叫作《凉生，我们可不可以不忧伤》。

有人大概会问，作者，这么多年，有没有过想换书名啊。

有啊。无数次。

可是，它的强大，已经不是我所能左右。

索性，我也接受了它，我愿与过往握手言和，就如同接受自己曾经犯二却又狂炫酷拽过的青春。

写这个故事的时候，我刚读大学不久，二十岁出头，为什么写这个故事？就是写一个故事，然后写了。

那个时候，一个稿费62块钱的姑娘，一个每天傻想着每个月多写几个稿子的女孩，就可以不用向父母伸手讨要生活费的姑娘，真的没有想那么多，也想不了那么多。

我从没有想过，自己和它，会受到那么多的喜爱。

这种喜爱，在很长很长一段时间里，让我诚惶诚恐，让我惴惴不安。

我特别害怕，害怕自己没有那么好，害怕自己对不住这种好……多少年的患得患失，也就是后来你们所知道的，我扔下了笔，扔下了故事，扔下了自己，消失了很多年。

我抑郁症了。

一晃三四年。

2011年，当一个叫作某笙的小女孩，坐着摇摇晃晃的绿皮火车，二十几个小时，从她读大学的城市，来到我的城市。

她十七岁，读我的书，二十二岁，见了我这一面。

我始终记得，见面时，她对我说过的话。

当时，我还是很羞愧的，因为我扔下了很多坑，扔下了我的读者，扔下了我曾深深的热爱。像一个逃兵。

我说，对不起，故事没写完，让你失望了。

她说，你没事，就很好。

她说，那些不重要。

……

嗯嗯。能在青岛的雨天里，安安静静地写下这段不算好的往事来，就说明这段过去，真的过去了。

大约，从那一天起，我也开始学会放下了。

我突然明白，所谓的喜欢你，有很多种，有的是，在你光灿绚烂的时候，我喜欢你，喜欢我认为的你的样子。

有些喜欢是，我喜欢你，只因为你是你。

你写字，我喜欢你。

你不写字，我喜欢你。

你胖，我喜欢你。

你瘦，我也喜欢你。

你蠢，我喜欢你。

……

不能再继续写下去，写下去，大概就该变成自恋狂了。

2012年，我走过了这段抑郁的时光。

因为，一个人，让我懂了，所谓在乎，只应回应在真的在乎你的人身上。

我很幸运，在那些小确幸的年纪里，遇到一些人，然后，时光流转，将最重要的一些，留在我的生命里。

我也很幸运，在那个小确幸的年纪里，写过一些故事，不多好，也不多坏，用了很多心，在那个年纪里，是我力所能及的最好的故事。

谢谢你们，愿意喜欢它。

喜欢它的不完美，就如我的不完美。

如今，我依旧诚惶诚恐的，却不再跟自己较劲。

因为大概，我喜欢写字这件事，有人喜欢我的字，我会写下去，没有人喜欢我的字，我依然也会写下去。

这就是2011年，见到阿笙，我所参破的。

谢谢你们，给我时间，让我成长。

亦谢谢所有，曾来过这故事里的人，看过它的好，与不好。

这一条路，孤单，却也热闹。

2005年，开始这个故事，寒冷的青岛的夜，没有暖气，冻得伸不出手，在爸爸工作的地方，电脑上，几次三番要放弃，却几次三番继续下去。

从未想过, 有一天, 这个故事, 会有这样的影响力, 那真的不是一个小女生可以去想象的。

大概如果知道它是今天这番模样, 有一天, 会搬上电视, 我可能就没有那种初生牛犊不怕虎的勇气, 什么都敢去写, 青春大约是肆意与快意的最好的底气。

《凉生》很多不足, 敬请指正。

《凉生》里, 有很多灰败, 也请见谅我的青春; 也希望你们喜欢《凉生》里那些光明——对爱情的执著, 对友情的义薄云天, 对待绝境的永不妥协。

漫长时光, 给了我们彼此的成长。

2015年的时候, 一个叫小小羽的女孩来到青岛, 她短短的头发, 像个小男孩。

我知道, 我很多的读者不喜欢姜生……她是唯一一个告诉我, 小米, 你知道吗? 我很喜欢姜生。

当时我们俩正围炉吃烤肉, 我一愣, 说, 为什么?

她说, 因为姜生经历了那么多悲惨的事情, 却还那么坚强地活着。

也是在那一天, 我知道了她的经历, 她失去了母亲, 一年前, 做了开颅手术, 剃光了头发, 所以现在是头发短短的小男孩模样。手术也导致她说话行动特别慢。

她一定不知道, 当时的她这番话, 对我多么重要。

因为我一直怀疑自己大概创作了一个被很多人不喜欢的女主, 是我的无能。

是的, 我无能。

但那一天, 她让我知道, 姜生, 这丫头, 曾经给一个经历多舛的小孩, 永不放弃的勇气。至少在那一刻, 她就是她的光亮。

我们每个人, 都不完美。是的, 倘若完美, 我们可以成菩萨了。

但不完美的我们, 就这么, 顽强努力地生活在这人世间。

这么多年, 微博, 微信, QQ上, 总有很多读者给我留言, 说, 小米, 谢谢你, 给了我们那么好的故事。

其实, 我也想说, 谢谢你们, 每一个人, 每一次的遇见, 都给了我成长的机会。一如某笙, 让我知道什么是该在乎的; 一如小小羽毛, 让我知道了再不被喜欢的角色，也有光亮。

这些年，我见到了凡凡，她让我知道了温柔的力量。

我见到了饼子，她让我吃到了全北京最美味的鸡腿，我们约好了，《苍耳2》交稿后，她带我去逛北京的胡同。

哦……对了，我刚刚去看了火车票，完成这份工作，我想去见见那个对我很重要的人。

二十三个小时的火车。

我想给她一个迟到的拥抱。

虽然苍白无力。

但我想让她知道，我在这里。

就如这么多年，她让我知道，她在这里一样。

……

2017年青岛，秋，雨天。

所有读过我故事的人，请收下，这一卷我送你们的，纸短情长。

乐小米

2017年9月6日